붉은 넥타이

붉은 넥타이

글 ⓒ 장영진, 2015.

펴낸날 | 1판 1쇄 2015년 4월 27일

지은이 | 장영진
펴낸이 | 구충서
펴낸곳 | 도서출판 물망초
편집·제작 | 연기획

출판등록 | 2013년 10월 21일 제 2013-000195호
주소 | 서울 서초구 방배로76, 309(방배동 머리재빌딩)
전화 | 02-585-9954, 070-4194-9962
팩스 | 02-585-9962
전자우편 | mulmangcho522@hanmail.net
ISBN | 979-11-952369-4-7(03810)

장영진 장편소설

붉은 넥타이

A MARK OF RED HONOR

도서출판 물망초

• 일러두기

- 작품의 특성상 사전에 나오는 북한어는 대부분 그대로 사용하였다. 필요한 경우,
  괄호 안에서 설명하였다.

- 작품집이나 잡지 등 서적은 『 』, 문학 작품이나 신문 등은 「 」, 영화나 노래 등은 〈 〉로
  구분하여 표시하였다.

봄이 왔다. 남녘의 꽃소식이 찬바람에 실려오지만 내 고향 북녘의 산과 들은 하얀 눈 세상일 것이다. 꿈결에도 그리워 눈물짓는 어머니의 묘소에도, 불쌍하게 눈을 감은 누나와 쌍둥이 형들, 동생들의 봉분에도 하얗게 눈이 쌓였을까?

그래서 썼다. 가슴을 짓누르는 아픔을, 그리움을, 슬픔을…… 눈물을 삼키고 입술을 깨물며 써 내려갔다.

열두 살 그해 봄, "그리운 남녘땅 동무들에게……" 하고 꽁다리 연필로 또박또박 작문을 씨 내려가던 어린아이가 어느덧 머리에 흰 서리가 내린 이 봄에 『붉은 넥타이』라는 책을 펴낸단다. 그 봄 연필로 쓴 편지글은 남녘에 부치지 못했지만, 이 봄 한 자 한 자 기록한 이 책은 남녘의 독자들을 만나게 된단다.

더 오래전, 아홉 살 때였다. 죽물을 먹고 등교하여서도 "나는 행복합니다. 원수님 품에 세상에 부러움 없습니다" 하고 목청껏 읽고 노래하던 시절, 어린 내 맘에도 한 가닥 의구가 숨어들었다. '왜 죽물을 먹으며 고픈 배를 움켜쥐고도 행복하다고, 세상에 부러움 없다고 노래해야 할까?' 그때 내 어린 맘속에는 이다음 어른이 되면 꼭 내가 쓰고 싶은 솔직한 글을 쓰고 싶다는 생각이 싹트고 있었다.

　이 봄, 이렇게 되려고 그랬을까? 이것이 내 인생이고, 이것이 내 운명일까? 아홉 살 어린아이의 꿈이 이루어진 것도 어쩔 수 없는 인생이고 운명일까?

　다시 한 번 힘을 내련다. 그리고 쓰련다. 쓰고 또 쓰련다. 눈물을 삼키면서도 기어이 쓰련다. 내 나라 내 강산 모든 아픔과 응어리가 봄날의 눈석임처럼 녹아내리는 그날이 올 때까지, 쓰고 또 쓰련다. 그날이 기어이 오고야 말 테니까.

　마지막으로 미숙한 내 원고를 친히 보아주시고 힘을 주신 사단법인 물망초 박선영 이사장님께 깊이 미리 숙어 감사드린다. 내 글이 한 권의 책으로 나올 수 있도록 밤 지새우며 심려와 노고를 기울여주신 정길연 선생님께도 깊은 고마움과 감사의 인사를 전한다.

장영진

A   M A R K   O F   R E D   H O N O R

차 례

프롤로그

검문소를 통과했다. 굳게 닫혀 있던 높다란 철문이 열리고 차는 어둑어둑한 지하주차장으로 들어섰다. 그곳에서 엘리베이터를 타고 지상층으로 이동해 간단한 신체검사를 받았다. 키 168센티미터, 체중 55킬로그램, 혈압 정상…… . 나는 아래위로 흰 줄이 들어간 트레이닝복에 하얀 운동화를 신었다.

"아, 새사람 됐네. 그러고 보니 신짜 살생겼다. 얼굴형도 곱상하고, 눈썹도 그려 붙인 것 같고…… ."

칭찬인지 장난인지 모를 조사관의 말이 아니더라도 거울 속의 내 모습은 막 사선을 넘어온 사람 같지 않았다.

나는 화장실이 달린 그리 크지 않은 침실을 배정받았다. 침대는 아늑했고, 냉장고에는 과일이며 음료수가 가득 채워져 있었다.

오후에는 담당 조사관의 차를 타고 서울 시내를 한 바퀴 돌았다. 용산전자상가에 가서 오디오와 카메라를 사고 의류 매장에 들러 양복을 맞추었다. 남대문시장과 롯데백화점을 둘러본 다음에는 남산에 올랐다. 남산에서 바라보는 북한산이 인상적이었다.

조사관이 말했다.

"장 선생이 1013번째예요. 황장엽 선생이 1012번째고. 지금까지 1013명이 넘어왔단 말이죠. 그중에 휴전선으로 넘어온 사람은 열 명뿐이에요. 군인이 일곱, 민간인이 셋. 천운이죠. 하늘이 도왔어. 장 선생이 넘어온 데가 제일 어려운 구간이에요. 6·25 때 금강산을 서로 차지하려고 지뢰를 엄청나게 매설했거든. 지형적으로도 제일 힘든 구간이고. 뭘 몰라서 거기로 넘은 거지, 알았더라면 시도하지도 않았을 거요. 장 선생이 처음이지. 살아남은 게 기적이야. 더군다나 두만강 건너 중국으로 탈출했다가 여의치 않자 다시 북한으로 들어가 휴전선으로 내려온 사람은 없었어요. 지금도 중국과 제3국에 많은 탈북자들이 한국행을 시도하며 떠돌고 있지만 장 선생 같은 모험은 엄두도 못 내. 장 선생이 감전된 철책만 해도 1만 볼트의 전류가 흐르고 있는데……. 기적이에요, 기적. 장 선생은 앞으로 사회에 나가서도 적응을 잘할 거예요. 그런 각오로 살면 돼요."

서울에서의 첫날밤을 보냈다. 그러나 긴장이 풀린 탓인지, 바로 이튿날 저녁부터 나는 설사와 고열에 시달렸다. 끼니때마다 쑤어

주는 잣죽도 도저히 입에 댈 수가 없었다. 결국 나는 국군수도병원으로 실려 갔다.

고열은 거의 한 달이 되도록 내리지 않았다. 담당군의관이 연신 병실을 드나들었다. 하지만 그도 종내 고개를 흔들었다.

"이상하네. 원인을 알 수 없어요."

치료의 일환으로 수혈을 받아보기로 했다. 그러자 그날 밤부터 거짓말처럼 열이 내리기 시작했다. 베개와 침대가 흠뻑 젖도록 땀을 흘리고 나자 다소 견딜 만해졌다.

"우리 오랜만에 산책이나 하지요. 날씨도 좋은데……."

나는 담당 조사관과 함께 꽃길을 걸었다. 공원 벤치에는 환자복을 입은 젊은 군인들이 면회를 온 듯한 여자 친구들과 쌍쌍이 앉아 사랑을 속삭이고 있었다.

"북한 병사들은 10년이 지나도록 군복무를 하면서 여자 손 한 번 잡아보지 못해요. 10년, 13년 동안 휴가도 없구요."

내 말에 조사관이 엉뚱한 소리를 했다.

"우리나라에는 동성애자들도 많아요."

"동성애라는 건 뭡니까?"

내가 반문하자 조사관이 우물거렸다.

"음, 그게 말이죠…… 동성끼리 좋아한다는…… 뭐, 그런 말이에요."

"동성끼리 어떻게 좋아하나요?"

"그게…… 동성끼리 사랑한다는 거죠, 뭐."

일반 탈북자들은 5개월 정도 조사를 받는다. 그 5개월 동안 대기업 견학도 하고 공연이나 스포츠를 관람하거나 여러 분야의 강의도 듣는다. 그 과정이 끝나면 대한민국 신분증을 받아 사회로 나가는 것이다.

그런데 함께 조사를 받은 다른 탈북자들이 다 사회로 나간 뒤에도 내게는 신분증이 나오지 않았다. 시간을 질질 끌면서 내보내주지 않는 것이다.

"왜 저만 늦어지는 건가요?"

"장 선생은 분명치 않아요. 귀순 동기가 말이오."

귀순 동기란 나고 자란 고향과 부모형제를 다 버리고 대한민국에 오려고 한 이유다. 예를 들면, '온 가족이 다 굶어 죽고 나만 살아남았다'라든가 '출신성분이 안 좋아 당원이 되지 못할 뿐 아니라 아버지가 처형을 당했다'라든가……. 내 경우 그것이 분명치 않다는 것이다.

나는 담당 조사관에게 따져 물었다.

"조사 과정에서 충분히 설명됐지 않았나요? 마지막 거짓말 탐지기 시험에서도 별다른 것 없이 합격점을 받았구요. 그런데 무엇이 문제가 된다는 겁니까? 다 털어놨는데 무엇을 더 끄집어내라는 겁니까? 더 이상 아무것도 털어놓을 게 없는데 말입니다."

나는 급기야 눈물을 보였다. 그러나 조사관은 호락호락 넘어가지 않았다.

"아니, 장 선생은 귀순 동기가 분명치 않아요. 숨기는 게 있어.

한번 생각해 봐요. 북한에서 바로 휴전선을 넘은 게 아니라 중국으로 탈출해 1년 1개월을 떠돌며 온갖 시도를 하다 안 되니까 다시 두만강을 건너 북한으로 들어갔어요. 그런 뒤 걸어걸어 5일 만에 휴전선을 넘었고. 그것도 제일 위험한 구간으로 말이죠. 그렇게 목숨 걸고 죽을 각오로 넘어온 데엔 꼭 그렇게 했어야만 하는 무슨 사연이 있어야 해요. 장 선생은 그걸 밝혀야 하고."

조사관은 그러면서 덧붙였다.

"와이프도 교사고 장 선생도 직업이 괜찮았으니 먹고살 걱정은 없었겠는데, 무엇 때문에 넘어왔을까?"

그의 말이 맞았다. 나는 나의 결혼 생활에 대해 함구했다. 그 부분만큼은 말하고 싶지 않았다. 조사 마지막 단계인 거짓말 탐지기 시험에서도 '네가 무슨 사람의 속마음을 알아맞힌다고 그래. 그냥 기계일 뿐이지' 하며 또박또박 거짓말을 둘러댔다. 그리고 2, 3개월 전의 질문을 그대로 기억하고 있다가 재질문에도 당황하지 않고 먼젓번과 똑같이 답변했다. 그래서 나는 모든 심사를 통과했으려니, 자신하고 있었던 것이다.

하루는 담당 조사관이 나를 차에 태우더니 비디오방으로 데려갔다. 우리는 작고 어두컴컴한 방으로 들어가 2인용 소파에 몸을 묻었다.

잠시 후 벌거벗은 남녀가 섹스를 나누는 장면이 화면을 가득 채웠다. 나는 그때 큰 충격을 받았다. 세상에 태어나서 처음으로 그런 동물적인 성행위를 보았던 것이다. 얼마나 충격을 받았던지 그 장면들이 며칠째 눈앞에 어른거리며 머리를 혼란스럽게 하고 마음을 괴롭혔다. 그런데 특이하게도, 나는 그런 장면을 볼 때 여자에게는 눈길이 가지 않았다. 남자의 떡 벌어진 어깨나 가슴, 튼실한 하체, 구릿빛 얼굴, 그런 것들에만 관심이 갔다.

총각 때도 그랬었다. 방 안에 빙 둘러앉아 새로 나온 예술영화를 보고 있을 때였다. 내 눈에는 남자 주인공의 모습이 너무나 멋져 보였다. 물론 여자 주인공은 눈에 들어오지도 않았다. 나는 그 영화를 보며 무심코 말했다.

"야, 저 남자 주인공 정말로 멋있다."

그러자 곁에 앉은 친구가 이상하다는 듯 나를 쳐다보며 말했다.

"남자만 잘생겼다, 멋있다, 그러네. 그 눈에는 남자만 보이나 봐."

조사관이 나에게 그런 야한 비디오를 보여준 이유가 있었으리라. 그는 내 성적 취향을 떠보고 싶었을 것이다.

하는 수 없었다. 며칠 뒤 나는 조사관에게 이실직고했다. 솔직히 털어놓지 않으면 신분증을 받을 수 없을 것 같다는 생각이 들었기 때문이다.

"북한의 다른 청춘남녀들이 그렇듯이 저도 제대하고 나서 결혼이란 걸 했습니다. 남녀가 아들딸 낳고 사는 것이 인생이라고 생각했으니까요. 약혼식을 올리고 한 달 만에 손 한번 잡아보지 못한 채 조선시대 열두세 살 아이 장가가듯 첫날밤을 보냈습니다. 그런데 이상하게도 첫날밤부터 왠지 여자가 불편하고 아무런 느낌도 생기지 않았어요. 그렇게 9년을 살았구요. 아내는, 아무것도 바라는 게 없다, 곁에 있어주기만 해도 행복하다고 말했지만 나는 너무나 미안했습니다. 내가 아내의 인생까지 망쳐놓는 것이라고 생각했어요. 3년을 설득하여 이혼신청서를 냈지만 무조건 살라는 명령을 받았어요. 하지만 놓아주어야 한다는 결심에는 변함이 없었습니다. 그래서 떠났습니다. 그렇게 부모형제 다 남겨두고 기약 없는 길을 떠날 때 제 마음이 어땠는지 아시겠습니까?"

내 눈앞에 엄마와 불쌍한 동생들, 끝까지 함께 살아야 한다며 눈물을 흘리던 아내 미라의 모습이 어른거렸다. 나는 세차게 어깨를 들먹이며 흐느껴 울었다.

조사관이 나를 위로하며 말했다.

"여자가 싫은 원인이 있을 거예요. 한국은 북한보다 의학이 발달했으니 함께 원인을 찾아봅시다."

그리하여 다음 날부터 나는 몇몇 큰 병원을 드나들었다. 결과는 언제나 정상이었다. 마지막으로 한 의과대학 교수가 조심스럽게 운을 뗐다.

"신체적으로는 별 문제가 없습니다. 성신과에 한번 가보시죠."

그랬다. 나는 신체적으로는 아무 이상이 없는 성인 남자였다. 다만 다른 성적 취향을 가진, 말하자면 '일반' 사회에서 '이반'으로 분류되는 성인 남자였다.

남한 사회의 이방인인 탈북자, 그리고 이성애 사회의 이방인인 성소수자……

그것이 나의 정체성이었다. 이 사회가 나를 받아들이기 이전에, 내가 나를 받아들이고 사랑할 수 있을까? 두려움이 밀려왔다. 목숨을 걸고 휴전선을 넘을 때와는 또 다른 차원의 두려움이었다. 두렵지만, 살아야 했다. 이 세상에 나왔으니, 다시 달아날 곳이 없으니 어떻게든 살아야 했다. 그것이야말로 내가 살아야 하는 이유였다.

생의 노래

1

"······그날 밤 네 아버지는 멀리 성천에 있는 전상자병원으로 큰 수술을 받으러 가야 했다. 나는 역까지만이라도 따라가겠다 했지. 만삭이라며 만류하는 데도 듣지 않았어. 그렇게 네 아버지를 기차로 떠나보내고 20리 강둑길을 따라 집으로 돌아오고 있었지. 사위가 너무 어두워 한 치 앞도 보이지 않더구나. 집에 재워놓고 나온 어린 자식들 생각에 마음이 여간 급한 게 아니었어. 바삐 걸음을 옮기는데 웬 시커먼 그림자가 불쑥 앞을 막아서지 않겠니. 어찌나 오싹하던지. 주먹을 꼭 그러쥐고 걸음을 옮기는데 코앞에까지 바짝 다가온 그림자가 나를 와락 덮쳤다. 필사적으로 저항하며 소리를 질러댔지. 그 와중에 퍼뜩 감이 오더구나. 이놈아, 난 네놈이 누군지 알아. 저 건너편 박골 김○○이지? 날 밝으면 네놈을 고발할 거야. 그러자 그놈이 나를 확 밀쳐버리질 않겠니. 그 통에 강둑 아래로 굴렀어. 눈을 떠보니 캄캄한 하늘에 희미하게 별이 보이더구나. 그때 난 네가 떨어진 줄 알았지. 간신히 몸을 끌고 집으로 들어서는데 바로 진통이 시작됐어. 점점 진통이 심해지더니 새벽쯤엔가 핏덩이가 몸 밖으로 나오긴 했는데 울지를 못하더구나. 출산을 돕던 옆집 아매가 너를 거꾸로 쳐들고는 엉덩짝을 몇 번 때렸어. 그래도 울지 못하니까 똑바로 누여놓고 네 입을 맞추고는 힘껏 빨더구나. 그제야 네가 으앙, 울음을 터뜨렸다. 작은 창으로 아침 햇살이 비쳐들었어. 갓난아기를 찬찬히 들여다봤다. 네 외삼촌을 꼭 닮았더라. 쪼끄만 몸 구석구석을 살피는데 오른쪽 종아리에 동전만 한 흑점이 보였어. 손가락에 침을 발라 문지르니 더 선명해지더구나. 생각했지. 이 아이는 이다음에 잃어버려두 이 표시가 있어 찾기 쉬울 거라고…….”

옛 생각에 잠긴 엄마가 잠시 말을 끊는다. 나는 엄마의 말이 이어지기를 기다린다.

“……1959년 11월 27일은 네가 태어난 지 꼭 한 달째 되던 날이야. 아침부터 함박눈이 하염없이 내렸어. 널 포대기로 싸 업고 창밖을 내다보며 어찌나 울었던지. 「노동신문」에 사회주의 조국의 품으로 돌아오는 재일동포들을 태운 첫 배가 원산항에 도착한다는 기사가 실렸거든. 먼 이국땅에 살고 있는 내 혈육들 생각이 나서 더 그랬을 거야. 바로 그날 오후 네 아버지한테서 소식이 왔어. 집을 잡아놨으니 내일 중으로 청진으로 나오라고. 다 두고 애들과 옷가지들만 챙겨가지고 오라고 말이야. 다른 건 몰라두 애지중지 키우던 집짐승들이 너무 아쉽더구나. 똑딱선이 선착장에 도착했어. 넌 포대기로 꼭꼭 싸 업고 위로 두 쌍둥이는 가슴에 안고 배에 올랐지. 다섯 살이던 네 누난 내내 내 치맛자락을 붙잡고 따라오고. 옆집 아매한테 맡긴 짐승들까지 따라나서지 뭐냐. 갓 새끼를 낳은 염소는 매애 매애 울고 누렁이는 서글픈 눈으로 끙끙거리고 닭들은 구구거리는데 돼지만은 쿨쿨 자느라 꿈적도 않아. 마지막으로 실컷 먹으라고 뜽물을 가마솥째 퍼주었더니 배가 불렀던 거지. 네 아버지가 마련해 둔 집은 배 수리공장에서 부지배인을 배려해 다른 집들보다 조금 크게 지어준 사회주의 문화주택이었어. 마당에 조그마한 텃밭도 있는…….”

생각해 본다. 이른 오후의 햇살이 집 안으로 비껴들고, 난 엄마 품에서 젖을 빨고 있다. 곁에 있던 옆집 삼순이 엄마가 “우리 영진인 누굴 닮았니?” 하고 묻는다. 나는 엄마 젖가슴에 얼굴을 파묻고 꼼짝하지 않다가 엄마와 삼순이 엄마한테 한참 들볶이고 나서야 마지못해 작은 소리로 “외삼촌” 하고 대꾸한다. 그러자 “그럼 우리 애기 몇 살이지?” 하고 또 물어온다. 내가 힘없이 손가락 세 개를 펴 보이자 엄마는 까르르 웃어대고…….

“……여름이라 문을 활짝 열어놓은 저녁이었어. 엄마와 아버지 곁에 누워 자던 네가 없어진 거야. 꼬박 하루를 찾아 헤매던 끝에 멀리 산기슭 포병부대에서 연락을 받았어. 애를 찾아가라고. 너를 찾아 업고 오는데 네가 하늘에 걸린 달을 보고, 저 달이 자꾸 나를 따라와, 그러더라……."

그랬었나. 엄마의 말을 들으니 어렴풋이 그랬던 것 같기도 하다. 알 수 없다. 기억이란 믿을 게 못 되니까.

"……네 아버지는 배 수리공장 창설자였어. 아무것도 없던 바닷가에 상가대를 세우고 제재소와 사무실을 지었지. 구내식당과 공장 탁아소, 유치원도 지었고. 종업원이 500명이 넘는 어엿한 3급 기업소로 만들었다. 빈터에서 그만큼 일으켜 세운 네 아버지를 두고 종업원들은 부지배인동지의 부인은 어떤 여인일까? 하고 궁금해했다지. 네 아버진 키가 훤칠한 데다 참 잘생기셨거든. 난 돌이 지난 너를 공장 탁아소에 맡기고 역시 공장 안에 있는 도서관으로 출근했지. 부지배인 부인인 나를 보러 종업원들이 도서관 문턱이 닳도록 드나들었어. 모두들 숙덕거렸어. 어쩌면 저리도 고울까? 솔직히 말해 보세요. 일본 여자지요? 아니면, 아이노꼬? 조선 여성이라고 하면 믿지 않았어. 그런 말을 들을 만도 했지. 하얀 피부에 목소리는 가는 데다 발음조차 분명치 않은 데가 있었으니……."

부끄러움일까, 자랑스러움일까, 엄마의 얼굴에 엷은 홍조가 내비친다. 그러다 갑자기 안타까운 표정으로 변한다.

"……매일 출근하여 공장 탁아소에 널 맡겨놓고 돌아설 때면 언제나 넌 자지러지게 울었어. 오전 10시, 오후 3시가 젖 먹이는 시간이었어. 그때마다 경비실 앞에 매달아놓은 종이 쳤지. 하루는 온

공장 구내가 들썩이는 소동이 일어났어. 도장작업반 아낙네가 바닷가에 있는 탁아소 변소에서 아기를 낳은 거야, 글쎄. 더 큰 일은 보육원들이 변소로 모여드는 틈에 탁아소 애들이 벌벌 기어 밖으로 나간 거였어. 너도 없어졌어. 찾고 찾다 지쳐 바다만 하염없이 바라보는데, 문득 네가 사나운 파도에 휩쓸렸을 거란 생각이 드는 거야. 바다를 향해 네 이름을 부르고 또 불렀어……"

생각해 본다. 바다가 내려다보이는 산기슭 오솔길. 기저귀만 찬 채 울다 지쳐 잠이 들었다 깨어난 아이의 눈앞에 펼쳐졌을 잿빛 하늘을. 어둑어둑 날은 저무는데 길 양옆으로 억새풀은 바람에 흔들리고……. 그때가 초가을쯤이었다고 했다. 그 오솔길은 동네 아이들이 학교로 오가던 지름길이었고, 때마침 지나가던 여학생이 나를 둘러업고 집에 데려다주었다고 했다.

2

그 가을, 난 늘 혼자였다. 혼자, 일 나간 엄마를 기다리며 울다 지쳐 잠이 들곤 했다.

그 어느 날에도 나는 미지근한 아랫목에 앉아 가을바람에 낙엽이 떨어지는 칭밖을 내다보며 엄마를 기다리고 있었다. 방 안 가득 어둠이 내리도록 엄마는 돌아오지 않았다. 나는 엄마를 찾아 나서기로 했다. 입을 옷이 마땅치 않아 벽에 걸린 엄마 몸뻬를 껴입었다. 신발도 없어 맨발로 집을 나섰다. 어두워진 길가엔 인적이 뜸

했다. 울퉁불퉁한 비포장도로를 걷자니 발바닥이 몹시 아팠다. 기다란 몸빼의 아랫단으로 두 발을 감싸고 걸었다.

엄마가 일하는 공장은 캄캄했다. 파도 소리만 들릴 뿐 아무도 보이지 않았다. 도로 공장 정문을 밀고 나서는 순간 세차게 불어온 바람에 철제문이 쾅 닫혔다. 그 순간 문틈에 내 손이 끼었다. 감각조차 느껴지지 않았다. 나는 피가 흐르는 오른손을 감싸 쥔 채 울면서 집으로 돌아왔다. 아무도 없는 집에서 서럽게 울고 또 울었다.

"그때 난 네 손가락이 모두 잘려나갔다고 생각했어. 집에 들어서서 보니 불 꺼진 방에서 네가 울고 있는데 어찌나 피를 많이 흘렸던지, 그 작은 몸이 피투성이였어. 그 먼 길을 그렇게 피를 흘리며 걸었으니…… 뼈는 허옇게 드러나 있고……."

훗날 엄마가 말했다. 지금도 내 오른손에는 그때의 상처 자국이 남아 있다. 상처 자국을 가만히 들여다보노라면 온기가 식어가는 가마솥 뚜껑에 두 손을 올려놓고서 종일 엄마를 기다리던 날들이 떠오른다. 나른하게 잠이 들었다 깨어나선 울고 또 잠이 들던 가을 날들이…… 또 다른 기억들도 내 머릿속에 차곡차곡 들어 있다가 실타래처럼 풀려나온다.

정지방의 높다란 벽엔 작은 스피커가 걸려 있었다. 스피커에선 언제나 쉬지 않고 사람 목소리가 흘러나왔다. 소리가 작고, 잡음마저 섞인 스피커에선 남자가 말할 때도 있었고 여자가 노래할 때도 있었다. 저 작은 통 속에 어떻게 사람이 들어가 있을까? 그것도 남자와 여자가……. 아무리 생각하고 또 생각해도 신기하고 모를 일이었다.

아랫목에 누워 천장을 올려다보면 쥐들이 오줌을 쌌는지 아니면 비가 샜는지 얼룩얼룩 검은 무늬들이 많았다. 어떤 무늬는 새처럼 생겼고 어떤 얼룩은 입을 크게 벌린 사람 머리처럼 생겼다. 또 어떤 것은 뱀처럼 길었다. 무늬들을 올려다보다 스르르 잠이 들곤 했다. 어렴풋이 잠에서 깨어나면서도 스피커에서 새어 나오는 소리를 들었다. 아버지의 말투처럼 자상한 남자의 목소리.

—어린 영재는 엄마를 흔들어 깨우며 "엄마, 죽지 마. 정신 차려. 내 금방 따가지고 올게. 조금만 기다려. 엄마가 먹고 싶다고 한 사과를 먹으면 금방 나을 거야" 하고는 밖으로 뛰쳐나간다. 개울을 건너면 빨간 사과가 주렁주렁 달려 있는 과수원이다. 숨 가쁘게 달려 사과밭에 다다른 영재는 땅에 떨어진 빨간 사과 한 알을 줍는다. 그런데 등 뒤에서 "이 도둑놈의 새끼! 퍼런 대낮에 남의 사과를 훔쳐!" 하고 커다란 몸집이 어린 영재를 덮친다. "아니에요. 훔친 게 아니에요. 땅에 떨어진 걸 주웠어요. 엄마가……" 하는데 미국 선교사는 어린 영재를 사과나무에 묶어놓고 이마에 청강수로 도적이라고 새긴다…….

이떤 날에는 스피커에서 축구 중계를 했다.

—3번 선수, 6번 선수에게 공을 넘겼습니다. 몰고 갑니다. 9번 선수, 9번 박두익 선수. 슛! 골인입니다. 골인입니다. 두 번째 득점입니다. 이딸리아 선수에게 공을 빼앗겼습니다. 그렇지만 다시 기

회를 잡습니다…….

또 어떤 날은 누군가 목청 높여 외쳤다.

—미 제국주의자들은 잿더미가 된 평양을 복구하려면 100년이 걸린다고 했지만 우리의 영웅적 군인들과 건설자들은 천리마를 탄 기세로 내달려 보수주의와 신비주의를 불사르며 남들이 10발자국을 뗄 때 100발자국씩 달려 7분에 집 한 채, 아니, 5분에 집 한 채씩 일떠세우고 있습니다…….

뒤이어 경쾌하고 힘찬 노래가 울려 퍼졌다.

> 에헤 에여차 데여차
> 공산주의 새 언덕이 저기 보인다.
> …………
> 어서 가자 빨리 가자 천리마 타고서
> 후손만대 번영할 낙원을 꾸민다.

일요일, 누나가 종일 집에 있을 때면 난 울지 않았다.

작은 창문으로 햇빛이 비껴들고, 누나는 이불을 뒤집어쓰고 앉아 두꺼운 소설책을 읽었다. 두 눈에선 연신 눈물이 흘러내렸다. 벽에 걸린 시계의 추는 쉼 없이 흔들리고, 아랫목에 앉은 나는 시계만 올려다보았다. 12시가 되어야 점심을 먹었기 때문이다. 나는 아직 시계를 볼 줄 몰랐다.

"누나, 지금 몇 시야. 12시 안 됐어?"

누나는 손등으로 눈물을 닦으며 건성 대답했다.

"벌써 배고파? 이제 겨우 9시 넘었어. 12시 되려면 아직 멀었지."

나는 누나 눈치를 살피며 살그머니 가마솥 뚜껑을 열어보았다. 가마솥 안에는 누런 옥수수밥을 담은 그릇이 들어 있다. 누나가 읽는 책은 『항쟁의 거리에서』인데 1960년 남한의 4·19봉기를 내용으로 한 장편소설이다. 학급 누나들이 얼마나 돌려봤던지 표지는 떨어져나가고 네 귀퉁이는 색종이로 오려 덧붙일 정도로 닳고 닳았다. 누나도 며칠 안으로 다른 애들한테 돌려줘야 한단다.

그 소설로 만든 영화도 있었다. 〈사회주의 조국을 찾은 영수와 영옥이〉인데 1부와 2부로 나뉘어 있었다.

—아침 일찍 지게를 지고 공사장으로 일하러 나간 아버지를 밤 늦게까지 기다리는 소녀……. 아랫목에는 죽 두 그릇이 놓여 있다. 판잣집 문이 열리고 어린 거지 몇이 손을 내민다. 소녀는 동냥 온 거지와 죽 그릇을 번갈아 바라보다 그만 울음을 터뜨린다. 다음 날, 거리에 항쟁의 물결이 인다. 대학생들과 시민들이 서로서로 어깨를 겯고 노도와 같이 네거리로 달린다. 거리의 보도블록을 던진다. 소녀도 판잣집 지붕의 기왓장을 치마폭에 싸안고 활짝 웃으며 거리로 달려간다. 미군 병사가 쏜 총에 소녀가 쓰러진다. 두 손에 기왓장을 꼭 쥔 체…….

나는 누나의 손을 잡고 좋아라 영화를 보러 가서는 화면 속의 소녀가 가여워 얼마나 울었는지 모른다.

아버지는 낚시를 좋아했다. 쉬는 날이면 쪽배를 빌려 이른 새벽 바다로 나갔다. 하루는 아버지가 커다란 물개를 잡았다. 뱃전으로 구경꾼들이 모여들었다. 물개기름이 화상에 좋다며 너도나도 손을 내밀었다. 아버지는 칼을 들고 달라는 사람마다 조금씩 잘라주었다. 삼순이 엄마로부터 소식을 들은 엄마가 뒤늦게 달려갔을 땐 그 귀하다는 물개의 머리와 등뼈만 겨우 남아 있을 뿐이었다.

그날 엄마는 기가 막혀 흐느껴 울었다.

"아무것도 모르는 도깨비 같으니라구. 난 살아보겠다고 아등바등하는데⋯⋯."

물개 머리와 등뼈로 짠 기름을 사이다병에 넣어 고이 걸어놨는데 그마저도 오래가지 못했다. 물개기름이 필요할 때마다 사람들이 집으로 찾아왔다. 그땐 저녁 한 끼는 죽으로 해결하던 시절이라 집집이 아이들이 뜨거운 죽 그릇을 엎질러 화상을 입는 일이 잦았다. 하필 저녁 먹는 시간에 맞춰 정전이 되곤 해서 등잔불을 켜놓고 죽을 먹는데 꼭 그럴 때 누군가 다급하게 문을 두드리곤 했다. 어느 날은 급히 문을 여니 학철이 엄마가 혼비백산하여 "물개기름, 물개기름⋯⋯ 우리 학철이가, 학철이가⋯⋯" 하고 되뇌고 있었다.

학철이네는 돼지를 키웠다. 학철이 엄마는 양동이에 펄펄 끓는 돼지죽을 퍼 담아 부엌 한쪽에 두었는데 불쑥 문이 열리면서 학철이 아버지가 기별도 없이 들어섰다. 군인인 학철이 아버지는 어쩌다 한 번씩 집에 들렀다. 어린 학철이가 반갑게 아버지에게 매달리다 벌렁 뒤로 넘어졌는데 그만 뜨거운 양동이에 엉덩이가 빠지고 말았던 것이다. 온몸에 물개기름을 바른 학철이는 시립병원으로 옮겨졌지만 그날 밤을 넘기지 못하고 죽었다.

그 일 이후 오랫동안 학철이 엄마는 저녁에 종종 찾아와 눈물을 흘리며 엄마와 함께 밤을 지새웠다. 엄마는 싹싹하고 정이 많아 동네 아낙네들과 잘 지냈다. 아낙네들은 가정적인 문제가 생길 때마다 엄마에게 와서 하소연을 했다. 엄마는 그들의 말동무가 돼주었다. 또 아이들이 아플 때면 동네 엄마들은 페니실린 약병을 들고 엄마를 찾아왔다. 엄마가 주사를 놓을 줄 알았기 때문이다.

삼순이 엄마는 일본의 친척한테서 편지가 오면 우리 집부터 찾아왔다. 일본에서 온 편지에는 한자가 많이 섞여 있었다. 엄마가 또박또박 편지를 읽어주면 삼순이 엄마는 눈물을 줄줄 흘렸다. 삼순이네는 줄줄이 딸만 여섯이었다. 삼순이 아버지는 삼대독자였다. 삼순이 할머니는 삼순이 엄마가 선순이, 후순이 딸 쌍둥이를 낳던 날 문밖에 나와 소리소리 질러댔다.

"아이고. 이게 무슨 변이람. 줄줄이 딸년들을 내지르더니 이젠 딸 쌍둥이까지? 하늘도 무심하지. 우리 밀양 박씨 집안 대가 끊어지게 됐꼬마."

집 안에선 삼순이 엄마의 흐느껴 우는 소리가 들렸다.

아버지의 배 수리공장에 도서관이 없어지면서 엄마는 공장 부속품창고에서 형자 아지미와 함께 일하게 되었다.

뜨거운 뙤약볕이 내리쬐는 한여름 날. 어린 나는 집으로 들어갈 수 없었다. 엄마가 출근하며 문을 잠가두었기 때문이다. 엄마가 돌아올 때까지 꼼짝없이 밖에서 기다려야 했다. 잠자리가 나른하게 날아다니고 노란 호박꽃술 속으로 꿀벌이 날아들었다. 뻐꾹새는 뻐꾹뻐꾹 노래하는 것 같기도 했고 우는 것 같기도 했다.

볕은 뜨겁게 내리쬐고, 나는 너무나도 목이 말랐다. 창문까지 꼭꼭 잠겨 있어 집 안으로 들어간다는 건 엄두도 못 낼 일이었다. 마을의 공동수돗가로 가서 태양에 뜨겁게 달아오른 수도꼭지에 입을 대고 힘껏 빨아도 물은 한 방울도 나오지 않았다. 아침에 한 시간, 그리고 저녁 시간에만 물이 나오기 때문이었다. 그 시간이면 어른들과 아이들은 물통을 들고 수돗가에 줄을 섰다.

마침 경남이네 집 문이 활짝 열려 있었다. 일 나가지 않는 경남이 엄마는 종일 집에서 빈둥거리는데 다행히 문 앞에 앉아 뜨개질을 하고 있었다. 나는 용기를 내어 안으로 들어갔다. 경남이 엄마는 내가 들어선 것을 알면서도 못 본 체 뜨개질만 했다. 내가 쭈뼛거리며 말을 꺼내지 못하고 있자 한참 만에 경남이 엄마가 차갑게 내뱉었다.

"왜?"

"물…… 물 좀…….."

다 기어들어가는 목소리로 겨우 사정을 했건만 경남이 엄마는 퉁명스럽기 그지없었다.

"물 없어."

"한 모금만……."

"가서 우리 경남이 찾아와. 어디 가 노는지, 찾아오면 물 줄게."

온 마을을 뒤져도 경남이는 보이지 않았다. 나는 다시 경남이 엄마 앞에 섰다.

"아무리 찾아도 없는데……."

경남이 엄마는 끝내 물을 주지 않았다. 부엌 물동이 위에 엎어 놓은 바가지가 보였다. 나는 시원한 물 한 바가지를 꿀꺽꿀꺽 마시는 상상을 하다 돌아섰다. 다시 수돗가로 가 수도꼭지를 힘껏 빨아 보지만 빈 수도관 속에서 꿀럭꿀럭 하는 소리만 날 뿐이었다.

나는 집 앞에 앉아 엄마를 기다리다 쓰러져 잠이 들었다. 얼핏 잠에서 깨어보니 어느새 외삼촌이 나를 업고 있었다. 멋진 대학생 교복에 대학 모표가 달린 모자를 쓴 외삼촌은 김일성종합대학에 다니는데 여름방학이라 우리 집에 다니러 온 것이었다. 외삼촌은 방학 때마다 평양에서 함흥 외갓집에 들렀다가 우리 집이 있는 청진으로 왔다. 그러면 엄마는 부둣가로 달려가 외삼촌이 좋아하는 오징어를 구해 와 밥상을 차려냈다.

4

외삼촌은 만주에서 나서 자랐다. 하얼빈대학에 다니다 중국의 문화대혁명 때 모택동 주석의 추천장을 들고 평양 김일성종합대학 정치경제학부로 유학을 왔다. 대학 졸업 후 외삼촌은 영변 원자력연구소 연구원으로 발령이 났는데 그곳에서 같은 연구원 아가씨와 결혼을 했다.

외삼촌 결혼식에 엄마는 나를 데리고 갔다.

초가을이었던 것 같다. 큰 가마솥 두 개에 문어와 임연수어, 가자미, 명태 등 잔치에 쓸 말린 물고기를 한가득 쪄냈다. 큰 보따리 몇 개를 리어카에 싣고 기차역으로 갈 때 나는 짐 위에 올라앉았다. 기차역까지는 십 리 길이었다. 캄캄한 밤길, 한적한 포장도로에 리어카 바퀴 소리만 사그락거렸다. 해안으로 난 천마산 굽잇길을 돌 땐 무서웠다. 엄마도 긴장한 탓인지 빠른 걸음으로 리어카를 끌었다. 그 길에서는 강도사건이 많이 일어났다. 굽잇길을 무사히 넘자 나는 비로소 마음이 진정되어 잠이 들었다.

승강장은 어두웠다. 철로변의 파란 불빛들이 마치 걸어 다니는 것 같았다. 우리가 탔던 기차는 증기기관차였다. 터널 안을 달릴 때마다 석탄재가 날아들어 엄마는 눈을 비비며 얼른 창문을 내리곤 했다.

함흥에 도착하니 외할머니가 소달구지를 끌고 마중 나와 있었다. 소달구지에 짐을 싣고 이번에도 그 위에 올라앉았다. 외갓집이 있는 함흥 봉궁까지는 비포장도로였다.

결혼식은 무사히 끝났다. 결혼사진 속 신부는 머리에 하얀 너울을 쓰고서 다소곳이 고개를 숙이고 있고, 색동저고리를 입은 여자애 둘은 꽃보라 담은 작은 바구니를 들고 신랑 신부 앞에 서 있다.

신랑 신부의 머리와 어깨에는 꽃보라가 뿌려져 있다.

그 이듬해던가, 여름이었고 외할머니의 환갑잔치가 있었다. 아버지가 엄마와 함께 함흥으로 가기 위해 집을 나서는데 나도 따라가겠다며 발버둥을 쳤다. 큰길까지 울면서 쫓아가는 나를 엄마는 냉정하게 뿌리쳤다. 그래도 나는 버스 정류소까지 뒤따라갔다. 그날 엄마는 나를 떼어놓느라 무진 애를 태웠는데, 아마도 당시 내게 입힐 옷이 변변찮아서 그랬던 게 아닌가 싶다.

나는 엄마와 아버지가 기차역으로 가는 시내버스에 오르는 걸 조금 떨어져서 지켜보다가 맨 마지막에 사람들 틈에 끼여 버스에 올랐다. 엄마가 버스에서 내릴 땐 나도 몸을 숨긴 채 버스에서 내렸고, 역 대합실로 들어가는 걸 멀리서 지켜보았다.

드디어 개찰이 시작됐다. 엄마 아버지도 승강장 쪽으로 나갔다. 나는 어떤 모르는 할머니의 옷자락을 몰래 잡고 개찰구를 빠져나갔다. 역무원은 나를 그 할머니의 손자쯤으로 여겼는지 달리 제지하지 않았다.

나는 할머니를 따라 기차에 올랐다. 열차가 출발했다. 나는 엄마 아버지의 좌석에서 얼마쯤 떨어진 승강구 문 쪽에 웅크리고 서서 열차가 빨리 달려 함흥에 도착하기만을 기다렸다. 당시 청진에서 함흥까지는 완행열차로 16시간 정도 걸렸다. 엄마는 아버지와 여행하는 것이 좋은지 아버지가 좋은지 연신 깔깔거렸다. 차창 밖으로 산이며, 바다며, 들판이며, 농촌 문화주택들이 언뜻언뜻 스쳐 지나갔다. 엄마가 무심코 내 쪽으로 몸을 돌릴 때마다 난 들킬세라 바닥에 주저앉았다. 기차는 계속 달렸다. 청진을 출발한 기차가 네댓 시간쯤 달려 명천을 지나칠 때였다. 아버지 곁에 딱 붙어 앉아 창밖을 향해 손짓을 해대던 엄마가 별안간 내 쪽으로 몸을 홱 돌렸다. 그 순간 나와 딱 눈이 마주치고 말았다. 엄마의 얼굴이 굳고 두 눈동자는 놀라 꼿꼿해졌다.

"어머머머, 이게 무슨 일이야? 어떻게 해……."

아버지도 나를 발견했다. 엄마와 달리 아버지는 크크크크 웃어댔다. 다섯 살짜리 어린애가 거기까지 뒤따라오리라곤 상상도 못했을 테니. 엄마가 다가와 내 옷을 와락와락 벗기더니 창밖에 대고 탁탁 털었다. 몇 시간 전 엄마를 좇아 울면서 집을 나설 때 나는 변변한 옷을 찾다 무릎과 엉덩이가 다 헤진 누나 몸뻬바지에 때 묻고 헐렁한 누나 셔츠를 부리나케 껴입었다. 거기에다 누나 검정 고무신을 꿰신었는데 너무 커서 걸을 때마다 질질 끌렸다. 때마침 열차 방송에서 노래가 흘러나왔다.

여행하는 손님들 안녕하세요.
무엇이나 좋으니 물어보세요.
…………
아 나의 희망 행복한 여행
…………

외할머니 환갑잔치가 끝나고 함흥에서 청진으로 돌아왔을 땐 초가을이어서 길가에 코스모스가 피었다. 엄마가 김장독을 땅에 묻을 때쯤엔 싸락눈이 내렸다. 밤새 함박눈이 많이 내리고 날이 밝으니 그날은 나이 한 살 더 먹는 설날이었다. 새해 첫날 아침. 어찌나 눈이 많이 내렸던지 문을 열 수가 없었다. 벽에 걸린 스피커에서는 '설날이 왔어요. 즐거운 설날이 왔어요……' 하고 아이들이 부르는 노래가 흘러나왔다.

5

그해 나는 인민학교 1학년에 입학했다. 깊은 밤 엄마는 한 땀 한 땀 내 옷을 지었다. 엄마가 지은 옷을 입으니 고양이한테 우산을 씌워놓은 것 같았다. 공장 노동자들이 입는 두껍고 거친 검정색 작업복을 잘라 손바느질로 내 몸에 맞췄는데 너무나 헐렁하고 우스꽝스러워 보였다.

하늘은 맑게 개고 따뜻한 햇볕이 내리쬐는데 엄마 손에 이끌려 학교로 가는 내 마음은 어리둥절하고 혼란스러웠다. 교정으로 들어서자 북소리와 나팔 소리가 들려오고 양쪽에 길게 늘어선 상급생들이 빨갛고 노란 꽃보라를 뿌렸다. 하얀 회칠을 한 4층 건물 중앙현관 위에는 빨간색으로 쓴 '김일성 원수님 고맙습니다'라는 현수막이 커다랗게 나붙어 있고, 잎이 무성한 아름드리 미루나무들이 운동장 둘레에 서 있었다.

나는 1학년 3반이었다. 우리 반을 맡게 된 채청자 선생이 한 명, 한 명 이름을 불렀다.

"장영진."

나는 나무에서 지저귀는 새소리에 정신이 팔려 담임선생의 호명을 듣지 못했다. 여선생이 눈을 가늘게 뜨고서 내 이름을 한 번 더 호명했다.

"장영진!"

엄마가 내 어깨를 툭 쳤다.

나는 담임의 시선을 피하며 기어들어가는 목소리로 간신히 "예" 하고 대답했다. 얼굴이 하얀 여선생이 차갑게 내 아래위를 훑어 내렸다.

교실 안 까만 칠판 위에는 원수님의 초상화가 걸려 있고, 예쁘게 장식한 뒤쪽 게시판에는 '배우고 배우고 또 배우자!'라는 글씨가 붙어 있었다. 온갖 새소리, 싱그러운 풀 내음이 창으로 밀려들었다.

채청자는 칠판에다 큼직하게 '김일성 원수님'이라고 쓴 뒤 아이들에게 학습장에 옮겨 쓰게 했다. 옆자리에 앉은 형식이가 벌떡 자리에서 일어섰다.

"선생님. 영진이가 원쑤님이라고 썼습니다."

나는 두 손으로 글씨를 가렸다. 가슴이 두근거리는데 내 앞으로 다가온 담임이 학습장을 낚아채 들여다보고는 어금니를 악물며 내 한쪽 귀를 잡아 앞쪽으로 끌어냈다. 심장은 쿵쿵거리고 머리는 어질어질했다. 너무 놀라고 겁나 토끼새끼처럼 바들바들 떠는데 담임이 내 머리를 세게 쥐어박았다. 휘청거리는 내게 담임이 말했다.

"제자리로 들어가 의자 들고 나와."

햇빛이 비쳐드는 창가에서 나는 45분 동안 무거운 의자를 쳐들고 벌을 섰다. 담임이 무섭고 조롱하듯 바라보는 아이들이 두려운데 얼굴에선 땀이 비 오듯 흘러내렸다. 가느다란 두 팔로 치켜든 의자가 무거워 자꾸만 아래로 내려가자 누군가 외쳤다.

"선생님. 영진이가 의자를 내립니다."

채청자가 지시봉으로 내 두 팔꿈치를 힘껏 올려치고는 백묵 가루가 하얗게 묻은 칠판지우개로 내 얼굴을 문질렀다. 백묵 가루가 들어간 두 눈이 따가워 절로 눈물이 흘러내리는데 아이들은 와 하고 폭소를 터뜨렸다. 채청자는 흡족한 미소를 지었다. 나는 교실이 빙빙 돌아가는 것처럼 어지럽고 눈앞의 모든 것이 희뿌옜다. 아이들은 신이 났는지 더 큰 목소리로 교과서를 읽어나갔다.

―경애하는 아버지 김일성 원수님께서는 1912년 4월 15일 평안남도 대동군 고평면 남리 만경대에서 아버님이신 김형직 선생님과 강반석 어머님의 맏아드님으로 태어나셨습니다. 아버님이신 김형직 선생님과 강반석 어머님께서는 일찍이 혁명투쟁의 길에 나서시있으며…….

그날 밤 나는 자다가 코피를 흘렸고 이불에다 오줌을 지렸다.

1학년 3반 교실은 3층이었다. 아이들은 모두 자리에서 일어나

우스꽝스러운 손짓, 몸짓 율동을 해가며 〈개미 두 마리〉를 불렀다.

개미 두 마리 짐을 끄는데 밀어도 당겨도 꿈쩍 안 해요

둘이 모여 끄니 달랑거리고 여덟이 당기니 들썩했어요

많고 많은 개미들 밀고 당기니 언덕길도 슬슬 올라갔어요

그다음은 숙제검열이었다. 〈개미 두 마리〉를 학습장에 5번씩 써오는 것이었다. 채청자는 호떡만 한 빨간 인주통과 호빵만 한 도장을 들고 숙제를 제대로 해온 아이들의 학습장에 쿵 10점 도장을 찍어주었다.

앞쪽에서 세 번째, 창가 자리에 앉은 나는 부랴부랴 꽁다리 연필로 〈개미 두 마리〉를 써 내려가지만 어느새 채청자가 내 앞에 우뚝 섰다. 채청자는 내 오른쪽 뺨에 10점 도장을 팍 찍었다. 순간 아이들은 와 웃음을 터뜨리고, 내 얼굴은 모닥불을 뒤집어쓴 것처럼 달아올랐다.

숙제검사를 마친 채청자는 그날 배우게 될 제7과를 또박또박 읽기 시작했다.

─아동단원 혁철이와 금순이는 산비탈길을 오르고 있다. 유격대 통신연락을 가는 길이다. 혁철아. 저것 봐, 다람쥐. 아이 귀엽기도 해라. 금순이가 손짓으로 높은 소나무 위를 가리킨다. 귀여운 다람쥐 한 마리가 높은 가지 끝에 앉아 두 손을 모으고 솔방울을 열심히 오물거린다. 손차양을 하고 다람쥐를 눈으로 좇던 혁철이

가, 금순아, 내 저놈을 잡아다 줄게, 하며 나무에 오르려는데…….

활짝 열린 창으로 햇빛이 비쳐들었다. 시원한 산들바람에 꽃향기, 풀 내음이 밀려드는데, 마침 잎이 무성한 나무 위로 다람쥐 한 마리가 오르고 있었다. 다른 애들은 모두 두 손으로 펼쳐든 교과서에 눈길을 두고 있는데 나는 다람쥐에 정신이 팔려 온몸을 들썩거리며 안절부절못했다. 읽기가 뚝 멈췄다. 교실 안은 쥐 죽은 듯 조용했다.

아이들이 하나둘 교과서에서 머리를 쳐들고 채청자를 바라보고, 다시 채청자의 눈길을 따라 나에게로 시선을 돌리는데 정작 나는 다람쥐에 흘려 의자에서 엉덩이를 들고 몸을 반쯤 창문 쪽으로 기울였다. 창백한 얼굴로 눈을 가늘게 뜨고 나를 노려보던 채청자가 칠판지우개를 집어 힘껏 던졌다. 탁.

다음 날부터 내 자리는 창가가 아니라 복도 쪽으로 바뀌었다. 더 이상 바다도 꽃도 새도, 나무 위 다람쥐도 볼 수 없었다. 멀리 희뿌연 하늘만이 보였다. 채청자는 엄마한테 "애가 너무 산만해요"라고 했다.

6

그날은 엄마가 다니는 공장으로 가지 않고 집에서 얌전히 숙제를 할 참이었는데 삼순이가 잠잠하던 내 마음을 들쑤셔놓았다.

"우리 아빠가 새벽 일찍 바다로 나가셨는데 오늘은 고기를 많이 잡아올 거야. 저번 날도 내 키보다 더 큰 대구를 두 마리나 잡으셨거든."

틀린 말이 아니었다. 삼순이 아빠는 얼마 전 75킬로그램이나 나가는 대구와 50킬로그램이 넘는 문어를 잡았다. 삼순이 아빠가 잡은 물고기는 배 수리공장 구내식당으로 보내져 종업원들의 식탁에 올랐다.

나는 삼순이와 함께 방파제로 나갔다. 바다 쪽으로 아득히 뻗어나간 방파제 등대에 붉게 물든 석양이 걸려 있었다. 등대까지 가보고 싶었다. 호수처럼 잔잔한 바다는 석양에 물들어 물빛이 영롱했다.

"이것 좀 봐. 아주 곱지?"

삼순이가 물밑으로 헤엄쳐 가는 한 떼의 작은 물고기들을 손짓으로 가리켰다. 나는 들고 있던 낚싯대로 빛깔 고운 물고기들을 탁 내리쳤다. 놀란 물고기들이 뿔뿔이 흩어지는 순간 나도 그만 균형을 잃고 풍덩 물에 빠지고 말았다. 언젠가 아버지는 그곳 수심이 70미터가 넘는다고 했다. 뭐라고 소리치는 삼순이 목소리가 들렸다. 나는 팔다리 넷으로 허우적거렸지만 내 몸은 점점 물속으로 가라앉고 있었다.

웅 웅 꾸르륵 꾸르륵.

수중세계의 온갖 소리가 커다랗게 들리는 가운데 꼭 감았던 눈을 뜨니 붉은 석양빛이 비쳐드는 바닷속은 무지개 빛깔로 일렁이고 작은 알갱이들이 둥둥 떠다녔다. 나는 두 손으로 입을 꼭 막았다. 그 찰나에도 물을 먹으면 죽는다는 생각이 들었기 때문이다. 숨 막히는 고통 속에 내 작은 몸이 한 번 물 위로 솟구칠 때 나는 멀리 관모봉 너머로 해가 지는 걸 보았다. 나는 다시 붉은 바닷속으로 꼬르륵 잠겼다가 두 번째로 솟구쳐 올랐지만 이내 물속에 잠기고 말았다. 세 번째 솟구쳤다 다시 가라앉을 땐 엄마 아빠와 누나, 동생들의 모습이 눈앞에 빠르게 스쳐지나갔다.

그때 삼순이는 멀리 방파제에 정박해 있는 배로 달려가 구조를 요청했다. 해양대학 실습선인 '갈매기 해양1호'는 400마력의 멋진 철선이었다. 선장 아저씨가 바다로 뛰어들어 나를 건져 올렸다. 갈매기 끼룩거리는 소리와 밧줄을 잡으라고 외치던 고함 속에서 까무룩 정신을 놓았던지 눈을 떠보니 조타실 침대 위에 맨 몸으로 누워 있었다. 나는 너무 부끄러워 담요를 머리 위로 끌어 올렸다. 조금 후 선장 아저씨가 들어와 담요 깃을 살짝 젖히고 나를 한참 내려다보았다.

"아직 의식을 못 차렸나 본데……."

얼마 뒤에 넋이 나간 듯한 엄마의 목소리가 들려왔다.

"그렇게도 방파제로 나가지 말라고 일렀는데……."

다음 날 나는 도살장에 끌려가듯 학교로 갔으나 지각이었다. 교정은 조용하기만 했다. 1교시가 끝날 때까지 복도에 우두커니 서 있었더니 채청자가 내 머리를 쥐어박고는 한쪽 귀를 잡아 비틀었다. 그러고는 바다에나 빠져 죽으라며 나를 세게 밀쳤다. 나는 계단참에 우두커니 서 있다가 교문 밖으로 나왔다. 어찌나 햇살이 눈부신지 세상이 온통 하얬다.

7

3교시, 국어시간. 교실 안은 벌둥지를 쑤신 것처럼 시끄럽다. 아이들이 국어 교과서를 펼쳐 들고 〈뛰뛰빵빵 내 동생〉을 큰 소리로 외우고 있어서다. 어떤 아이들은 두 손으로 양쪽 귀를 막고, 어떤 아이들은 눈을 감고, 또 어떤 아이들은 머리를 앞뒤로 흔들어대며 암송한다.

뛰뛰빵빵 내 동생 신바람 나서
'승리'호 자동차 몰고 가지요.
무엇을 실었느냐 물어봤더니
아빠 엄마 지으신 흰쌀에다가
공장 누나 곱게 짠 비단이래요.

어디로 가느냐고 물어봤더니
미국 놈들 때문에 헐벗고 굶주리는
남녘땅 동무들께 실어간대요.

해 저문데 그만 쉬어가라 했더니
남녘땅 동무들이 기다린다고

저녁 전에 서울까지 가야 한대요.

뛰뛰빵빵 내 동생 신바람 나서
'승리'호 자동차 몰고 가지요.

아이들이 열심히 소리 내어 교과서를 외고 있는데 무슨 이유였던지 채청자가 복도 쪽 제일 앞자리에 나른하게 앉아 있는 내게 오더니 한쪽 귀를 잡아 앞으로 끌어냈다. 채청자는 깊이 숙인 내 머리를 세게 몇 번 쥐어박더니 내 옷자락을 확 잡아당겼다. 나는 휘청거리며 넘어졌다. 그 통에 교복 상의 단추가 모두 떨어져나갔다. 내가 어정쩡 일어서자 채청자는 또다시 이를 악문 채 나를 잡아끌며 마구 밀치고 당기며 휘저어놓았다. 나는 넘어지면서 교단 모서리에 크게 얼굴을 부딪혔다. 눈앞이 캄캄하고 빙글빙글 도는데 뜨끈한 액체가 흘러내렸다. 오른손으로 쓱 문지르니 피였다.

나는 머리를 숙이고 두 손을 양옆에 붙인 차렷 자세로 채청자 앞에 섰다. 코피가 사정없이 흘러내려 바닥을 적셨다. 순간 교실 안이 조용해졌다. 놀란 아이들은 두 눈을 휘둥그레 뜨고 앞쪽만 바라보았다. 채청자는 조금 당황한 것 같았다. 코피는 빗방울이 떨어지듯 뚝뚝 흘러 앞섶을 적셨다. 아이들도, 채청자도, 누구 하나 선뜻 나서지 않았다. 나는 마음속으로 생각했다.

'내 몸속의 피가 다 빠져나가 이 자리에서 죽는다 해도 좋아. 비굴하게 흘러내리는 피를 닦지도 않고 막지도 않을 거야.'

그러는 내 모습에 채청자는 몹시 당황했다. 코피는 계속 흘러내려 옷자락을 적시고 바닥을 붉게 물들였다.

그날 저녁이었다. 나는 몽롱하게 허공을 응시하고 있었고, 내 옆에는 엄마와 형식이가 마주 서 있었다. 엄마가 따지듯 형식이에게 물었다.

"그래, 그렇게 피를 흘리는데 정말로 선생님이 닦아주지도 않고 내버려뒀단 말이야?"

"예."

엄마는 고개를 쳐들고 눈꼬리를 치켜뜨며 뚫어져라 한곳을 쏘아보더니 "깝데기를 벗겨놔야지. 꼭대기에 피도 안 마른 것이……" 하며 동생을 낳을 때 진통을 참던 것처럼 입술을 꼭 깨물었다.

다음 날 아침 엄마는 "넌 그냥 교실로 가" 하며 내 등을 떠민 뒤 교장실로 들어갔다.

저녁밥을 먹고 나서 정전이라 문을 활짝 열어두었는데 채청자가 찾아왔다. 웃방에 엄마 아빠가 나란히 앉고 그 앞에 채청자가 무릎을 꿇고 앉았다.

"교장선생님이 찾아가서 사과하지 않으면 해임시키겠다고 해서……."

아빠 엄마와 채청자 사이에 몇 가지 질문과 대답이 오가는 듯했다. 잠시 후 엄마가 묻는 말이 똑똑히 들렸다.

"어떻게, 애가 그렇게 피를 흘리고 섰는데 닦아주지도 않아요?"

"솔직히, 아이들 앞이라 자존심 때문에……."

채청자의 변명이었다. 그러고도 무슨 말인지 한참이나 오갔다. 채청자가 자리에서 일어설 때쯤엔 소나기가 쏟아졌다. 아빠가 우산을 쥐여 주었지만 채청자는 끝내 뿌리치더니 비를 맞으며 돌아갔다.

8

학교가 파하면 엄마가 다니는 공장에 가서 놀곤 했다. 널따란 공장 구내 바닷가 자갈밭에는 예쁜 조가비들이 많았다. 얕은 바닷물 속에는 미역과 다시마, 파래 같은 바다풀들과 새우와 방게는 물론, 작은 물고기들이 헤엄쳐 다니고 문어도 기어 다녔다. 작은 백사장에 길게 새끼줄을 쳐놓고 오징어를 말렸는데, 바닷바람을 쐬고 하얗게 분이 오른 오징어도 얻어먹을 수 있었다.

나는 그곳이 좋았다. 학교에서는 미움을 받았지만 엄마의 일터에서는 보는 사람마다 웃어주고 반겨주었다. 귀엽다며 머리도 쓰다듬어주었다.

하루는 엄마가 일하는 창고로 들어서는데 내가 다가가는 것도 모른 채 엄마는 형자 아지미와 함께 창밖, 먼 관모봉을 바라보며 감상에 젖어 있었다. 엄마의 눈가엔 집 마당 봉선화 꽃잎에 맺힌 아침 이슬처럼 가랑가랑 눈물방울이 맺혀 있었다. 엄마가 말했다.

"야, 정말 곱지. 지대장의 부름을 받고 너무 좋아 캐드득 웃으며 거울 앞에서 머리핀을 뽑을 때 말이에요."

형자 아지미도 아련한 표정을 지었다.

"난 추석봉이 정말 좋아요. 아침 햇살이 비쳐드는데, 자작나무 아래에서 밤새 근신 처벌을 받고 있는 심혜영을 먼발치로 보며 조용히 〈사향가〉를 부르는 그 모습 말이에요."

엄마가 맞장구를 쳤다.

"함께 부르던 〈사향가〉 노래를 들으며 심혜영이 오열하는 장면 말이에요……."

그러더니 엄마가 노래를 부르기 시작했다.

내 고향을 떠나올 때 나의 어머니

문 앞에서 눈물 흘리며

잘 다녀오라 하시던 말씀

아, 귀에 쟁쟁해

형자 아지미도 조용히 노래를 따라 불렀다. 엄마가 눈물을 훔쳤다.

"그 넓은 만주 벌판에서 지대장동지를 찾아 헤매며 밤이 내린 이깔나무 숲속으로 마차를 타고 가며 부르는 주제가 말이에요."

형자 아지미가 주제가를 부르기 시작하자 이번에는 엄마가 노래를 따라 불렀다.

　가없는 넓은 광야에 내 마음 달리네
　이깔나무 숲속에 해는 저물어가네

그날 엄마와 형자 아지미가 푹 빠져 있던 영화는 〈한 지대장에 대한 이야기〉였다. 그 영화는 〈꽃 파는 처녀〉와 함께 북한뿐 아니라 중국과 소련, 동유럽 사회주의 국가들에서도 성황리에 방영된 대히트작이었다.

9

마지막 4교시가 끝나갈 무렵 채청자는 교탁 위에 놓인 교수안을 접으며 말했다.

"한 가지 기쁜 소식을 알리겠습니다."

아이들은 토끼처럼 두 눈을 반짝였다.

"영화 감상이 있습니다. 〈한 지대장에 대한 이야기〉. 2시에 시작하니까 집에 가자마자 점심식사를 하고 돈 15전 가지고 빨리 학교로 와야 합니다."

아이들은 온 교실이 떠나가라 환성을 질렀다. 얼마나 보고 싶던 영화인가. 나는 두 주먹을 부르쥐고 배고픔도 잊은 채 엄마 공장으로 달렸다.

그날따라 그 시끄럽던 공장 구내는 사람 그림자 하나 없이 조용했다. 수위의 말로는 2층 회의실에서 사상투쟁회의 중이었다. 나무계단을 올라가 회의실 문을 빠끔히 여니 분위기가 엄숙했다. 엄마는 맨 앞자리 가운데 통로 쪽에 앉아 있었다. 허리를 굽히고 살금살금 다가가니 엄마가 화들짝 놀라며 나를 밖으로 잡아끌었다.

"너 제정신이냐? 어디라고 들어오는 거야? 무슨 일 있니?"

"빨리 돈 줘. 15전. 영화대. 2시부터……."

엄마는 내 말이 끝나기도 전에 "돈 없어. 나중에 봐" 하고는 몸을 홱 돌리더니 회의장 안으로 들어가버렸다. 억이 막혔다. 돈이 없다니, 아빠와 둘이 그 영화를 봐놓고선 나 같은 건 안중에도 없다니.

며칠 전 저녁이었다. 아빠가 퇴근하며 영화표 두 장을 넣고 왔다. 엄마는 잔뜩 들떠 설거지도 내팽개치고 아빠와 함께 집을 나섰다. 나도 따라가겠다며 발버둥을 쳤지만 엄마는 집 언덕을 내려가 큰길까지 따라나서는 나를 강아지 쫓듯 쫓아버렸다. 나는 승리극장까지 뒤따라갔다. 극장 앞은 꽉 들어찬 사람들로 발 디딜 틈이 없었다. 나는 어른들 발에 밟혀 죽을 뻔했다. 엄마 아빠는 유유히 극장 안으로 사라졌다. 이윽고 영화가 시작돼 소리가 크게 극장 밖까지 새어 나왔다. 나는 울면서 혼자 집으로 돌아왔다.

그 생각을 하니 눈물이 쏟아졌다. 난 회의실 문 앞에 우두커니 서서 슬프게 울었다. 한참을 그렇게 울고 섰는데 나무계단 밟는 소리가 들리더니 경리과 아가씨가 내 앞에 섰다.

"왜 우는 거니? 엄마 불러줄까?"

아가씨가 엄마에게 뭐라고 했던지 조금 지나자 형자 아지미가 밖으로 나왔다. 나는 아지미가 쥐어 준 돈 15전을 받아들고 눈물을 닦으며 승리극장으로 내달렸다. 이미 입장이 끝나 나처럼 늦은 애들이 서너 명이 출입구 쪽에서 서성이고 있었다. 영화가 시작돼 우렁우렁한 녹음 소리가 밖에까지 크게 들렸다. 문을 열어달라고 소리치며 두 손으로 철문을 두들겨도 소용없었다. 뒤쪽으로 돌아가보기도 하고 담을 넘으려고 시도해 보기도 하는데 갑자기 철문이 열리더니 "몇 명이야? 여기 줄 서봐" 하는 것이었다.

작은 홀을 지나 두꺼운 비로드 커튼을 젖히고 상영관 안으로 들어서니 발밑이 어두워 한 발짝도 옮길 수 없었다. 조금 지나서야 시야가 트이는데 이번에는 앉을 자리가 없었다. 나는 통로 중간쯤 벽에 몸을 기대고 서서 화면에 눈길을 고정시켰다. 그러고는 앞부분이 잘린 영화에 온 신경을 모았다.

—심혜영이 떠날 준비를 하며 짐을 꾸리고 있다. 아버지가 말씀하신다. "만주 바람이 꽃바람이 아니라 칼바람이라는 걸 명심해라. 그래도 떠날 거냐?" 조용히 시계를 올려다보는 심혜영. ……드넓은 만주 벌판에서 김만철을 찾아 헤매지만 알 길이 없다. 밤이다. 아름드리 이깔나무 숲 사이로 느릿느릿 마차가 굴러간다. 정처 없는 밤길, 적막한 숲속에 방울 소리만 울려 퍼진다. 마차에 매단 호롱불이 흔들리며 심혜영의 얼굴을 비춘다. 심혜영은 깊은 사색에 잠겨 있다가 조용히 노래를 부른다.

정다운 고향산천을 떠난 지도 몇 해냐

타향살이 설움이 뼈에 사무치네.

다시 깊은 산중의 오두막. 등잔불빛이 가물거리는데 심혜영은 할머니와 함께 맷돌을 돌리고 있다. 그때 갑자기 들려오는 총소리, 기관총 소리. 심혜영이 화들짝 놀라 묻는다. "이게 무슨 소리예요?" 대통을 손에 든 할아버지의 대답. "또 김만철이가 나타났군. 일본 놈들이 벌벌 떠는 지대장일세." 그러자 심혜영이 몸을 반쯤 일으키며 "뭐라고 하셨어요? 김만철이라 하셨나요?" 되묻는다. 심혜영은 부랴부랴 짐을 싸 밖으로 뛰쳐나간다. 총탄이 빗발치는 산등성이로 찢기고 긁히며 정신없이 기어오르는데 커다란 나무등걸에 걸려 넘어진 심혜영. 머리를 쳐들며 눈을 떠보니 희미한 달빛에 철모를 쓴 일본군 병사가 두 눈을 부릅뜨고서 심혜영을 보고 있다. 심혜영이 "악" 하고 비명을 지르는데…….

그 순간 내 눈앞에 형체가 불투명한 괴물들이 우글거리고 등 뒤에서도 무엇인가가 나를 덮쳤다. 나는 외마디 비명을 지르며 정신을 잃었다. 한참 지나서야 어렴풋이 눈을 떠보니 사위는 여전히 캄캄했다. 차르르 차르르 영사기 돌아가는 소리가 귓가에 들려왔다. 나는 시멘트 바닥에 쓰러져 있었다.

희 망

1

새 학기가 시작되었다.

전교생이 운동장에 모인 가운데 학급별로 학용품 검열이 시작
됐다. 아이들은 교과서 표지 가장자리에 색종이를 곱게 오려붙이
고 학습장과 필통, 연필과 지우개 등을 정성껏 준비해 왔다. 나는
가방을 펼쳐놓기가 부끄러웠다. 내 학습장은 엄마가 창고에서 쓰
는 거칠고 두꺼운 사무용지를 묶은 것이있다. 줄이 빼곡히 쳐 있는
데다 품명, 단가, 수량, 따위의 작은 글씨가 인쇄돼 있었다. 필통은
아빠가 널빤지를 얇게 밀어 만든 것인데 연필이라곤 죄 꽁다리뿐
이었다.

학용품 검열이 끝나고 전교 글짓기대회가 진행되었다. 시간제한은 1교시 45분이었다. 어떤 내용으로 쓸까, 곰곰이 생각하다 남녘땅 동무들에게 보내는 편지를 썼다.

그리운 남녘땅 동무들아! 잘 있었니? 오늘도 미제와 괴뢰정부의 학정 밑에서 얼마나 고생하니? 우리는 아버지 원수님의 품속에서 돈 한 푼 들이지 않고 마음껏 배우고 뛰놀며 행복한 나날을 보내고 있단다. 얼마 전 나는 신문에 난 기사를 읽고 많이 울었어. 월사금을 내지 못해 학교에서 쫓겨난 영재가 너무나도 공부가 하고 싶어 창밖에서 아이들이 글 읽는 모습을 훔쳐보다 피를 팔려고 달려가는 이야기였어. 그 영재가 물결치는 항쟁의 거리로 뛰어들어…….

……그리운 남녘땅 동무들아! 아버지 원수님께서는 착취와 압박이 있는 곳에서는 반드시 인민들의 혁명투쟁이 일어나는 법이라고 말씀하셨어. 너희들도 하루빨리 우리 북녘땅 어린이들처럼 행복한 생활을 마음껏 누리기 위해 힘을 합쳐 싸워야 해.

아이들의 작문공책을 한 아름 안고 교실에 들어선 채청자는 내가 쓴 글을 읽어주며 특히 마지막 부분에서 아버지 원수님의 말씀을 인용해 넣은 것이 가장 잘된 점이라고 칭찬했다. 옆자리의 형식이가 예상 밖이라는 듯 질투심 가득한 눈빛으로 나를 쳐다보았다. 마침 학습터 백양나무에 매달린 나팔꽃 모양의 확성기에서 "지금부터 전교 글짓기대회에서 1등을 한 2학년 3반 장영진 학생이 쓴 작문,「그리운 남녘땅 동무들에게」를 읽어드리겠습니다" 하는 방송이 흘러나왔다. 곧 여학생의 낭랑한 목소리에 실려 내가 쓴 편지글이 울려 퍼졌다.

저녁 시간, 식구들이 빙 둘러앉아 있을 때 나는 작문공책을 꺼내 보이며 학교에서의 일을 자랑했다. 그러나 아빠는 묵묵히 낚싯대 손질에만 열중했고 엄마조차 듣는 둥 마는 둥 했다. 옆에 있던 쌍둥이 큰형이 내 공책을 와락 낚아챘다.

"야, 인마. 이거 네가 쓴 거 맞아? 니 글씨 아닌데, 다른 애가 쓴 거지?"

그 말에 울음이 터졌다. 나는 억울하고 서운한 마음에 구들에 엎드려 한참을 울다 그대로 잠이 들었다. 정지방에서 도란도란 이야기하는 소리에 문득 잠이 깨어 귀를 기울이니 아버지의 목소리가 들렸다.

"……학선이 그 사람한테 부탁해야겠어. 내가 말하면 안 들어줄 리가 없지. 언제 한번 집으로 청합시다."

2

어둠이 내리기 시작하는데 불빛 희미한 웃방에 아버지와 학선 아저씨가 술상을 놓고 마주앉아 있었다. 학선 아저씨는 아버지가 라진시 인민병원 당비서로 있을 때 경리과에서 일하던 젊은이였다. 아버지의 추천으로 들어간 대학을 졸업하고 다시 아버지가 일하던 병원으로 배치받아 왔는데 이후 입당 보증도 아버지가 섰다고 했다. 당시 청진시 인민병원 원장으로 있는 학선 아저씨에게 아버지가 부탁하려는 것은 돼지새끼였다. 농민시장 새끼돼지 한 마리가 40원이었는데, 우리 집엔 그만한 큰돈이 없었던 것이다.

술자리가 길어지자 엄마와 누나의 걱정이 커졌다. 아버지는 전혀 술을 입에 대지 못했다. 웃방에서 "자, 자, 자…… 부지배인동지. 한잔 쭉 하시지요" 하는 소리가 들릴 때마다 잔뜩 긴장해 앉아 있던 누나는 엄마에게 "아버지, 괜찮으실까요?" 했다. 마침내 원장선생이 일어서며 혀 꼬부라진 소리로 말했다.

"걱정 마십시오. 제가 아무렴 그까짓 돼지새끼 하나 못 구해 드리겠습니까?"

원장선생이 돌아간 다음 아버지는 뒤로 꽝 하고 넘어졌다. 두 눈을 크게 부릅뜬 채 입에는 하얀 거품이 일었다. 엄마가 다급히 외쳤다.

"영희야, 수건에 물 적셔와라. 어서! 빨리!"

며칠 후 마당 한편에 돼지우리가 지어졌다. 하얀 새끼돼지는 너무 귀여웠다. 아버지는 아침 일찍 일어나면 돼지우리부터 들여다보았다. 퇴근해서도 돼지와 함께 시간을 보내는 게 일과가 되었다. 엄마는 점심때마다 공장에서 정신없이 집으로 달려와 돼지죽을 퍼주었다. 퇴근할 때면 구내식당에서 받아놓은 뚱물을 한 동이씩 이고 왔다.

어느 아침에 아버지가 배불리 먹고 늘어져 자는 돼지를 슬슬 긁어주며 머리부터 손 뼘을 쟀다.

"여보. 내 뼘으로 다섯 뼘이요. 다섯 뼘이면 60킬로그램은 훨씬 넘는단 말이오. 1킬로그램에 4원 80전이니…… 300원이란 말이오. 300원이면 당신 한 달 월급의 몇 배요? 여섯 배가 넘지 않소?"

아버지의 손 뼘으로 일곱 뼘이 되었을 때 싸락눈 내리는 초겨울이 왔다.

3

1교시 국어시간이었다. 채청자는 칠판에 '욕심 많은 멍멍이'라고 썼다. 아이들은 교과서를 펼쳐 들었다. 「욕심 많은 멍멍이」는 물고기 한 마리를 물고 외나무다리를 건너던 멍멍이가 물속을 내려다보다 더 큰 물고기를 발견하곤 그것을 잡으려 "멍!" 하고 입을 벌이다 입에 문 것마저 떨어뜨린다는 이야기이다.

수업이 끝날 때쯤 채청자는 아버지 원수님의 탄생일을 기념해 학급별 경연대회에 나갈 중창조 명단을 발표했다. 철수, 정수, 철이…… 그리고 형식이와 얼마 전 성진에서 전학 온 선철이도 포함돼 있었다.

중창조에 뽑힌 아이들은 저녁 늦게까지 교실에 남아 연습을 했다. 2주가 지나니 제법 멋들어지게 불러 젖히는데 나도 그들과 함께 노래를 부르고 싶었다. 아버지 원수님의 탄생일을 맞아 무대에 선다니, 얼마나 영광스러운 일인가. 나는 집에 갈 생각은 않고 어두운 복도에서 문틈으로 그들을 훔쳐보았다. 부러움이 가득한 눈으로.

"자, 자, 자, 시선. 그렇지. 입을 크게 벌리고……. 좋아, 다음 차례, 고양이…… 율동……."

채청자의 풍금 소리와 지시에 맞춰 여러 집짐승 가면을 쓴 아이들이 우스꽝스러운 몸동작으로 율동을 해가며 노래를 불렀다.

(다 함께 중창으로)
옛날 옛적 어느 마을에
짐승 많은 주인이 살았대요.
어느 날 주인이 생일잔치 차리어
놀고먹는 집짐승 하나 잡는대요.
알록달록 야옹이 키꺽다리 말도
황소도 꼬꼬닭도 꿀돼지도 모였대요.

(이중창으로)
뿔 달린 황소가 성큼 나서며
이리 기웃 저리 기웃 자랑하며 하는 말이

(황소가 한 발 앞으로 나서며)
나는 나는 힘이 세고 부지런하다네.
두엄도 나르고 곡식도 나르며

주인집 농사일 도맡아 하니
생일상에 오를 염려 하나도 없다네.

그다음엔 말이 나서며 자기 자랑을 하고, 강아지도 밤낮으로 주인집을 지킨다고 노래했다. 닭과 염소 다음으로 나오는 앙큼한 고양이는 형식이가 맡았다. 내 마음 깊은 곳에서 질투심이 일었다. 마지막으로 학급에서 제일 뚱뚱한 덕우가 눈물을 뚝뚝 떨구는 돼지 가면을 머리에 얹고 나섰다.

나는 나는 아침마다 한 번씩 밥을 먹고
늘어지게 기지개를 세 번 하고서
잠을 자도 먹을 생각
꿈을 꿔도 먹을 생각뿐.

(다 같이 한 발씩 비켜서면서 주저앉아 눈물 흘리는 돼지를 가리키며)
하하 놀고먹는 꿀돼지
생일잔치 반찬감이 제격이구나.
눈물을 흘려도 소용이 있나요.
놀고먹는 꿀돼지, 놀고먹는 꿀돼지
생일잔치 반찬감에 올라라.

경사스런 명절인 아버지 원수님의 탄생일을 하루 앞두고 온 나라는 돼지 멱따는 소리로 시끄러웠다. 엄마 직장에서도 꽥꽥, 구두 공장에서도 꽥꽥. 팔려가는 우리 집 돼지도 꽥꽥. 엄마는 1킬로그램이라도 무게를 더 불리려고 팔려가는 돼지에게 큰 가마솥의 뚱물을 다 퍼주었다. 죽을 줄도 모르고 돼지는 잘도 먹었다.

명절을 맞아 우리 집에 배급된 돼지고기는 모두 뼈째 1800그램이었다. 엄마 직장에서 받은 것 1킬로그램과 식료상점에서 식구별로 공급해 준 것 800그램. 엄마는 그것을 명절날 아침 한꺼번에 다 삶았다.

나에겐 일 년에 두세 번 돼지고기 먹는 것보다 더 기쁜 일이 생겼다. 아버지 원수님의 탄생일을 맞아 이제 아홉 살인 우리 모두 조선소년단에 입단하는 영광을 받아안았기 때문이었다. 그렇게도 바라고 바라던 붉은 넥타이를 목에 두른 소년단원. 머리 위로 꽃보라가 흩날리고, 북과 소고 그리고 나팔 소리가 울려 퍼지는 가운데 선생님들이 우리 목에 붉은 넥타이를 매어주고 가슴에 소년단 휘장을 달아준다. 그런 다음 소년단 지도원선생님의 선창에 따라 오른손 주먹을 불끈 쳐들고 충성의 선서를 다지는 것이다.

선서. 나는 조선소년단원으로서 경애하는 아버지 김일성 원수님께 무한히 충직한 아들딸이 되기 위하여 몸과 마음을 다 바치며 어떤 역경 속에서도…….

혁명선열들의 붉은 피가 스며든 붉은 넥타이를 목에 두르고 활

활 타오르는 횃불 모양의 소년단 휘장을 가슴에 단 우리는 씩씩하
게 노래를 부르며 행진하는 것이다.

　　밝아오는 조국땅에 노을빛으로
　　붉게 타는 넥타이를 펄펄 날려라.
　　우리들은 원수님의 나어린 영웅들
　　공산주의 후비대로 배워나간다.
　　소년단 동무들아 깃발을 높여라.
　　원수님의 뒤를 따라 힘차게 나가자.

4

　아버지는 돼지를 판 돈으로 양을 샀다. 온몸에 얼룩무늬가 있는
양은 한쪽 앞다리를 심하게 절었는데 그 대신 값이 쌌다. 봉철이네
수탉이 꼬끼여 하고 새벽을 알리면 엄마는 깊은 새벽잠에 곯아떨
어진 나를 흔들어 깨웠다.

　"영진아. 빨리 일어나. 양을 끌고 산에 가야지."

　절름발이 양도 나를 깨우려는 것인지 밖에서 음매 하고 애처롭
게 울었다. 겨우 두 눈을 비비며 일어나 창밖을 보면 푸름푸름 날
이 밝아오고 있었다. 무릎까지 젖어드는 아침 이슬은 너무도 차가
운데 절룩이는 맛있게도 풀을 뜯었다. 동산 위에 아침 해가 솟아오
르고 아침 일곱 시 사이렌이 울리면 나는 양을 끌고 바삐 산에서

내려왔다. 학교에 가야 했기 때문이다. 절룩이를 끌고 산에서 내려올 때마다 배가 아직 차지 않은 양이 풀을 더 뜯겠다며 두 다리로 버티는 바람에 애를 먹곤 했다. 나는 학교에서 돌아오면 또다시 양을 끌고 산으로 올랐다.

절름발이 양이 처음으로 털을 깎을 땐 엄마가 막냇동생을 낳을 무렵이었다. 공장에서 산모에게 주는 산전산후 휴가는 45일이었다. 당의 배려로 40일에서 5일이 더 붙어났다고 해서 스피커에서는 연일 "혁명의 한쪽 수레바퀴를 힘차게 밀고 나가는 우리 여성들을 한없이 사랑하시는 어버이 수령님께서 여성들의 산전산후 휴가를 40일에서 45일로 연장해 주었다"며 당의 은덕을 노래해댔다. 하지만 산전산후 45일은 넉넉한 게 아니었다. 산모는 만삭이 되도록 일해야 했고 해산 후에도 스무 날이 되면 벌써 아기를 업고 출근해야 했으니까.

그날, 한낮의 태양빛이 노곤하게 내리쬐는데 형식이와 나는 뒷마당 밖에서 공기놀이를 하고 있었다. 엄마의 신음 소리가 웃방 문밖으로 간간이 새어 나오고 "옳지. 그렇지. 힘쓰고……" 하는 진료소 조산원선생의 음성도 들렸다. 나는 더럭 겁이 났다. 엄마가 죽지 않을까? 신음 소리가 점점 커졌다. 나는 두 손에 모아 쥐고 있던 공깃돌을 팽개치고 벌떡 일어났다. 집을 한 바퀴 돌아 앞마당으로 들어서는데 "으앙" 하고 갓난아기의 울음소리가 들렸다.

조산원선생이 돌아가고 나는 어간문께에 기대서서 얼굴이 빨간 갓난아기와 부석부석하고 창백한 엄마를 번갈아 바라보았다. 두 눈을 꼭 감고 누워 있던 엄마가 천천히 자리에서 일어나더니 부엌 쪽으로 갔다. 엄마가 쭈그리고 앉아서 소변을 보는데 무슨 수도꼭지를 틀어놓은 것 같기도 하고 빗물이 흘러내리는 것 같기도 한 소리가 그치지 않았다. 때마침 삼순이 엄마가 들어서다가 그 광경을 보았다.

"쌍디 엄마, 무슨 소변을 그리 오래 보우?"

엄마가 그제야 다 기어드는 목소리로 말했다.

"내 지금, 출혈을 하오."

그 소리를 듣자마자 삼순이 엄마는 냅다 달려 나갔다. 산후출혈이 얼마나 위험한지 알고 있었기 때문이다. 한 해 전 윗집에 시집온 새각시도 깊은 밤 아기를 낳다가 산후출혈로 죽은 일이 있었다. 하혈을 하며 입술을 꼭 깨문 채 아기에게 다가가는 엄마의 얼굴에는 비장한 각오가 서려 있었다. 곁에서 멍하니 지켜보고 있던 나는 무섭고 두려워 꼼짝도 할 수 없었다.

"빨리, 빨리."

삼순이 엄마 뒤로 조산원선생이 파란 위생가방을 둘러메고 정신없이 달려오고 있었다. 집에 다다른 조산원이 부리나케 위생가방을 뒤지며 뭔가를 찾았다.

"에구마. 어떡해, 없네……."

조산원이 펄썩 주저앉아 가방을 거꾸로 쏟더니 의약품들을 와락와락 헤집었다.

"있다. 됐다."

조산원이 찾아낸 건 작은 앰플로 된 소련제 지혈제였다.

그 시간에 아버지는 산모에게 먹이려고 미리 부탁해 놓은 달걀을 허술한 군용배낭에 넣어가지고 기쁨의 미소를 지으며 마을 어귀로 들어서고 있었다. 봉철이 엄마가 소리쳤다.

"쌍디 아빠. 빨리 집에 가보세요. 지금 산모가 산후출혈로 다 죽어가고 있어요."

자정이 지나 달빛이 훤하게 비치는 공동수돗가에서 아버지는 두 쌍둥이 형들과 함께 피범벅이 된 이불과 담요를 발로 밟아가며 빨았다. 나는 그 옆에서 누더기 같은 담요를 뒤집어쓴 채 우두커니 세 사람을 지켜보았다.

아버지가 어렵게 구해 온 달걀은 깨진 것까지 합쳐 41알이었다. 얼굴빛이 창백하고 부기가 오른 엄마는 머리를 갸울인 채 아버지가 달걀을 풀어 넣고 끓인 미역국에 밥을 말아 꾸역꾸역 떠넘겼다.

아궁이에 석탄불이 뻘겋게 달아오르고 가마솥에선 통강냉이죽이 부글부글 끓고 있었다. 아버지와 쌍둥이 형들은 마당에 양을 누여놓고 털을 깎았다. 깎은 양털은 비눗물에 깨끗이 빨아 말린 다음 일일이 손으로 폈다. 그렇게 손질한 양털은 밤새도록 물레질로 실을 뽑아 수건을 떴다.

엄마는 그 부실한 몸으로 쉴 새 없이 뜨개질을 했다. 누나와 아버지도 거들었다. 하얀 털실로 두툼하고 길게 뜬 겨울 수건이 30장 정도 쌓이면 장사꾼 할머니한테 싼값에 넘겼다. 날이 추워지면 엄마는 우리들의 속옷도 그렇게 뜨개질을 해서 입혔다.

털북숭이 양은 그럴 때마다 하얀 맨몸이 되었다가, 싸리꽃이 지고 눈이 오고 봄이 되면 또다시 온몸에 두툼한 털옷을 둘렀다.

5

학교에서 돌아오니 절룩이가 슬픈 눈으로 나를 바라보며 음매 했다. 나처럼 절룩이도 배가 고픈 모양이었다. 나는 절룩이를 앞세우고 산언덕을 올랐다. 바닷가로부터 희뿌연 안개가 몰려오고 부웅 부웅 등대의 고동 소리가 들려왔다. 날씨는 찌뿌둥하니 흐렸다. 절룩이가 풀을 뜯는 동안 나는 쌀쌀한 바람을 피해 움푹 팬 풀밭에 몸을 뉘었다가 깜빡 잠이 들고 말았다.

얼마나 시간이 지났을까? 눈을 떠보니 사위는 어둑어둑해지고 있었다. 화들짝 정신이 들어 주변을 둘러보았지만 양은 온데간데없었다. "얼룩아" 하고 소리쳐 부르며 온 산을 찾아 헤맸지만 소용이 없었다. 내가 완전히 어두워진 산속에서 양을 찾고 있는 것처럼 엄마 또한 내 이름을 부르며 찾고 있지 않을까, 하는 생각이 들었다. 그러나 아무리 시간이 지나도 나를 찾는 엄마의 목소리는 들리지 않았다. 나는 서글픈 마음으로 산을 내려가 개들이 짖어대고 집집마다 불빛이 새어 나오는 마을 어귀로 들어섰다. '날 찾고 있을 거야.' 그렇게 마음을 달래며 집 앞에 섰지만 희미한 불빛이 새 나오는 집 안은 조용하고 평화롭기만 했다. 나는 못 박힌 듯 오래도록 그 자리에 서 있었다.

'엄마는 온 정신이 아빠한테만 가 있고 나 같은 건 안중에도 없는 거야. 내가 죽든 말든, 양이 죽든 말든……'

그날 밤 나는 엄마가 나를 찾을 때까지 집에 들어가지 않기로 결심했다. 밤하늘에는 별이 총총하고 눈앞엔 개똥벌레가 반짝반짝 빛을 발하며 날아다녔다. 나는 별을 세어보다 눈앞으로 지나가는 개똥벌레를 두 손바닥을 오므려 산 채로 잡았다. 그러고는 꽁무니에 붙은 파란 불빛을 떼어내 콧등에 달았다. 한 무리의 박쥐들이 밤하늘을 오르내리며 빠르게 날아옜다. 나는 양의 우리에 들어가 몸을 움츠리고 잤다.

새벽녘이 되니 너무 추웠다. 동녘 하늘이 푸름푸름 밝아오는데 나는 그길로 양을 찾아 다시 산으로 올랐다. 해가 떠오르고 산 아래에서는 집집마다 아침밥 짓는 연기가 자욱했다. 일곱 시 사이렌이 울리니 등굣길에 오른 아이들의 노랫소리가 들려왔다. 나는 처음으로 학교에 가지 않는 자유의 몸이 됐지만 마음속은 한없이 불안하고 뒤숭숭했다.

해가 중천에 떠올랐다. 산 아래 마을이며 길가며 숲속 길이며, 한없이 고요하기만 했다. 나는 이 산 저 산 얼룩이를 부르며 헤매다 지쳐 소나무 아래 솔잎이 푹신하게 깔린 평평한 곳에 털썩 주저앉았다. 나는 부지런히 뭔가를 물어 나르는 개미들을 찬찬히 들여다보다 얼핏 잠이 들었다. 얼마나 잠들었을까. 개들이 요란하게 짖어대는 소리에 눈을 떠보니 건너편 산 중턱에서 내려오는 조금 밋밋한 풀숲에서 대여섯 마리 들개들이 양을 물어뜯고 있었다. 나는 두 주먹을 쥐고 달려갔다. 그렇게도 찾고 있던 절룩이였다. 나는 들개들을 쫓아버리고 절룩이를 끌어안았다. 다행히 꼬리 부분에만 상처가 났을 뿐, 절룩이는 무사했다.

6

싸리꽃피는 초가을이 되었다. 아버지는 절룩이의 겨울 양식이 될 건초를 장만하느라 일손이 바빴다. 하늘이 파랗게 갠 일요일, 엄마는 아침 일찍부터 식구들의 도시락을 준비했다. 아버지와 나, 쌍둥이 형들은 앞산으로 새초며 싸리며, 절룩이의 겨울 양식감을 베러 나섰다.

바다가 한눈에 내려다보이는 고말산은 경치가 아름다웠다. 아름드리 소나무들이 푸른 바다를 배경으로 그림처럼 펼쳐져 있고, 골짜기들엔 머루며 다래가 지천이었나. 송이버섯들도 눈에 띄었나.

가으내 장만한 건초는 집 마당 한편에 쌓아놓았다. 그만하면 산과 들이 눈으로 덮여도 절룩이가 배를 곯지 않고 겨울을 지낼 수 있을 양이었다.

추운 겨울이 가고 봄이 왔다. 얼어붙었던 개울물이 도란도란 소리 내며 흐르고 개구리들이 끄르륵 끄르륵 울음을 울었다. 바닷가 산기슭엔 물안개가 피어오르고 그때쯤 집집마다 움에 넣어두었던 감자를 꺼내 구들에 펼쳐놓고 싹을 틔웠다.

그 봄에는 아버지도 마음이 즐거운가 보았다. 두 쌍둥이 형들이 중학교를 졸업하기 때문이었다.

"여보. 우리 저애들 한날한시에 장가보냅시다. 신부가 둘이란 말이오. 결혼식 날 쌍쌍이 서서 사진 찍고 큰상 받는 모습을 생각해 보우. 얼마나 기쁘겠소."

아버지는 과묵한 성격이었다. 엄마는 아버지와 결혼해 사는 동안 아버지의 노랫소리는커녕 흥얼거리는 것조차 듣지 못했다고 했다. 그런데 어느 저녁 무렵 누나가 엄마에게 귀띔했다.

"어머니. 나, 아버지가 콧노래하시는 걸 들었어요. 양우리 손질하시면서 뭐가 그리 기쁜지 흥얼흥얼 콧노래를 하시지 않겠어요?"

7

1교시가 시작되자 채청자가 산소에 가야 하는 애들은 손을 들라고 했다. 꽤 많은 아이들이 손을 높이 쳐들었다. 아이들이 절반가량 빠져나간 교실은 썰렁했다. 나도 가고 싶었지만 우리 집엔 산소에 갈 일이 없었다. 내 옆에 앉은 정수가 학습장에 둥그런 묘지를 그리더니 그 앞에 네모나게 비석도 그려 넣었다. 그러고는 그림비석에다 '고 장○○지묘' 하고 아버지 이름을 새겨 넣더니 키득키득 웃었다. 무슨 이런 고약한 장난을 다 치나 싶었지만 나는 등교할 때 길게 줄을 늘여 산에 매놓은 절룩이가 걱정되어 제대로 따지지도 못했다.

4교시가 끝나고 도시락을 먹은 후 우리는 학교 뒷산에 올라 구덩이를 파고 작은 소나무 묘목을 심었다. 한식인 4월 5일은 식수절이기도 했다. 식수절은 온 나라가 산에 나무를 심는 날이었다. 잔뜩 흐린 날씨에 산기슭엔 봄 안개가 감돌았다. 나무를 심던 아이들이 "와, 여기도 나왔다" "와, 여기 또 나왔다" 하며 소리를 질러댔다. 그 밋밋한 뒷산은 오래전 공동묘지 터였는데 구덩이를 파던 애들이 흉측하게 드러나는 해골을 보고 깜짝깜짝 놀라며 몰려다니는 것이었다.

식수 작업이 끝나고 집 언덕을 올라 마당에 들어서니 창문으로 희미한 불빛이 비치는데 어쩐지 분위기가 이상했다. 아버지가 정지방에 반듯하게 누워 있고 진료소 소장이 아버지의 혈압을 재고 있었다. 하얀 가운을 입은 여선생도 보였다. 엄마는 부엌에서 수건을 물에 적시며 눈물을 훔치고 있었다. 나는 조용히 문을 열고 들어가 아버지의 얼굴을 찬찬히 들여다보았다.

몇 차례 혈관주사를 놓고 몸을 일으킨 소장선생님이 엄마에게 깊은 수심에 잠긴 얼굴로 아버지를 옷방에 모셔야겠다고 말했다. 엄마는 눈물을 흘리며 나보고 빨리 사촌형에게 알리라고 했다. 도무역지사 경리과장을 맡고 있던 사촌형은 20리쯤 떨어진 청암동에 살았다. 어두운 밤길을 걸어 사촌형 집에 알리고 곧바로 집으로 되돌아왔을 때 이미 집 안에서는 누나의 울음소리가 들렸다.

그렇게 아버지는 말씀 한마디 남기지 못하고 세상을 떴다. 초저녁에 퇴근하던 길로 양우리를 손질하고 일어서다 뒤로 넘어졌다는데…….

아버지의 시신을 모신 하얀 가림막 앞에 영정사진이 놓였다. 향 연기가 가물가물 피어오르고 엄마와 누나는 목 놓아 울었다. 채 돌이 되지 않은 막냇동생 영철이는 삼순이의 등에서 배고파 울다 지쳐 모기 소리만 하게 웅얼거리고, 이제 다섯 살 영순이는 떡을 손에 쥐고 좋아라 까르르 웃으며 후순이와 함께 마당에서 뛰놀았다.

삼순이 엄마가 마당가에서 아버지의 옷가지들을 불에 태우는 장면을 나는 물끄러미 지켜보았다. 전보를 받은 큰아버지가 라진에서 한걸음에 달려왔다. 성진 사는 고모도 허둥지둥 달려왔다. 그때마다 울음소리가 집 안을 가득가득 메웠다.

산역꾼들이 송진내 나는 두꺼운 관 속에 아버지를 누이고 쾅 쾅 못질을 했다. 나는 울고 또 울었다. 추도문이 낭독되고 땅속으로 관이 내려졌다. 쌍둥이 큰형이 흙을 한 삽 떠 관 위에 뿌리니 기다렸다는 듯 수많은 삽들이 흙을 떠 순식간에 관을 덮었다. 봉분이 만들어지고 떼가 입혀지고 비석이 세워졌다. 엄마는 비석을 그러안고 한없이 울었다. 우리도 봉분 앞에 나란히 서서 머리를 숙이고 울었다.

이제 모든 것이 끝났다. 아버지의 마지막 양지바른 집에서는 바다가 한눈에 내려다보였다.

8

아버지가 세상을 뜬 후 엄마는 제정신이 아니었다. 나도 절룩이가 배고픈지 어쩐지, 관심이 없어졌다. 새벽에 일어나 양을 끌고 산에 오르는 것도 잊었다. 하루 종일 굶은 절룩이는 내가 학교에서 돌아오면 애처로운 눈으로 나를 바라보며 음매 하고 울었다.

그날 채청자는 수업이 끝나도 아이들을 묶어놓고 집에 보내지 않았다. 전국적으로 '평안도 약수중학교 따라 배우기 운동'이 한창이었기 때문이었다. 개교 이래 유리 한 장 깨지지 않았다는 약수중학교는 전국의 모범이었다. 우리는 늦게까지 교실 유리창과 책상을 윤나게 닦고 운동장과 복도를 쓸었다. 내 신경은 온통 등굣길에 앞산에 매어놓은 절룩이에게 가 있었다. 해가 설핏 지자 마음이 더욱 다급해졌다.

나는 학교가 파하자마자 바삐 운동장을 가로질러 교문을 나섰다. 한달음에 도로변을 벗어나 산언덕을 올랐다. 숨 가쁘게 달려 바다가 내려다보이는 언덕길에 올랐지만 절룩이의 모습이 보이지 않았다. 가슴이 덜컥 내려앉았다.

"절룩아."

절룩이를 매어놓았던 자리엔 엄마가 머리를 약간 숙인 채 한 손으로 이마를 짚고서 슬프게 울고 있었다. 엄마가 앉은 자리에서 조금 아래쪽 경사진 곳에는 나무에 목줄이 감겨 죽은 절룩이가 두 눈을 뜬 채 누워 있었다.

관모봉 너머로 타오르는 석양에 바다가 붉게 물들고 산기슭은 핏빛으로 검붉은데 언제까지고 울고 있는 엄마와 두 눈을 뜨고 죽은 절룩이……. 서서히 어둠이 내려와 엄마와 절룩이의 모습도 곧 짙은 침묵 속에 파묻히고 말았다.

9

아버지가 돌아가시고 절룩이마저 그렇게 죽은 후 나라에서는 군량미를 비축한다며 보름치 배급에서 이틀치를 떼어냈다. 나는 그 시절의 배고픔을 지금껏 잊을 수 없다.

멀건 죽으로 저녁을 때운 식구들이 방 안에 빙 둘러앉아 있다. 자정이 다 되도록 잠이 오지 않았다. 초저녁에 먹은 죽이 위에서 꺼진 지도 오래였다. 라진 큰집에 놀러 갔을 때 밤에 새참으로 먹었던 강냉이 꼬장떡이 눈앞에 어른거렸다. 오줌을 누러 밖에 나갔던 쌍둥이 큰형이 방으로 들어서며 말했다.

"야, 밖에 나가봐. 싸락눈이 엄청 많이 내려. 첫눈이잖아."

그러자 아랫목에 멍하니 앉아 있던 쌍둥이 작은형이 벌떡 일어서더니 솥뚜껑 위에 엎어져 있던 바가지를 들고 밖으로 나갔다. 한참 지나 작은형이 하얀 싸락눈을 한 바가지 담아가지고 들어섰다. 나는 하얀 눈을 한 움큼 집어 입에 넣었다. 빈속에 눈을 먹으니 속이 더 쓰리고 허기졌다.

누나는 다니던 학교를 그만두고 멀리 산업동에 있는 식료공장에 들어갔다. 누나가 학교를 그만두던 날 선생님이 집에 찾아와 "영희는 꼭 공부를 해야 합니다" 하며 엄마를 만류하던 모습이 생각난다.

누나는 공장에서 퇴근할 때면 이따금 작은 양동이에 콩비지를 한가득 담아가지고 왔는데 온전한 비지가 아니었다. 콩기름을 짜고 남은 찌꺼기를 20킬로그램 무게로 압축한 것을 대두박이라 했는데 중국에서 가축사료로 수입해 온 그 대두박에서 또다시 두부를 만들어내고 남은 것이어서 도대체 무슨 맛인지 알 수 없었다. 우리는 누나가 가져온 비지를 간장에 비벼 먹었다.

엄마는 아침밥을 풀 때면 우리들의 점심을 그릇에 따로따로 퍼 가마솥에 앉혀놓았다. 쌍둥이 형들의 밥은 그릇 위로 조금 올라오게, 내 밥은 수평이 되게, 동생들의 밥은 절반 정도 되게 담았는데 점심까지 미지근한 온기가 남아 있었다. 밥이래야 누런 옥수수에 시래기 아니면 채친 무를 섞은 것인데 어느 땐 흰 쌀알이 드문드문 눈에 띄기도 하고, 또 어떤 땐 강낭콩이 조금씩 섞이기도 했다. 학교에서 마지막 수업이 끝나갈 때쯤이면 내 눈앞엔 벌써 가마솥 안에 들어 있는 밥그릇이 어른어른거리곤 했다. 드디어 마감종이 울리면 나는 달음박질하다시피 언덕을 올라 집에 들어섰다.

어느 날 집으로 들어서자 동생 영순이가 가마솥 뚜껑에 조그마한 두 손을 올려놓은 채 나를 바라보는데 먹지 못해 얼굴이 부석부석했다. 영순이는 가마목에 말라붙은 밥알 한 알을 찾아 제 입에 넣었다. 그애는 쌀알이건 밥알이건 눈에 보이는 건 죄 주워 입으로 가져갔다.

"영학이는 어데간?"

영순이는 머리를 가만히 숙이고 있다가 고개를 돌려 벽장 쪽을 가리켰다. 나는 급하게 솥뚜껑을 열었다. 내 밥그릇의 밥은 숟가락으로 야금야금 갉아먹어 조금밖에 남아 있지 않았다.

"내 밥 누가 먹었어?"

내가 소리치자 영순이가 그 작은 몸을 움츠리며 다 기어들어가는 목소리로 말했다.

"영학이……."

나는 겁이 나 벽장 쪽에 숨어 있는 영학이를 끌어내 벽에다 밀어붙이고서 다그쳤다.

"왜 내 밥 먹었어? 왜 먹었냔 말이야?"

나는 와들와들 떠는 영학이의 목을 힘껏 졸랐다. 먹지 못해 얼굴빛은 창백하고 머리카락은 삐죽삐죽 곤두선, 삐쩍 마른 영학이의 그 가느다란 목을 말이다. 영학이의 얼굴과 입술이 파래졌다. 죽을 것만 같아 손을 놓으니 영학이가 캑캑 하고 숨을 가다듬고는 "으앙" 하고 울음을 터뜨렸다. 화가 풀리지 않은 나는 "말해 봐. 왜 내 밥을 먹었냐구……" 하면서 또다시 동생의 목을 졸랐다.

그런 나도 영학이처럼 형의 점심밥을 축냈다가 맞은 적이 한두 번이 아니었다.

하루는 학교에서 돌아오자마자 솥 안에 든 내 몫의 밥그릇을 꺼내 허겁지겁 먹었다. 순식간에 밥그릇은 바닥이 났는데 먹었는지 말았는지 위에 기별도 없었다. 나는 다시 솥뚜껑을 열고 형의 밥그릇을 찬찬히 들여다보았다. 너무 먹고 싶었다. 손을 댔다간 얻어터질 게 뻔해서 도로 솥뚜껑을 닫았다. 솥뚜껑 위에 두 손을 올려놓고 한참 허공을 바라보는데 도저히 먹고 싶어 견딜 수가 없었다. '표 안 나게 조금만 먹어야지……' 하고는 숟가락으로 살살 긁어먹었다. 한 숟가락, 두 숟가락…… 조금 지나 세 숟가락째…… 다시 한참 지나 네 숟가락째……. 그러다 보니 어느새 밥그릇이 움푹 패었다. '표 안 나게, 들키지 않게 조금만 먹는다는 것이, 큰일 났구나……' 하면서도 유혹을 이기지 못했다. '에라 모르겠다' 하고는 세 숟가락을 더 긁어먹었다. 밥그릇은 폭탄 맞은 것처럼 푹 꺼졌다.

나는 형이 돌아오기 전에 집에서 도망쳤다. 큰 아까시나무 두 그루가 서 있고 그네가 있고 미끄럼대가 있는 동네 공터에서 학교에 갔다 온 아이들이 점심밥을 먹고 나와 말타기를 하고 있었다. 나는 벽에 기대 햇볕을 쬐며 아이들이 노는 광경을 멍하니 바라보았다. 큰 죄를 지은 것처럼 한없이 불안했다. 곧 화가 난 형이 달려올 것만 같았다. 연신 집 쪽을 살피는데 아닌 게 아니라 집 모퉁이에서 무섭게 화가 난 쌍둥이 큰형이 나를 향해 성큼성큼 걸어오고 있었다. 가슴이 두근거리는데도 형이 코앞에까지 빠르게 다가오도록 나는 꼼짝도 할 수 없었다. 도망도 치지 못하고 떨고 있는 내 앞에 형이 우뚝 섰다.

"이 새끼. 네 밥만 먹을 것이지 왜 형 밥까지 다 먹어치웠어?"

형이 주먹을 쳐들어 나를 힘껏 쥐어박았다. 한 대, 두 대…… 나는 아픔을 참지 못해 으앙 울음을 터뜨리며 되레 "이 새끼, 왜 때려?" 하고 대들었다.

"뭐, 이 새끼?"

형이 내 머리끄덩이를 잡아 시멘트벽에 짓찧었다. 나는 소리 내어 울고 또 울었다.

10

서산으로 해가 넘어갈 무렵이면 나는 큰길가가 바라보이는 집 앞 언덕에 쭈그리고 앉아 엄마와 누나의 모습이 나타나기만을 기다리곤 했다.

그날도 나는 하염없이 엄마와 누나를 기다리다 한 번도 가본 적 없는 누나의 공장을 찾아 나섰다. 천마산 굽잇길을 돌고 역전동을 지나 굴다리를 건넜다. 그렇게 사람들에게 물어 물어 20여 리가 되는 철길을 걸으면서 "그 먼 길을 걸어서 여기까지 어떻게 찾아왔니?" 하며 나를 반겨주고 식료공장에서 만드는 맛있는 간식거리도 손에 쥐여 줄 누나의 모습을 상상했다. 산업동 허허벌판을 가로질러 누나의 공장에 도착했을 땐 해가 뉘엿뉘엿 지고 있었다. 그런데 공장은 상상했던 것보다 썰렁하고 초라했다. 머리가 벗겨지고 안경을 낀 경비실 수위에게 누나를 찾아왔다고 하니 의아한 눈으로 나를 찬찬히 훑어보고는 누나의 이름을 물었다.

"장영희……? 가만있자, 누구더라. 잘 모르겠는데……?"

때마침 한 무리의 공장 누나들이 재잘거리며 정문 쪽으로 나왔다.

"너희들, 장영희가 누군지 아니? 얘가 장영희 동생이라는데?"

수위의 말에 눈길들이 일제히 내게로 쏠렸다. 그중 한 누나가 깜짝 놀라며 알은체를 했다.

"어머, 네가 영희 동생이야? 세상에……."

마치 버려진 강아지라도 쳐다보는 것 같은 눈빛이어서 나는 너무나 부끄러웠다. 내 꼴은 말할 수 없이 남루했다. 때가 잔뜩 낀 목, 더벅머리에 삐쩍 마른 얼굴, 게다가 소맷부리는 코를 닦아 반들반들하고 앞섶의 단추는 다 떨어져나가고 하나밖에 남지 않았다. 나는 벌어진 신발 앞코로 삐져나온 발가락을 얼른 다른 쪽 발로 덮어 감췄다.

"가자. 누나한테 데려다줄게."

그리 크지 않은 높다란 건물로 들어서니 저편에 누나가 하얀 모자를 쓰고 웅웅 돌아가는 기계 앞에서 열심히 손을 놀리고 있었다. 나는 누나를 보자 반갑기도 하고 뭔가 잘못을 저지른 것 같기도 해서 히죽히죽 웃었다. 나를 발견한 누나는 돌처럼 굳은 표정으로 나를 차갑게 쏘아보았다. 나는 멋쩍은 웃음을 뚝 그치고 누나의 눈길을 피해 바닥을 내려다보았다. 누나는 나 따위는 아랑곳없이 하던 일을 계속했다. 나는 한참을 그 자리에 서 있다 맥없이 돌아섰다. 캄캄한 수정천 둑길을 걸을 땐 하늘에 별이 총총했다. 나는 20여 리 밤길을 되돌아 걸었다. 세상이 어리둥절하고, 한없이 서러웠다. 배는 고프고, 그리고 추웠다.

11

손 시리고 발 시리고 춥고 배고픈 긴긴 겨울이 가고 봄이 왔다. 긴긴 배고픔에도 생기를 잃지 않고 커가는 마을 아이들은 삽과 곡 괭이를 둘러메고 바다가 아득히 내려다보이는 불타산으로 올랐 다. 칡을 캐기 위해서였다. 서로들 웃고 떠들어대며 언 땅을 파헤 치면 어른 팔뚝 굵기의 칡뿌리가 쑥쑥 뽑히는데 중간중간 주먹만 한 둥그런 혹들이 달렸다. 아이들은 그것을 꿀단지라고 불렀다. 꿀 단지를 쪼개 질근질근 씹으면 쌉쌀하면서도 달짝지근한 하얀 즙 이 나와 허기를 달랠 수 있었다.

어느덧 칡뿌리가 커다란 마대자루에 가득 차 넘치면 아이들은 꿀단지를 질근질근 씹으며 산을 내려왔다. 칡뿌리는 잘게 토막내 큰 가마솥에 쪄낸 다음 구들에 말렸다. 그다음 쇠절구에 팡팡 빻아 가루로 만든 뒤 옥수숫가루와 섞어 식량 보탬을 하는 것이었다.

불타산 기슭엔 아름드리 느릅나무가 몇 그루 서 있었다. 나무들 은 저마다 하얀 속살을 드러냈다. 벗겨낸 껍질은 식용으로 썼다.

흉년에 산으로 가면 굶어 죽어도 바닷가로 내려가면 살 수 있다는 속설이 있었다. 그처럼 바다는 배고픈 사람들의 유일한 희망이었다. 파도와 함께 물역(물가)으로 내쳐지는 간들개를 한 대야씩 주워 큰 가마솥에 푹 쪄낸 다음 옥수숫가루를 조금 섞어 범벅을 만들면 어찌 됐건 목숨은 부지할 수 있었으니까.

가끔 학교에 도시락을 싸가야 할 때가 있었다. 그럴 때면 엄마는 난감한 표정을 짓곤 했다. 누런 옥수수밥이 헐렁하게 담긴 도시락을 들고 쌍둥이 형들은 잔뜩 못마땅한 얼굴로 엄마를 째려보았다. 점심시간에 도시락을 열어보면 그나마 보잘것없는 양이 한쪽으로 밀려 반으로 줄어 있기 때문이었다. 다른 아이들이 볼까 얼른 손으로 도시락 가릴 일이 싫었던 형들은 자기 앞에 놓인 아침밥을 겨우 두어 술 뜨고는 나머지 밥을 도시락에 쏟아 담고 숟가락으로 고른 다음 집을 나서는 것이었다.

그나마 나는 도시락을 싸지 못하는 날이 많았다. 점심시간 학급 애들이 교실에 빙 둘러앉아 도시락 뚜껑을 열 때면 나는 슬그머니 자리에서 일어나 학교 뒷산으로 올라갔다. 소나무순이며 진달래며 아까시꽃이며 시큼한 꾀꼬리풀이며를 뜯어 입에 넣고 와작와작 씹었다. 나는 엄마에게 말했다.

"도시락 안 싸가도 괜찮아. 배고파도 얼마든지 견딜 수 있어. 다른 애들이 운동장에 나가 뛰놀 때 교실에 가만히 앉아 있으면 배고프지 않거든."

흉년 든 해엔 산에 도토리가 많이 열렸다. 집집마다 도토리를 주워 식량 보탬을 하였다. 나는 우리도 남들처럼 도토리를 삶아 먹자고, 먹고 싶다고 엄마를 졸랐다. 어느 날 엄마가 도토리를 구해 왔다. 어린 시절 고생 모르는 온실 화초로 살아온 엄마는 도토리를 어떻게 먹어야 하는지 몰랐다. 해방 전 머슴살이를 하며 덕지덕지 기운 누더기 같은 치마에 팬티도 입지 못하고 자랐다는 형식이 엄마는 산에서 주운 도토리로 사람이 먹을 수 있는 맛있는 음식을 척척 만들어냈지만, 엄마는 물을 갈아가며 떫은맛과 독소를 우려내야 한다는 기초적인 상식도 몰랐다. 나는 엄마가 도토리로 만든 음식을 먹고 웩 웩 토했다.

마을 집집이 큰 함지박에다 도토리를 우려내느라 분주할 때도 경남이네만은 한가했다. 경남이 아버지는 일본으로 오가는 '만경봉호'를 탔다. 그 덕에 먹을 걱정, 입을 걱정 없이 잘살았다. 마을에서도 한두 집밖에 없는 싱가 재봉틀이 있는 집, 나중에는 마을에서 처음으로 일제 히타치 텔레비전을 들인 집이었다.

남들 가지지 못한 것들을 두루 가진 집이었건만, 애초에 그 집은 남들 다 가진 단 한 가지만은 간절히 소원해도 얻지 못했었다. 그 풀 수 없는 소원 때문에 집 안은 적막했고 웃을 일도 적었다. 다들 경남이 엄마더러 시집을 잘 갔다고는 해도 애를 낳을 수 없어 근심이 컸었다. 병원치료도 받아보고 누구나 맘대로 갈 수 없는 유명한 온천치료도 받아보고 어느 한의사의 말처럼 몸속의 냉기를 뺀다며 산에 들에 자라는 익모초를 달여 먹어보았으나 소용이 없었다. 그 끝에 결국 어린 남자아이를 데려다 키우기로 했는데, 그 아이가 바로 경남이었다.

잘사는 집으로 입양된 경남이는 잘 먹어 얼굴에 반들반들 기름기가 돌았다. 손에는 언제나 마을 아이들이 맛볼 수 없는 색다른 간식거리가 쥐어져 있었다. 동네 아이들은 어린 경남이가 손에 쥐고 있는 그 귀한 사과며 과자가 먹고 싶어 언제나 경남이 곁에서 맴돌았다. 나는 그런 경남이를 부러운 눈으로 바라보며 '나도 잘사는 집으로 입양되었으면……' 하고 생각했었다.

봉철이네 수탉이 꼬끼여 하고 새벽을 알렸다. 오줌이 마려워 밖으로 나서니 동녘 하늘이 푸름푸름 밝아오고 있었다. 나는 새벽 한기에 몸을 떨며 경남이네 텃밭 가까이 다가가 나무울타리에 대고 오줌을 갈겼다.

그런데 저게 뭔가, 텃밭 가장자리에 사람 눈에 쉽게 띄지 않도록 호박 이파리 몇 개로 덮어놓은 둥근 것이 눈에 들어왔다. 커다랗고 불그스름한 호박이었다. '저걸 따다 쪄 먹으면 얼마나 맛있을까?' 지난가을 라진 큰집에 갔을 때 큰어머니가 창고 지붕에 주렁주렁 열린 커다란 호박을 따다 쩍 갈라서 큰 가마솥에 쪄주던 생각을 하니 꿀꺽 하고 군침이 돌았다. 문득 한 가지 궁리가 떠올랐다. '골탕 먹여볼까? 언제나 우릴 업신여기고 비아냥거리는 거만한 아낙네……'

엄마가 막냇동생을 낳을 때였었다. 진통이 시작되고 조산원선생이 달려오고 "으앙" 하고 갓난아기 울음소리가 울려 퍼질 때 경남이 엄마는 속옷 바람으로 마당에 나와 서서 팔짱을 긴 채 우리 집 쪽을 쳐다보며 말했었다. "에이고, 쯧쯔……. 무를 뽑아내듯 쑥쑥 잘도 내싸네. 저렇게 한 구들 내싸니 저리도 가난하지."

　새날은 완전히 밝아오지 않았고 사위는 어둑어둑한데 또다시 봉철이네 수탉이 꼬끼여 하고 홰를 쳤다. 새벽 어스름에 잠긴 마을은 고요하고, 사람들도 개들도 돼지들도 양들도 토끼들도 아직 새벽잠에 곤한데 나와 봉철이네 수탉만이 잠을 깼다. 수탉은 새벽을 알리기 위해서, 나는 오줌이 마려워서. 경남이네 울바자에 오줌을 갈기다 커다란 호박이 눈에 띄었고, 그걸 보는 순간 쪄 먹고 싶어 군침이 돌았고, 그러자 갑자기 경남이네 엄마가 미워졌는데…….

　나는 두 주먹을 꼭 쥐었다. 울바자를 잡으니 가슴이 세차게 쿵쾅거렸다. 심호흡을 한 다음 용기를 내어 울바자를 뛰어넘었다. 아무도 보는 사람은 없었다. 조금씩 밝아오는 동녘에 나는 몸을 납작 엎드리고서 한 걸음 한 걸음 새벽 이슬을 헤치며 호박 쪽으로 다가갔다. 두 손으로 무거운 호박을 비틀어 딴 뒤 번쩍 들어 울타리로 넘겼다. 주위는 여전히 귀신도 모를 만큼 조용하다. 나는 호박을 안고 발끝으로 부엌문을 열었다. 벌써 잠을 깨 가마솥을 부시던 엄마는 내가 호박을 안고 들어서자 화들짝 놀랐다.

　"아니…… 이게 무슨 일이야? 이 일을 어쩌면 좋아…… 누가 보면 어쩌려고? 이 아새끼, 무슨 일을 저질렀니? 바늘 도둑이 소 도둑 된다는데 이 일을 어쩌면 좋아……."

조금 있으니 경남이 엄마가 온 마을이 들썩하게 고함을 쳐댔다.

"오우, 이게 무슨 일이람. 방금까지 있던 호박이 순식간에 없어졌꼬마. 내일쯤 따자 했었는데…… 금방 따갔지비? 벼락이나 탁쳐라, 날래 썩어지게. 급살이나 맞지비……."

부엌에 호박을 감춘 나는 가슴이 울렁대면서 숨이 막혔다. 마을 아낙네들이 하나둘 경남이네 텃밭 가장자리로 모여들었다. 형식이 엄마의 목소리가 들렸다.

"에이구, 꼭지를 보니 금방 따갔꾸마. 호박 꼭지에 뜸을 뜨오. 그러면 호박 도둑 손이 문드러져 떨어진다꼬마."

그러자 경남이 엄마가 집 안에서 뜸쑥을 가져와 진짜로 호박 꼭지에 뜸을 놓았다. 나는 형식이 엄마 말처럼 정말 손이 문드러져 떨어질까 조마조마했다. 그래서였을까? 그해 가을 나는 열 손가락 모두 생인손을 앓았다. 손가락이 곪아 온밤 내내 끙끙 앓는 소리를 낼 때면 누나는 선인장을 짓찧어 헝겊으로 싸매주거나 밀가루에 양잿물을 섞어 처매주었다. 그래야 곪은 데가 빨리 터져 낫는다고 했다.

12

아버지가 돌아가신 뒤 엄마의 버팀목은 그래도 두 쌍둥이 형들이었다. 중학교 졸업반인 두 형은 자기들의 꿈이기도 한 해양대학에 추천을 받았다. 해양대학 부학장은 아버지와 같은 라진 출신이었다. 그런데 그해 졸업생들은 모두 어렵고 힘든 사회주의 대건설장, 탄광, 광산, 농촌으로 진출하라는 당의 지시가 내려졌다. 거리 곳곳에 현수막이 나붙었다.

'청년들은 어렵고 힘든 사회주의 대건설전투장으로!'

'청년들이여! 어렵고 힘든 일에 앞장서자!'

'당은 부른다! 청년들이여! 달려가자!'

방송에서도 연일 "원쑤들에게 두 눈을 잃고도 단두대에서 조국의 승리가 보인다고 외친 항일혁명투사 최희숙 동지처럼, 나의 청춘, 나의 희망, 나의 생명 모두가 하나밖에 없는 조국보다 귀중치 않다고 외치며 피 끓는 가슴으로 적의 화구를 막은 리수복 영웅처럼, 우리 청년들은 당의 부름 따라 힘차게 달려 나갈 것입니다……" 하는 내용이 울려 퍼졌다.

쌍둥이 형들도 그 거세찬 흐름을 거스를 수 없었다. 두 형 모두 멀리 학포탄광으로 떠나야 했다. 떠나기 전날 엄마는 형들이 잠든 머리맡에 앉아서 하염없이 울었다.

세 친구

1

가을이 깊어갔다.

"저것 봐. 관모봉에 벌써 눈이 내렸어."

등굣길에 형식이가 재잘거렸다. 저 멀리 서쪽으로 장엄하게 솟아오른 해발 2400미터 관모봉이 첩첩준령 수많은 봉우리들을 거느리고 흰 눈을 인 채 솟아 있다. 해마다 10월 중순 관모봉에 흰 눈이 내리면 북변땅 힝구도시는 기온이 뚝 떨어진다.

"그런데 말이야. 이번에 주는 교복은 두꺼운 혼방직이래. 예전 교복은 얇은 인조섬유지 않았니? 그러니 얼마 못 입고 무릎과 엉덩이가 금방 꿰졌거든. 혼방직은 그렇지 않다는 거야. 온 겨울 동안 입어두 꿰지지 않고 엄청 따뜻하대. 얼마나 좋아. 정말로 아버지 원수님의 사랑은 하늘의 높이에도, 바다의 깊이에도 비길 수 없어. 저 푸른 하늘을 종이삼아, 저 푸른 바다를 먹물삼아 쓴대도 아버지 원수님의 사랑은 다 담지 못할 거야. 정말로 아버지 원수님 품속에 사는 우리 어린이들은 세상에서 가장 행복한 어린이들이지 뭐니? 그러기에 우리나라를 찾은 한 외국인은 '조선의 어린이들은 세상에서 가장 행복한 어린이들'이라며 다시 태어난다면 조선의 어린이로 태어나고 싶다고 했대."

푸른 하늘에 높이 떠가는 흰 구름처럼 붕 날아갈 듯한 형식이가 감격에 겨워 노래를 부르기 시작했다.

교복대는 16원이었다.

학부모위원장인 지철이 엄마가 집에 학급 전체 교복을 쌓아두고 16원을 들고 찾아오는 아이에게 교복을 내주었다. 나는 16원이 없어 교복을 입지 못했다. 아침조회 때 나 혼자 남루한 옷차림 그대로여서 몹시 부끄러웠다.

나는 학교가 파하면 손수레를 끌고 엄마 공장으로 가서 공장 구내 여기저기에 널려 있는 파고철을 주워 고물상에 팔았다. 고철 1킬로그램에 3전이었으니 며칠을 그렇게 끌어다 팔아도 얼마 되지 않았다.

집엔 어미닭 한 마리가 있었는데 매일 한 알씩 알을 낳았다. 엄마는 어미닭이 알을 낳으면 얼른 집어다 소금단지에 묻어두었는데 그렇게 모은 달걀이 40알이었다. 일요일 아침 엄마는 출근 전에 달걀을 모두 꺼내 광주리에 정성껏 담아 내게 주었다. 농민시장에 가 한 알에 40전씩 팔라는 것이었다. 동생 영순이도 따라가겠다고 우겨 아침 일찍 둘이서 집을 나섰다.

농민시장은 인곡동에 있었다. 추운 날씨에 20리 길을 걸어 농민시장에 도착했다. 한쪽 구석에 달걀 광주리를 내려놓고 쪼그리고 앉았지만 점심때가 지나도록 사려는 사람이 아무도 없었다. 어린 영순이는 배고픈 데다 발이 시려 눈물을 떨구었다. 둘 다 양 볼과 두 손이 빨갛게 되었다. 발이 시리다 못해 종당엔 감각조차 느껴지지 않았다. 그 꼬락서니가 가련해 보였는지 우리 앞을 지나치는 사람들이 잠시 멈춰 서선 혀를 찼다. 마침내 한 아낙네가 다가와 값을 물었다.

"그 닭알 하나에 얼마냐?"

"40전요."

"얘, 알이 작지 않니? 35전에 주렴."

"엄마가 꼭 40전 받으라고 했어요."

아낙은 그냥 가버렸다. 해가 떨어질 무렵이 되니 날씨는 더 추워졌다. 영순이는 발을 동동 구르며 빨갛게 언 손등으로 눈물을 훔쳤다. 한 아줌마가 다가왔다.

"얘. 너희들 고아니? 부모가 없니? 기막혀라. 내가 몽땅 살 테니 35전에 주렴."

이번에는 그 값에 팔았다. 집에 돌아왔을 땐 어두운 밤이었다.

다음 날 아침, 기쁜 마음으로 16원을 들고 지철이네로 가 교복을 타 입었다. 우리는 새 교복을 입고 열을 지어 학교로 가며 목청껏 노래를 불렀다.

이른 아침 번창한 네거리에서
공장 가는 아저씨께 인사했더니
멈춰 서서 하는 말 웃으시며 하는 말
너희들의 새 교복이 정말 곱구나.
아 좋아요, 정말 좋아요.
원수님이 주신 교복 정말 정말 좋아요.

2

달걀 판 돈으로 교복을 타 입으니 달걀에 얽힌 옛 기억이 새록새록 되살아났다.

아버지가 살아 계실 때 엄마는 맨 먼저 아버지 몫으로 하얀 쌀밥을 푼 다음 그 속에다 달걀을 하나 깨뜨려 넣었다. 우리들 밥그릇에는 누런 옥수수밥을 담아주었다. 나는 달걀이 몹시 먹고 싶었다. 봄철 운동회 날이 하루하루 다가오자 나는 엄마를 졸랐다.

"엄마, 운동회 날엔 맛있는 도시락 싸줄 거지? 닭알도 꼭 싸줘."

얼마나 먹고 싶은 달걀이던가. 다음 날도, 그다음 날도 엄마한테 다짐을 받았다.

"엄마. 닭알 몇 개 싸줄 건데? 한 알? 두 알?"

약속대로 엄마는 운동회 날 도시락에 달걀 두 개를 싸주었다.

날씨는 화창했다. 학교 운동장에 햇볕이 쨍쨍 내리쬐고 온 학교가 떠나갈 듯 응원 열기가 더해 가는 동안에도 내 머릿속은 온통 달걀 생각뿐이었다. '어서 빨리 점심시간이 되었으면……'

드디어 오전 운동회가 끝났다. 온 학급이 백양나무 그늘에 빙 둘러앉아 도시락을 펼쳤다. 달걀을 싸온 나는 우쭐해서 다른 아이들 보란 듯이 도시락 뚜껑을 열었다. 담임선생인 채청자가 왼쪽 손엔 빈 도시락을, 바른쪽 손엔 기다란 젓가락을 들고 아이들 쪽으로 다가왔다.

"자, 여러분. 어떤 맛있는 반찬을 싸왔나 한번 볼까요? 맛있는 반찬이 있으면 한 가지씩 걷겠어요."

내 앞에까지 온 채청자가 손을 뻗었다.

"우아, 맛있는 계란을 싸왔군요."

채청자는 기다란 젓가락으로 하얀 달걀 두 개를 다 넙죽 집어갔다. 나는 수탉 쫓던 누렁이처럼 입을 하 벌린 채 채청자를 올려다보았다. 그렇게나 기대했넌, 몇 날 며칠을 기다렸딘 딜걀은 한 입 베어 먹어보지도 못한 채 그림의 떡이 되고 말았다.

3

함박눈이 펑펑 내리고 처마 밑에는 고드름이 길게 매달렸다. 설을 쇠고 나는 열두 살이 되었다. 그리고 중학생이 되었다.

걸어서 한 시간 정도 되는 거리에 있는 중학교는 일본인들이 해방 전 빨간 벽돌로 고풍스럽게 지은 3층 건물이었다. 우리 학급을 맡은 총각 선생님은 제대군인으로 훤칠한 키에 아주 미남이었다.

"최, 영, 호, 라고 한다. 오늘부터 너희들이 졸업할 때까지 5년간 담임을 맡게 됐다."

영어 과목은 김순복 선생이 가르쳤다. 갓 사범대학을 나온 김순복 선생은 몸매가 날씬하고 손가락이 길었다. 웃을 땐 귀엽고 예뻤다. 문학은 김명화 선생, 수학은 잠바부대(해병대와 비슷한 특수병종) 출신인 박경화 선생이었다.

그렇게 하늘의 별이라도 따올 것만 같은, 꿈 많은 중학 시절이 시작됐다. 그땐 전쟁이 끝나고 산아제한이라는 게 없이 집집이 생기는 대로 애를 낳다 보니 한 집에 다섯, 여섯, 일곱은 보통이었다. 어느 집 엄마는 열셋을 낳았다. 인원수에 비해 교실이 모자랄 수밖에 없었다. 한 학년에 일고여덟 학급, 한 학급당 인원수는 60~70명에 육박했다. 전교생이 모이면 운동장이 꽉 들어찼다.

우리 학급에서 키가 작고 눈이 작은 형식이, 키가 크고 눈이 큰 선철이, 그리고 사회분과 선생님들 말에 의하면 여자애처럼 예쁘장하게 생겼다는 나, 이렇게 우리 셋은 한마을에 사는 떼려야 뗄 수 없는 친구 사이였다.

등교 첫날, 하늘은 구름 한 점 없이 파랗기만 했다. 남자 교사들은 정장에 넥타이를 단정히 매고 반짝반짝 빛나는 까만 구두를 신었다. 여자 교사들은 저마다 빨갛고 파랗고 노란 조선옷을 예쁘게 입었다. 그중에서도 박경화 선생이 입은 고름이 긴 초록색 저고리와 우아하게 쫙 양옆으로 퍼지는 치마가 내 눈에 제일 예뻐 보였다.

그 박경화 선생이 2교시에 들어왔다. 수업종이 울리고 박경화가 앞문으로 들어서자 시끄럽게 떠들던 아이들이 일제히 자리에서 일어섰다.

"차렷. 경례."

학급장의 구령에 아이들이 일제히 머리를 숙였다.

"선생님, 안녕하십니까?"

아이들이 제자리에 앉자 박경화는 칠판에 직삼각형을 그리고 그 밑에 '직삼각형의 정의'라고 썼다. 곧바로 수업이 진행되려는데 앞자리에 앉은 육돌이가 불쑥 농을 걸었다.

"와…… 선생님 입으신 조선옷이 진짜로 예쁘네요. 그 조선옷 결혼식 때 입으신 거예요?"

아이들의 시선이 일제히 육돌이에게로 쏠렸다. 과연 선생님이 어떤 반응을 보일까, 하는 호기심 어린 표정들이었다. 짧은 침묵 끝에 박경화가 천천히 돌아서더니 육돌이를 향해 부드러운 어조로 "이쁘지? 집에 이보다 더 고운 조선옷이 많거든" 하고는 패션쇼를 하듯 치맛자락을 살짝 잡고서 우스꽝스러운 몸짓으로 한 바퀴 빙그르르 돌았다. 아이들이 와 웃음을 터뜨렸다. 육돌이는 당황하는 기색이었다.

육돌이 아버지는 에프롱사업소 부기장인데 아들만 아홉이었다. 그중 육돌이가 여섯 번째여서 애들이 육돌이라고 불렀다. 육돌이네 형제들이라면 온 시내에 모르는 사람이 없었다. 아홉 형제가 큰 밥상을 가운데 놓고 빙 둘러앉아 술을 마시며 어른들처럼 서로 "여보게, 어서 들게나. 어서 들라니까" 하며 혀 꼬부라진 소리로 떠들어대다 퇴근해 집으로 들어서던 아버지에게 걸렸다는 소문이 온 동네에 짜하게 돌았다. 섣달 그믐날 명절용 식료품이 가득한 식료상점 창고를 턴 것도 육돌이네 형제들이었다. 수위 영감을 묶어놓고 입에 수건을 물린 다음 진창만창 술을 퍼마시고는 그 자리에 널브러져 날이 밝을 때까지 잤다는 일화로도 유명했다.

특전사 출신인 박경화를 슬쩍 떠보려 했다 본전도 못 찾은 육돌이는 무슨 생각에선지 이번에는 가방에서 제기를 꺼내들었다. 사탕알만 한 납덩이에 빨갛고, 파랗고, 노랗게 물들인 닭털을 붙인 제기를 가지고 아이들은 별의별 발재간을 다 피웠다. 공중으로 높이 차올린 제기가 떨어질 땐 한 마리 예쁜 새가 나는 것 같았다. 육돌이는 제 제기에서 보드라운 빨간색 깃털 하나를 뽑아 후 하고 불었다. 아이들의 눈동자가 공중으로 날아오른 빨간 깃털로 몰렸다. 닭털이 천천히 춤을 추며 내려올 때마다 육돌이는 연속으로 후 후 입김을 불어 공중으로 그것을 다시 띄워 올렸다. 조선인민군 정찰국 소속 목란꽃 중대 특전여전사의 능력을 시험해 보고 싶었던 것이다.

칠판에 빠르게 문제를 써나가던 박경화가 조용히 돌아서더니 무심한 듯 육돌이 앞으로 다가갔다. 그러고는 육돌이 머리카락 몇 올을 잡아 천천히 앞으로 당겼다. 아, 아, 하며 머리카락이 당겨지는 쪽으로 끌려간 육돌이가 교탁 옆에 서는 순간, 박경화가 공중으로 뛰어올랐다. 육돌이 머리 높이만큼 뛰어오른 박경화가 오른발 돌려차기로 힘차게 육돌이의 옆머리를 강타했다. 별안간 얻어터진 육돌이가 휘청하는데 박경화는 착지 동작에 연이어 재빠르게 한 바퀴 획 회전하면서 왼발로 또다시 육돌이의 머리를 강타하는 것이었다. 양옆으로 확 퍼지며 날리는 조선옷 치마가 한 폭의 예술이었다. 옆차기를 당한 육돌이는 그 자리에 푹 고꾸라졌다. 눈 깜짝할 사이에 벌어진 눈앞의 광경에 아이들은 숨을 죽였다. 한 편의 '홍길동' 영화를 보는 것 같았다.

4

학교가 파하고 집으로 가는 길에 형식이가 떠들어댔다.

"박경화 선생님 말이야. 사격뿐만 아니라 단도두 그렇게 잘 던진대. 비행기두 조종하고 기차, 배, 자동차 같은 것도 다 다룰 줄 안다는 거야. 수영, 낙하산 훈련까지 못하는 게 없대. 그런데 말이야. 박경화 선생님, 아버지 원수님 만나뵌 접견자라지 않니?"

그날 오후 우리는 고개 너머 주먹바위가 있는 새나루로 섭죽을 쑤어 먹으러 가기로 했다. 수영을 잘하는 선철이가 섭을 캐고, 형식이는 냄비와 감자와 파를 준비하기로 했다. 내가 맡은 건 쌀이었다.

우리 집 쌀독은 철벽이었다. 엄마 외엔 그 누구도 쌀을 퍼내지 못했다. 엄마는 쌀독을 넣어둔 벽장문을 커다란 자물쇠로 굳게 잠 가놓았다. 나는 식칼로 장작을 깎아 열쇠를 만들었다. 나무열쇠로 벽장문을 여는 데 성공했다. 컴컴한 벽장 안엔 반들반들 윤나는 독 세 개가 가지런히 놓여 있었다. 가장 큰 독엔 옥수수쌀이, 두 번째 큰 독엔 옥수숫가루가, 작은 독엔 하얀 입쌀이 들어 있었다. 나는 입쌀을 한 바가지 퍼낸 뒤 엄마가 해놓은 것과 똑같이 손바닥으로 표면을 고루 편 다음 그 위에 손가락으로 쥐를 그려놓았다.

나는 몰래 퍼낸 쌀을 양말짝에 넣어 동여매고 두 친구와 함께 바닷가로 향했다. 형식이가 한 팔을 내 어깨에 둘렀다. 형식이는 내가 저를 좋아하는 것보다 더 많이 나를 좋아했다. 학교에서도 언 제나 내 곁을 맴돌았다. 하지만 나는 키가 작고 삼각눈인 형식이에 게 별 관심이 없었다. 키가 크고 잘생긴 선철이가 좋았다. 형식이 는 여자애처럼 꽁할 때가 많고 질투심도 많다. 반면 선철이는 성격 이 소탈하고 변덕스럽지 않았다. 형식이와 나를 대하는 것도 한결 같았다. 나는 말이 없는 데다 내성적이어서 학급 아이들이나 선생 님들이 그다지 기억하지 못했다. 셋 중에 제일 말이 많은 건 형식 이었다. 아무튼 끝없이 재잘댔다. 나는 상대방이 참새처럼 끝없이 재잘거리는 편이 차라리 편했다.

저 멀리 수평선이 하얀 하늘과 맞닿아 있고 갈매기들이 끼룩거 리며 머리 위를 선회했다. 살랑살랑 부는 미풍에 바다 냄새가 실려

왔다. 바다 한가운데 우뚝 솟은 주먹바위는 갈매기 배설물로 하얗게 뒤덮였고, 도래굽이 기슭 산벼랑턱엔 바닷새들이 둥지를 찾아 유유히 감돌았다. 해풍에 낮게 비껴 선 소나무들은 그림만 같았다.

형식이는 벼랑턱으로 기어올라 섭죽에 넣을 쏠(산부추 종류)을 뜯고, 선철이는 물에 뛰어들어 해녀들처럼 슈 슈 휘파람 소리를 내며 물속 깊은 바위틈에서 섭을 캤다. 나는 냄비에 물을 붓고 불을 지핀 다음 감자를 깎았다. 푸우 하고 물속에서 머리를 내민 선철이가 어른 주먹만 한 섭을 치켜들고 "이것 봐!" 하고 소리쳤다.

드디어 북변땅 바닷가 마을에 터를 잡고 조상 대대로 살아온 내 고향 사람들의 별식 섭죽이 완성됐다. 선철이가 숟가락처럼 생긴 섭 껍질로 펄펄 끓는 죽을 살짝 떠 후 하고 분 다음 맛을 보고는 환호했다.

"우아…… 기막힌데."

우리는 경쟁하듯 부지런히 섭죽을 입으로 떠 넣었다. 형식이가 국어 교과서에 나오는 시 한 구절을 읊었다. 하늘가로 노을이 붉게 타올랐다. 호수처럼 잔잔한 바다가 핏빛으로 물들었다.

엄마가 막냇동생 영철이를 등에 업고서 커다란 대야를 인 채 퇴근해 집으로 들이섰다. 대야엔 대게가 가득했다. 나는 엄마를 도와 아궁이에 불을 지폈다. 와락와락 대게를 씻어 커다란 가마솥에 안치던 엄마가 쌀함박을 들고 웃방으로 들어갔다. 나는 가슴이 콩닥콩닥 뛰었다. 쌀 퍼낸 것이 들통나면 한바탕 두들겨 맞을 게 뻔했다.

지난달 배급소에서 잡곡 대신 고구마를 내주었는데 그때도 나는 그 고구마가 너무 먹고 싶어 손을 댔었다. 우리가 사는 북변땅은 날씨가 추워 고구마 농사가 되지 않았다. 고구마뿐만 아니라 감, 사과, 대추, 수박, 참외 같은 과일 농사도 어려웠다. 유일하게 재배할 수 있는 건 껍질이 두껍고 맛도 별로인 배밖에 없었다. 나는 고구마를 꺼내 먹으려고 나무열쇠를 깎았다. 그러나 나무열쇠는 그만 자물쇠통 안에서 부러지고 말았다. 나뭇조각을 꺼내려고 애를 쓰다 포기하고 전전긍긍 눈치를 살피는데 나중에 자물쇠통을 열려다 사태를 파악한 엄마에게 된통 혼쭐이 났었다.

엄마는 "오우…… 저 아새끼를 어쩌면 좋니?" 하더니 쏜살같이 내 앞으로 다가와 "이놈아. 내 너 때문에 못살겠다" 하면서 솥뚜껑 위에 엎어져 있던 바가지를 집어 내게 던졌다. 그러고도 분이 안 풀렸던지 "새끼를 낳은 게 아니라 원쑤를 낳다니, 저런 걸 낳구두 멕국을 끓여먹었지비. 아, 그때 바다에 빠졌을 때 콱 죽기나 하지, 살아서 이렇게 에미 속을 썩이지 말고. 아이고, 난 전생에 무슨 죄를 졌기에 저런 구신들을 한 구들 내싸고 이 개고생인고. 오우, 내 팔자야…… 마른벼락이나 탁 쳐라. 저 구신 같은 아새끼들 다 썩어지게……" 하고 욕설을 퍼부어댔었다.

'이번에도 들키면 한바탕 소동이 벌어지겠지. 제발 모르게 넘어가야 할 텐데……' 속으로 걱정하며 아궁이에 불을 지피는데 웃방 쪽에서 엄마의 고함 소리가 들렸다.

"오우…… 난 어떻게 하니? 저 아새끼, 또 쌀을 퍼내다니…… 제

버릇 개를 주겠니?"

가슴이 움찔하는데 어느새 엄마가 내 앞에 우뚝 섰다. 날 내려다보는 표정이 가관이었다. 눈꼬리는 위로 치켜져 올라가고 부릅뜬 두 눈은 먹잇감을 앞에 두고 불을 뿜는 호랑이의 그것인데, 표정은 굳고 얼굴빛은 창백했다. 나는 뻔뻔스럽게 둘러댔다.

"아니야, 안 퍼냈어. 정말이야……."

엄마가 손에 쥐고 있던 쌀함박을 내게 던지며 소리쳤다.

"안 퍼냈다구? 솔직히 말해 봐, 얼마나 퍼냈어? 한 바가지? 두 바가지? 이눔 새끼야. 보름치 배급 다 퍼내구 네놈이 쌀독에 들어가 앉겠니?"

엄마는 쌀을 퍼낸 뒤 항상 표시를 해두었다. 나도 엄마처럼 한다고 했는데 그날따라 맘이 급한 나머지 엄마가 왼손잡이인 걸 깜빡했던 것이다. 엄마의 넋두리가 계속됐다.

"이눔아. 네 나이 지금 몇 살이냐? 열두 살이지? 라진 큰아버지는 열세 살에 장가갔다. 수령님은 열두 살 어린 나이에 나라를 찾겠다며 압록강 건너 천 리 길을 걸으셨어."

나는 그날 밤에도 이불에 오줌을 지렸다.

5

3교시 영어시간. 김순복 선생은 대학을 졸업하고 교단에 서고도 교복 차림 그대로였다. 집안 형편이 어려워 새 옷을 해 입을 형편이 안 된다고 했다. 그런데 그날은 예쁜 새 옷을 입고 교실에 나타났다. 까만 주름치마에 하얀 데트론(테토론) 블라우스를 받쳐 입은 앳된 여선생을 보자 육돌이의 장난기가 또 발동했다.

"우아…… 영어선생님 옷이 진짜 예쁘네요."

처녀 선생은 금세 얼굴이 빨개졌다. 어느새 넣어두었는지 선생이 백묵통을 여는 순간 커다란 두꺼비가 펄쩍 뛰어올랐다. 화들짝 놀란 선생이 "어마나!" 하고 기겁하며 뒤로 물러나자 와 폭소가 터졌다. 놀라 상기한 얼굴로 아이들을 바라보던 김순복이 다시 용기를 내 백묵을 집어 들더니 칠판에다 고운 글씨로 'Almighty Kim il sung(아버지 김일성 원수님)'이라고 썼다.

이때 앞문이 빼꼼히 열리면서 동시에 커다란 쥐 한 마리가 불쑥 기어들었다. 5학년 상급생이 처녀 선생을 놀리느라 산 쥐를 풀어놓은 것이었다. 아이들은 와 하고 반쯤 엉덩이를 쳐들고 소리를 질러댔다. 산 쥐는 칠판 벽 모서리를 따라 빠르게 여선생 쪽으로 기어갔다. 김순복은 발밑에까지 다가온 쥐를 내려다보고 기겁을 하면서 백묵을 집어던졌다. 아이들은 폭소를 터뜨리고 김순복은 "어마나, 어마나"를 연발하며 도망 다니느라 온 교실이 순식간에 난장판으로 변했다. 쥐는 책상과 의자 밑으로 요리조리 헤집고 다니고, 아이들은 아이들대로 "여기 있다, 와……" "저기 있다, 잡아라……" 하며 북새통이었다. 결국 육돌이가 재빠르게 모자로 쥐를 덮어 잡았다. 소란스럽던 교실이 조금 조용해지자 김순복은 놀란 가슴을 쓸어내리며 다시 수업을 진행했다. 아이들이 칠판에 적힌

영어단어를 열심히 학습장에 옮겨 쓰고 있을 때 지철이가 손을 들었다.

"선생님. 제가 쓴 단어 좀 봐주세요. 이렇게 쓰면 되나요?"

김순복이 중간 자리에 앉은 지철이에게 다가가 학습장을 봐주는데 그새 동작 빠른 육돌이가 허리를 굽힌 김순복의 치마 밑에다 동그란 손거울을 들이댔다. 그러고는 터지는 웃음을 참느라 한 손으로 제 입을 틀어막았다. 곧 육돌이는 학급 아이들에게 종이쪽지를 돌렸다. '예쁜 선생님이 예쁜 빨간 빤스 입었어.' 쪽지를 읽은 아이들이 숨죽여 키득거렸다.

육돌이의 짓궂은 장난은 거기서 끝나지 않았다. 수업이 끝나갈 무렵 돌아선 선생님의 하얀 블라우스에 만년필 잉크를 확 뿌렸던 것이다. 눈처럼 하얀 블라우스에 사선으로 쫙 파란 잉크 자국이 그어졌는지도 모르는 채 김순복은 교실을 나갔다.

얼마 지나지 않아 담임선생이 교실로 들어섰다. 호랑이 같은 표정에 아이들은 일시에 숨을 죽이고 목을 움츠렸다.

"누구야? 나와."

침묵이 흘렀다. 바지 주머니에 양손을 찔러 넣은 채 천천히 창문 쪽으로 다가가는 최영호의 구둣발 소리만 뚜걱, 뚜걱, 뚜걱 울려 퍼졌다. 창가에 멈춰선 최영호가 착 가라앉은 표정으로 창밖 먼 곳을 한참 바라보더니 이윽고 아이들 쪽으로 돌아섰다.

"너희들 한번 생각을 해봐. 영어선생님은 늙으신 홀어머니를 시골에 혼자 두고 성도에서 어렵게 5년간 대학 공부를 마쳤어. 얼마나 생활이 어려우면 대학을 졸업하고도 교복 차림 그대로 교단에 섰겠니? 그런 선생님의 심정이 어떠했겠어? 너희들 얼마 전 시골에서 영어선생님 어머니가 학교에 찾아오신 걸 봤지? 딸이 보고 싶어 먼 길을 찾아온 늙으신 어머니를 떠나보내며 순복 선생님이 어머니 손에 돈 10원을 쥐여 드리는데 어머니는 기어코 받지 않겠다며 뿌리치시더라."

담임의 목소리가 조금씩 격해지기 시작했다.

"대학을 졸업하고 교단에 서서 처음으로 지어 입으신 옷인데……. 비록 비단옷은 아니지만 소박한 그 옷을 지어 입고 선생님이 얼마나 기뻐하신 줄 알기나 하느냐 말이다."

이어 쾅 하고 주먹으로 교탁을 내리치는 소리가 났다.

"누구야? 나와!"

담임은 놀란 토끼새끼처럼 잔뜩 움츠러든 육돌이 쪽으로 시선을 보냈다. 1초…… 2초…… 3초…… 무거운 침묵이 흘렀다.

"육돌이. 너지? 나와."

움찔하며 어정쩡 자리에서 일어선 육돌이가 최영호 앞에 가서 섰다.

"돌아서."

육돌이가 돌아서는 순간 최영호의 구둣발이 육돌이의 옆머리를 후려쳤다. 헉 소리와 함께 육돌이가 쓰러졌다. 잠시 의식을 잃었던 육돌이가 부스스 몸을 일으켰다. 얼굴이 백지장처럼 하얬다.

"주머니, 다 털어놔."

최영호의 명령에 육돌이가 주섬주섬 한쪽 주머니 속의 물건들을 꺼내 교탁 위에 올려놓았다. 동그란 손거울, 사슴표 성냥갑, 새총, 제기…….

"그쪽 주머니도."

육돌이가 잠시 주춤하더니 '철벽' 담뱃갑을 꺼냈다. 중학생은 물론 대학생들도 교정에서 담배를 피운다는 것은 감히 상상도 못하던 시절이었다. 또다시 침묵이 가로놓였다. 잠시 후 최영호는 사기그릇에 물을 반쯤 담아오게 시켰다. 그러고는 남은 담배 개비들을 다 분질러 물에다 가루를 풀었다. 최영호가 공포에 질린 육돌이의 눈앞에 사기그릇을 들이댔다.

"마셔."

육돌이는 두 손으로 사기그릇을 받아들고 가까스로 입으로 가져갔다. 한 모금 쭉 들이켜자마자 우웩 토해 내고는 콜록콜록 기침을 해댔다.

6

함박눈이 소리 없이 내렸다. 길가의 가로수에 행인들의 머리에 어깨에 살포시 내려앉았다. 날은 어두워지는데 온통 하얀 눈꽃 세상이다. 오후 수업을 마친 형식이와 나는 송이송이 춤추며 내리는 흰 눈을 맞으며 집으로 향했다. 형식이는 내 곁에 착 달라붙어 내 어깨에 팔을 두르고 걸었다. 맞은편 차선에서 전조등을 밝힌 군용 지프가 달려오고 있었다. 전조등 불빛에 쏟아지는 함박눈의 형체가 선명하게 드러나는데 갑자기 형식이가 나를 와락 그러안더니 내 귀에 혓바닥을 집어넣고 가쁘게 숨을 몰아쉬었다. 시큼한 입 냄새가 역겨웠다.

"왜 이래?"

내가 밀쳐내는데도 형식이는 나를 더 세게 끌어안으며 오른쪽 귓바퀴를 물어뜯었다. 그러다가 느닷없이 "우리 같이 죽자. 죽자니까. 죽잔 말이다……"하며 나를 부둥켜안고 차도로 뛰어드는 것이었다.

삑, 브레이크를 밟는 소리가 났다. 급제동한 지프가 눈길에 미끄러지면서 가까스로 우리를 피해 멈춰 섰다. 성이 잔뜩 난 기사 아저씨가 차에서 뛰어내리며 버럭 소리를 질렀다.

"이 자식들. 제정신이야? 죽을려구 그래? 너희들 어느 학교냐? 어느 학교냔 말이다."

기사 아저씨는 하필 내 모자를 낚아채더니 그대로 차에 올라 쌩 가버렸다. 졸지에 맨머리가 된 나는 형식이가 너무도 밉고 화가 났다. 그때부터였을까, 우리의 우정에 조금씩 금이 가기 시작한 것은.

형식이네 높다란 책꽂이엔 책이 많았다. 형식이 형과 누나가 대학생이기 때문이었다. 형식이와 선철이 그리고 나 셋 중에서 형식이가 가장 열심히 공부했다. 형식이의 꿈은 과학자였다.

"글쎄 말이야. 난 하늘이 무너진대도 평성리과학대학에 가구야

말 거야. 과학자가 되면 까만 승용차를 배정받는다질 않니."

나는 그 말을 형식이에게서 백번도 더 들었다. 형식이는 밤을 새워가며 공부했다. 어떤 땐 코피까지 흘려가면서. 형식이는 글씨를 잘 썼는데 만년필이 귀한 시절이라 크림통에 먹을 갈아 넣고 펜대로 찍어서 썼다. 선생님들은 형식이의 학습장을 펼쳐보고 감탄을 금치 못했다. 글씨를 잘 쓰는 것도 유전인가 보았다. 형식이네 집안에는 글씨를 잘 써 중앙당에 뽑혀 간 사촌도 있었다. 글씨가 한몫하던 시절이었다. 글씨 잘 쓰는 재주 하나로 당비서실에 뽑혀가기도 했으니까. 빈농에 머슴살이, 게다가 광산 노동자 집안 출신인 형식이는 계급토대가 좋아 중학교를 졸업한 뒤 아무나 넘보지 못하는 국가보위부에 뽑혀 갔다. 거기서도 형식이가 쓴 이력서와 자서전은 보위부 간부들의 감탄을 자아냈다.

모자사건이 있고 나서 나는 방과 후 평소와 달리 형식이네 집으로 가지 않고 선철이네 집으로 놀러 갔다. 해방 전 지주 집에서 머슴살이를 했다는 형식이 엄마는 돈 세는 것밖에 모르는, 낫 놓고 기역자도 모르는 까막눈인 데 반해 선철이 엄마는 유학파 출신 의사였다.

내가 형식이네 집에서 밤늦게까지 공부할 때면 형식이 엄마는 아랫방에 저녁밥상을 차려놓고 형식이만 불러 자기네 식구끼리 밥을 먹었다. 한 번도 같이 먹자고 청한 적이 없었다. 그러나 선철이 엄마는 달랐다. 선철이에게 하듯 내게도 꼭 존대를 했을 뿐 아니라 밥때가 되면 "영진이도 함께 먹읍시다. 빨리 나오세요" 했다. 선철이네 집에서 밥까지 먹고 나면 더욱 집에 가기가 싫었다. 엄마 곁에서 자는 것보다 선철이 곁에서 자는 것이 더 좋았기 때문이다.

선철이 엄마는 웃방에 내 이부자리도 함께 펴주었다. 불 꺼진 방에서 나는 선철이의 가슴에 머리를 기대고 함께 잠들었다. 훗날 어른이 돼 결혼을 하고 아이가 둘이나 생기고도 선철이는 내가 자기네 집에 놀러 갈 때마다 나와 잤다. 선철이 아내는 아이들을 데리고 아랫방에 가서 자고, 나와 선철이가 한 이불을 덮고 잤다. 선철이가 우리 집에 와서 잘 때도 마찬가지였다. 아내들도 어린 시절부터 쭉 해오던 버릇이 그렇겠거니 하고 별다르게 생각하지 않았다.

선철이 아버지는 에프롱사업소 공장장이었다. 선철이 생모는 선철이가 다섯 살 때 세상을 떴다. 선철이 아버지는 세 아들을 데리고 쭉 혼자 살다 시병원 소아과 의사인 노처녀를 아내로 맞았다. 마흔이 넘은 선철이 의붓어머니가 시집을 왔을 때 맏이인 순철이와 둘째 원철이는 군에 입대해 있었고 중학교 1학년 막내 선철이만 집에 남아 있었다. 선철이 새어머니는 동유럽 사회주의국가 헝가리로 유학을 가 거기서 의학을 공부했는데 집에는 그 시절 사진첩이 몇 권 있었다. 나는 그 사진첩을 펼쳐보는 것이 재미있었다. 머리를 어깨 너머로 길게 기르고 굽 높은 하이힐에 앞가슴이 깊게 팬 민소매 셔츠와 미니스커트를 입고서 분수대를 배경으로 찍은 사진은 그 당시 어린 내게는 충격이었다. 내가 사는 땅에서는 감히 생각지도 못하는 모습들이었으니……

7

내가 선철이를 좋아하는 것처럼 형식이도 선철이를 좋아했다. 그러나 형식이는 나처럼 선철이네 집에서 잔 적이 한 번도 없었다. 내 생각에 선철이는 키가 작고 삼각눈인 형식이보다 여자애처럼 예쁘장하게 생긴 나를 더 좋아하는 것 같았다. 형식이는 선철이와 가까워지려고 노력했다. 형식이의 유일한 무기는 책이었다. 우리 집에는 아무것도 없지만 형식이네 집에 가면 볼거리가 많았다. 형식이는 책으로 선철이를 꾀었다.

"우리 집에 가. 재미나는 만화책 있어."

내 마음이 선철이한테만 가 있으니 형식이는 은근히 질투가 나고 시샘이 났나 보다. 그러던 중 형식이와 사이가 더 크게 벌어지는 사건이 생겼다.

형식이네 누렁이가 새끼를 뱄는데 마을 아낙네들은 저마다 형식이 엄마한테 새끼를 낳으면 꼭 한 마리 달라고 미리 신청을 해두었다. 누렁이는 새끼를 일곱 마리 낳았다. 미리 신청해 둔 이웃들이 모두 형식이네 개집 앞으로 모여들었다.

"오우, 귀여워라. 요놈이 제일 무겁고 댐직하오."

"아니, 요놈두 좋소."

"어머, 요놈은 한쪽 눈에 난 까만 점이 예쁘네요."

"오우, 어쩌니…… 요놈은 꼭 제 엄마를 닮았네요."

아낙네들이 저마다 새끼를 들어 올리며 호들갑을 떨고 있을 때 경남이 엄마가 나타났다.

"내가 미리 점찍어 놓은 놈이 있소. 제 에미를 닮은 요놈."

경남이 엄마는 일곱 마리 중 제일 크고 댐직한 암컷을 한 마리 집어 들고선 목에다 냉큼 빨간 끈을 매며 덧붙였다.

"목에다 빨간 끈을 맨 요놈이 내 거요."

그러자 호들갑을 떨던 아낙네들은 저마다 집으로 달려가 색색 가지 끈들을 들고 나타났다. 그리하여 태어난 지 하루밖에 안 된 하룻강아지들 목에는 알록달록 여러 가지 색깔의 끈들이 동여매졌다. 뒤늦게 달려온 봉철이 엄마가 아연실색하며 "어머, 난 새끼 낳기 전부터 신청해 놨었는데……" 하며 끼어들었다. 엄마도 마지막까지 남은 배들배들한 놈한테 잽싸게 까만 끈을 맸다.

강아지들은 젖을 떼는 45일째가 되자 제법 재롱을 떨면서 발발 기어 다녔다. 강아지들은 알록달록한 끈 색깔에 따라 경남이 엄마 한테 5원씩을 낸 제 주인을 찾아갔다. 엄마도 퇴근하면서 검은 끈이 달린 놈을 안고 집으로 왔다.

돈 5원에 우리 집에 팔려온 노란 수컷 강아지는 엄마가 작은 그릇에 죽을 떠주니 쨉쨉거리며 잘 먹었다. 배가 뽈록해지자 낑낑 똥을 싸고는 미리 지어놓은 개집으로 들어갔다. 엄마는 배불리 먹고 제집에서 자는 놈을 보고 딴 일을 보다 얼핏 이상한 기분이 들어 개집 안을 들여다보았다. 세상에, 방금 전까지 그 안에서 잠을 자던 강아지가 보이지 않는 것이었다. 엄마가 "에미 찾아간 게로군" 하며 형식이네 집으로 달려가 물으니 형식이 엄마는 "무슨 소리를 하오. 여기 오지 않았는데……" 하고 천연덕스럽게 시치미를 뗐다. 후에 안 일이지만 형식이 엄마는 집으로 되돌아온 강아지를 부엌에 숨겼다가 건너편 마을로 두 번째 팔아버렸다.

그 일만이 아니었다. 또 다른 사건으로 형식이네와 우리 집 사이의 골이 더 깊어졌다.

집집마다 마당에 몇 마리씩 닭을 놓아길렀는데 토종닭이 아니라 '만경닭'이라는 개량종으로 깃털이 모두 하얬다. 만경닭은 빨간 볏이 길어 축 늘어졌고 알을 잘 낳았다. 하나같이 하얀 닭들이 마을 공터에서 놀 때면 어느 닭이 누구네 닭인지 분간이 안 갔다. 그래서 어른들은 자기 집 닭 깃털에 물감을 들여 표시했다. 우리 집 닭들은 파란색, 형식이네 닭들은 빨간색, 삼순이네 닭들은 보라색이었다.

여름이어서 다들 부엌문을 활짝 열어두고 아침밥을 지을 때였다. 우리 집 닭 한 마리가 형식이네 부엌으로 들어갔다. 부엌에 앉아 불을 때던 형식이 엄마가 "쉬" 하고 부지깽이로 닭을 내쫓았다. 놀란 닭이 "꼬꼬꼬……" 하고 뛰쳐나왔다가 조금 후 다시 미리를 갸웃거리며 그 집 부엌으로 걸어 들어갔다. 형식이 엄마는 발 앞에까지 다가온 닭을 와락 덮쳐 아궁이 속에 집어넣었다. 엄마는 "무식한 아낙네하고 상대가 돼야지……" 하고 말았다.

그런 일이 있고 얼마 후였다. 저녁 무렵 형식이 엄마가 호들갑을 떨며 우리 집으로 쌀을 꾸러 왔다.

"오우, 기차라. 배급날이 아직 사흘이나 남았는데 쌀이 한 알도 없이 똑 떨어졌수꾸마. 쌍디 엄마. 입쌀 다섯 되만 꿔주오."

그러면서 장시간 앉아 재잘거렸다. 수남구역당 선전부장을 하고 있는 큰아들 자랑에다 교대에 다니는 둘째아들 자랑, 광산금속대학에 다니는 딸 자랑에 이어 명필인 형식이 자랑까지 줄줄이 늘어놓은 뒤 꾼 쌀을 가지고 돌아갔다.

어느 날 아침 엄마가 아침을 짓다 말고 "이 아낙넨 쌀을 꾸어간 지 한 달이 다 되는데 줄 생각을 안 하냐" 하면서 나를 형식이네 집으로 심부름 보냈다. 내가 형식이 엄마한테 가서 말을 전하고 돌아오자 조금 있다가 온 동네가 떠들썩하게 소리를 지르면서 형식이 엄마가 우리 집으로 달려오지 않는가.

"오우, 기차라. 쌍디 엄마, 내가 언제 쌀을 꿔갔다고 그러오. 맑은 하늘이 내려다보오."

하필 그날 오후, 나는 집을 나서다 형식이네 집 앞에 서 있는 선철이를 보았다. 뭐가 그리 좋은지 형식이가 깔깔거리며 선철이를 집 안으로 잡아끌었다. 나는 그 자리에 한참 서 있다 용기를 내어 형식이네 집 앞으로 다가갔다. 커튼이 쳐진 창 안쪽에서 두 친구가 웃고 떠드는 소리가 들렸다. 나는 잠시 머뭇거리다 "형식아" 하고 불렀다. 그러자 웃고 떠들던 소리가 뚝 그쳤다. 이번엔 "선철아" 하고 불렀는데도 쥐 죽은 듯 조용했다. 문을 당겨보았더니 안으로 잠겨 있었다.

다음 날 학교에 갔더니 선철이는 나한테 눈길도 주지 않았다. 학교를 파하고 집으로 돌아갈 때에도 둘이 저만치 앞서 걸어갔다. 선철이에게 찰싹 달라붙어 걷는 형식이가 죽도록 미웠다. 나는 혼자 터벅터벅 집으로 향했다. 눈물이 쏟아질 것만 같았다.

그 무렵 아버지 원수님의 후계자가 등장하면서 온 나라는 사상 투쟁의 물결 속에 휩싸였다. 우리 학교에도 대학생들로 구성된 3대혁명소조(중국 문화혁명 때 홍위병과 비슷함)가 파견되어 왔다. 금빛 테에 붉은 글씨로 '3대혁명소조'라고 박아 쓴 배지를 가슴에 단 그들은 학교 내 썩어빠진 수정주의 사상 잔재를 뿌리 뽑아야 한다고 말했다. '사상도 기술도 문화도 주체의 요구대로!' '온 사회를 김일성주의 사상으로 일색화하자.' 이런 구호를 내걸고 아침에 등교하면 수업 시작 전 엄숙한 분위기 속에서 오른손 주먹을 높이 추켜들고 충성의 선서를 다지는 것이다. 붉은 띠를 어깨에 두른 담임선생이 "지금부터 충성의 선서 모임을 시작하겠습니다" 하면 우리는 목청껏 노래를 불렀다.

빛나는 조선의 미래를 안으시고
우리들을 이끄시는 지도자동지
우러러 모시는 우리의 한마음
해 솟는 바다처럼 설렙니다.

매일 아침 진행하는 선서와 함께 이틀에 한 차례 생활총화도 실시했다. 이틀 동안 자신에게 나타난 결함을 반성하고 결의를 다지곤 끝에 가서는 꼭 남을 비판해야 했다. 그런데 그날 마지막 수업이 끝나고 엄숙한 분위기 속에서 생활총화를 진행하는데 형식이가 발딱 자리에서 일어났다.

"소년단원 유형식, 이틀간 생활을 조직에 보고하겠습니다."

형식이는 자기의 결함을 솔직하게 고백하고 나서 결함이 나타나게 된 원인을 밝히고 결의를 다지는가 싶더니 별안간 나를 맹렬히 비판하기 시작했다.

"다음은 소년단원 장영진 동무를 비판하겠습니다. 아버지 원수님께서는 다음과 같이 말씀하셨습니다. 소년단원들은 소년단 조직 생활을 잘하여야 하며 공부를 열심히 하여 나라의 훌륭한 역군이 되어야 한다고 말씀하셨습니다. 그런데 장영진 동무는 아버지 원수님의 말씀과 어긋나게 엄중한 결함을 저질렀습니다. 그것은 어제 수학시험을 치르면서 책상 밑에 몰래 학습장을 펼쳐놓고 베낀 것입니다."

며칠이 지난 어느 날 나는 형식이네 집으로 찾아갔다. 참고 있던 분노가 폭발했다. 나는 형식이를 똑바로 쏘아보며 "이간질한 금여우, 강아지를 두 번씩 팔아먹은 장사꾼, 남의 집 닭을 아궁이에 집어넣은 승냥이……"라고 몰아붙였다. 그런 다음 서로 치고받는 싸움으로 넘어갔다. 나는 온 힘을 다해 필사적으로 덤볐지만 어금니를 사려물고 삼각눈을 꼿꼿이 세우며 달려드는 형식이에게 이길 재간이 없었다. 병든 병아리처럼 배들배들한 내가 더 맞았다. 그렇게 얻어터지고 집으로 돌아왔더니 마침 엄마가 퇴근해 집에 있었다. 엄마를 보는 순간 그간 쌓였던 설움이 왈칵 북받쳤다. 나는 눈물이 새어 나오지 못하도록 엄지와 검지로 양쪽 눈까풀을 잡고 꼭 눌렀다. 아주 어릴 때부터 눈물이 나오려고 할 때마다 몸에 밴 습관이었다.

"왜? 무슨 일이 있었니?"

눈까풀을 꼭 잡고 있어도 소용이 없었다. 틈새로 눈물이 주르르 흘러내렸다. 나는 어려서부터 절대 소리 내어 울지 않았다. 그저 똑바로 서서 머리만 약간 숙인 채 두 손을 앞으로 모아 쥐고서 들릴락 말락 흐느껴 울었다.

"형식이…… 형식이 그 새끼. 그 여우 같은 놈이……."

내 흐느낌이 격해지자 엄마가 벌떡 일어서더니 형식이네 집 쪽으로 갔다. 그런데 한참 후 형식이네 집 쪽에서 온 동네가 떠들썩하게 고래고래 소리 지르는 형식이 엄마의 목소리가 들렸다.

"그래. 그 집 아새끼는 그리도 똑똑해서 아바지 원수님을 원쑤라고 썼소?"

나는 가슴이 덜컥했다.

"그 집 아새끼는 반동이오."

조금 있다가 또다시 들려오는 형식이 엄마의 고함 소리.

"그래서 그 집 아새끼는 시퍼런 대낮에 남의 집 토끼를 도둑질했소?"

또 한 번 가슴이 덜컥 내려앉았다. 그리고 그 말은 사실이었다.

가물가물 잠이 들려고 하는데 정지방에서 엄마 목소리가 들렸다.
"세상에. 철없는 어린애한테 반동이라니……."
누나의 목소리도 들렸다.
"그러게, 거긴 왜 가셨어요?"
"그렇게 몰상식하고 무식하니 죽은 사람 주머니를 뒤져 돈을 훔쳤겠지비."
내가 토끼 도둑질한 일을 온 동네 사람들이 다 알고 있듯, 엄마의 그 말도 온 동네에 모르는 사람이 없었다.
지난 전쟁 때였다. 파란 하늘에 쌕쌕이 비행기 편대가 굉음을 울리며 조용한 마을 상공을 낮게 날았다.
"야, 비행기다……."
마을 공터에서 뛰놀던 조무래기들이 공중으로 손을 흔들며 처음 보는 비행기를 쫓아가는데 갑자기 기수를 돌린 비행기가 급속도로 고도를 낮추며 뚜루룩…… 뚜루룩…… 기총 사격을 퍼부었다. 두 손을 쳐들고 신이 나서 비행기를 쫓아가던 조무래기들이 하나둘 쓰러졌다. 우물집 할머니가 위험을 무릅쓰고 쓰러진 아이들한테로 달려가는데 또다시 뚜루룩…… 뚜루룩…… 소리가 나면서 할머니가 폭 고꾸라졌다. 한낮 태양은 쨍쨍하고 사방은 고요했다.
잠시 후 형식이 엄마가 부엌문을 열고 나와 쓰러진 우물집 할머니 곁으로 다가갔다. 형식이 엄마는 사방을 두리번두리번 돌아보고 나서 숨진 할머니의 허리춤에서 돈을 꺼냈다. 나무 위에서 까악 까악 까마귀 떼가 울어댔다. 그 외엔 아무도 본 사람이 없을 거라 생각했던 그날 형식이 엄마의 몰염치한 행각은 머잖아 한 사람 두 사람 입과 귀를 건너 온 마을이 다 아는 기정사실이 되었다.

8

온 나라에 토끼 기르기 운동이 벌어졌다.

"토끼 기르기 운동을 전 군중적 운동으로 벌여야 하겠습니다. 풀 먹는 토끼는 키우기 쉬울 뿐만 아니라 고기는 먹고 가죽으론 조국의 방선을 지키는 초병들의 털외투를 만들어줄 수 있어 더없이 좋을 것입니다."

이것은 당의 방침이자 명령이었다. 학교마다 토끼장을 짓고 의무적으로 토끼를 키워야 했으며 소년단원들도 무조건 몇 마리씩 키우며 조직에 보고해야 했다. 방송에서도 매일 노래를 내보냈다.

양지쪽 창문가에 우리 집 토끼
잠만 깨면 오물오물 풀을 먹지요.
아카시아 잎사귀 걱정을 말고
어서야 큰 토끼 되어다오.

나는 안달이 났다. 형식이, 선철이, 학급 아이들 모두가 토끼를 키우는데 나만 낙오자였기 때문이다. 농민시장에서 토끼새끼 한 마리가 5원이었다. 나는 매일같이 엄마한테 5원을 내놓으라고 울면서 졸라댔다. 그때마다 엄마는 두 눈을 꼿꼿이 세우고 "돈이 없는 걸 어떻게 하니? 손가락을 빼서 주겠니?" 했다. 생각하고 또 생각한 끝에 나는 협동농장 관리위원장인 라진의 큰아버지한테 연필로 또박또박 편지를 썼다.

언제나 보고 싶은 큰아버지께.

큰아버지, 안녕하세요. 오늘도 당의 농촌테제를 높이 받들고 협동농장에 대풍을 마련하여 아버지 원수님께 기쁨을 드리기 위하여 얼마나 수고가 많습니까? 제가 엄마 등에 업혀 옥금이 누나 결혼식에 다녀온 지도 몇 해가 지났네요. 그러던 제가 이렇게 자라나 어엿한 소년단원이 되어 오늘은 큰아버지께 편지를 올리게 됩니다…….

이렇게 시작된 편지에 토끼 기르기의 중요성과 나만이 돈이 없어 토끼새끼를 사지 못한다는 것, 그래서 다른 아이들한테 뒤처진다는 것, 간절한 소원이니 꼭 암컷, 수컷, 두 마리만 구해 달라는 내용을 구구절절이 적었다. 편지를 부친 다음 날부터 이제나저제나 소식이 오기를 애타게 기다리는데 드디어 라진에서 전보가 날아왔다. 전보 내용은 딱 다섯 글자였다.

토끼 구했음.

나는 환성을 지르며 엄마한테 토끼를 가지러 떠나겠다고 했다. 그런데 걱정이 태산 같았다. 기차역 대합실에 붙은 경고문 때문이었다.

화약, 휘발성 물질, 동물은 기차에 가지고 오를 수 없음. 이것을 위반하는 자는 엄벌에 처함.

만약 토끼를 바구니에 담아가지고 몰래 기차에 올랐다가 들키면 끝장이었다. 밤새 고민한 끝에 나는 라진까지 걸어서 다녀오기로 결심했다. 청진에서 라진까지는 150리가 넘었다. 더구나 도보는 처음이었다.

'마음을 단단히 먹으면 돼. 아버지 원수님께서는 열두 살 어리신 나이에 나라를 찾기 전에는 돌아오지 않으리라 굳게 결심하시고 만경대를 떠나 압록강까지 천 리 길을 걸으셨는데……. 나도 아버지 원수님처럼 할 수 있어.'

나는 아침 일찍 길을 떠났다. 그때 내 나이가 열한 살이었다. 동막, 연신, 북어, 판해를 지나 해변 비포장도로를 걷다가 또다시 산언덕을 오르고…… 작은 내를 건너고…….

마침내 라진 큰집 대문을 두드릴 땐 하늘에 별들이 총총했다. 라진 큰집은 고래 등 같은 기와집이었다. 커다란 대문을 밀고 두 그루 살구나무 밑을 지나, 안마당을 가로질러 불빛 어둑어둑한 정지방으로 들어서자 할머니를 비롯한 큰집 식구들은 놀라움을 금치 못했다. 백발에 눈도 귀도 어두운 할머니가 내 머리를 쓰다듬으며 연신 혀를 끌끌 찼다.

"기차라, 기차라…… 그 먼 데서, 여기가 어디라고……. 정말 네 혼자서 여기까지 걸었단 말이냐? 세상에…… 세상에……."

라진 큰집은 세월이 아득히 흘렀어도 내 어린 날의 풍경으로 기억 속에 또렷이 남아 있었다. 때로는 그리움으로, 때로는 흐뭇함으로, 때로는 슬픔으로, 그리고 때로는 귓가에 맴도는 다정한 음성으로…….

어린 시절 할머니는 언제나 속이 갑갑하다며 곁에 놓인 물그릇을 들고 꿀꺽꿀꺽 들이켜시곤 했었다.

"아이고. 속 타라. 내 속이 타는 걸 누가 다 알꼬. 칼로 가슴을 딱 따개봤으면……. 하얀 연기가 몰몰 날 거야.

나는 그때 할머니가 왜 그렇게 속이 탔는지 어른이 돼서야 어렴풋이 알게 되었다. 우리 집안은 저 윗대의 본향이 충청도 어디라고 했다. 언제, 무엇 때문에 태를 묻은 고향을 등지고 그 척박한 북변땅으로 올라왔을까. 할아버지의 할아버지 대부터 아버지 대에 이르기까지 새로 뿌리 내린 터에서 근면히 일한 덕에 일제 때까지만 해도 적잖은 토지를 소유했으나 해방이 되면서 모두 몰수당했다고 했다. 다행인지 불행인지 집만은 뺏기지 않아 그 큰 기와집을 유지하고 살았으나 결국은 그 집이 화근이 되었으니 불행 쪽이었던가 보았다.

내가 우리 집안의 불행의 역사에 대해 자세히 알게 된 건 어른이 된 다음 누나의 불운한 결혼 생활을 통해서였다.

누나는 열아홉 살에 스물일곱 살이라고 속이고 결혼을 했다. 그해 당에서는 남자 30세, 여자 27세에 결혼할 것을 지시했었다. 천금과도 바꿀 수 없는 청춘 시절에 조국과 인민을 위하여 더 많은 일을 해야 한다는 이유에서였다. 그러나 군에서 제대를 하고 마을로 돌아온 총각이 누나에게 반해 매일같이 중매꾼을 내세워 누나를 달라고 엄마를 귀찮게 굴었다. 하필 중매꾼이 엄마 공장 초급간부였으니 엄마로서는 난감하기 이를 데 없는 일이었으리라. 더욱이 누나는 키도 훤칠하고 잘생긴 데다 당원이기까지 한 그 총각에게 관심이 없었다. 누나는 당의 명령대로 더 많은 일을 하여 위훈을 세우고 입당할 생각뿐이었던 것이다.

그 제대군인의 형은 도 보위부 부장이었고, 형수는 도 안전국 중좌계급이었다. 가정부인으로서 그만한 칭호의 여성안전원이라는 것은 대단한 영예였다. 그런 토대 좋은 집안에서 남의 식구를 데려오려면 당의 신원조회를 거쳐야 했다. 상대편의 신분이 안 좋으면 당의 반대로 결혼이 성사될 수 없었다. 그래도 기어이 결혼을 한다면 더 이상 진급을 못 하거나 나중에라도 배우자로 인해 자리를 내놔야 했다. 그러기에 대부분의 간부 자녀들은 신원조회를 우선시했다.

그러나 그 제대군인 총각네는 누나가 몹시 탐나 신혼조회 절차도 거치지 않고 오히려 어떻게든 누나의 마음을 돌려보려고 했다.

누나의 마음을 얻지 못해 안달이 난 제대군인은 몇 날 며칠을 걸어 걸어, 위훈을 세우려 돌격대에 지원해 오지의 석광산으로 가 일하는 누나 앞에 나타나는 등, 그야말로 온 정성을 다 기울였다. 그때 누나의 마음이 움직였나 보았다.

그렇게 결혼한 누나는 대가를 톡톡히 치렀다. 매형은 여러 차례 당 간부 비준이 떨어져 신체검사와 담화를 거치고 했지만 어떤 영문인지 번번이 낙방하고 말았다. 그쯤 되자 권세 있는 매형 집안에서 우리 쪽의 신원을 구체적으로 알아보았다. 그리하여 드러난 사실이 반동의 족보였다. 반동의 근원은 할머니와 큰아버지 식구가 살던 라진의 기와집이었으며.

큰집 안채 댓돌 기둥에는 그 집의 먼젓번 소유주가 그려놓은 태극 문양이 있었다. 원래부터 있던 것이라 무심히 내버려두었는데 다리를 저는 불구라며 할아버지로부터 혼사를 거절당한 리당비서가 앙심을 품고 태극기를 보관한 반동 집안으로 몰았다는 것이었다. 거기에 한 번도 본 적 없는 5촌 당숙이 전쟁 때 행방불명된 것까지 죄가 되었다.

그때부터 누나의 시집살이가 고달파졌다. 어느 날 엄마는 누나에게 그 집에서 나오라고, 그 사람 아니면 사람이 없겠느냐고 편지로 최후통첩을 전했다.

집안 몰락의 역사를 알고 나니 오래전 일이 생각났다. 인민학교 다니던 아홉 살에 소년단에 입단할 때 담임선생인 채청자가 학급 아이들에게 가계표(출신성분)를 쓰라고 했었다. 형식이는 당당히 '빈농'이라고 쓰고 선철이도 꿀릴 것 없이 '중농'이라고 썼지만, 나는 누가 볼세라 한 손으로 종이를 가리고 '부농'이라고 썼다. 그때 나는 알 수 없는 수치심을 느꼈다. 막연히 아버지가, 큰아버지가, 할아버지가 원망스러웠다.

출신성분은 우리 세 친구의 앞날을 결정지었다. 나중에 빈농 출신인 형식이는 평양의 국가보위부로 뽑혀 갔다. 중농 출신 선철이는 평양영화연극대학에 갔지만, 나는 내가 꿈꾸던 김일성정치대학에 가지 못했다.

9

바구니에 까맣고 하얀 두 마리 토끼를 담아가지고 바닷가 비포장도로를 걷는 나의 발걸음은 가벼웠다. 태양은 따뜻한 빛을 비쳐주고 파란 하늘엔 하얀 뭉게구름이 피어올랐다. 멀리 수평선이 펼쳐져 있고 그 바다 위를 갈매기들이 선회하고 있었다. 바람은 살랑살랑 두 볼을 스치고 내 마음은 저 흰 구름처럼 붕붕 떠가는 듯했다.

마당 한편에 예쁜 토끼우리가 지어졌다. 밤이고 낮이고 토끼는 잘도 먹었다. 학교가 파하면 나는 망태기를 들고 앞산에 올랐다. 바다가 내려다보이는 양지바른 산기슭엔 토끼가 좋아하는 민들레가 노란 꽃을 피우고, 하얀 꽃망울을 터뜨린 클로버며 씀바귀 들이 지천이다.

나는 가끔 큰 망태기를 한쪽 어깨에 둘러메고 맑은 수정천이 흐르는 비행장 근처로 갔다. 넓게 철책이 둘러쳐진 비행장 안에는 은빛 날개를 번쩍이는 미그기들이 금방 하늘로 날아오를 것처럼 가지런히 정렬해 있었다. 비행기 조종사들과 일반 병사들이 생활하는 막사도 있었다. 철책 안쪽이 바깥쪽보다 토끼풀들이 훨씬 많았다. 어느 날 나는 철책 밑으로 기어들어가 토끼풀을 뜯다가 키가 크고 어깨가 떡 벌어진 병사한테 덜미를 잡히고 말았다.

"이 자식! 감히 비행장 안으로 들어와? 어서 나가지 못해!"

병사가 나를 찬찬히 뜯어보더니 말투가 달라졌다.

"야, 고놈 참 예쁘게 생겼네. 누나 있어?"

눈꼬리가 가늘고 긴 누나가 눈앞에 어른거렸다.

"네. 있어요."

"네 누나 데려와. 너처럼 예쁘게 생겼어?"

나는 그 취사병과 친해졌다. 그는 내가 망태기를 들고 철책 가장자리에서 토끼풀을 뜯고 있으면 비행사들만 먹을 수 있는 초콜릿과 누룽지를 들고 어김없이 나타났다. 젊은 병사가 풀밭에 드러누워 하늘을 올려다볼 때면 나는 그 옆에 앉아 그의 말 상대가 되어주었다.

"누나는 몇 살이야? 너보다 더 예쁘게 생겼어?"

그러면서 어물어물 벨트를 풀더니 군복 바지춤에 한 손을 집어

넣었다가 뺐다. 그의 가운데 지퍼 부분이 불룩했다. 그가 불쑥 내 손을 잡았다. 그의 큰 손아귀에 잡힌 나는 어째야 좋을지 알 수 없었다.

새끼였던 토끼가 어느덧 어미가 되었을 때였다. 등굣길에 형식이가 또 새로운 소식을 전해 날랐다.

"글쎄 말이야, 내 말 좀 들어봐. 우리 미그기가 남조선으로 넘어갔다지 뭐니. 지금 방송에서 난리야."

아닌 게 아니라 교내 확성기에서도 그 뉴스가 흘러나왔다.

─심한 안개로 인하여 방향을 잃은 우리 비행기가 불가피하게 넘어가게 되었다. 그러므로 남조선 당국자들은 우리 비행기를 당장 돌려보내야 한다. 만약 돌려보내지 않는다면…….

다음 날 나는 비행장으로 갔다. 그날따라 더욱 잘생기고 늠름한 취사병이 나를 번쩍 들어 올리던 모습이 생각났다. 그가 다정스레 건네주는 초콜릿과 누룽지도 먹고 싶었다. 그러나 비행장 철책 안은 텅 비어 있었다. 나를 반겨주던 취사병도, 막사도, 미그기들도 보이지 않았다. 갑자기 어니로 옮겨간 것일까? 나는 그 자리에서 한참을 서성이다 쓸쓸히 돌아섰다.

그날 밤 어미가 된 흰 토끼가 형식이네 커다란 누렁이에게 물어뜯겨 죽었다. 깊은 밤 무서운 꿈에 놀라 잠을 깼을 때 내 온몸은 땀으로 축축했다. 불현듯 이상한 예감이 들었다. 문을 열고 밖으로 나서자 캄캄한 어둠 속에서 역한 비린내가 느껴졌다. 어둠이 눈에 익으면서 마당 한편 수북한 흰 털이 눈에 들어오고, 저쪽으로 달아나는 형식이네 누렁이가 보였다.

나는 며칠 동안 많이 울었다. 어떻게 키운 토끼였던가. 엄마는 밖에 놔두면 남은 토끼마저 위태롭다며 부엌에 들여놓았다.

검은 토끼는 무엇이나 잘 먹었다. 장작용 소나무 껍질까지도 하얗게 발라먹었다. 그러던 어느 날 저녁이었다. 아궁이에 불을 지피려고 부엌으로 들어갔는데 토끼가 보이지 않았다. 이상한 일이었다.

"귀신이 곡할 노릇이네. 그 토끼가 어디로 갔단 말이냐. 혹시 아궁이 속으로 들어가지 않았을까?"

엄마의 그 말을 들으니 낮에 국어시간에 배운 '아동단원 목은식 소년'이 떠올랐다. 유격대 통신 업무를 맡은 목은식 소년이 일제 순사에게 붙잡혀 몸수색을 당하게 되자 짚신 아래 감춘 비밀쪽지가 탄로날까 봐 활활 타오르는 난롯불 속에 한쪽 발을 밀어 넣는다는 내용이었다.

그로부터 며칠이 지나도 토끼는 보이지 않았다. 나는 그날 저녁에도 아궁이 앞에 앉아 장작불을 지피며 사라진 토끼와 목은식 소년에 대해 곱씹었다.

'나도 목은식 소년처럼 비밀이 발각되려는 순간 위험을 무릅쓰고 그런 행동을 취할 수 있을까?'

문득 내 의지를 시험해 보고 싶은 생각이 들었다. 나는 용기를 내어 한쪽 발을 쳐들었다. 타닥타닥 타오르는 장작불 속으로 막 발을 밀어 넣으려는 순간 나는 으악 하고 놀라 기절해 버렸다. 아궁이 속에서 시커먼 토끼가 쑥 뛰쳐나온 때문이었다. 아마 며칠 전 불기 없는 아궁이 속으로 우연히 들어갔던 토끼가 온돌 골을 파헤치며 출구를 찾다 불꽃이 너울거리는 아궁이 밖으로 온몸을 날렸던 모양이었다. 엄마가 바가지로 찬물을 떠 내 얼굴에 확 끼얹었다. 죽음 앞에서도 굴하지 않는 용감한 소년 목은식이 되리라던 나는 찬물을 흠뻑 덮어써야 했고, 토끼는 며칠씩이나 캄캄하고 뜨거운 온돌 골을 파헤치던 끝에 불 속을 뚫고 기적처럼 살아났다. 목은식 소년은 내가 아니라 용감한 토끼였던 것이다.

그 일이 있고 다시 며칠이 지난 어느 날이었다. 숙제를 마친 나는 슬슬 집 밖으로 마실을 나갔다. 햇볕이 내리쬐는 나른한 오후, 온 동네는 조용했다. 마을 공터 아까시나무 그늘 아래에선 형식이네 누렁이가 늘어져 게으른 잠을 자고 있었다. 봉철이네 텃밭 하얀 감자꽃에 하얀 나비 두 마리가 팔랑거리며 넘나들었고, 낮은 창고 지붕 위 노란 호박꽃에는 꿀벌들이 윙윙거렸다.

나는 꿀벌을 골탕 먹이려고 창고 지붕 위로 올라섰다. 그때 미침 문 열린 창고 밖으로 잿빛 토끼 한 마리가 머리를 쏙 내밀었다. 나시 한 마리가 껑충 뛰어나온 데 이어 또 한 마리, 또다시 한 마리…… 모두 다섯 마리였다. 나는 그 귀여운 토끼들을 만져보고 싶었다. 봉철이네 집은 사람이 있는지 없는지 감감했다.

나는 지붕에서 뛰어내려 창고 안을 빠끔히 들여다보고는 깜짝 놀랐다. 열 마리가 넘는 토끼들이 창고 안에서 뛰놀고 있었던 것이다. 그 광경을 보자 갑자기 형식이네 누렁이한테 물어뜯겨 죽은 우리 집 토끼가 생각났다. 나는 죽은 토끼와 닮은 하얀색 토끼를 갖고 싶었다. 그런 생각이 들자 가슴이 세차게 방망이질해 댔다. 나는 봉철이네 집 쪽으로 살금살금 다가가 작은 창으로 집 안을 들여다보았다. 갈색 고양이가 아랫목에 늘어져 있을 뿐 아무도 없는 것 같았다.

나는 다시 창고 안으로 돌아와 뛰노는 토끼들을 내려다보다 심호흡을 크게 하고는 셔츠를 벗어 바닥에 폈다. 그러고는 요리조리 피해 달아나는 토끼를 쫓아가며 몇 번 시도한 끝에 마침내 그중 하얀 토끼의 두 귀를 잡을 수 있었다. 버둥거리는 토끼를 바닥에 펴놓은 셔츠에 싸려는 순간 봉철이 엄마가 내 앞에 우뚝 섰다. 나는 눈앞이 캄캄해지면서 그대로 심장이 멎는 것 같았다.

봉철이 엄마가 뭐라고 소리를 지르며 내 한쪽 팔을 세차게 낚아채더니 마을 공터 쪽으로 나를 끌고 갔다. 끌려가지 않으려 버둥대 봤지만 힘센 봉철이 엄마한테 당할 재간이 없었다.

"이것 보오. 쌍디네 집 아새끼가 퍼런 대낮에 남의 집 토끼를 훔치는 게 아니겠소!"

나는 쥐구멍에라도 기어들고 싶었다. 순식간에 마을 아낙네들이 하나둘 모여들고, 그리하여 나는 온 마을이 다 아는 도둑놈이 되었다.

형식이와 한바탕 싸우고, 형식이 엄마한테서는 '반동' 소리를 들은 날 이후 거의 1년이 되도록 나는 형식이와 말을 섞지 않았다. 세월이 흐르고 흐른 지금은 그때 한 책상에 나란히 앉아 공부하면서 그토록 오래 서로를 상대하지 않았다는 게 참으로 신기하게 생각되지만…….

학기말 시험이나 학년말 시험을 칠 때면 형식이는 내가 자기 시험지를 곁눈질이라도 할까 봐 한 손으로 시험지를 막고 답을 썼다. 그리고 어쩌다 내가 화학방정식을 잘 풀어 칭찬이라도 받을라치면 질투심에 가득 차서 가재미눈으로 나를 쩨려보았다. 날이 갈수록 나를 외면하는 선철이와 형식이가 못 견디게 미워져 나는 엄마를 졸랐다.

"생각하고 또 생각해 보고 하는 말이야. 난 이 학교가 싫어. 함흥 외갓집으로 전학가게 해줘. 그러면 내 배급표도 그쪽으로 나올 거고……. 어차피 함흥약학대학에 가는 게 내 꿈이니까. 대학에 가서도 외할머니 집에서 다니면 좋잖아."

그러자 엄마는 얼굴을 잔뜩 찌푸리고 "네 지금 그게 말이라고 하네? 네 지금 제정신이야?" 하고 나를 나무랐고 나는 두 발을 동동 구르며 "제발 그렇게 좀 해줘……" 하고 조르다 기어이 울음을 터뜨리고 말았다.

그날 저녁 엄마는 선철이네 집을 찾아갔다. 엄마가 선철이 새엄마한테 무슨 말을 어떻게 했는지 모르겠지만 그날 선철이는 아버지한테 죽도록 얻어터졌다고 했다.

　얼마 후 우리는 당의 부름을 받고 가을걷이 농촌지원전투에 동원되었다.

　기차를 타고 어랑역에 내린 우리는 다시 차에 올라 산을 넘고 들을 지나 맑은 물이 흐르는 깊은 계곡으로 달리고 또 달렸다. 일향리, 이향리, 삼향리…… 제일 마지막 부락이 팔향리였다. 팔향리 자연동굴에서 흘러내리는 물길을 따라 높은 마루를 넘으면 인가가 없는 첩첩준령이 펼쳐지고 그 너머가 백두산이었다. 나와 형식이는 칠향리 분조에 소속됐다. 선철이는 칠향리에서 도보로 한 시간 정도 더 걸어 올라가, 하늘 아래 첫 동네인 팔향리에 배치받았다.

　다음 날부터 아이들은 당장 새벽 일찍 일어나 저녁 늦게까지 벼를 베고 옥수수를 수확하는 고단한 농촌 일에 적응해야 했다. 담임인 최영호는 나를 현장에 내보내지 않고 식당근무로 돌렸다. 식당은 부락 한가운데 자리 잡은 마당 넓은 초가집이었는데 할머니와 며느리 그리고 나, 그렇게 셋이서 아이들의 식사를 보장해야 했다. 나는 밭에 나가 배추나 무, 파 같은 것을 뽑아 마대자루에 둘러메고 오거나 부엌에 내려가 불을 때거나 펌프질로 물을 길어 올렸다. 또 장작을 패거나 아이들이 밥상에 둘러앉으면 밥과 국과 반찬을 배식해 주었다.

　주인집은 그 심심산골에서 조상 대대로 사냥을 하며 살았다고 했다. 그 덕에 우리는 도시에서는 맛볼 수 없는 멧돼지고기, 노루고기, 꿩고기, 산토끼고기도 난생처음 먹어봤다. 그리고 산에 지천인 버섯과 흐르는 계곡물에 채를 놓아 잡은 버들치, 쏘가리, 산천어 들도 요리해 먹었다. 식당근무는 편안한 데다 잘 얻어먹기까지 하니 나는 포동포동 살이 올랐다. 다른 아이들이 뙤약볕 아래서 고된 일을 하는 동안 한가하게 낮잠을 잘 때도 있었다. 하루 일을 마친 아이들이 밥상에 둘러앉아 식사할 때면 나는 국그릇이 바닥난 아이들에게 국도 더 퍼주고 반찬도 듬뿍 담아주었다.

어느 날 일을 마친 아이들과 함께 우르르 식당으로 들어서던 형식이가 불쑥 나에게 말을 건넸다.

"이거 받아. 약밤이야. 쉬는 시간에 약수골에 올라갔댔어. 거긴 밤나무가 많지 않니. 한 자루 주웠으니 농촌지원 끝나고 집에 갈 때 네 배낭에 넣어줄게."

형식이는 윤나는 밤알을 한 움큼 내 손에 쥐여 주었다. 다음 날에는 도토리를 내밀었다.

"오늘은 도토리를 많이 주웠어. 알이 엄청 굵더라. 집에 갈 때 가져가자."

그다음 날엔 머루, 다래 같은 열매를 내놓았다. 아이들이 모처럼 늦잠을 자거나 물가에 내려가 세탁을 하거나 고기잡이를 하며 시간을 보내는 쉬는 날, 형식이가 식당으로 들어섰다.

"오늘 팔향리 분조에서 수확한 햅쌀로 떡을 하고 돼지를 잡는대. 선철이가 너를 꼭 데리고 올라오랬어. 빨리 가자. 참, 찰떡도 친대."

팔향리 분조 숙소는 흘러내리는 계곡물이 내려다보이는 둔덕에 석축을 쌓고 덩그맣게 올려 앉힌 고래 등 같은 팔각 기와집이었다. 해방 전 산골 지주가 살았다고 하는데 치켜 올라간 추녀의 모양새가 마치 한 마리의 커다란 산새가 하늘로 날아오르는 것만 같았다. 깎아지른 절벽이며 층층이 석축을 쌓은 산비탈 사이사이엔 돌배나무들이 위태롭게 뿌리를 내리고 있었다. 식당에 들어서자 선철이가 활짝 웃으며 나를 반겨주었다. 그새 볕에 보기 좋게 그을린 얼굴이 더 미더워 보였다.

"인사해. 주인집 할머니야."

"안녕하세요."

내가 쑥스러워하며 고개를 숙이자 할머니 곁에 서 있던 아주머니가 "아이유, 곱게도 생겼네. 새색시처럼 말이야. 어쩌면 하나도 빠진 데 없이 저리도 고울까?" 하고 끼어들었다. 내 얼굴이 금세 빨개졌다.

드디어 45일간의 농촌지원전투가 끝나는 날이었다. 농장에서는 우리를 위해 떡을 치고 돼지를 잡았다. 초가집 마당에 커다란 문짝 두 개를 붙여놓고 그 위에 백포를 씌운 잔칫상이 마련됐다. 우리는 마음껏 먹고 농장에서 싸준 떡 보따리를 배낭 속에 집어넣었다. 우리를 태운 차가 막 출발하려고 하는데 주인집 할머니는 내 손을 꼭 잡고서 눈물을 글썽였다.

"에이구…… 그동안 정만 붙여놓고 이렇게 가면 어떻게 하노."

저녁 늦게 집에 도착한 다음 날 아침, 온 동네가 떠나갈 듯 소리치며 형식이 엄마가 우리 집으로 달려왔다.

"오우 나는 기차라. 쌍디 엄마. 내 말 좀 들어보오. 노동이 좋긴 좋소. 세상에, 그러게 노동은 꽃이구 노래라고 한다매. 노동 속에서 다시 피어난 우정이지비."

형식이 엄마의 말처럼 노동 속에서 다시 꽃피어난 우리의 우정은 그 무엇으로도 가를 수 없을 것만 같았다. 우리 셋은 이전처럼 서로의 마음속에 깊게 자리 잡은 친구로 돌아갔다. 눈비도, 불비도, 폭풍우도 헤쳐나갈 수 있을 것만 같은, 세상 그 무엇도 두려울 것 없는 우정이었다. 우리는 다시 셋이서 함께 등굣길에 올랐다.

11

가을이 성큼 물러가고 초겨울이 다가왔다. 교실 한가운데 설치한 석탄 난로가 발갛게 달아오르는 계절이었다.

3교시, 내가 제일 좋아하는 김명화 선생 시간이었다. 김명화는 얼굴이 동그랗고 언제나 온화한 표정인 데다 화술도 뛰어났다. 국어 교과서를 읽어내려 갈 때 인민배우 류경애처럼 갓난아기 울음소리부터 할아버지, 할머니 등 모든 등장인물들의 목소리를 죄 모사해 냈는데 영락없이 꼭 들어맞았다.

수업 시작종이 울려 김명화 선생이 교수안을 안고 나타나는데도, 아이들은 교실에 들어갈 생각은 않고 양지바른 남향 벽에 기대서서 볕을 쬐고만 있었다. 다른 날 같으면 "야, 너희들 시작종이 울렸는데 교실에 안 들어가니?" 하고 한마디 던졌을 텐데 이때는 웬일인지 명한 눈빛으로 말없이 그냥 아이들을 지나쳤다. 이상한 건 그뿐 아니었다. 화장기 없는 얼굴에 뒤에만 살짝 세팅한 머리카락은 빗질도 하지 않은 채이고, 살색 스타킹은 발목까지 흘러내려 맨 종아리가 허옇게 드러나 보였다. 검정 스커트 아래로는 하얀 레이스 속치마가 한 뼘 남짓 내려와 있었다. 여느 때와는 달라도 너무나 다른 모습이어서 아이들이 "야, 야, 이상하지 않니?" 하며 머리를 갸웃거렸다. 그래도 수업은 시작됐다. 김명화 선생이 국어 교과서를 펼쳐 들고 유명한 시인 정서촌의 「백두밀영 귀틀집」을 읽어 갔다.

백두산 아름드리 원시림을 찍어서
벽이며 지붕이며 쌓아올린 귀틀집
등잔불 깜빡이는 나지막한 방에서
장군님께서는 조용히 움직이지 않으신다.
밤은 무척 깊었으리……
울부짖던 눈보라도 뜸해지고
승냥이 울음소리도 잠잠해지고
태고연한 밀림 속엔 정적만이 흐르는데……

창가에 서서 시를 낭독하던 선생이 읽기를 뚝 그쳤다. 아이들은 교과서에서 눈을 떼고 선생을 바라보았다. 명한 시선으로 하염없이 창밖을 내다보는가 싶더니 갑자기 반가움인지 놀라움인지 활짝 웃으며 교실 밖으로 뛰쳐나갔다.

아이들은 모두 일어서서 눈으로 선생의 뒤를 좇아 창밖으로 고개를 돌렸다. 손에 꽃바구니를 든 군인이 교정으로 들어서고 있었다. 김명화는 운동장을 가로질러 군인 앞에 이르자 와락 목을 그러안으며 "내 신랑…… 내 신랑…… 어데 갔다 이제 와요" 하며 매달렸다.

그 후 김명화는 시내 변두리에 있는 49호병원(정신병원)에 입원했다. 동료 선생들이 면회를 갈 때 우리 반 담임 최영호도 동행했다. 동료 선생들이 병실에 들어서자 멍한 시선으로 침대에 앉아 있던 김명화가 이번에는 최영호의 목을 와락 그러안으며 매달렸다. 그로써 최영호를 향한 외골수 깊은 짝사랑이 드러났다. 교장선생이 최영호를 설득했다.

"나도 당원이고, 선생님도 당원 아닙니까? 우리 당원의 입장에서서 이야기해 봅시다. 김명화 선생과 결혼해 줄 수 없겠습니까? 사람을 살려야 할 게 아닙니까?"

최영호는 단호했다.

"전, 교직에서 물러나면 물러났지 그렇게는 못 하겠습니다."

또다시 봄이 지나고 여름이 다가왔다. 우리는 3학년이 되었다. 그해 여름 우리 반 아이들은 고개 너머 주먹바위 해변으로 물놀이를 갔다.

아이들은 자맥질하여 갯바위 틈새에서 섭을 따고, 수영을 마친 최영호 선생은 백사장에 누워 손거울을 들여다보며 족집게로 턱수염을 하나하나 뽑아내고 있었다. 나는 선생의 발치에 누워 파란 하늘을 올려다보고 있었는데 눈길이 자꾸만 선생 쪽으로 향했다. 구릿빛 각진 얼굴, 몇 가닥 머리카락이 흘러내린 반듯한 이마, 부드럽게 솟은 콧날과 윤곽이 뚜렷한 입술, 잘 발달된 앞가슴과 군살 없는 허리선, 시원스럽게 내리뻗은 허벅지와 종아리, 몸에 딱 붙는 파란 수영 팬티 위로 우뚝 선 남성미, 그리고 탄력 있는 엉덩이…….

나도 선생처럼 손거울을 꺼내들고 코밑 까뭇까뭇한 솜털을 족집게로 하나하나 뽑아냈다. 그러다가 또다시 선생을 훔쳐보았다. 이상했다. 온몸이 꿈틀거리는 것 같고, 마음속에서 그 무엇이 요동치는 것 같았다. 뭔지 모를 안타까움이 가슴을 꽉 채웠다. 그리고 빨리 어른이 되고 싶다는 마음이 불같이 일었다.

12

등굣길에 형식이가 또다시 재잘거렸다.

"글쎄 말이야, 내 말 좀 들어봐. 우리 반 선생님과 영어선생님이 좋아하는 것 같아. 그 무슨 연애라는 거 있지 않니. 어제 수업이 끝난 다음 내가 직접 봤거든. 변소에 갔다 오는데 토끼사 모퉁이에서 두 선생님이 딱 붙어서 얘기를 나누는데 다시 보니 손을 맞잡고 있는 거야. 깜짝 놀라 황급히 뛰었다니까……."

우리 학교 1층에는 미술소조원실, 2층에는 통신실과 약전실, 3층에는 기악소조원들의 연습실이 있었다. 우리 학교 기악소조는 전국적으로 이름이 나 있어서 자부심이 대단했다. 나는 기악소조에 들고 싶었지만 뽑히지 못해 최영호 선생이 맡은 통신소조에 들었다.

수업이 끝나면 통신소조에 속한 아이들은 통신실에서 밤늦게까지 전건을 두드리며 송수신 연습을 했다. 나는 송신(숫자, 국문 및 영문, 각 부호들을 전신부호로 두드리는 것)은 잘 못했지만 수신(전신부호를 숫자나 문자로 해독하는 것)은 뛰어나게 잘했다. 시(市) 송수신대회에서 통신고등학교 학생들을 제치고 내가 수신부분에서 1등을 했을 때 최영호 선생은 "넌 기억력이 뛰어나" 하고 칭찬해 주었다.

나중에 군에 입대하여 휴전선에서 무전수로 복무할 때 사단에서 진행한 무전수 송수신경연대회에서도 구대원들을 제치고 우수한 성적을 보여 온 부대를 깜짝 놀라게 한 적이 있었다.

최영호 선생은 나를 많이 예뻐했다. 그런데 어느 날 선생한테 얻어터지는 사건이 발생했다.

아침조회로 전교생이 운동장에 모여드는데 중앙현관문 위에 매달린 확성기에서 최영호 선생의 음성이 흘러나왔다.

"통신소조원들은 지금 빨리 약전실로 올라오세요."

약전실과 통신실은 나란히 붙어 있었는데 몇몇 소조원 아이들이 먼저 와 있었다. 약전실도 다른 실험실처럼 학생들이 실물을 놓고 체험할 수 있는 실습실로 꾸려져 있었다. 사방 벽면에 '라디오

진공관의 원리' '반도체 소자의 연결방식' 같은 회로들이 실물과 똑같게 설비돼 있고, 창가 테이블 위에는 책상 절반 크기의 네모반듯한 무거운 라디오 증폭기가 놓여 있었다. 그 증폭기 앞에는 손가락 굵기 고무 피복선에 연결된 마이크가 놓여 있었다.

먼저 와 있던 아이들이 잡담을 나누고 있었는데 들어보니 최영호 선생과 김순복 선생에 관한 이야기였다. 한 학년 위인 단위원장(전교 학생회장) 청남이가 이야기를 주도하고 있었다. 내가 마이크가 놓인 테이블 앞에서 증폭기 위에 앉은 먼지를 닦아내고 있을 때 청남이가 불쑥 내게로 몸을 돌렸다.

"애. 너희 반 선생님, 영어선생님 좋아한다면서? 맞아?"

"글쎄, 그런 것 같기도 하고……."

나는 무심결에 마이크를 집어 들었다. 그러고는 마이크 바로 앞, 증폭기 앞부분에 달려 있는 작은 스위치를 찰칵 올렸다. 그러자 증폭기 앞면에 파란불이 켜졌다. 솔직히 말하면, 그때까지만 해도 나는 그것이 어떤 원리로 작동하는지, 불이 켜지면 어떤 기능을 수행하는지, 그 네모나고 커다란 기기가 무엇인지 전혀 모르고 있었다. 청남이가 다시 물었다.

"너희 반에 두 선생님이 캄캄한 교실에서 껴안고 있는 걸 본 애도 있다면서……?"

나는 마이크를 잡고 뱅뱅 돌리면서 대답했다.

"그 말이 맞아. 그저께 나도 봤어. 통신실에서 전건을 치다 교실에 내려갔거든. 모자를 가지러. 그런데 어두운 복도를 지나 교실 앞에 섰는데 불 꺼진 교실 안에서 이상한 소리가 들리는 거야."

호기심이 잔뜩 동한 청남이가 "어떤 소리?" 하며 귀를 쫑긋 세
웠다.

"거 있잖아, 여자들이 내는 간지러운 소리. 어머머, 왜 이러세
요…… 아이 간지러워요…… 호호호, 이러지 마세요, 하는……."

나는 김명화 선생의 성대모사를 똑같이 해냈다. 그것도 한 옥타
브 높여서. 그런데 운동장에 모인 1500명 가까운 학생들의 와 하
는 웃음소리가 닫힌 창문 너머에서 들려오는 게 아닌가. 나는 무슨
일인가 하고 마이크를 손에 잡은 채 창밖을 내다보았다. 교장선생
이 연단에 올라서 있고 수많은 학생들의 모습이 보였다. 조금 이상
하다는 생각은 들었지만 내 목소리가 확성기를 통해 쾅쾅 울려 퍼
지고 있다는 걸 전혀 눈치 채지 못했다.

"그래서? 그다음엔 어떻게 하던데?"

청남이의 물음에 나는 왜 그랬던지 조금 정신 나간 아이처럼 마
이크에 대고 대꾸했다.

"시집가는 새각시 늙은 새각시, 말 타고 가마 타고 방귀 뽕."

또다시 운동장에서 폭소가 터지는데도 나는 아무 생각 없이 연
이어 불후의 명작 〈꽃 파는 처녀〉의 주제가를 불러댔다.

　　꽃 사시오 꽃 사시오 어여쁜 빨간 꽃
　　향기롭고 빛깔 고운 아름다운 빨간 꽃
　　앓는 엄마……

바로 그때 벌컥 문이 열리더니 백지장처럼 창백한 얼굴을 한 최영호 선생이 두 눈을 부릅뜨며 들어서는 것이었다. 선생은 눈 깜짝할 사이 내가 쥐고 있던 마이크를 낚아챘다. 그러고는 재빨리 스위치를 끈 다음 내 머리를 세게 쥐어박으며 소리쳤다.

"정신 나갔어?"

그날 나는 천만다행으로 조금만 얻어터졌다. 최영호 선생이 평소에 나를 많이 아껴준 덕분이었다.

13

학교가 파하고 집으로 향하는 아이들의 발걸음이 빨라졌다. 온 나라 사람들의 심금을 울린 〈한 지대장에 대한 이야기〉의 주인공 우인희가 바다가 내려다보이는 마을 앞산에 영화촬영을 왔기 때문이었다. 새 영화는 〈목란꽃〉이라는 전쟁물이었다. 촬영현장에 온 동네 아이들은 물론 어른들까지도 우인희의 모습을 보려고 몰려들었다.

배우들과 스태프들, 구경꾼들로 산기슭은 초만원을 이루었다. 바닷가에서 희뿌연 안개가 몰려오니 가뜩이나 흐린 날씨가 더욱 쌀쌀해졌다. 나는 배우들과 스태프들이 빙 둘러앉은 모닥불에 주운 나무를 던져 넣으며 졸라댔다.

"저도 영화배우가 되고 싶은데, 될 수 없나요?"

그나마 한 배우가 "더 커야지. 아직은 어려서 안 돼" 하고 대꾸해 주었다.

그 며칠 후였다.

─전교 학생들에게 알립니다. 지금 4, 5학년 학생들은 운동장에 모여주시기 바랍니다.

우리는 확성기로 들려오는 안내방송에 따라 영문도 모른 채 운동장에 집합했다. 평양에서 영화인들이 학생배우를 뽑으러 온 것이었다. 〈한 지대장에 대한 이야기〉와 〈금강산 처녀〉 등에서 주인공 역을 한 우인희, 〈폭풍의 시절〉과 〈백일홍〉에서 주인공을 맡은 성혜림, 〈최학신 일가〉와 〈숨길 수 없는 정체〉의 주인공 현숙이도 그 영화인들 속에 섞여 있었다. 내 가슴은 세차게 울렁거렸다.

'내가 뽑혔으면……. 얼마나 가고 싶은 영화연극대학인가. 얼마나 하고 싶은 배우인가.'

그런데 앞줄에 선 키 작은 아이들을 쓱 지나치더니 맨 뒤쪽 키큰 아이들 가운데서 두 명을 뽑아냈다. 그중 하나가 선철이었다. 나는 서글픈 마음을 금할 수 없었다. 그날로 키가 크고 잘생긴 선철이는 평양영화연극대학에 뽑혀 가고, 기본계급 출신인 형식이는 평양국가보위부에 뽑혀 갔다. 나만 덩그러니 썰렁한 교실에 남았다. 졸업을 앞두고 우리 셋은 그렇게 헤어졌다.

수령 위해 복무

1

형식이와 선철이가 없는 교실은 황량한 벌판 같았다. 나는 외딴 섬에 홀로 남겨진 듯 외롭고 쓸쓸했다. 남은 학급 아이들도 각자의 지망을 적어냈다. 나는 1지망, 2지망, 3지망 모두 고려약학대학이라 적었다. 전국에 하나밖에 없는 약대는 중앙대에 속했고 외갓집이 있는 함흥에 있기 때문이었다.

형식이와 선철이 이후로는 키가 큰 광일이가 2·8체육단 축구 선수로 결정되었고, 기본계급 출신인 정수는 금성정치대학으로, 기악소조에서 장새납(북한에서 사용하는 목관악기로 태평소와 비슷함)을 잘 불어 평양 무대에 섰던 충일이는 평양음악무용대학으로, 단

소를 잘 불던 정수는 사회안전성 협주단으로 뽑혀 갔다. 그렇게 매일같이 하나둘 뽑혀 가니 70명이던 학급인원이 60명으로 줄어들었다.

하루하루 마음이 초조하고 조급해지는데 최영호 선생이 나를 따로 불러냈다.

"네가 지망한 약대는 못 갈 것 같다. 당의 지시가 내려졌어. 이번 졸업생은 모두 사대밖에 없다. 아버지 원수님께서 학교에 왜 전부 여교사들뿐입니까, 하시며 이번 사대는 모두 남학생들로 채우라고 지시하셨어. 그러니 너도 사대에 가야 한다. 어차피 넌 키도 작고 체중도 미달이라 군 입대는 안 돼. 김형직사범대학이 중앙대에 속하니, 객지에서 좀 고생하더라도 청진사대보다는 김형직사범대학이 좋을 것 같구나. 게다가 혁명의 수도 평양이지 않니. 아버지 원수님을 몸 가까이 모시고 공부한다는 영예와 긍지감이 얼마나 좋으냐 말이다. 영화연극대학도 가까이 있으니까 선철이도 만날 수 있고……."

그렇게도 가보고 싶은 혁명의 수도 평양이고 선철이도 만날 수 있다지만 난 사대가 전혀 맘에 들지 않았다. 아이들은 사대에 갈 바엔 군에 입대한다면서 너도나도 탄원서를 냈다. 교사를 별로 선호하지 않던 시절이어서 더욱 그랬다. 나는 두 차례의 국가정무원 시험을 치르고 입학통지서를 받았다. 그날 엄마는 밤 깊도록 나를 다독였다.

"아무나 마음대로 갈 수 없는 평양에서 대학 공부를 한다니 얼마나 좋니."

엄마는 눈을 가늘게 뜨고서 옛 추억에 잠겼다.

"난 지금껏 살면서 딱 한 번 평양에 가봤어. 전쟁 이듬해였지. 네 이모는 전쟁 때 간호사로 일했어. 난 그때 막 두만강 건너 중국에서 나왔지. 네 이모를 만나러 평양에 가니 봄철이라 꽃 천지더구나. 대동강변이며 모란봉 기슭엔 진달래, 살구꽃이 활짝 폈다. 강변엔 파랗게 물이 오르는 수양버들이 늘어졌고 말이다. 정말 아름다웠어. 그러고 벌써 20년이 지났네. 세월두 빠르지. 공부하다 배고프면 잊지 말고 옥주 이모를 찾아가. 나한텐 친언니나 같아. 내가 편지에다 자세히 썼어. 지난날 우리 아버지 어머니가 언니한테 해준 절반만큼만 내 새끼한테 관심을 가져달라고 말이야. 국가정무원 2청사야. 문서과장 김옥주다. 명심해라."

옥주 이모는 해방 전 만주에서 길거리를 배회하던 고아였는데 교편을 잡고 있던 외할아버지가 데려다 양딸로 삼았다. 그 후 항일 빨치산 박락권과 결혼했는데 박락권은 장춘전투에서 전사했다. 그때 박락권의 나이 스물셋이었다. 평양의 대성산 혁명열사릉에 긴정숙, 오백룡, 마동희와 함께 박락권의 반신상도 안치되어 있다. 박락권은 김일성 주석이 "국제주의 혁명전사"라고 회상할 만큼 위상이 높았다. 과부가 된 옥주 이모를 평양으로 불러들인 건 김정숙(김정일 생모)이었다. 옥주 이모는 김일성고급당학교를 졸업하고 국가정무원기관에서 일했다.

2

나는 입고 갈 변변한 옷도 트렁크도 없었다. 엄마는 아침 첫 버스로 청암동 사촌형 집으로 가서 합판으로 짠 큼지막한 나무트렁크와 몇 근 정도 되는 귀한 설탕을 구해 왔다. 그리고 경남이 엄마한테 사정사정하여 누렁이를 잡아 아궁이에 종일 불을 때며 개엿을 달였다.

내 교복은 너무 낡아빠져 입고 갈 형편이 못 됐다. 엄마는 밤새도록 형이 입던 교복을 바느질하여 내 옷으로 고쳐 지었다. 새벽에는 쿵쿵 절구질하여 바쁘게 떡을 쳤다. 내가 평양으로 떠나는 날 아침 마침 쌍둥이 형들이 휴가를 받아 집으로 왔다. 엄마는 떡을 싸 배낭 속에 넣은 다음 허리춤에서 쌈짓돈을 꺼냈다.

"깊숙이 넣어. 짐 속에 넣지 말고 몸에 지녀야 해."

쌍둥이 큰형이 나무트렁크를 들고, 작은형이 개엿을 담은 단지를 들었다. 내가 배낭을 둘러메고 막 집을 나서려고 할 때 용택이가 찾아왔다.

"이 노트는 내가 주는 거구, 돈은 최영호 선생님이 전해 주라고 하셨어."

하얀 봉투에 20원이 들어 있었다.

삼순이 엄마도 달려와서는 내 손에 돈을 쥐여 주고, 봉철이 엄마도 와서는 돈을 쥐여 주며 배웅해 주었다.

역 대합실은 여행객들로 발 디딜 틈이 없었다. 매표구에는 '오늘 차표 매진'이라는 안내문이 붙어 있었다. 막아놓은 매표구에다 대고 형이 소리를 쳐봤지만 아무런 반응이 없자 엄마가 발을 동동 굴렀다.

"그러게 내가 뭐라고 했니. 미리 나가 줄을 서야 된다고 했지 않았니. 사람 말을 그렇게도 듣지 않으니, 원. 내일 오전엔 죽으나 사나 평양에 도착해 있어야 하는데 이제 어떻게 하면 좋니."

난 그저 정신이 몽롱하고 암담할 뿐이었다. 엄마가 먼저 쌩하고 대합실 앞쪽 빈자리를 찾아 앉았다. 나도 엄마 곁에 얌전히 앉았다. 쌍둥이 형들은 내 앞에 서 있었다. 그런데 맞은편에 앉은 중년 신사가 자꾸 우리 쪽으로 눈길을 주었다. 그러더니 그예 우리 쪽으로 다가와 말을 거는 게 아닌가.

"아주머님은 참 부자시네요. 아드님들이 이렇게 출중하니요. 여긴, 쌍둥이나 보죠? 작은 아드님은 평양 어느 대학에 입학했나요?"

엄마가 걱정 어린 목소리로 대답했다.

"네. 김형직사범대학이랍니다. 그런데 큰일이네요. 내일 아침엔 들어서야 하는데 차표를 못 끊어서요."

몇 마디 이야기가 오간 뒤 중년 신사가 아무 말 없이 역사 밖으로 나가더니 한참 후에 차표를 들고 돌아왔다. 본인은 도 행정기관에서 일하는데 평양엔 정기적으로 장기출장을 다닌다고 했다. 엄마는 연신 고맙다며 머리를 숙였다. 그때쯤 개찰 안내방송이 울려 퍼졌다.

수많은 인파에 섞여 밀리고 소리 지르고 하며 개찰구를 통과하

여 플랫폼에 서자 저 멀리서부터 궤도를 따라 열차가 서서히 들어
서고 있었다. 플랫폼은 혼잡하기 이를 데 없었다. 플랫폼으로 진입
한 열차가 채 멈춰 서기도 전에 열차에 먼저 오르려는 사람들로 아
수라장이 되었다. 승객들이 아니라 전쟁터의 피난민들 같았다. 너
도나도 몰려들고 매달리고 하는 와중에 큰형이 거의 악을 쓰다시
피 소리쳤다.

"비켜요. 이걸 놓으란 말이오. 내 동생은 내일 아침까진 평양에
도착해야 하오. 김형직사범대학 입학생이란 말이오. 위대한 수령
님 아버님을 기리는 김형직사범대학 말이오."

아버지를 닮아 키가 큰 두 형의 도움으로 커다란 나무트렁크와
무거운 개엿 단지를 간신히 올리고 나니 열차 출발을 알리는 호각
이 호르르호르르 울려대었다. 열차가 천천히 움직이기 시작하고,
나는 차창 밖으로 얼굴을 내밀어 엄마와 형들과 작별을 나누었다.
엄마는 내 모습을 조금이라도 더 보려는 듯 달리는 열차를 따르며
한 손을 높이 쳐들었다.

"평양에 도착하면 전보를 쳐야 한다. 알겠니? 개엿은 끼니마다
뒤 숟가락씩 잊지 말고 먹고. 약이거니 생각하고 먹어야 해. 돈은
꼭 필요할 때만 써야 한다. 명심해. 그리고 옥주 이모를 꼭 찾아가
봐라……."

열차가 점점 빨라지니 엄마 모습은 점점 작아졌다. 뭐라고 외치
는 소리도 더 이상 들리지 않았다. 나는 열차 안에서 꼬박 선 채로
하룻밤을 보냈다. 고원역에 멈춰 서니 날이 밝아오기 시작했고, 열

차가 씩씩거리며 숨 가쁘게 양덕고개를 오를 땐 아침 햇살이 차창으로 비쳐들었다. 양덕고개를 넘자 자리가 하나둘 났다. 그때서야 겨우 자리에 앉을 수 있었는데 청진역에서 차표를 끊어준 고마운 중년 신사가 손에 곽밥(도시락)을 들고 부러 나를 찾아왔다.

"1호차부터 차례차례 훑으며 찾아 나오는 거야. 밥 못 먹었지?"

나는 공손하게 곽밥을 받아들었다.

"언제 대학으로 한번 찾아가지. 식사라도 같이하자고."

평성을 지나면서부터는 팔에 빨간 완장을 두른 안전원들이 30분 간격으로 증명서 검열을 진행했다. 그리고 마침내 "지금 우리 열차는 조선의 심장인 혁명의 수도 평양에 들어서고 있습니다" 하고 열차방송이 흘러나왔다.

3

대학 캠퍼스 규모는 생각만큼 크지는 않았다. 후문 맞은편에 자리한 기숙사는 낡은 4층짜리 건물이었다. 낯선 환경에 적응해야 하는 처음 얼마 동안은 어리벙벙했다. 강의가 없는 쉬는 시간에도, 기숙사 호실에서도 아이들과 말을 섞기가 싫었다. 학교는 아침부터 저녁까지 모든 일과가 병영식, 군대식이었다.

기숙사에 짐을 푼 지 보름이 지났다. 나는 하루하루 점점 더 사범대학이 맘에 들지 않았다. 집으로 도망쳐 가고만 싶은 마음이 간절해질 때쯤 같은 호실을 쓰는 선우가 뒤에서 나를 불렀다.

"영진 동무. 정문에 누가 찾아왔대요. 영화연극대학 학생이라던데요?"

나는 정문 쪽으로 내달렸다. 그러나 선철이는 보이지 않았다. 대기실에도 없었다. 국방색 제복 차림에 대학모를 쓰고 빨간 완장을 두른 당직생에게 물어봐도 "응? 영화연극대학 학생 말이죠? 금방 있었는데……" 하며 머리를 갸웃거릴 뿐이었다. 그때 뒤에서 누가 두 손으로 내 눈을 감쌌다.

선철이었다. 금빛 모표가 달린 대학모, 둥그런 얼굴, 까만 눈썹, 불타는 듯한 두 눈동자, 하얀 치아를 드러내며 활짝 웃는 입술, 주름 세운 까만 교복 바지에 수박색 재킷과 그 속에 받쳐 입은 하얀 셔츠, 그리고 빨갛고 파란 줄이 빗금 쳐진 넥타이를 단정히 맨…… 선철이었다.

무슨 말부터 해야 하나. 나는 그 하고많은 말 중에 "내가 김형직 사범대학에 입학한 걸 어떻게 알았어?" 하고 말문을 열었다.

"전보가 왔어. 어머니한테서. 네가 찾아오겠거니 기다려도 도무지 와야 말이지. 그래서 이 귀하신 몸께서 우리 이쁜이를 보려고 달려온 거지."

그렇게 우리는 평양에서 다시 뭉쳤다.

꿈 많은 두 애송이 대학생은 대동강 숭어국집, 만경대, 2·8예술 영화촬영소, 능라도, 모란봉, 천리마 동상을 지나 불빛 흐르는 고요한 대동강변 등지를 손잡고 거닐었다. 나는 선철이와 둘이 끝없이 걷고 싶었다.

지하철에 올라 자리가 없으면 나는 선철이의 무릎에 달랑 올라
앉곤 했다. 그러면 선철이는 두 팔을 앞으로 깍지 껴서 나를 그러
안았다. 아무도 우리를 이상한 눈으로 쳐다보지 않았다. 그저 소꿉
놀이 적 동무려니 여겼다.

맑게 갠 주말, 나는 선철이와 함께 옥주 이모를 찾아갔다. 해방
후 소련인들이 지은 유럽식 석조건물인 국가정무원 청사는 김일
성 광장과 인접해 있었다.

"엄마를 꼭 빼닮았구나. 웃을 땐 똑같아."

옥주 이모네 집은 만수대 동상과 어린이백화점 맞은편에 있는
15층짜리 유자녀(항일 빨치산 자녀) 아파트였다. 현관문 입구에 경
비실이 있었고 외부인의 출입을 통제했다. 9층 거실에서는 대동강
이 한눈에 내려다보였다. 부엌과 화장실 그리고 방이 세 개였는데,
온수와 냉수가 쏟아지고 가스레인지로 밥을 지을 수 있었다. 벽에
는 여러 대회들에서 김일성 주석과 함께 찍은 기념사진들이 걸려
있었고, 총천연색 텔레비전도 놓여 있었다. 나는 그때 텔레비전과
냉장고를 처음 보았다. 그리고 그림에서만 보았던 바나나와 귤도
처음 먹어보았다.

낙엽이 지고 하얗게 눈꽃이 핀 평양의 모란봉은 한 폭의 수묵화
였다. 나는 손에 책을 들고 공부하며 그 속을 거닐었다.

겨울이 가고 봄이 왔다. 하얀 눈꽃은 연분홍 살구꽃이며 진달래, 철쭉꽃으로 바뀌었다. 온갖 꽃 속에 벌들이 날아드는 5·1절에 선철이와 나는 도시락을 싸들고 모란봉에 올랐다. 천리마 동상과 모란봉예술극장 연못을 지나 을밀대에 오르니 청류벽 밑으로 대동강이 유유히 감돌아 흐르고 새소리, 솔바람 소리가 귓가에 들려왔다.

우리처럼 봄나들이를 나온 가족들이 여기저기 도시락을 펼쳐놓고 즐거운 시간을 보내고 있었다. 그렇게 한 잔 두 잔 기울이다 보면 나중에는 어느새 여러 가족이 마치 한 가족처럼 모두 함께 어울려 노는 것이었다. 잔디밭에 둥그렇게 원을 그리며 앉아서는 수건돌리기도 하고 오락회도 열었다. 어느 행복한 신혼부부의 이중창에 이어 목에 붉은 스카프를 두른 어린이가 손풍금 독주를 이어가기도 했다. 어느 누군가는 장고춤을 추었고, 또 어느 누군가는 우스꽝스러운 만담을 늘어놓았다. 우리 차례가 되면 선철이와 나는 함께 노래를 불렀다.

모란봉 청류벽을 굽이돌아서
대동강 맑은 물은 어데로 가나.
대원수님 탄생하신 만경대를 지나서
자랑을 가득 싣고 바다로 가지.

4

여름방학이 시작됐다.

평양의 백화점은 지방에 비해 알록달록한 상품들이 많았다. 그런데 진열만 해놓고 일반인들에게는 판매하지 않았다. 가끔 외국인들에게나 진열대에서 요구하는 상품을 꺼내주었다. 나는 의류 매장에서 막냇동생 영철이에게 꼭 맞을 것 같은 빨간 트레이닝복을 발견했다. 무슨 일이 있어도 그 트레이닝복을 사고 싶었다. 아직 청진 집에서 지낼 때 하루는 영철이가 내가 아끼는 트레이닝복을 몰래 입고 나갔다가 들켰다. 그때 영철이는 내게 호되게 얻어터졌다. 그때의 일이 눈앞에 어른거리면서 가슴이 아팠다.

'저 트레이닝복을 사가지고 가면 영철이가 얼마나 좋아할까?'

하루에도 몇 번씩 그 생각이 드는 것이었다.

토요일, 나는 백화점 문 여는 시간에 맞춰 매장으로 갔다. 그리고 판매원에게 그 트레이닝복을 달라고 하니 쳐다보지도 않고서 "진열품이에요" 하고 차갑게 받았다. 나는 그날 오전 9시부터 문 닫는 밤 10시까지 매장 앞 한자리에 못 박힌 듯 서서 버티기 투쟁을 하였다. 점심도 굶고, 저녁도 굶었다. 물 한 모금 마시지 않았다.

다음 날 일요일에도 나는 한자리에 그렇게 서서 버텼다. 점심과 저녁을 굶은 데다 물 한 모금 마시지 못해 얼굴에서는 진땀이 흘러내렸고 허리와 무릎이 아파 금방이라도 주저앉을 것만 같았다. 판매원은 이틀 동안 나한테 눈길 한번 주지 않았다. 밤 10시, 문 닫을 시간이 되자 종료를 알리는 안내방송과 함께 손님들이 다 빠져나가고 나 혼자 남았다. 금고에서 돈을 꺼내 세던 판매원이 나를 힐끗 쳐다보더니 물었다.

"김형직사범대학 학생이에요?"

"네."

"지방, 어디예요?"

"청진입니다. 제 동생한테 저걸⋯⋯."

그제야 판매원이 진열대에서 상품을 내려 내게 주었다. 트레이닝복을 보고 좋아할 영철이의 모습이 그려졌다. 그러나 나는 그 빨간 트레이닝복을 집에 가지고 가지 못했다. 온 나라에 급변하는 사태가 벌어졌기 때문이었다.

5

텔레비전 방송이나 라디오를 통해 수시로 격앙된 목소리가 흘러나왔다.

—온 나라 전체 인민들에게 알린다. 전당, 전군, 전민은 준전시 상태에 들어감에 대하여⋯⋯.

—미제와 남조선당국은 8월 18일 판문점에서 천인공노할 반인륜적 만행을 일으켰다. 지금 우리나라는 전쟁이 터질 것만 같은 일촉즉발의 순간이다⋯⋯.

1968년 '푸에블로호 사건' 때처럼 나라는 준전시 상태에 들어갔다. 평양을 비롯한 전국 각지에서 규탄대회와 궐기 모임이 이어졌다. 라디오나 확성기를 통해 울려 퍼지는 다급한 외침과 연이은 전시가요(戰時歌謠)들로 온 나라 온 도시에 금방 전쟁이 터질 것만 같은 긴장감이 팽배했다.

─시민 여러분께 알립니다. 시민 여러분께 알립니다. 지금 열두 대의 적 비행기가 북쪽 방향으로 날아오고 있습니다. 북쪽 방향으로 날아오고 있습니다. 거듭 말씀드립니다…….

시도 때도 없이 공습경보를 알리는 사이렌이 요란스럽게 울렸다. 그럴 때마다 공장과 학교, 유치원에 흩어져 있던 인민들은 남녀노소 할 것 없이 무조건 방공호로 대피해야 했다. 등화관제를 알리는 종이 울리면 전등을 끄거나 불 빛 한 점 새어 나가지 못하도록 창문과 문틈을 막아야 했다.

교내 확성기에서도 격앙된 목소리가 청년들의 충성심을 부추겼다.

─지난 조국해방 전쟁 시기 장군님께서 찾아주시고 꽃피워주신 사회주의 지상락원을 지키기 위해 펜대를 총대로 바꾸어 메고 전선으로 달려 나가던 그때처럼 지금 김일성종합대학 학생들은 '조국을 수호하자!'라는 구호를 높이 들고 군 입대를 탄원했습니다…….

김책종합대학, 경공업대학, 해운대학을 비롯한 전국 각지의 대학들과 중고등학교, 공장기업소 할 것 없이 온 나라가 조국보위 초소로 떠난다는 소식이 나날이 들려왔다. 우리 대학도 예외는 아니

었다. 우리는 학업을 중단하고 매일같이 군사동원부로 출입해야
했다. 신체검사와 개별담화를 거친 후 속전속결로 교복을 벗고 군
복을 입었다.

　쿵 쿵 쿵……
　쏘라 쏘아라 분노에 찬 우리 포야
　쏘라 쏘아라 바로 쏘아라.

　힘차고 격동적인 선율이 역 광장에 울려 퍼졌다. 우리는 흩날리
는 꽃보라와 환송의 꽃물결 속에 남행열차에 올랐다. 나는 가족들
이 모두 환송 나온 자가생들이 몹시 부러웠다. 엄마는 내가 군복을
입은 것도 모를 텐데……. 선철이마저도 먼저 입대해 모습을 볼 수
없으니 마음이 너무나도 허전하고 쓸쓸하였다.
　그렇게 해서 선철이와 나는 10년간 떨어져 생활하게 되었다.
　군복무 기간을 통틀어 선철이를 본 건 딱 세 번이었다. 그것도
모두 꿈속에서. 첫 번째 꿈을 꾼 건 신병훈련이 시작된 첫날밤이었
다. 두 번째는 밤을 지새우며 보초를 서다 깜빡 졸았던 어느 날이었
고, 세 번째는 제대명령서를 받아든, 초소에서의 마지막 밤이었다.

6

　군복을 입은 첫 번째 여름.

신병들을 태운 열차는 자정이 지나 분계연선(휴전선) 도시인 개성에 멈춰 섰다. 우리는 다시 그물망으로 위장한 여러 대의 포차 적재함에 올라 밤길을 달렸다. 개성에서 판문점까지 향하는 60여 리 구간에는 2킬로미터 간격으로 차단막이 내려진 검문초소가 있었다.

첫 검색대 앞에 차가 멈춰 서니, 철모를 쓰고 팔에 빨간 완장을 두른 군관들이 머리부터 발끝까지 그물망으로 위장한 전투복장 차림으로 우리를 맞았다. 그들의 엄격하게 굳은 표정이 환한 탐조 등에 여과 없이 드러났다. 그들은 자동보총으로 '앞에총'을 하고서 한 명 한 명 깐깐하게 인원점검을 한 다음에야 호각을 불면서 "출발!" 하고 외쳤다. 우리를 태운 차는 두 번째, 세 번째…… 그렇게 마지막 검문초소를 통과했다. 가는 내내 전시상태를 방불케 하는 긴장감이 감돌았다.

가슴이 두근거리는 불안감 속에서 새벽녘에 도착한 곳은 한내골이라고 하는 신병훈련소였다.

"빨리빨리 정렬해. 잘 들어. 여긴 휴전선이야. 저기 불빛이 보이는 곳이 남녘땅이란 말이야. 한 발짝이라도 보고하지 않고 움직이면 적들에게 납치될 수 있어. 알겠는가?"

나는 그저 무섭고 불안하고, 모든 것이 낯설고 어리둥절했다. 그런 채로 병실에 짐을 풀고 인원점검을 마친 후 침상에 들었다.

위아래 나무침대에 나란히 누운 신입병사들. 병실 바닥에 비치는 비상등 불빛. 침상 앞에 네모반듯하게 개켜놓은 군복과 군모.

신발 위에 접어서 올려놓은 발싸개. '과연 잘 극복해 낼 수 있을지……' 하는 착잡한 생각. 눕자마자 곯아떨어진 누군가의 코고는 소리. 창문으로 비쳐드는 희미한 불빛. 그리고 "야, 직일병. 제 시간에 정확히 기상나팔 울려. 이제 두 시간밖에 남지 않았어. 알겠는가?" 하는 직일관의 고함 소리와 "예. 알겠습니다" 하고 대답하는 직일병의 목소리…….

나는 조금씩 고단한 잠 속으로 빠져들었다.

—선철이와 나는 손을 맞잡고 해변을 거닌다. 하늘은 푸르고 머리 위로는 갈매기들이 날아옌다. 무슨 이야기가 오고갔는지 내가 웃음을 터트린다. 장면이 바뀌면서 열차가 출발한다. 저 멀리서 선철이가 손을 흔들며 달려온다. "야…… 야……." 뭐라 뭐라 소리쳐 부르는데 들리지 않는다. 열차는 점점 더 멀어지고 그만큼 선철이와 나 사이도 멀어진다.

훈련소 골짜기에 기상나팔 소리가 울려 퍼졌다. 나는 그때까지도 달콤한 잠에 빠져 있었다. 가까운 곳에서 "기상!" 하는 고함 소리가 들린 듯해서 화들짝 몸을 일으켰다. 선철이는 어디로 가고 없고, 대신 빨간 완장을 팔에 두른 직일관이 버티고 서 있다. 병실은 이미 텅 비었다. 꿈결인지 생시인지 꾸물거리는 병사는 나 하나뿐이었다. 창문으로 아침 햇살이 비쳐들었다. 직일관이 비몽사몽 정신을 못 차리고 있는 내가 한심한지 벌컥 고함을 질렀다.

"기상!"

그제야 '참, 그렇지. 여긴 군대지' 하고 실감이 났다. 나는 후다닥 옷을 껴입고 병실 밖으로 부리나케 튀어 나갔다.

우리는 3개월간의 신병훈련을 한 주일로 단축해서 받았다. 급변하는 형세에 대처해 하루라도 빨리 구분대로 배치받아야 했기 때문이다.

신입병사 생활은 아침 기상과 함께 기계처럼 맞물려 돌아갔다. 대열훈련, 기계체조, 정치학습, 자동보총창격전……. 자동보총이 얼마나 무겁던지 나는 창격전시간마다 진땀을 뺐다.

햇볕이 쏟아져 내리는데 창격전 훈련을 끝낸 소대는 지휘관의 구령에 따라 잔디밭에서 휴식을 취했다. 어찌나 잠이 쏟아지던지 조금 후미진 곳에서 쉬고 있던 나는 자동보총을 그러안은 채 깜빡 졸았다. 눈을 떠보니 또 아무도 없었다. 허둥지둥 식당으로 향했다. 소대는 점심식사를 마친 뒤였다. 배식구로 가 취사병에게 밥을 달라고 하니 개별적으로 와서 안 된다고 했다. 우두커니 그 자리에 서 있으려니 갑자기 설움이 북받쳤다. 엄마와 동생들 생각도 났다. 나는 서럽게 울었다. 그 일로 소대장은 내게 '울보' '애기' 같은 별명을 붙여놓았다. "넌 아직 애기야. 집에 가 엄마젖을 더 먹고 와" 하고 놀리면서.

한내골 신병훈련소에서 한 주일간의 신병훈련을 마치고 구분대로 발령받는 날이었다. 식당에서는 떡을 치고 돼지를 잡았다. 하늘은 맑게 개었지만 내 마음은 밝지만은 않았다. 근심이 태산 같았다. 어디로 배치를 받을까, 걱정이 되어서였다. 보병은 누구나 가기 싫어하는 구분대였다. 만약 보병에 배치받으면 군복무 전 기간 눈이 오나 비가 오나 밤을 지새우며 철책선 구덩이 안에서 잠복근무를 서야 하는 것이다.

이글거리는 태양이 뜨겁게 내리쬐는데 1500명 신입병사들이 널따란 훈련소 운동장에 집합했다. 대열 앞에는 군모에 금테를 두르고 어깨엔 큼직한 통별 하나가 박힌 견장을 단 장령 사단장이 서 있다. 그 옆에는 호위병 복장에 하얀 장갑을 낀 두 병사가 제6보병사단 군기를 호위하고 있다. 제6보병사단은 지난 전쟁 때 인민군 주력부대로서 맨 처음 서울로 진입한 부대다. 사단장 황룡진은 백두산에서 싸운 항일혁명투사다. 대대장의 기백 넘치는 보고가 시작됐다.

"사단장동지. 조선인민군 제2군단 6보병사단에 편성될 신입병사들은 군기 앞에서 군인선서를 다지기 위해 정렬하였습니다."

신입병사들은 오른손 주먹을 눈높이까지 불끈 추켜들고 사단장의 선창에 따라 엄숙히 군인선서를 다졌다.

"선서! 나는 조선인민군 군인으로서 경애하는 최고사령관동지께 무한히 충직한 혁명전사가 되기 위하여…… 당과 조국, 인민을 위하여 자기 목숨을 초개와 같이 바치며……."

7

나와 명우 둘만이 사단에서 제일 최전방 부대인 사단직속 통신구분대에 배치받았다. 명우는 북청 출신으로 나와 나이가 같았다. 피부가 희고 얼굴이 동그스름해서 귀여운 인상이었지만 의외로 다부져 보이는 체격이었다.

우리는 호송군관과 함께 60리를 행군하여 저녁 무렵 구분대에 도착했다. 노을빛에 양 볼이 붉게 물든 두 애송이 신입병사가 중대에 들어서자 온 중대가 입구에서부터 늘어서서 손뼉을 치고 환성을 지르며 우리를 맞았다.

"야, 고 친구. 예쁘게 생겼네."

구레나룻 덥수룩한 1소대 1분대장 경석 동지는 군복무 10년차인 스물아홉 살 노총각이었다.

"야…… 고놈. 얼굴이 해말쑥한 게 체네(처녀) 같네."

입을 헤 벌리고 나를 넋 나가게 바라보는 중사는 경석 동지보다 하나 위인 서른 살로 군복무 11년차인 정찰분대장이었다.

"야, 고 친구 진짜 묘하게 생겼다. 이쪽 친구가 더 귀엽네."

중대의 맏형인 특무상사동지는 서른두 살이었다.

세 고참 모두 군복무 기간 중 한 번도 외출이라는 건 해본 적이 없었다. 면회라는 단어 자체도 몰랐다. 기껏해야 산비탈 지름길로 대대지휘부와 연대지휘부에 다녀온 게 전부였다. 그들만이 아니라 온 중대가 그랬다. 나도 고참들의 뒤를 이어 앞으로 10년을 그렇게 보내야만 했다.

중대에서는 남녘땅이 바로 지척이었다. 중대 병실 뒤편으로는 560고지가 솟아 있고, 봉우리 정상 동굴에서는 맑은 물이 흘러내렸다. 자연스럽게 형성된 저수지 부근에는 그리 크지 않은 규모의 조선시대 폐궁이 사시장철 푸른 소나무 숲속에 버려지듯 파묻혀 있었다.

병영 양옆에는 야트막한 야산과 규격화한 부식밭이 펼쳐져 있었다. 운동장가에는 깊은 우물이 있어 여름날 웃통을 벗어던지고 부업밭에서 일을 하거나 훈련을 마친 병사들이 목물을 하며 땀을 식혔다.

보초소가 있는 정문 옆 높게 세워진 화강석에는 '일당백' 구호가 새겨져 있고, 정문 위에는 붉은 글씨로 '위대한 수령님과 당 중앙을 목숨으로 사수하자!'라고 쓴 구호가 나붙어 있었다.

왼쪽 야산 밑으로 유사시 중대가 생활할 수 있는 갱도가 설치돼 있었다. 갱도 입구 방탄문은 언제나 열려 있었는데 삼복더위 때면 야간보초를 서고는 시원한 갱도에 들어가 잠을 잤다. 매미가 우는 여름철엔 갱도 안에 음식들을 보관하기도 했다.

지난 전쟁 때 중공군 1개 대대가 요새 같은 중대 병영에서 생활했다고 하는데 그 흔적들이 아직도 남아 있었다. 정문을 지나고 운동장을 가로질러 중대 교양실로 연결된 돌계단 좌측 휴식터에는 벤치가 놓여 있었다. 저녁 자유시간이면 병사들이 많이 찾는 곳이었다. 명절 때면 그곳에서 소대별 장기자랑이나 오락회가 열렸다.

명우와 나는 중대에 배치된 첫날부터 준전시 상태가 해제될 때까지 구대원들과 함께 갱도 생활을 해야 했다. 그리고 저녁점검이 끝나고 취침할 때도 신발만 벗고 군복을 입은 전투준비 태세로 잠을 청했다. 그렇잖아도 어두컴컴한 갱도는 습기가 많아 콘크리트 벽과 바닥엔 언제나 물이 질척했다. 매트리스와 모포는 물론 베개도 눅눅해서 한기마저 감돌았다.

저녁 식사가 끝나면 한 시간의 자유시간이 주어지고 그다음 중대오락회가 열린다. 불과 얼마 전까지만 해도 대학생이던 두 신입병사의 노래를 들어보고 싶어 중대장과 정치지도원, 지휘관들과 병사들이 전부 갱도 안 인원은폐부에 모였다. 명우는 허스키한 중음이고, 나는 한 옥타브 높은 맑은 고음이어서 화음이 잘 맞았다.

명우와 나는 군복무 동안 이중창을 부를 기회가 많았다. 어느 해엔가는 인민군창건일을 맞아 사단 무대에 섰고, 홍수로 임진강 제방이 터져 온 개성 시민들과 사단 내 수많은 병사들이 둑막이 공사에 동원되었을 땐 쉬는 시간 군민이 함께하는 오락회 무대에서 노래를 불렀다.

한날한시에 입대한 동갑내기 명우와 항상 좋았던 건 아니었다. 중학 시절 형식이에게 그랬듯 나는 명우에게도 라이벌 의식을 느꼈다.

8

중대 생활을 시작한 첫날부터 나는 지휘관들과 구대원들의 특별한 사랑을 받았다. 식당 옆을 지나갈 때면 취사병이 나를 잡아끌어 맛있는 걸 쥐여 주었고, 총각 소대장은 귀엽다며 내 볼에 뽀뽀를 했으며, 정치지도원은 내 모포 속으로 들어와 나를 껴안고 잤다. 경석 동지는 주머니에서 빨간 사과 같은 걸 꺼내 내게 내밀며 "오늘밤엔 내 옆에서 자야 해" 하고 다짐을 받곤 했다.

또 특무장은 누구든 함부로 드나들 수 없는, 자물쇠를 걸고 도장으로 봉인해 둔 양식창고로 나를 끌고 들어갔다. 중대 양식창고에는 명절 때만 떡 위에 한 숟가락씩 뿌려주는 귀한 설탕도 있고, 행군할 때만 조금씩 나눠주는 건빵도 있고, 귀한 손님이 내려오면 대접하는 사과도 있었다.

"먹고 싶은 거 있음 네 마음대로 먹어."

특무장은 나를 양식창고 안에 두고 밖에서 문을 잠가버리기도 했다. 그러면 나는 한 시간이고 두 시간이고 그가 돌아올 때까지 혼자 양식창고에 갇혀 있어야 했다.

그들만이 아니었다. 위생지도원이 컴컴한 갱도 안에서 나를 부둥켜안고 몸을 비벼대며 내 입술 안으로 자기 혀를 밀어 넣으면 나는 두 손으로 그의 얼굴을 밀쳐냈다. 아침 상학검열시간에 운동장에 집합하면 구대원들은 뒤에서 내 엉덩이를 꼬집거나 손가락으로 내 한쪽 볼을 찍고는 시치미를 뚝 떼곤 했다.

그런 일상이 반복되다 보니 은근히 교만한 마음이 되지 않을 수 없었다. 웬만한 병사는 눈에 차지 않고 아무 말이나 버릇없이 내뱉기도 했다. 한마디로 나는 내가 제일인 줄 착각했던 것이다. 분대장으로부터 눈물이 쏙 빠지게 꾸지람을 듣기 전까지는.

하루는 저녁 식사를 마친 자유시간에 분대장이 나를 조용한 곳으로 불러냈다. 사위는 어두웠지만 하늘엔 별이 총총하고 반딧불이도 반짝이며 주변을 맴돌았다. 분대장은 내 행동 하나하나를 명우와 비교하며 나를 나무랐다.

"이놈 새끼. 네가 뭐 잘난 게 있어? 곱다 곱다 하니 네가 뭐 잘나서 그런 줄 알아? 한번 생각해 봐. 네가 명우보다 뭐 하나 잘하는 게 있는지. 체육을 잘하나, 대열을 잘하나. 그렇다고 정치학습을 잘하나. 계속 그렇게 생활해 봐, 앞으로 어떻게 되나……."

그날 저녁 나는 분대장 앞에서 눈물을 흘렸다. 말할 수 없이 부끄럽기도 했지만, 집 생각이 났기 때문이었다.

사실 군대라고 해서 군사훈련만 하는 건 아니다. 식당근무에 나가 중대의 식사도 보장해야 하고, 산에 올라 땔감나무도 마련해야 하며, 주변 농장에 나가 모내기도 하고 벼도 베고 새끼도 꼬고 변소에서 인분도 퍼내야 한다.

봄에 병사들은 꼭두새벽부터 인근 농장에 나가 모내기를 한다. 해뜨기 전 바짓가랑이를 무릎까지 걷어 올리고 논판에 들어서면 손발만 시린 게 아니라 온몸이 오싹오싹 떨려온다. 볏모를 손에 쥐고 한 땀 한 땀 논판에 꽂아가다 보면 금세 허리가 부러질 것처럼 아프다. 명우는 재봉침 같은 손놀림으로 벌써 저만치 앞서가고 있다.

'명우를 따라잡아야 해.'

명우를 따라잡으려니 도무지 허리를 펼 새가 생기지 않는다. "휴식" 하는 소리가 들리면 나는 벌벌 기듯 논두렁으로 나가 벌렁 드러눕는다.

여름은 여름대로 고역이다. 중대는 까치봉 갱도 공사장에서 웃통을 벗어던지고 힘찬 메질로 발파 구멍을 뚫는다. 5킬로그램이 넘는 해머를 씽씽 휘두르며 암석에 정대(돌에 구멍을 뚫거나 돌을 쪼아서 다듬을 때 쓰는 쇠로 만든 연장)를 박아나가는 구대원들의 불끈한 무쇠팔뚝이 부럽다. 내가 무거운 해머를 들고 안간힘을 써봤자 기껏 몇 번쯤 휘두르다 펄썩 주저앉기 바쁘다. 손바닥에는 허연 물집이 생기게 마련이고.

그러나 명우는 한 번에 50~60번은 거뜬히 휘두른다. 그렇게 뚫은 폭약 구멍에 폭약을 집어넣고 발파가 끝나면 엄청난 양의 버럭(광물 성분이 섞이지 않은 잡돌)이 쏟아지는데 병사들은 그걸 또 져 날라야 한다. 나는 명우와 함께 버럭을 져 나르다 또다시 주저앉는다. 그럴 때마다 듣게 되는 소리가 있다.

"영진이, 집에 가 엄마 젖 더 먹구 와."

"영진이, 군대 된장을 한 독은 먹어야 되겠어."

가을에는 경석 동지가 소달구지에 한가득 실은 볏짚을 부려놓으며 "지금부터 한 사람이 300미터씩 새끼를 꼬는 거야" 하고 명령한다. 명우는 작은 물그릇에 담긴 물을 손바닥에 묻혀가며 양손에 볏짚을 몇 오리씩 쥐고는 사르륵사르륵 소리 내며 잘도 꼬아나간다. 나도 곁눈질로 명우를 따라해 보지만 어림도 없다.

그뿐인가. 소대가 산에 올라 겨울 땔감을 장만할 때도 명우는 몇 차례 낫을 휘두르기만 하면 나뭇단 한 짐이 뚝딱, 이다. 칡넝쿨이나 싸리나무를 엮어 나뭇단을 묶어내는 것도, 발로 차서 아래로 굴려 보내는 것도 척척 해낸다. 게다가 명우가 묶은 나뭇단은 산 아래까지 데굴데굴 굴러가도 터지지 않는데 내가 가까스로 묶은 나뭇단은 몇 번 굴러가다 툭 하고 터지고 만다.

나는 너무나도 속상했다. 못하는 게 없는 명우를 앞서지는 못하더라도 어느 정도는 따라가야 체면이 서겠는데 되는 게 영 없으니.

겨울나기도 죽을 맛이다.

눈이 오면 최고사령관의 명령하에 새해 전투정치훈련에 돌입한다. 산골짜기에 기상나팔이 울리면 병사들은 번개같이 자리를 박차고 일어나 어두운 운동장에 웃통을 벗어던지고 집결한다. 그다음 힘찬 구령을 외치며 저수지로 달려 나가 도끼로 얼음을 깨고 냉수마찰을 한다. 병사들의 몸에서는 하얀 김이 피어오른다. 그다음부터는 정치학습, 대열훈련, 창격전…….

그리고 이어지는 전술훈련…….

함박눈이 쏟아지는데 병사들은 무기, 탄창 주머니, 방독면, 배낭, 무전기 등을 둘러메고 저수지를 에돌아 까치봉으로 달린다.

"빨리, 빨리!"

소대장은 손목시계를 들여다보며 연방 다급하게 외친다. 주어진 시간 내에 목적지에 다다라 아군과 교신을 해야 하기 때문이다. 헉헉…… 내뿜는 입김에 빨갛게 달아오른 병사들의 얼굴은 하얀 성에투성이다. 명우는 저만치 앞서 달리고 있다. 명우를 따라잡아야 한다. 달아오른 얼굴에 눈송이들이 부딪힌다. 까치봉으로 치달아 오르는데 무거운 무기와 장비류가 두 어깨를 내리누르고 숨이 턱에 와 닿는다. 목구멍에서 단내가 나고 가슴이 터질 것만 같다. 눈 속에 파묻혀 가파른 산언덕을 훑어 오르는데 어느덧 목적지에 가까이 다다른 모양이다.

"전개……"하는 구령 소리가 들린다. 헐떡이며 무전기를 내려놓고 안테나를 설치하고 주파수를 맞춘다.

"001…… 001…… 난 002…… 감도…… 감도 좋다. 감도 좋다. 수신……."

"알았다……."

전술훈련이 주어진 시간 내에 끝나면 소대는 참호가에 모닥불을 피워놓고 젖은 신발과 발싸개를 말리며 몸을 녹인다.

"자, 출발. 내려갈 때 나무 한 단씩 해가지고 내려간다."

소대장의 명령이다. 소대원들은 눈 속에서 솔가지며 고목들을 주어 금방 한 단을 만들어 배낭끈으로 짊어지고 내려간다. 나도 명우가 짊어진 만큼 나뭇단을 짊어진다.

그보다 작으면 왠지 자존심이 상하고 구대원들한테 얕보이는 게 싫기 때문이다.

후들거리는 다리를 가까스로 지탱하며 미끄러운 눈 속을 조심조심 내려온다. 가파른 경사면을 내려와 오솔길로 들어서면서 고개를 들어보니 하얗게 눈발이 날리는 저수지 쪽은 가물거리는데 앞서간 대원들의 모습은 보이지 않는다. 내가 한참 뒤떨어진 것이다. 부지런히 쫓아가야겠다고 생각하며 걸음을 옮기는데 평평한 저수지 가장자리에서 삐끗 몸이 한쪽으로 기울어지면서 풀썩 넘어진다. 내 몸을 끈질기게 내리누르던 무거운 짐들을 등에 깔고 허공을 올려다보니 눈꽃들이 너울거리며 달아오른 내 얼굴에 내려앉는다. 헐떡이는 가슴은 쉼 없이 오르내리는데 다시 일어서려고 안간힘을 써봐도 무거운 나뭇단은 끔쩍하지 않는다. 한 번, 두 번…… 까치 한 마리가 저수지 가장자리 나뭇가지에 앉아 깍깍거린다.

공연히 명우에게 지기 싫어 나뭇단을 줄이지 않은 것을 후회해봐도 소용없다. 등짐째 몸을 일으키려 수십 번도 넘게 낑낑거리다 나는 그만 울음을 터뜨린다. 허공을 바라보며, 지상으로 내려오는 눈송이를 맨 얼굴에 맞으며…….

엄마 생각이 난다. 동생들도 생각난다. 명우를 따라잡을 수 없다는 데에도 생각이 미친다. 명우와 비교하며 나를 꾸짖던 분대장의 목소리도 귓가에 들리는 듯하다. 그러면서도 한편으로는 명우나 부분대장이 나를 찾으러 오지 않을까, 생각한다. 그러나 기대는 어긋난다. 아무도 나를 찾으러오지 않는다. 서럽게 울다 울다 어떻게 간신히 몸을 일으켜 다른 병사들보다 훨씬 늦게야 중대로 들어서니 병영은 조용하기만 하다.

9

새해가 밝았다. 또다시 군에서의 한 해가 시작되는 것이다. 나는 붉게 떠오르는 태양을 향해 두 어깨를 쭉 펴며 굳게 다짐했다. 군복무를 본때 있게 잘하여 조선로동당원이 되고 영웅이 되어 고향에 돌아가리라고.

설날 아침, 병사들은 오랜만에 손바닥만 한 송편에 돼지고깃국을 배부르게 먹었다. 그다음 교양실에 모여앉아 신년사를 청취했다. 뜻깊은 새해를 맞이해 중대 내 모범적인 병사들을 표창하는 수여식이 이어지는데 영광스럽게도 그중에 명우가 포함됐다.

"지휘소대 정찰분대 장명우 전사를 상등병으로……."

순간 모닥불을 뒤집어쓴 것처럼 얼굴이 후끈거렸다. 다른 병사들과 똑같이 박수를 하면서도 쥐구멍이라도 있으면 기어들고 싶은 심정이었다. 한날한시에 입대한 두 전사가 상급과 하급으로 나뉜 것이다. 그동안은 서로 허물없이 반말을 했지만 이제는 "명우 상등병동지" 하고 존댓말을 써야 하고, 상관인 명우가 지시를 내리면 나는 군말 없이 지시를 따르고 보고를 올려야 한다.

나 또한 마음속으로 얼마나 바라던 것인가? 상등병 군사칭호도, 당원이 되는 것도 명우와 함께 가고 싶었다. 뒤처진다는 것은 수치스러운 일이라 생각했다.

우렁찬 박수 속에 명우가 환하게 웃으며 자리에서 일어섰을 때도, 빨간 전사견장을 떼고 노란 금줄이 비껴간 상등병 견장으로 바꿔달 때도, 나는 얼굴에 그늘이 비껴가는 것을 숨기려고 머리를 처박았다. 끝내 명우한테 뒤처지고 말았다. 분대장의 충고가 맞았다. 내 딴에는 얼마나 애쓰고 노력했는데…….

　　그날 밤 폭설이 내렸다. 나는 쉼 없이 내려앉는 눈송이들을 바라보며 밤새 외진 초소에서 보초를 섰다.
　　'눈 내리는 설 명절 밤…… 지금쯤 집에서는…….'
　　그날따라 유달리 더 집 생각이 났다. 가슴속 깊은 곳에 쌓여 있던 그리움과 설움이 한꺼번에 밀려들었다. 나는 고향집에 두고 온 가족들의 모습을 하나하나 떠올렸다. 그 지독한 배고픔과 까닭 모를 슬픔까지도.

　　푸석푸석 부은 데다 핏기라곤 없는 얼굴로 솥뚜껑에 말라붙은 밥알을 떼어 입으로 가져가던 영순이……. 영순이는 퇴근해 돌아오는 아버지에게 매달리며 가방부터 빼앗아 들고는 아버지이 도시락에 조금 남은 밥을 허겁지겁 집어먹었다. 아버지는 어린 영순이를 생각해 매일 밥을 조금씩 남겨왔다. 하루는 어찌 된 영문인지 두시락이 텅텅 비어 있었다. 영순이는 빈 도시락을 들고 으앙 하고 울음을 터뜨렸다.
　　온 식구가 밥상에 둘러앉으면 아버지의 밥그릇엔 하얀 이밥이 담겨 있지만 우리들의 밥그릇은 거친 옥수수에 시래기 아니면 채 친 무를 섞은 잡곡밥이었다. 영순이는 제 앞에 놓인 밥그릇을 허겁지겁 비우고는 아버지의 숟가락질을 바라보느라 연신 머리가 오르락내리락했다.

언제였던가. 미지근한 가마목에 앉아 온종일 밖을 내다보며 엄마가 퇴근하기만을 기다리던 영순이가 왜 그랬던지 내 책가방을 뒤져 빨간 표지를 씌운, 내가 제일 아끼는 혁명역사 학습장을 꺼내 들고 표지 한쪽 귀퉁이를 네모나게 오려냈다. 나는 너무 화가 나 어린 영순이를 벽에 세워놓고 "왜 내 책을 오렸어? 말해 봐"하고 다그쳤다. 영순이는 벽에 기대서서 입을 꼭 다문 채 서럽게 울기만 할 뿐이었다. 점점 더 화가 난 나는 한 시간이 넘도록 영순이를 쥐어박으며 윽박질렀다. 어두워져 집에 돌아온 엄마가 놀라 "야, 이 놈아. 왜 동생을 그렇게 때려? 제정신이냐?"하고 내게 호통을 치자 영순이는 더 서럽게 울고, 끝내 항복을 받아내지 못한 나는 나대로 영순이 편을 드는 엄마가 야속해 으앙 하고 울음을 터뜨렸다.

아무리 쌀이 없어도 엄마는 아버지 생신날 꼭 떡을 했다. 그해도 엄마가 출근하기 전 미리 떡쌀을 불리는데 아버지는 무슨 떡을 하느냐고, 애들한테 밥 한 끼라도 더 해먹이자며 젖은 쌀을 도로 건져내어 구들에 말렸다. 그리고 그해 봄 아버지가 세상을 떠났다. 막내 영철이가 태어나던 해였다. 영학이가 네 살, 영순이가 일곱 살, 내가 열두 살 때였다.

우리 집 살림은 날이 갈수록 점점 더 어려워졌다. 우리는 커가며 생일이란 걸 바라지도 않았고 생각지도 않았다. 다른 형제들과는 달리 하얀 이밥을 담은 밥그릇이 내 앞에만 놓일 때가 있었다. 웬일인가 싶어 눈을 휘둥그레 뜨자 엄마가 "오늘이 네 귀빠진 날이다" 하고 말해 주었다.

비가 억수같이 쏟아지던 여름날. 활짝 열어둔 문 앞 양동이에는 지붕에서 떨어지는 낙숫물이 넘쳐흐르는데, 마침 쉬는 날이었던지 엄마는 아랫목에서 입을 하 벌린 채 낮잠에 들어 있었다. 그 옆엔 세 동생이 오구구 모여앉아 멍한 눈길로 낙숫물을 바라보며 밥 먹을 시간만 기다리고 있었다. 그리고 나는 문 앞에 버티고 서서 장시간 비를 맞으며 찔끔찔끔 눈물을 쥐어짜고 있었다. 그저 짜증이 나고 귀찮고 화가 났다. 엄마가 자리에서 일어나며 얼굴을 찌푸렸다.

"못 들오겠니? 왜 에미 속을 이렇게 썩이니?"

나는 숫제 두 발을 동동 구르며 생떼를 썼다.

"오우, 난…… 이눔 새끼 어쩌면 좋아. 왜 그러는데? 왜 그러는지 말을 해야 알 게 아니야?"

엄마가 나를 잡으려 문밖으로 뛰쳐나오면 나는 쏟아지는 빗속으로 달아나며 더 크게 징징대며 투정을 부렸다. 그때가 열한 살…… 왜 그랬을까……? 왜 쏟아지는 빗속에서 온몸이 물참봉이가 되어 이유 없이 울며불며 고집을 부렸던 걸까? 내 앞날을, 내 운명을 예견하고 그랬던 걸까? 그땐 왜 그렇게도 괜스레 화가 치밀고, 짜증이 나고, 사는 게 불만이었던지…… 모든 게 엄마 탓이라고 생각했던 걸까? 배고파도 마음대로 먹을 수 없는 것도, 동생들이 굶는 것도, 지옥 같은 학교 생활도, 무엇하나 맘대로 뜻대로 안 되는 것도 다 나를 낳은 엄마 탓이라고 생각해서였을까? 이렇게 태어난 걸, 이렇게밖에 될 수 없다는 걸 미리 알고나 그랬던 걸까?

새해 첫날, 밤 지새우는 초소 밖으로 하염없이 눈은 내리고…… 어제 일처럼 선명히 떠오르는 엄마와 동생들의 모습……. 그때, 내가 왜 그랬을까? 그때는 왜 그렇게도 속상하고 억울하고 때 없이 화가 났던 걸까? 불쌍한 동생들을 때리고…… 엄마를 울리고…… 왜 그랬을까, 나는……. 송곳으로 찌르는 것처럼 가슴이 아파왔다. 손끝으로 가슴을 지그시 눌렀다.

생전의 아버지 모습도 눈앞에 선했다. 대수술을 받은 아버지는 항생제 장기복용으로 간이 안 좋았다. 그 때문에 단것을 약으로 들었다. 설탕이나 꿀 같은 것은 구경도 못 하던 때였다. 어쩌다 명절 때면 식료상점에서 식구 수대로 사탕 몇 그램씩 공급해 주는 게 다였다. 그 귀한 사탕은 아버지 몫이었다. 작은 단지에 넣어두고 우리들 몰래 몇 알씩 우물거리곤 했다.

나는 그 사탕이 너무나 먹고 싶었다. 어느 맑게 갠 아침이었다. 엄마는 동생을 둘러업고 출근하고 누나와 쌍둥이 형들도 먼저 등교한 뒤, 아버지와 나만 집에 남았다. 나는 책가방 속에 책들을 집어넣으며 꾸물거렸다. 아버지에게 학교 가면서 먹게 사탕 몇 알만 달라고 하고 싶은데 그 말이 좀처럼 떨어지지 않았기 때문이다.

나는 책가방을 둘러멘 채 땅만 내려다보며 한참을 문 앞에 서 있었다. 아버지가 무슨 말인가를 했는데 나는 그때부터 두 발을 동동 구르며 울면서 떼를 쓰기 시작했다. 아버지가 뛰쳐나와 나를 쫓아버렸다. 나는 멀리 집 언덕 아래 큰길가까지 쫓겨났다가도 다시 집 앞으로 되돌아 "사탕……" 하고 슬프게 울었다. 그러면 아버지는 또다시 귀찮게 구는 강아지를 쫓아버리듯 무섭게 화를 내며 떼쓰는 나를 잡으려 하고, 나는 또다시 달아나고……. 어느새 열을 지어 학교로 가는 아이들의 노랫소리도 잠잠해지고 동네 어귀와 큰길가도 한적해졌다. 나는 학교에 못 가도 좋으니 기어이 사탕 몇 알을 받아내고야 말리라 생각했다.

해가 높이 솟았다. 아버지가 화를 참으며 "학교 갔다 와. 갔다 오면 줄게" 하고 달래는 시늉을 했다. 그래도 나는 막무가내였다. 쫓고 쫓기다가 결국 아버지에게 붙들려 집 안으로 끌려 들어갔다. 아버지는 안에서 문을 걸어 잠갔다. 그러고는 부엌에 있던 참나무 빨랫방망이로 내 엉덩이를 사정없이 두들겨 팼다. 그제야 나는 싹싹 빌었다.

"다시는 안 그러겠습니다. 아버지, 한 번만 용서해 주세요……."

내 비명과 애원에도 아버지는 매질을 멈추지 않았다. 나는 동네 이웃이 다 듣도록 소리를 질렀다.

"삼순이 할머니…… 우리 아버지 좀 말려주세요. 제발 좀……. 삼순이 할머니……."

다행히도 이웃집 삼순이 할머니가 작은 창문 밖에서 안을 들여다보았다.

"빨리 말씀드려. 아버지한테, 잘못했다고…… 빨리……."

그 잠시 후 내 손에 사탕을 싼 하얀 종이가 쥐어졌다. 나는 사탕을 꼭 쥔 채 팔소매로 눈물을 닦았다. 사탕은 정확히 아홉 알이었다. 한 알을 입에 넣었다. 아버지도 사탕을 입에 넣었다. 나는 나머지 여덟 알이 든 종이를 손에 꼭 쥐고 학교로 향했다. 출근과 등교가 끝난 시간의 거리는 한산했다. 내리쬐는 햇빛 속에 뻐꾹뻐꾹 뻐꾹새 울음소리가 구슬펐다.

나는 운동장을 가로질러 3층으로 올라가 수업이 한창인 교실 문 앞에 이르렀다. 선뜻 들어갈 용기가 나지 않았다. 1교시가 끝나는 종소리가 울렸다. 아이들이 교실에서 우르르 몰려나오면서 문 앞에 우두커니 서 있는 나를 힐끔거렸다.

그 시절, 오로지 사탕 한 알 입에 넣고 그 단맛을 음미하며 학교로 가는 것이 작은 소원이었을 뿐 크게 바라는 것이 없었는데…….

눈 내리는 보초소의 밤은 깊어가고, 나는 다시는 돌아갈 수 없는 시간을 더듬으며 가슴에는 그리움과 회한에 사무쳐 소리 없이 통곡했다.

10

엄마는 아버지 없이 우리 남매들을 거두느라 항상 분주했다. 나보다 더 어린 동생들이 있었건만 나는 늘 엄마 품이 그립고 엄마의 손길이 아쉬웠다. 어쩌면 배고픔보다 외로움이 더 컸는지 몰랐다.

그래서였을까, 나는 고참 대원들의 따뜻하고 너른 품이 좋았다. 눈보라치는 겨울밤, 발 동동 구르며 보초를 서다 교대하여 병실로 돌아가면 경석 동지는 나를 꼭 안아 품속에 넣고는 따뜻한 두 발로 내 언 발을 녹여주곤 했다. 경석 동지의 넓은 가슴에 얼굴을 묻고 안기면 언 몸이 풀리면서 마음이 푸근해졌다.

전술훈련이 있는 날이었다. 무거운 무기류와 전투 장비를 휴대한 병사들이 헉헉 입김을 내뿜으며 달리는 중에 "독가스!" 하는 소대장의 구령이 떨어졌다. 달리면서 재빨리 방독면을 뒤집어써야 했다. 나는 방독면을 뒤집어쓴 채 달리는 것이 너무 힘들었다. 숨이 턱까지 차올랐다. 희뿌연 입김이 유리에 서려 시야는 흐릿하고, 방독면 고무막에 압축된 두 귀는 웅웅거리는 데다 바깥 공기가 유입되지 않아 고무호스에서는 쉭쉭 소리가 났다. 그렇게 한참 달리노라면 곧 죽을 것만 같았다. 드디어 소대장의 "방독면 해제!" 구령이 떨어졌다. 겨우 한숨 돌리려고 할 때 "앞에 적화점. 포복전진" 하고 새로운 구령이 하달됐다.

어이쿠. 앞은 진창길이었다. 가장자리에 살얼음이 낀 물웅덩이도 보였다. 내가 주춤거리는 새 다른 병사들은 벌써 저만치 앞서 기어가고 있었다. 나는 거의 자포자기의 심정으로 물웅덩이에 납작 엎드렸다. "빨리, 빨리, 자세 낮추고……." 순식간에 군복은 진흙투성이가 되고 온몸이 서늘하게 젖어드는데, 소대장은 소대원들의 훈련자세가 성에 차지 않는지 몇 번이고 같은 구령을 되풀이했다.

"이런 병사들을 데리고 어떻게 싸움을 하겠어. 다시, 포복전진. 앞에 적 기관총. 수류탄……."

그날 나는 완전히 녹초가 되었다. 머리끝부터 발끝까지 진흙투성인 데다 너무 지친 나머지 취침구령과 함께 그대로 잠에 빠져들고 말았다. 아침에 깨어보니 진흙탕이던 군복과 신발 그리고 발싸개가 깨끗이 세탁되어 잠자리 앞에 반듯하게 정돈돼 있었다.

아침식사가 끝난 뒤였다. 정찰분대장이 놀림조로 말했다.

"영진인 참 좋겠네. 경석 동지가 영진이 군복을 빨아 말리느라 밤새 한잠도 못 잤어."

내가 잠든 뒤 경석 동지가 세면장에 불을 지피고 우물물을 길어다 큰 가마솥에 부어가며 엉망진창인 군복과 신발을 깨끗이 빨아 밤새 화덕에서 말렸다질 않은가.

그뿐 아니었다. 어느 추운 겨울밤에는 큰 돌을 달구어 보초소에서 밤을 지새우는 내 발밑에 놓아주기도 했다. 하룻밤에 170리를 걸어야 하는 무장강행군 땐 "발이 날개야. 날개가 부러지면 날 수가 없는 거지" 하며 내 발싸개에 비누칠도 해주고 찬물에 씻겨도 주었다.

그렇듯 언제나 나를 세심하게 돌봐주는 경석 동지였다. 정말로 어떤 땐 맏형 같고 어떤 땐 맏누이 같았다.

그 경석 동지가 내게 입버릇처럼 하는 말이 있었다.

"제대할 때 고향에 가기 전에 영진이네 집부터 찾아가서 영진이 누나를 배낭에 넣고 갈 거야."

11

1소대 1분대에 신입병사 이철욱이 들어왔다. 철욱이는 분대장 경석 동지의 속을 무던히도 썩였다. 동작이 느리고 툭하면 말썽을 피웠기 때문이다. 중대 전체의 말썽꾸러기이자 문제투성이로 호가 난 철욱이에게 병사들은 '호비'라는 별명을 붙여놓았다. 날아다니는 호랑이라는 '호비'는 어른들과 아이들 모두 좋아하는 100부작 아동영화 〈소년장수〉에 등장하는 우스꽝스럽고 부정적인 캐릭터다. 철욱이는 호비처럼 온갖 미운 짓을 골라 했다.

군복무 초기에 가장 힘든 건 배고픔이다. 배고픔을 극복하지 못하면 병사 생활을 잘할 수 없고 점점 구설수에 오르다 비판 대상이 되는 것이다. 인민무력부 신입병사들은 다 그렇지만 나도 처음에는 배고픔을 참는 게 가장 힘들었다.

군복무 전 기간 내내 병사들은 고향에서 엄마가 해주던 가마솥 밥을 먹어보는 것이 소원이었다.

군대에서는 스리식 밥이라는 걸 한다. 스리식이란 쌀을 씻어 가마솥에 쪄낸 다음 다시 끓는 물에 담갔다 내는 취사법이다. 그러면 밥알이 푹 퍼져 가마솥 밥알보다 두세 배 커진다. 1976년 김 주석은 어느 구분대를 방문하였다가 그곳 구분대 취사병이 처음으로 발명한 스리식 밥을 맛보았다. 김 주석은 밥혁명을 일으켰다며, 양도 많아지고 소화도 잘될뿐더러 밥맛도 좋다며 전군에 일반화하도록 지시했다. 그리하여 다음 날부터 전군이 스리식 취사로 전환했고 그 맛없는 밥을 발명해 낸 병사는 영웅 칭호를 수여받고 군인 잡지에도 크게 났다.

스리식 밥은 금방 배가 꺼졌다. 아니, 위에 기별도 안 갔다. 여느 가마솥 밥 한 그릇으로 세 그릇을 만든 것이니, 알루미늄 군대식기에 수평이 되게 밥을 퍼주는데 푹 퍼진 밥알을 숟가락으로 꾹꾹 누르면 겨우 세 숟가락 정도나 될까 말까 했다. 그러니 처음 입대한 신병들은 그 양으로는 견디지 못할 수밖에.

가마솥 밥에 이어 두 번째로 먹고 싶은 건 된장국이었다. 대부분 소금국이나 다름없는 멀건 시래깃국을 주는데 100여 명분의 국을 끓이면서 된장이라곤 군대식기 한 그릇을 풀고 소금으로 간을 맞추는 것이었다.

다른 병사들에 비해 철욱이는 유난히 배고픔을 참지 못했다. 식탐도 남달랐다.

"중대 식사시간!"

직일병의 구령이 병영에 울려 퍼지면 중대는 운동장에 집합해서 노래를 부르며 식당으로 향했다.

"1소대 1분대 식탁 앞으로 갓!"

넓은 식당에는 100명의 밥그릇이 식탁에 놓여 있고 찬과 국이 배식돼 있다. 철욱이는 식당으로 들어서며 다른 식탁의 밥그릇을 슬쩍 모자 밑에 감추고는 자기 자리로 가 앉았다. "배식병. 여기 왜 밥이 없어?" 하고 뒤쪽 식탁에서 항의하는 소리가 들렸다. "다 놨는데요? 왜 밥이 없다구 그래요?" 그러거나 말거나 철욱이는 자기 앞에 놓인 밥그릇을 게 눈 감추듯 비우고는 모자 밑에 감추고 들어간 밥그릇을 정신없이 퍼먹었다. 그러고 나서 "배식병, 여기 국 건더기 더 줘요" 하며 소금국일망정 두세 그릇을 후룩후룩 비우는 것이었다.

또 시도 때도 없이 식당에 가서 어슬렁거리다 배식구로 얼굴을 들이밀고 "밥알 한 숟가락만 주세요" 했다. 취사병이 "밥알은 왜?" 하고 물으면 "책표지 씌우려구요" 하고 둘러댄 뒤 손바닥에 받아 든 밥알을 돌아서서 냉큼 입에 넣었다.

철욱이는 깊은 밤 보초소를 이탈해 부업밭에 들어가 오이나 가지를 따먹기도 했다. 어느 날 밤에는 토끼사에서 어미토끼를 훔쳐다가 잡아먹은 게 들통 나서 비판 무대에 서기도 했다. 그런 철욱이 때문에 1소대 1분대는 언제나 말밥('구설수'의 북한어)에 올랐고 그 무슨 훈련 판정 때마다 꼴찌를 먹었다.

분대별 체육판정 때 철봉대에 매달린 철욱이는 명태 드럼(물건 따위가 위태롭게 매달려 있는 모양을 일컫는 북한어)처럼 축 늘어졌고, 토요행군 때는 구대원들한테 질질 끌려오다시피 했으며, 사격판정 땐 탄알이 전부 물먹으러 갔다.

휘영청 달 밝은 어느 밤, 철욱이와 나는 쌍보초를 섰다. 하늘로 머리를 쳐들고 밝은 달을 한참 바라보고 섰던 철욱이가 문득 말문을 열었다.

"영진 동진 참 좋으시겠어요. 도시에서 나서 자라지 않았어요. 그리고 노래도, 시도, 정치학습도, 못하는 것 없이 다 잘하시고, 부모님들도 간부시고, 유복한 가정에서 나서 자라신 것 같네요. 난 그렇지 못했어요. 내 고향은 부전고원이에요. 감자와 호박만 자라지요. 다른 작물은 모두 안 돼요. 추우니깐요. 난 입대하기 전까지 쌀밥을 먹어보지 못했어요. 배급을 타오면 입쌀이 10에서 15퍼센트 정도 됐는데…… 아버지가 위장이 안 좋으셨거든요. 아버지에게 쌀밥을 푸고 나면 우리에겐 감자 아니면 깡보리밥만 돌아오죠. 난 군복을 입었을 때 하늘을 날 것처럼 기뻤어요. 쌀밥을 먹을 수 있잖아요. 그렇게 나고 자라서 식탐이 많은가 봐요. 이렇게 밤을 지새우며 보초를 설 때면 눈앞에 떡이며 닭알이며 맛있는 음식 같은 것이 어른거려요."

철욱이는 정말 눈앞에 먹을 것이 보이는지 입맛을 한번 다신 뒤 말을 이었다.

"학교에 드문히 도시락을 싸가지고 가야 할 때가 있잖아요. 아버지를 제외한 우리 식구들은 아침에도 죽을 먹었는데 엄마는 사이다병에 멀건 죽을 넣어줬어요. 그러면 점심시간에 그 사이다병을 입에 물고 멀건 죽을 마셨지요."

철욱이의 말을 들으니 내 도시락 생각이 났다. 아침밥을 굶고 그 밥으로 도시락을 채워가던 쌍둥이 형들도 생각났다. 우리는 그 시절을 모두 그렇게 보냈구나, 싶어 마음 한구석이 찌르르 아파왔다.

"의붓아버진 나를 엄청 때리고 구박했어요. 난 의붓아버지가 죽었으면 했어요. 가마솥 안에 들어 있던 밥을 몰래 훔쳐 먹었었는데 어린 나를 천장에 거꾸로 매달아놓고 매질했으니깐요. 지금도 늘 배고파 멍한 눈빛으로 아랫목에 앉아 아무것도 없는 빈 솥뚜껑만 열어보던 동생이 생각나요. 남의 집 돼지똥물에 섞여 있던 생선 토막을 건져내 먹던 모습이 눈앞에 선해요. 그 불쌍한 철이가 그해 여름…… 죽었어요. 호박…… 호박…… 호박 때문에요."

나는 철욱이를 돌아보았다. 철욱이는 먼 어둠을 응시하며 담담히 이야기를 이어갔다.

"태풍이 한밤에 산골 마을을 덮쳤지요. 60년 만에 처음이라는 태풍이었지요. 그날 저녁도 우리 식구는 등잔불 아래서 멀건 죽물로 끼니를 때우고 일찍 잠자리에 들었어요. 그런데 꿈속에선지, 잠결에선지, 꾸르륵…… 꾸르륵…… 꼭 돌이 굴러가는 것 같은 소리가 계속 들리는 거예요. 반쯤 눈을 떠보니 사위는 캄캄한데 창밖엔 억수같이 비가 쏟아지고 있었고 앞 냇가에서 급물살에 돌 굴러가는 소리가 들렸어요. 재빨리 등잔불을 더듬어 켜고 보니 천장에서 빗물이 뚝뚝 새고 있었어요. 나는 식구들을 깨우며 바깥문을 열었다가 기겁해 다시 닫았어요. 처마 밑으로 떨어져 내리는 빗물이 양동이로 쏟아 붓는 것만 같았거든요. 부엌에도 물이 가득 찼어요. 부엌에서 키우던 토끼가 장작 위에 올라앉은 채 둥둥 떠다녔어요. 엄마는 빗물을 받을 양동이며 그릇 들을 찾느라 부산스럽게 움직였지요. 나는 담요를 뒤집어쓰고 밖으로 뛰쳐나갔어요. 돼지우리에 물이 넘쳐 돼지가 보이지 않았고, 강아지 집도 강아지도 염소우리도 모두 떠내려갔더군요. 세찬 급물살에 땅이 반 남짓 씻겨나가 버리고 집 앞 창고만이 간신히 버티고 있었어요. 날이 푸름푸름 밝아오는데 동네 여기저기에서 고함 소리가 들리더군요. 집이 떠내려간다, 빨리 산으로 올라가…… 날이 밝아 눈앞이 훤해질 때쯤 빗줄기가 조금씩 약해지기 시작했어요. 우리 집을 제외한 이웃집들은 모두 급물살에 떠내려갔더군요. 빨리 나와. 집이 위험해…… 내가 소리쳤지요. 식구들이 모두 뒷산으로 오르는데 철이가 우뚝 멈춰 서더니 간신히 기둥 하나에 의지하고 있는 창고 쪽을 바라보는 거예요. 창고 지붕 위에 커다란 호박이 달려 있었거든요. 뭐 해, 빨리 와! 하고 외치는데 잠시 주춤거리던 철이가 창고 쪽으로 냅다 달리지 않겠어요. 형아, 조금만 기다려. 금방 따가지고 올게, 하면서요. 돌아서. 위험해…… 소리쳐 부르는데 어느새 창고 지붕에 기어오른 철이가 커다란 호박을 따서 안은 거예요. 그다음 허리를 펴는데…… 그 순간 창고가…… 창고가…… 와르르…… 무너져 내렸어요. 철이야! 철이야! 철이는 호박을 끌어안은 채 그렇게 급류에……."

철욱이는 더 말을 잇지 못하고 흐느껴 울었다. 내 눈에서도 눈물이 흘러내렸다. 고요한 달빛만이 사연 많은 두 병사를 비쳐주고 있었다.

12

그해 가을 인민무력부 판정 삼천리강행군 때였다. 병사들은 봉인도장이 찍힌 25킬로그램짜리 모래배낭에 무기, 탄창주머니, 방독면을 휴대하고 행군에 들어갔다. 첫날밤 중대를 출발한 대오는 황해북도 금천군까지 175리를 행군했다. 항일 빨치산 출신인 황룡진 사단장이 선두지휘를 하고 사단의 방송차, 간호소대, 그리고 군관 가족과 개성 시내 주민들까지도 환영인파로 동원됐으니 병사들의 각오가 대단할 수밖에 없었다.

아마 18일째 되는 날이었으리라. 위생차에서 내린 간호사들이 하나둘 쓰러지는 대원들의 혈압을 재고, 맥박을 세는 등 응급처치를 하며 행군을 지원했다. 대오 앞에는 굽이굽이 가파른 철령이 기다리고 있었다. 오르며 80리, 내리며 170리 험산 준령이었다. 그 철령을 어떻게 넘느냐에 승패가 달려 있었다.

차에서 내린 사단장 황룡진이 맨 앞장을 서며 오르막길을 톺아올랐다. 방송차에서 내보내는 격한 선동의 음성이 골짜기에 울려퍼졌다.

―지금 대오의 맨 앞장에는 최고사령관동지를 모시고 백두밀림을 헤쳐 나가시던 항일의 노투사 사단장동지께서 병사들과 어

깨를 걸고 걸으신다. 일어서라 병사들아! 쓰러져선 안 된다. 이 길이 조국통일의 위업을 이룩하는 성스러운 길이며 적후에서 북두칠성을 바라보며 최고사령부를 찾아가던 그 길과 이어져 있기 때문이다…….

그런데 철욱이가 완전히 드러누워 일어나지 않았다. 경석 동지가 철욱이를 독려했다.

"전사 이철욱! 일어섯! 명령이다!"

"더는 못 걷겠습니다. 차라리 죽여주세요."

"이놈 자식, 일어서! 일어서란 말이야!"

경석 동지가 눈물을 흘리며 거듭 채근했지만 철욱이는 꼼짝도 하지 않았다. 다른 두 명의 병사가 달라붙어 철욱이를 가까스로 일으켜 세우고 양팔을 하나씩 껴서 부축했다.

마지막 날, 행군대오가 개성 시내에 들어서는데 연도에 늘어선 시민들은 눈물바다가 되었다. 차마 눈뜨고 볼 수 없는 광경이기 때문이었다. 갈기갈기 찢어진 군복에 처참한 몰골들, 들것에 실려가는 부상병, 서로 부축해 한 발자국 한 발자국 간신히 걸음을 내딛는 어린 병사들…….

병사들은 중대에 들어섬과 동시에 모두 쓰러졌다. 그해 사단은 인민무력부 전체 1등 성적을 냈다. 다른 사단 병사들은 칼로 모래배낭에 구멍을 냈지만 우리 사단은 하나같이 봉인도장이 찍힌 그대로 25킬로그램을 고수했던 것이다.

삼천리강행군이 끝나고 김경석과 정찰분대장 그리고 특무장, 그렇게 세 고참은 10년간의 군복무를 마치고 동시에 제대명령서를 받았다.

그때 중대는 2·8절(북한군 창건일)을 맞아 전투근무에 들어갔다. 전투근무에 들어가면 중대는 갱도 안에 있는 인원은폐부에서 다 함께 생활하고 취침해야 했다. 김경석은 날이 밝으면 심심산골 법동리에서 푸른 꿈을 안고 초소로 떠나오던 10년 전 그때처럼, 다시 그 기차를 타고 고향으로 돌아갈 터였다. 그는 자랑스러움과 이별의 착잡한 심정이 반반, 쉽사리 잠을 이루지 못하고 뒤척였다. 김경석은 외아들이었다. 독자는 군에 가지 않아도 됐지만 그는 입대를 택했다. 당원이 되고 싶었고, 위훈을 세우고 싶었다.

불빛이 희끄무레한 인원은폐부에 희뿌옇게 물안개가 감돌았다. 자정이 지나 중대는 나란히 누워 깊은 잠에 들었는데 언제 다가왔는지 부분대장이 김경석 옆에 와 앉았다.

"왜 자지 않구……."

"왠지 잠이 오지 않습니다."

잠시 침묵이 흘렀다.

"막상 떠나신다고 하니 믿기지 않네요. 그리고 걱정두 앞서구요. 제가 분대장동지한테 너무 많이 기댔나 봐요. 언제나 든든했거든요. 분대장동지가 떠나시면 까치봉 갱도공사는 어떻게 하지요? 정대는 누가 버리구요. 우리 분대가 맡은 구간을 해낼 수 있을지 모르겠어요. 그리고 철욱이는요. 그때 중대장동지께서 철욱이를 다른 중대에 보내자고 하셨을 때 보낼 걸 그랬나 봐요. 분대장동지만 반대하지 않았어두…….”

그랬었다. 김경석이 철욱이의 전출을 반대했었다. “철욱이를 다른 중대로 보내버리면 도중에 생활제대 될 게 뻔하지 않습니까? 만약에 생활제대 되면 평생 꼬리표가 붙어다니구 당에두 입당 못하지 않습니까? 그리고 탄광에 보내지구요. 제가 책임지겠습니다. 훌륭한 병사로 만들어보겠습니다. 믿어주십시오. 부탁입니다, 중대장동지” 하고 말이다.

때마침 근무교대를 한 철욱이가 방탄철문을 열고 인원은폐부에 들어섰다. 철욱이는 무기보관함 앞에 서서 한쪽 어깨에 둘러멘 자동보총을 벗어 보관함에 세우고 탄창주머니를 벗어들었다. 그때 ‘딱’ 소리가 났다. 불과 5, 6미터 안팎 거리에서 이야기를 나누던 두 사람이 동시에 고개를 쳐들었다. 철욱이가 허리춤에 차고 있던 수류탄이 고리가 빠지면서 콘크리트 바닥으로 떨어질 때 낸 소리였다. 철욱이는 고리에서 떨어져나가 발밑에 나동그라진 수류탄을 멍한 눈으로 내려다보고, 김경석과 부분대장은 놀란 눈으로 서로를 마주보았다.

“안 돼!”

김경석이 벌떡 몸을 일으킴과 동시에 몸을 날려 온몸으로 수류탄을 덮었다. 순간 ‘꽝’ 하고 폭발음이 들렸다.

“분대장동지……….”

13

하얀 눈이 조용히 내려앉았다. 산에도, 보초소에도, 병영에도…….

김경석은 새 군복으로 갈아입었다. 고향으로 돌아갈 때 입으려고 그가 배낭에 넣어두었던 군복이었다. 가슴엔 훈장이 빛났다. 하얀 백포에 싸여 말없이 누워 있는 김경석의 얼굴로 하얀 눈송이들이 춤추며 내려앉았다.

그가 죽었을 리 없다. 살아 있는 것이리라. 꿈이리라…….

'경석 동지. 눈을 떠보세요. 아니지요? 죽은 게 아니지요? 잠깐 쉬는 거지요? 왜 말이 없으세요? 날이 밝았어요. 새날이 밝으면 고향으로 가는 기차를 타신다고 하지 않으셨나요. 제발 한 번만 눈을 떠주세요. 여기 중대 식구들이 다 모였어요. 중대장동지도, 정치지도원동지도, 정찰분대장동지도…… 그리고 특무장동지도 곁에 있어요. 다 함께 경석 동지가 눈을 뜨기만 기다리고 계세요. 고향에선 부모님이 기다리고 계신단 말이에요…….'

나는 경석 동지의 영정을 부둥켜안고 오열했다. 가만히 그의 넓은 가슴에, 따뜻했던 품에 머리를 숙이고 귀를 대보았다. 혹시라도 심장의 고동 소리가 들리지 않을까……. 고요했다. 높뛰던 박동 소리가 들리지 않았다.

추운 겨울밤, 발을 동동 구르며 보초근무를 마치면 경석 동지의 넓은 품으로 파고들곤 했었는데……. 언제나 그 넓은 가슴에 가만

히 귀를 대보곤 했었는데……. 쿵쿵 높뛰는 심장의 울림이 너무나
도 좋았었는데……. 언제나 따뜻했던 가슴, 그 높뛰던 고동 소리가
영영 멈추었단 말인가.

　　산에 나는 까마귀야 시체 보고 울지 마라
　　몸은 비록 죽었으나 혁명정신 살아 있다.

　빨치산 추도곡이 장중하게 울리는 가운데 배낭 속 깊이 보관하
고 있던 고향에 부치지 못한 편지가 낭독되었다. 내 눈에선 눈물이
멈추지 않았다.

14

　봄이 왔다. 그 봄에 철욱이는 배가 터져 죽었다. 실컷 배 터지게
먹어보는 것이 소원이던 철욱이는 그 소원을 이루던 날 죽은 것이
다. 사람의 죽는 모습이 그래서 중요한가 보았다. 김경석은 위급한
순간에 제 몸 날려 전우들을 구하고 전사했기에 영웅 칭호를 받고
빛나는 이름으로 새겨졌다. 하지만 불명예스럽게도 배 터져 죽은
철욱이는 아무런 위훈 없이 그렇게 쓸쓸하게 청춘을 마감했다.

　저녁 식사를 마친 중대가 교양실에 모여 앉아 텔레비전을 보고
있을 때 철욱이는 어슬렁어슬렁 식당으로 다가갔다.

배식구에 얼굴을 들이민 철욱이는 여느 때처럼 "밥알 한 숟가락만 주세요" 했다. 취사병은 "왜?" 되물었고 철욱이는 "고향에 편지를 붙이려구요" 하고 둘러댔다. 무를 썰고 있던 김 하사가 갑자기 무슨 기발한 생각이 떠올랐는지 이 하사를 돌아보며 "야야, 오늘 저 호비가 도대체 얼마나 먹는지, 배가 얼마나 큰지 한번 볼까?" 하고 제안했다. 곧 두 하사는 머리를 맞대고 키득키득 웃었다.

밥알 한 숟가락을 받아 돌아서서 꿀꺽 삼키고는 아쉬운 맘으로 식당 문을 밀고 나가려던 철욱이를 이 하사가 불러 세웠다.

"야, 호비. 일루와 봐. 이거 먹어."

이 하사가 누룽지가 한가득 담긴 분대 냄비를 내밀었다. 철욱이는 이게 웬 떡이냐는 듯 두 손으로 덥석 커다란 냄비를 받아들고는 연신 머리를 조아렸다.

"지금은 자유시간이니 시간이 많아. 거기 앉아 천천히 먹어."

김 하사가 최대한 배려한다는 투로 말했다. 철욱이는 꾸두둑, 꾸두둑…… 소리 내며 누룽지를 씹었다. 얼마 만인가. 얼마나 먹고 싶던 누룽지인가. 중대장이나 정치지도원만 고소한 콩기름에 튀겨 먹을 수 있는 누룽지였다. 중대장과 정치지도원 테이블에는 언제나 기름에 튀긴 하얀 쌀 누룽지가 그릇에 담겨 있었다. 철욱이는 그 누룽지가 먹고 싶어 시도 때도 없이 중대장실 문을 두드리곤 했었다. "중대장동지. 상등병 이철욱, 중대장동지 방을 청소하겠습니다." 철욱이는 바닥을 쓸고 닦고 하면서도 연신 테이블 위의 누룽지 그릇을 힐끔거렸다. 청소가 끝나면 중대장은 어김없이 철욱이에게 누룽지를 먹도록 해주었지만 철욱이는 항상 양이 차지 않아 아쉬워했었다.

"……목 멜라. 천천히 먹어. 물 줄까?"

한 구석에 앉아 꾸두둑, 꾸두둑 소리를 내며 부지런히 누룽지를 씹어 삼키는 철욱이에게 김 하사가 물 한 바가지를 철철 넘치게 떠서 내밀었다.

"야야, 벌써 반은 먹어치웠어. 저 많은 걸 다 먹으려나 봐."

두 하사는 취사실에서 머리를 맞대고 재미있다는 듯 또다시 쿡쿡 웃었다. 철욱이는 앉은자리에서 그 많은 누룽지를 다 먹어치웠다. 철욱이가 만족스러운 얼굴로 빈 바가지를 배식구로 디밀었다.

"하사동지. 물 한 바가지만 주세요."

철욱이는 새로 받아든 바가지의 물을 꿀꺽꿀꺽 들이켰다. 참으로 오랜만에 배불리 먹었다. 죽어도 여한이 없을 것 같은 포만감이었다. 한 분대 냄비 양의 누룽지에 물 두 바가지를 마시고 밖으로 나온 철욱이는 배가 점점 더 불러오자 두 다리를 벌리고 서서 두 손바닥으로 불러오는 배를 슬슬 문질렀다. 뭔가 이상했다. 설 명절 음식을 배불리 먹었을 때와는 다른 느낌이었다. 철욱이는 점점 불러오는 배를 쓰다듬으며 밤하늘의 별을 올려다보았다. 갈수록 배가 점점 빵빵하게 부풀어 오르면서 숨이 찼다.

좀 달려볼까? 훈련을 받거나 달릴 때면 금방 배가 고파오지 않던가. 좀 달리다 보면 금방 꺼지겠지……. 철욱이는 달빛 환한 운동장을 돌기 시작했다. 한 바퀴, 두 바퀴……. 그러나 배가 가라앉기는커녕 점점 더 터질 것처럼 빵빵하게 부풀면서 숨만 가빴다. 철욱이는 두 주먹을 꼭 쥐고는 무장강행군 때처럼 노래를 부르며 달렸다. 그렇게 기백이 넘치는 노래를 부르며 달리면 힘이 불끈 나리라, 덜 힘들리라, 곧 배가 꺼지리라 생각했기 때문이었다.

사람이 살려면 천년을 살랴
순간을 살아도 값있게 살자
원쑤가 막아서면 총탄이 되고
화점이 막아서면 육탄이 되리……

철욱이는 '육탄이 되리……'에서 푹 쓰러졌다.

그러고는 숨을 쉴 수가 없었다. 빵빵한 배를 송곳으로 마구 찌르는 것처럼 고통스러웠다. 차디찬 바닥에 누워 밤하늘을 올려다보니 아득한 밤하늘가에 별들이 가물거렸다. 의식이 희미해지는가 싶다가 다시 통증이 찾아오고 아랫도리에는 뜨끈뜨끈한 오줌이 흘렀다. 엄마와 거꾸로 매달아놓고 자신을 매질하던 의붓아버지와 그깟 호박 하나 때문에 불쌍하게 죽은 동생의 모습이 눈앞에 차례차례 스쳐 지나갔다. 그리고 저 멀리서 불어오는 바람처럼 쏴아 하는 소리가 어렴풋이 들려오고 이어 축복이라도 하듯 달빛에 하얗게 반짝이는 종이보라가 떨어져 내렸다.

너울너울 춤추며 내려앉던 삐라 한 장이 철욱이의 얼굴을 덮었다. 달빛에 삐라의 글씨가 희미하게나마 드러났다.

인민군대. 넘어오라.

넘어오면 부귀영화를 누릴 수 있어.

고기통조림도 먹고⋯⋯

돼지갈비도 먹고⋯⋯

철욱이는 영영 눈을 감았다.

부러진 날개

1

해마다 어김없이 진행되는 동기 전투정치훈련이 끝나니 중대병영 산기슭엔 연분홍 진달래가 꽃망울을 터뜨리고 부업밭엔 새싹이 돋아났다. 병사들은 까치봉 갱도공사에 동원되었다. 그리 높지 않은 까치봉에선 남녘땅이 지척이다. 한눈에 내려다보이는 강 건너 국군초소에선 개 짖는 소리도 들리고, 바람에 나부끼는 태극기도 보이고, 반바지를 입은 국군사병이 손을 내저으며 소리치는 음성도 또렷이 들려온다.

─야. 인민군대. 넘어오라. 우리는 한 달에 한 번씩 휴가도 가고 돼지고기 통조림도 먹고 예쁜 아가씨들과 데이트도 한다네. 넘어

오면 부귀영화를 누릴 수 있어…….

새날이 푸름푸름 밝아올 무렵 병사들은 자리를 박차고 일어나 무장을 갖추고 밤새 산야에 하얗게 떨어져 흩어진 삐라를 줍는다.

"주워도 절대 보지 말 것! 야, 이 새끼! 뭘 훔쳐봐? 정신 나갔어?"

몰래 삐라를 훔쳐보다 걸린 병사의 얼굴이 백지장처럼 창백해졌다.

병사들은 웃통을 벗어던지고 단단한 암반에 정대를 박고 교대로 무거운 해머를 휘두른다. 쉰하나…… 쉰둘…… 쉰셋…… 숨소리가 높아진다. 그다음 폭약을 장착하고 "발파" 하는 소리와 함께 쏟아져 내리는 수많은 버럭을 힘겹게 져 나른다. 뜨거운 햇볕에 땀이 비 오듯 쏟아지고 무거운 메를 가까스로 휘두르는 손바닥은 물집이 생겨 하얗다. 약한 어깨는 피가 배어 뻘겋다.

"영진이, 군대 된장 한 독은 더 먹어야겠어."

구대원들한테 늘 듣는 소리다.

"중대 휴식. 담배 한 대 태우시오."

꿀맛 같은 휴식시간이 되었다. 아침식사가 끝나고 하루 작업에 들어가기 전, 중대가 집합하면 특무장은 병사들에게 '철벽' 담배를 한 갑씩 나누어준다. 난 담배를 피우지 않으니 내 몫은 분대장이 주머니에 넣는다. 분대장이 '철벽' 담뱃갑에서 담배 한 개비를 꺼내 물면 난 눈치 빠르게 성냥개비로 불을 붙여주었다. 분대장이 하얀 연기를 내뿜으며 만족감을 표시했다.

"역시 우리 전사, 눈치 있단 말이야."

또다시 후 하고 담배 연기를 길게 내뿜던 분대장이 갑자기 내게 명령했다.

"전사 장영진. 내 앞으로 오시오."

"중사동지. 전사 장영진 명령대로 왔습니다."

그러자 분대장은 담배 한 개비를 꺼내더니 내 앞에 내밀었다.

"피우시오."

"피우지 못하지 않습니까?"

내가 우물쭈물하자 부대장이 버럭 소리를 질렀다.

"이눔의 새끼. 피우라면 피울 게지, 무슨 전사가 이래?"

내가 담배를 받아들자 이번에는 분대장이 성냥을 그어 몸소 불을 붙여주었다. 내가 담배를 입에 물고 한 모금 들이켰다가 후 하고 연기를 뿜자 분대장이 손사래를 쳤다.

"아니. 그게 아니구 길게 삼켰다가 후 내뿜으란 말이야."

길게 널브러져 쉬고 있던 온 중대 병사들의 눈이 내게 쏠렸다. 나는 분대장이 시키는 대로 한 모금 길게 들이켰다가 내뿜었다. 대번 캑캑, 콜록콜록, 하는 기침이 터지면서 찔끔 눈물이 났다. 그러자 흥미롭게 주시하고 있던 병사들이 폭소를 터뜨렸다. 이때 직일관이 말했다.

"무선분대장동지. 영진이를 지금 빨리 중대에 도착시키라는 정치지도원동지의 전화입니다."

2

나는 까치봉을 내려가 20리 길인 중대로 향했다. 눈앞에 정치지도원의 모습이 어른거렸다. 25세의 젊은 정치지도원 김영수는 특수병종인 경보병(해병대와 비슷함) 출신으로 그리 크지 않은 키에 딱 벌어진 다부진 체격, 하얀 피부에 둥근 얼굴, 그리고 언제나 웃는 모습이었다. 그는 사격과 격술, 수영뿐 아니라 노래와 화술 그리고 손풍금도 멋지게 연주하는 다재다능한 인물이었다.

중대에 처음 부임했을 때 아직 앳된 정치지도원의 인사말은 이러했다.

"이제부터 나와 여러분은 한 가마솥 밥을 먹게 되었습니다. 중대장동지는 중대의 맏형이고 정치지도원은 중대의 맏누이입니다. 지난 과오를 잊고 이제부터 새 출발합시다."

정치지도원의 자리는 오랫동안 공석이었다. 중대 차원에서 공공연히 저지른 과오 때문이었다. 평양에서 하달된 군대의 자급자족 방침에 따라 부대 주변을 개간하던 중대에서 인근 협동농장이나 비료창고 등을 터는 일이 잦았다. 뿐 아니라 닭이나 토끼, 심지어는 돼지 돈사까지 예사로 털었다. 그러다 하루는 협동농장 리당 비서까지 잠복해 있는 가운데 모판을 씌운 비닐방막 등을 털다 현장에서 들키는 바람에 중앙당까지 직보되는 일이 발생했다.

그때부터 중대는 매일 폭풍전야나 다름없었다. 최고사령관의 친서가 내려오고 사단, 군단 간부들이 들이닥쳤으며 새벽부터 밤

늦게까지 사상투쟁회의가 전개되었다. 당시 중대는 꼬박 한 달여 사상투쟁회의를 벌였으며 병사들의 유일한 낙이었던 천연색 텔레비전도 뺏겼다. 그 후 1년이 지나도록 중대는 모든 표창, 입당, 진급에서 제외되었다. 그리고 모든 책임을 떠안은 김영율 정치지도원이 중대를 떠났다. 김영수는 바로 그 김영율의 후임이었다.

나는 김영율 정치지도원과 잊지 못할 일화가 있었다. 보초소에서 책을 보다 깜빡 잠이 든 적이 있었는데 깨어보니 무기와 책이 보이지 않았다. 적의 특공대가 왔다 간 것일까, 하는 생각부터 별의별 생각이 다 들었다. 보초 교대를 하고 직일관을 따라 중대로 향하는 동안 나는 이제 내 앞에 벌어지게 될 일들을 그리며 거의 제정신이 아닌 상태였다. 나는 정치지도원에게 불려갔다. 그가 침묵 끝에 입을 열었다.

"영진이, 힘들지? 왜 힘들지 않겠어?"

뜻밖에 아주 부드러운 목소리였다.

"며칠 전에 고향의 어머니한테서 편지가 왔었다지?"

그의 입에서 나오는 '어머니'란 말을 듣는 순간 걷잡을 수 없이 설움이 북받쳤다. 눈이 오나 비가 오나 초소에서 보초를 설 때마다, 어렵고 힘든 순간마다 얼마나 마음속으로 그려보고 불러보던 어머니인가. 나는 정치지도원동지 앞이라는 것도 잊고 소리 내어 흐느꼈다. 그가 나직나직 뭐라고 이야기하는데도 내 귀에는 제대로 들리지 않았다. 내 울음이 잦아들자 그가 예의 그 부드러운 음성으로 말했다.

"목달개가 까맣게 됐구만. 상의를 벗어."

그는 하얀 새 목달개를 꺼내 손수 내 옷깃에 달아주었다.

나중에 들으니 김영율은 보초소에 들렀다가 내가 자는 것을 보고는 깨우지 않고 조용히 무기와 책만 들고 나갔다는 것이었다.

도대체 무슨 일로 나를 찾는 거지? 지나간 나날들을 회상하면서 걷다 보니 어느새 중대 앞이었다.

"상위동지. 상등병 장영진, 명령대로 도착했습니다."

걱정과는 달리 김영수 정치지도원은 활짝 웃는 얼굴이었다.

"영진인 좋겠네. 누구나 부러워하는 김일성정치대학에 추천받았으니 말이야."

그리하여 나는 그해 봄, 그렇게도 바라던 김일성정치대학에 추천받았고 2개월간 연대지휘부에서 시험준비를 하며 평양으로 떠날 날만 기다리고 있었다.

김일성정치대학과 군의대학을 추천받기란 하늘의 별 따기였다. 기껏해야 연대에서 1년에 한두 명에 그칠 뿐이었다. 연대지휘부에서 함께 생활하며 각 군관학교 시험준비를 하는 선발생들은 15명 정도였는데 하나같이 인물과 체격이 훌륭했고 총명해 보였다. 그들은 강건군관학교, 포병군관학교, 병기대학, 자동차대학 등에 추천을 받았고 정치대학은 나 하나뿐이었다.

연대, 사단, 군단의 인물심사, 담화, 필기시험(정치, 수학)이 끝나고 최종적으로 인민무력부 심사만 남았던 며칠 후, 드디어 평양에서 대좌급 계급을 단 나이 지긋해 보이는 학생담당 부장이 도착했다. 선발생들 한 명 한 명 개별심사에 들어가 내 차례가 되었다. 팬티 차림으로 심사를 받는데 나를 유심히 살펴보던 심사관이 몇 가지 질문에 이어 좌우로 몇 바퀴씩 몸을 돌려보라, 팔을 들어보라, 발을 들어보라 주문하고 나더니 말했다.

"내년 봄에 다시 봅시다."

최종심사에 떨어진 것이다. 군관학교에 추천받은 병사들은 그해에 낙방하면 후년에 한 번 더 시험을 치르게 돼 있었다.

나는 한껏 들떴던 마음을 접고 2개월 만에 다시 중대로 내려왔다. 맥없이 터벅터벅 걸어 저수지를 돌고, 탄광 마을과 과수원과 인삼밭을 지나 산비탈 지름길로 접어들어 30리 길을 걷는데 마음은 한없이 허전하고 아쉬웠다. 무슨 낯으로 다시 중대로 들어간단 말인가. 온몸에 힘이 다 빠지고 자존심이 상했다.

왜 떨어졌을까? 무엇 때문일까? 신체조건? 아니면 계급토대? 출신성분?

나는 수심에 잠겨 이 생각 저 생각을 오락가락했다. 신원조회가 문제되지 않았을까? 내가 추천받은 대학은 사돈의 8촌까지 신원조회를 한다. 그렇다면……?

어릴 적 일이 떠올랐다. 인민학교 수업시간, 채청자는 학생들에게 가계표(출신성분)를 쓰게 했다. 형식이는 빈농, 선철이는 중농, 나는 부농이라고 썼다.

가물가물한 기억을 더듬으니 정전이 된 저녁 시간 어둑시근한 방에 아버지가 머리를 푹 숙이고 앉아 있던 모습이 보인다. 아버지는 담배를 태우지 못하는데 그날 저녁엔 한숨을 푹 내쉬며 담배 한 개비를 꺼내 불을 붙였다. 엄마가 따지듯 아버지에게 물었다.

　"당신, 오늘 공장에서 무슨 일이 있으신 거지요?"

　아버지의 설명에 의하면, 그날 공장에서 당원들만 참석하는 당 총회가 있었는데 당비서가 부지배인인 아버지를 일으켜 세우고는 수많은 당원들 앞에서 "부지배인동무는 해방 전 땅을 얼마나 가지고 있었습니까? 바른대로 말하시오" 하고 다그쳤다. 엄마는 온밤 분노를 삭이며 날이 새기만을 기다렸다가 아침 일찍 출근하자마자 당비서실 문을 열어젖히고는 당비서가 앉은 책상을 엎어버렸다. "감히, 어디다 대고! 너 같은 건 열을 주고도 못 바꾼다. 사람이 말이 없고 점잖으니 어떻게 보고 함부로 하는 수작이냐?"

　해방 전 어릴 적 아명이 깜장애였던 형식이 엄마가 우리 할아버지 집에서 머슴을 살았다고 주장했다. 그래서 형식이네의 계급토대는 혁명의 기본계급인 빈농이었다. 빈농은 출세의 길이 탁 열려 있다. 형식이 큰형은 수남구역당 선전부장이었고, 훗날 보위부에 뽑혀 간 형식이의 앞길도 창창하다. "얼마나 가난했던지 덕지덕지 기운 치마에 빤쓰도 못 입고 살았어. 우리 집에 와 작두질도 해주고 도리깨질도 해주면 밥을 먹여주고 좁쌀 몇 됫박 주곤 했지. 불쌍하다고 그랬던 거야. 그런데 지금에 와서 그 은혜도 모르고 머슴을 살았다니……" 아버지의 말씀이었다.

다음 해를 기약하며 다시 힘을 내어 중대 생활을 시작하던 어느 날, 나는 사관학교에 추천받았다.

"어차피 내년에 정치대학이 안 되더라도 일반대학은 갈 거니깐 6개월간 사관학교에서 미리 배워두는 것도 괜찮을 거야."

중대장의 말이었다. 그렇게 해서 나는 평양의 정치대학 대신 뚱딴지같은 사관학교로 가게 됐다. 어떤 예감이 있었던 걸까, 나는 사관학교에 가는 게 여간 싫은 게 아니었다.

장마철이라 억수 같은 비가 쏟아졌다. 무기와 배낭 그리고 장구류를 휴대하고 아침 일찍 30리 길을 걸어 연대지휘부에 도착하니 다른 구분대들에서 올라온 병사들은 이미 도착해 있었다. 인솔 군관까지 한 개 소대 정도 되는 인원이었는데 일행은 목적지까지 150리 길을 걸었다.

우비도 없이 빗속을 철벅철벅 걷고 또 걸었다. 온몸으로 스며든 빗물에 팬티는 물론 배낭과 장구류까지 온통 물참봉이 되니 어깨에 둘러멘 무거운 짐은 배가되어 온몸을 내리눌렀다. 하긴 군복무 기간 내내 비옷이라는 걸 입어보지도 못했거니와 바라지도 않았다. 비를 흠뻑 맞아도 젖은 군복 그대로 지내거나 젖은 그대로 요포를 뒤집어쓰고 잠자리에 들었다. 그러면 체온에 저절로 군복이 말랐다.

지금 생각해 보면 참으로 어이없고 한심한 일이지만 150리 빗속을 걸으며 우리는 점심도 저녁도 굶었다. 오전에 출발한 행군 길은 정오를 지나 어둠이 내리는 밤길로 이어졌다. 나는 배고픔을 넘어 위가 너무나도 쓰려와 물웅덩이에 고인 빗물을 두 손을 모아 떠마셨다. 빈속에 빗물이 들어가니 속이 더욱더 쓰려왔다. 옥수수 밭길을 걸을 때였다. 나는 허겁지겁 강냉이 이파리를 훑어 입에 넣고 와작와작 씹었다.

바짓가랑이로 빗물이 흘러내리고 신발은 질척한데, 연기가 피어오르는 작은 농가를 지날 때면 그 따뜻한 보금자리가 얼마나 그립던지.

사관학교 병영에 도착한 것은 자정이 지날 무렵이었다. 병사들은 도착하자마자 병실 바닥에 펄썩 주저앉았다. 그런데 한참을 기다려도 감감무소식이었다. 식당에서 돌아온 인솔군관이 밥이 없으니 그냥 취침하라고 했다. 순간 병사들은 와 소리를 지르며 항의했다. 힘겹게 빗속을 걸으면서도 조금 후면 따끈한 된장국에 밥을 먹을 수 있다, 하는 기대로 걷고 또 걸으며 견뎌냈는데 밥이 없다니……. 그 작은 희망마저 산산조각이 나자 양같이 순하던 병사들이 들고일어난 것이다.

그리하여 우리는 식사를 할 수 있었는데 눈앞에 놓인 밥그릇에 꼬들꼬들 말라비틀어진, 몇 숟가락도 안 되는 누런 옥수수밥이 전부였다. 얼마나 거칠고 꼬들꼬들한 밥이었던지 초기증(심한 시장기로 인해 극도의 무력감을 느끼는 증세, 북한어)을 만나 허기진 상태에서도 한 술을 떠 입에 넣으니 도저히 목구멍으로 넘어가지지가 않았다.

사관학교 학생들은 3000명 정도였다. 기상나팔이 울리고 저녁 점검이 끝날 때까지, 톱니바퀴처럼 맞물리는 하루 일과는 반복 또 반복이었다.

구분대 생활을 할 땐 소대 병실이었는데 사관학교는 중대 병실이었다. 90명이나 되는 중대 인원이 한 병실에서 취침했는데 "중대 취침시간!" 하는 직일병의 구령이 병영 안에 울려 퍼지면 병사들은 재빠르게 자기 명찰이 붙은 잠자리 앞에 차렷 자세로 선다. 특무장의 인원 점검이 끝나고 "중대취침!" 구령이 떨어지면 병사들은 빠른 동작으로 신발을 벗은 다음 그 위에 발싸개를 접어 반듯이 펴놓고 침대로 뛰어오른다. 그다음 군복 상의와 하의를 벗고 규정대로 반듯하게 개켜 자기 명찰 앞에 놓은 뒤 모자를 반듯이 올려놓는다. 그러고는 요포를 목 부분까지 올리고 앉아 "취침!" 구령이 떨어지기만을 기다리는데 만일 한 병사라도 군복을 잘못 개켜놓으면 다시 반복동작이 진행된다.

사관학교에선 훈련만 하는 것이 아니다.

한밤중 깊은 잠에 곯아떨어졌다가도 기상 구령과 함께 몸을 일으켜 역구내로 달려가 열차 차량들에 실린 무연탄을 삽으로 부려야 하고(그때면 팬티만 입고 삽질을 하는 병사들의 온몸이 검둥이처럼 까맣게 변하고 두 눈은 날리는 무연탄 가루로 빨갛게 충혈된다. 보통 60톤 차량 열 댓 대의 무연탄을 퍼 나른다), 홍수에 사천강 제방 둑이 무너졌을 땐 맨몸에 질통을 둘러메고 흙을 퍼 날라야 했다. 그리고 가을철이면 산에 올라 겨울철 화목을 해야 하고 봄이 되면 인근 농장에 나가 모내기를 하기도 한다.

제일 참기 어려운 것은 배고픔이었다. 식탁 앞에 앉으면 몇 술 안 되는 누런 옥수수 스리식 밥이 군대식기에 움푹 패게 담겨 있고 (그것을 병사들은 폭탄 구덩이라고 불렀다), 꺼멓게 쩐 염장무 몇 조각에 채친 오이 조각 몇 개 둥둥 떠 있는 냉국엔 파리가 둥둥 떠다닌다. 병사들은 숟가락으로 말없이 파리를 건져내고 국물을 후루룩 후루룩 마셨다.

우리 소대엔 88연대에서 올라온 허우대가 큰 정식이라는 친구가 있었다. 정식이는 허기로 두 눈이 휑하게 쑥 들어가 있고 언제나 불만이 가득한 표정이었다.

3000명 군인 학생들의 식사를 만들어내는 널따란 취사장에선 40명이 넘는 1개 소대 인원이 교대로 식당근무를 수행했다. 쌀은 기계로 씻고 밥은 커다란 압력탱크 몇 개에다 뜨거운 증기에 쪄낸다. 밥이 다 되어 압력탱크에서 20명분씩 담긴 밥통을 꺼낼 때면 취사장 안은 하얀 증기로 뒤덮여 앞이 잘 보이지 않는다. 그 틈에 정식이는 취사장 창문으로 20명분의 뜨거운 밥통을 들고 뒷산으로 부리나케 달렸다. 그러곤 소나무 밑에 앉아 허겁지겁 두 손으로 밥을 떠 입에 넣는 것이었다. 그렇게 몇 번 훔쳐내다가 꼬리가 길어 들키고 말았다. 맑게 갠 아침 상학검열시간에 3000명의 학생들과 지휘관들이 운동장에 집합했는데 정식이는 그 먹다만 밥통을 들고 대오 앞에 섰다.

그런 정식이가 어느 날 새벽에는 배고픔을 견디다 못해 부대를 이탈하여 주변 농가로 침입했다. 농가 삽짝문은 열려 있고 부엌에선 밥이 다 되어 김이 오르고 있었다. 정식이는 주인집 아낙네가 김치 움으로 들어간 사이 뜨거운 가마솥을 뽑아들고 뒷산으로 냅다 달렸다. 정신없이 뜨거운 밥을 퍼먹다 조금 허기가 가시니 정식이는 맨밥이 싱거워져 다시 김치를 훔치러 농가로 내려갔다가 들키고 말았다.

겨울이 가고 봄이 되었다. 사관학교를 둘러싸고 높이 솟은 송악산 마루에 소나무가 푸른빛을 더하고 흰 구름 아래 백학이 날아엘 때 우리는 주둔 농장 모내기전투에 동원되었다. 꼭두새벽에 기상하여 맨발로 논판에 들어설 때면 발이 시려올 뿐 아니라 온몸이 오싹했다. 종아리에는 시커먼 거머리들이 달라붙어 피를 빨아 먹고, 볏모를 뜨고 허리를 굽혀 모를 꽂을 때면 허리가 부러질 것만 같았다.

그 모내기칠에 나는 몹시 컨디션이 안 좋았다. 기력이 없고 몸이 무겁고 나른했다. 잠에서 깰 때도 너무 힘들고 입맛도 예전 같지 않았다. 더욱이 목구멍에서 불쾌한 냄새가 나는 것 같고, 해가 떨어지면 온몸이 오싹오싹 추워지는 것 같았다.

쨍쨍히 내리쬐는 햇빛 아래 나는 마을의 한 할머니와 한 조가 되어 모를 꽂아나갔다. 내가 할머니에게 불쑥 물었다.

"할머니. 전 요즘 목구멍에서 이상한 냄새가 나는 것 같아요. 왜 이럴까요?"

"그게 고기를 먹지 못해 그런다이. 고기 먹으면 괜찮아질 거야."

할머니의 처방을 듣고 난 이후 나는 못 견디게 고기가 먹고 싶어졌다. 아침부터 저녁까지 어떻게 하면 고기를 먹을 수 있을까, 하는 생각뿐이었다. 드디어 기다리고 기다리던 고기를 먹을 수 있는 날이 왔다. 4월 25일, 인민군창건 기념일이 다가온 것이다.

꽥꽥 돼지 멱따는 소리가 병영 뒤 돼지 돈사 쪽에서 들려왔다. 나는 살금살금 돈사 가까이 다가갔다. 돼지 돈사가 한눈에 들어오는 둔덕에 엎드려 기회만 엿보며 아래를 내려다보니 돈사 당번인 두 병사가 작은 개울가에서 숨이 끊어진 돼지의 내장을 끄집어내고 각을 떠 커다란 온수통에 담고 있었다. 두 병사가 커다란 온수통을 맞잡고 취사장으로 옮길 때 나는 조용히 돈사 안으로 숨어들었다. 명절 때마다 돼지를 잡는 두 명의 돈사 당번이 어김없이 자기들 몫으로 제일 맛있는 부위를 떼어내 깊숙이 감추어둔다는 것을 잘 알고 있었기 때문이다.

오후 햇살이 나른하게 비껴드는 돼지우리에는 명절을 벗어난 어미돼지와 새끼돼지들이 불룩한 배를 넌 채 곤하게 자고 있고, 아궁이의 커다란 가마솥에서는 돼지죽이 부글부글 끓고 있었다. 나는 사료가 담긴 몇 개의 가마니 속을 이리저리 파헤치며 뒤졌다. 금방이라도 취사장으로 갔던 당번 병사들이 불쑥 들어설 것만 같아 가슴이 두근거리고 마음이 조급해지는데 문득 구석 쪽에 놓인 독 두 개가 눈에 띄었다. 나는 나무뚜껑을 열고 독 안을 들여다보았다. 쌀겨가 가득 차 있었다. 첫 번째 독의 쌀겨를 파보고 나서 두 번째 독의 쌀겨를 파헤치는데 손에 무엇인가 뭉클, 잡혔다. 고깃덩어리였다. 비계도 없이 불긋불긋한 때깔에 어림잡아 대여섯 근은 돼 보일 정도로 묵직했다. 나는 고깃덩어리를 품속에 감추고 살금살금 그곳을 빠져나왔다.

나는 빠른 걸음으로 산기슭을 에돌아 아무도 없는, 고기를 구워 먹을 수 있는 장소를 찾았다. 흙이 붉은 조그마한 고구마 밭이 나타났다. 병영과 돈사와는 많이 떨어진 데다 그 한적한 곳이라면 안심하고 불을 지필 수 있을 것 같았다.

나는 바삐 밤나무 밑에서 마른 삭정이와 솔잎을 주워다 불을 지폈다. 타닥거리며 타오르는 불길 속으로 손바닥만 한 넙적넙적하고 두꺼운 돼지고기를 던져 넣었다. 불길에 고기가 익어가면서 구수한 냄새를 피웠다. 얼마나 바라고 바라던 고기인가. 나는 대여섯 근을 다 먹어치울 기세로 군침을 삼키며 고기가 익기를 기다렸다. 하얀 연기가 피어오르고 고기 익어가는 냄새가 산기슭에 퍼져나가자 나는 조금씩 불안해졌다. 어디서 날아왔는지 까마귀 두 마리가 밤나무 가지에 앉아 까욱까욱 우짖었다. 고기 냄새를 맡고 날아드는 까마귀의 숫자가 늘어가고 고기가 거의 다 익을 즈음이었다.

뻘건 불 속에서 거의 다 익은 고기를 마지막으로 한 번 더 뒤집는데 커다란 신발이 보였다. '이크! 큰일났구나.' 나는 심장이 덜컥 내려앉았다. 힘없이 머리를 쳐드니 두 하사관이 먹잇감을 노리는 독수리처럼 나를 내려다보고 있지 않은가.

"야, 인마! 너 이 고기 어디서 났어?"

나는 타들어가는 고기만 내려다보며 묵묵부답일 수밖에 없었다. 불기운에 뻘겋게 달아오른 얼굴을 숙이고 불안과 공포와 수심으로 가슴을 죄며 처분을 기다리는 내 머리 위로 또다시 불호령이 떨어졌다.

"어디서 났느냔 말이야!"

그러더니 둘 중에 키가 조금 더 큰 하사관이 자신의 바지 주머니에서 빨간 사과 한 알을 꺼내서 내게로 쑥 내밀었다.

"옜다."

나는 고개를 들지도 못한 채 두 손으로 사과를 받았다. 그와 동시에 두 하사관이 익은 고기, 설익은 고기, 생고기, 이렇게 모두 다 쓸어 담듯 집어 들고 씽 가버렸다. 이어 까마귀 울음소리가 잠잠해지는가 싶더니, 새들도 그들처럼 모두 날아가버렸다. 나는 입을 벌린 채 그 자리에 꼼짝 않고 서서 그들이 멀어져가는 뒷모습만 멍하니 바라보았다.

그로부터 며칠 후, 우리 소대는 식당근무를 서게 되었다. 한 주일간 3000명의 식사를 보장해야 하는 식사당번을 소대원이라면 누구나 기다렸다. 강도 높은 훈련과 학교 생활에다 배고픔까지 참아내야만 하는 병사들이 식당근무에 동원되는 동안은 배부르게 먹을 수 있기 때문이었다. 밥조, 국조, 반찬조, 식기세척조로 인원이 나뉘었는데 나는 바깥 화구간에서 연탄불을 보게 되었다. 연탄에 찰흙을 조금 섞어 삽으로 이기고, 뜨거운 아궁이에 떠 넣고, 재를 털어내고 하다 보면 얼굴에서는 땀이 비 오듯 흘러내렸다. 연탄가스 냄새에 숨이 막히고 기력은 바닥이 났다.

불을 보다가 취사장에 들어서면 소대원들이 맛있는 걸 내밀기도 하고 어디 아프냐고 물어오기도 하는데 나는 지휘관들의 식사를 담당하는 요리사 할머니가 뭔가를 탁탁 기름에 튀겨내는 그 냄새가 너무도 싫었다. 기름 냄새에 머리가 어질어질하고 주저앉고 싶고 토할 것만 같았다. 왜 이럴까? 이러다 괜찮아지겠지…….

4

소대가 식당근무를 교대하니 졸업시험이 가까워졌다. 졸업시험에서 전 과목 우수를 받지 못하면 하사군사 칭호를 수여받지 못한다. 하사군사 칭호를 수여받지 못하고 상등병 그대로 중대에 내려가면 중대 지휘관들과 병사들을 볼 면목이 없다. 나는 정치학습, 사격, 대열, 기제학 등 다른 과목은 자신 있었으나 체육만은 도무지 어떻게 되지가 않았다.

드디어 체육시험을 치르는 날. 그날 아침 나는 있는 힘을 다하여 송악산을 몇 번이나 오르내렸다. 몸을 가볍게 하기 위해서였다. 숨이 턱에 와 닿도록 달리고 또 달리니 목구멍에선 단내가 났다. 온몸이 땀범벅이 된 채 달리고 나서 철봉대에 매달려보니 몸이 조금 가벼워진 듯도 했다.

체육시험은 해가 뉘엿뉘엿 넘어가는 늦은 오후에 있었다. 체육 기재장엔 긴장감이 감돌았다. 웃통을 벗어던진 병사들 한 명 한 명이 동작을 수행할 때마다 시험관들이 체크를 하는데, 드디어 내 차례가 왔다. 나는 두 주먹을 꼭 쥐고 최선을 다했다. 해가 노루꼬리만큼 남았을 때 중대 전원이 시험을 모두 마쳤다.

나는 그때부터 오슬오슬 한기를 느끼며 온몸을 떨기 시작했다. 중대가 열을 지어 병실 쪽으로 출발하는데 몇 걸음 따라서던 내가 휘청거리다 털썩 주저앉고 말았다. 두 다리에 감각이 없어지는 것 같더니 도무지 일어설 수가 없었다. 대오는 저만치 멀어지고 있었다. 마침 맨 뒤에 섰던 병사가 뒤를 돌아보다 나를 발견하고는 달려왔다. 나는 연이어 달려온 몇몇 병사들의 부축을 받으며 가까스로 발걸음을 옮기다가 나중에는 한 병사의 등에 업혀 군의소로 옮겨졌다.

군의관은 내 겨드랑이에서 체온기를 빼들더니 눈을 휘둥그렇게 떴다. 수은 눈금이 40도를 넘어 체온기 끝까지 올라가 있었던 것이다. 군의관의 지시에 따라 나는 병사 두 명의 부축을 받아가며 투명한 유리관에 오줌을 받아야 했다. 그런데 유리관 속에 받은 액체는 오줌이 아니라 빨간 피였다. 군의관은 엉덩이와 팔에 몇 대의 주사를 놓은 다음 소대장을 찾았다.

"빨리 소대부 화구간을 파내고 아궁이에 불을 넣어 방을 데워야 하겠습니다."

병영 건물들은 바깥에 달린 아궁이에 불을 지펴 온돌식으로 병실을 데우게 돼 있는데 겨울이 지나고 봄이 오면 흙으로 아궁이를 묻어버린다. 그리고 다시 겨울이 시작되면 아궁이를 파낸다. 그때는 초가을이어서 아직 아궁이가 흙에 묻혀 있던 때였다.

나는 흙을 파내고 아궁이에 불이 지펴 온돌이 따뜻해진 다음 병실로 옮겨졌다. 작은 방에 불빛이 희끄무레한데 머리맡에는 몇 개의 약봉지들이 놓여 있고, 군의관과 위생지도원이 내 곁에 상주했다. 하루가 지나고 이틀이 지났다. 소대장은 수발해 줄 병사 한 명을 붙여주었다. 체격이 작은 천일이는 끼니때마다 정성 들여 내 몫의 식사를 만들어왔다.

"어서 먹어. 먹어야 기운을 차릴 수 있어."

배식판에 놓인 밥그릇엔 평소 구경할 수 없었던 하얀 가마솥 밥이, 반찬 그릇엔 군관들만 먹을 수 있는 색다른 요리가 담겨 있는데 난 그 기름 냄새가 너무도 싫었다.

온몸이 불덩이 같고 이마엔 송골송골 땀이 맺혔다. 정신이 희미해지는 가운데 조용히 문이 열리며 소대장 장영수와 분대장이 함께 들어섰다. 잘생기고 체격이 좋은 소대장이 활짝 웃으며 나를 껴안았다.

"아이구, 우리 애기. 이렇게 아파서 어떻게 하나?"

그러자 분대장이 말했다.

"소대장동지. 영진이가 2개월 전 소대장동지한테 받은 처벌을 벗으려고 얼마나 걱정하고 노력을 많이 했는지 모릅니다."

"처벌? 아이쿠, 내가 깜빡했어. 얼른 벗겨줬어야 했는데. 미안."

소대장이 그렇게 말하며 나를 꼭 껴안았다. 난 두 눈을 감고서 생각했다.

'난 그 처벌을 벗으려고 얼마나 애쓰고 노력했는데…… 얼마나 속상해하고 걱정했는데…… 처벌 준 것도 감감 잊어버리다니…….'

나는 너무나도 서운하고 어이가 없었다.

두 달 전 여름이었다. 깊은 밤, 비가 억수같이 쏟아지고 "대대폭풍!" 하는 외침과 함께 병영 전체에 다급한 종소리가 울려 퍼졌다. 그다음 번뜩이는 손전등 불빛이 병실을 밝혔다.

순식간에 운동장에 집합한 대대는 빗속을 뚫고 협동농장으로 내달렸다. 사천강 제방 둑이 터져 사품치는 물결이 협동농장 벌판으로 들이치고 있었다. 병사들은 맨몸에 무거운 질통을 둘러메고 개흙을 퍼 날랐다. 작업은 꼬박 하루 낮 동안 이어졌다. 웃통을 훌렁 벗어던지고 맨살에 질통을 메는데 진흙범벅이 된 깔깔한 질통에 어깨와 잔등이 쓸려 살갗이 몹시 쓰렸다. 나는 도무지 참을 수 없어 상의를 가지러 작업장을 이탈했다. 최전방인 작업장은 1차 철책 안이었는데 보고 없이 한 발자국이라도 움직이면 엄중한 처벌감이었다. 작업장 이탈로 난 그날 작업이 끝난 뒤 중대가 다 모인 어두운 운동장의 대오 앞에서 처벌을 받았었다.

처벌을 벗지 않으면 졸업시험을 잘 치르더라도 하사군사 칭호를 받을 수 없게끔 규정이 만들어져 있었다. 나는 그 처벌을 벗으려고 무진 애를 썼다. 남보다 몇 배를 잘해야만 처벌을 벗을 수 있기 때문이었다.

평양 김책공대 재학 중 나처럼 1976년도 도끼사건 때 입대한 분대장은 배들배들하고 찍하면 눈물을 흘리는 나를 많이 걱정해 주고 생각해 주었다. 나는 하루 훈련이 끝나고 저녁 시간이면 분대장 앞에서 수심에 잠겨 털어놓곤 했었다. "언제쯤이면 소대장동지가 내 처벌을 벗겨줄까요?"

내 걱정을 아주 잘 알고 있던 분대장이 소대장의 병문안을 계기로 대신 운을 떼준 것이었다.

5

다음 날도 그다음 날도 열은 내리지 않았다.

나는 40도를 넘는 고열임에도 일주일이 지나도록 방치되었다. 사단위생차는 한 달에 두 차례 오는 날짜가 정해져 있었다. 죽어가도 후송차가 오는 날까지 기다려야 하는 것이다. 나는 일주일 내내 아무것도 입에 대지 못했다. 온몸은 펄펄 끓어오르고, 언제가 아침이고 언제가 점심이고 언제가 저녁인지 모를 만큼 정신이 가물거렸다. 그러다 까무룩 의식을 놓친 모양이었다.

얼마나 시간이 지났을까?

힘없이 눈을 뜨니 사방이 고요했다. 희미한 불빛 속에 두 얼굴이 흐릿하게 보였다. 조금 정신이 들고 보니 그 둘은 군의관과 위생지도원이었다.

"정신이 돌아왔습니다."

위생지도원의 목소리에 안도감이 묻어났다. 그로부터 내가 의식을 잃었고, 주사를 서른 대 넘게 맞았다는 이야기를 전해 들었다.

그 저녁에 위생지도원이 냄비에 시원한 물김치와 삶은 고구마 몇 개를 가지고 왔다.

"이걸 마셔봐."

한주일이 지나도록 아무것도 입에 대지 못하던 내가 그 물김치를 보니 먹고 싶었다. 나는 비스듬히 몸을 일으켜 시원한 물김치를 조금 마셨다. 그런 다음 작은 고구마 하나를 먹었다.

나는 군의관을 쳐다보며 말했다.

"빨리 중대에 내려가고 싶은데요. 하사군사 칭호를 달고 말이에요. 내일이라도 내려가고 싶습니다."

군의관은 어이없어하면서도 별말이 없었다.

열흘이 지나서 위생차가 왔다. 나는 사단군의소로 후송되었다. 소대장은 나를 배웅하면서 말했다.

"짐은 중대로 내려 보낼 테니 걱정하지 말고 치료를 잘 받아야 해. 빨리 회복돼야지."

위생차는 덜컥거리며 비포장도로를 달렸다. 덜컥 덜컥 위생차가 한 번씩 들썩일 때마다 머리가 쿵쿵 울렸다. 사단군의소까지는 100리 길이었다.

사단군의소에서 치료를 받으며 며칠이 지나니 열이 내리고 식사도 조금씩 하게 되었는데 이번에는 참기 어려울 만큼 심한 기침이 터져나왔다. 사단군의소에서도 정확한 진단을 내리지 못해 나는 다시 군단군의소로 후송되었다. 군단군의소는 황해북도 평산군에 있었다. 도 인민병원만큼 규모가 커 보이는 군단병원은 인민무력부 54호병원이라고 불렀다.

나는 군의관을 따라 5층 건물에 들어섰다. 그곳에서 엑스레이 촬영을 했다. 군의관은 뢴트겐 필름을 불빛에 비춰보면서 소리치듯 말했다.

"결핵병동으로!"

그 순간 나는 정신이 아뜩했다. 내가 잘못 들었나, 결핵이라니. 분명 결핵병동이라고 한 것 같은데……. 나는 거의 반사적으로 군의관의 한쪽 팔을 덥석 잡았다.

"제가 결핵입니까?"

그러자 군의관이 신경질적인 목소리로 저쪽에다 대고 한 번 더 소리치는 것이었다.

"빨리 결핵병동으로!"

그럴 리가 없어. 결핵이라니……. 결핵이라면 불치병이나 다름없던 시설이있다. 결핵으로 죽는 사람들도 수없이 많았다. 그리고 결핵이라면 군복무도 끝장이다. 군복무가 끝장이면 내 청춘은, 내 꿈은……. 활짝 펴고 훨훨 날아예고 싶었던 내 날개는 꺾이고 만다.

군의관의 목소리가 귀에 들어왔다.

"어이, 간호장. 마침 저기 결핵병동 간호장이 보이는구만. 결핵병동으로 가는 차 있지? 여기 그쪽으로 가야 하는 환자야."

결핵병동은 본 병원과 4킬로미터가량 떨어져 있었다. 작은 저수지를 돌고 구불구불한 산비탈길을 달려 해가 어스름히 질 무렵 나는 결핵병동에 도착했다. 여성 군의관이 스탠드 불빛에 뢴트겐 필름을 비춰보며 말했다.

"아이유, 이를 어쩌나. 크기도 하네. 직경 4센치 공동이야. 이렇게 폐가 구멍이 날 때까지 뭐 하고 있었어? 이걸 어떻게 메우나……."

그곳에서 나는 왼쪽 폐에 4×3센티미터 크기의 구멍이 뚫렸다는 사실을 알았다. 나는 중환자실로 보내졌다. 다음 날부터 의료진은 내게 강한 항생제를 투여했다. 이소니아지드라는 소련제 하얀 알약과 함께 복용하는 여러 종류의 약들, 페니실린, 마이실린, 파스크 점적……. 파스크 점적은 혈관으로 투입시키는 강한 항생제 치료법인데 그 치료 과정에서 나는 죽을 고비를 넘겼다. 자정을 넘긴 시간이었는데 몸은 불덩이 같고 숨이 차올랐다. 그렇게 한참 시간이 지났을 때 옆 침대 환자가 내 상태를 보고 놀라 소리를 질렀다.

"간호장. 빨리, 빨리!"

간호장과 몇몇 간호원들이 달려왔다. 간호장은 전화기에 대고 "과장동지. 체온 40도, 아니 체온기 끝까지 올라갔습니다. 맥박, 280. 정신은 또렷합니다……" 하고 외쳐댔다. 온 병동 환자들이 잠을 깨 중환자실 앞으로 몰려와 서성였다. 조금 시간이 지난 뒤 본병동에서 과장이 도착했다. 나는 그가 가져온 작은 알약 몇 알을 삼켰다. 웬만해선 쓰지 않는 귀한 약이라고 했다. 그 덕인지, 새벽 무렵부터 열이 내리기 시작했다. 침대와 이불은 땀으로 축축했다.

2개월 정도 치료를 지속하자 병흔이 반으로 줄고, 3개월이 지나니 동전 크기로 줄었다.

"참 신기하네. 지금까지 이런 예가 없었어. 이렇게 빨리 치료가 진행된 적이 없었다구. 기적이야."

여군의관의 말이었다. 나뭇잎이 다 떨어진 늦가을이 지나고 겨울이 가고 봄이 왔다. 병동의 진달래는 곱게 꽃을 피우고 그 진달래처럼 시련을 이겨낸 내 얼굴도 조금 불긋불긋해지는데 나는 근심이 태산 같았다. 결핵은 무조건 감정제대 대상이었기 때문이다.

만약 감정제대 된다면 그렇게도 바라던 입당도 못 하고, 그렇게도 꿈꾸던 평양의 정치대학에도 가지 못한다. 그리고 중학 시절 바다가 한눈에 내려다보이는 앞산에 올라 너는 갈매기, 나는 수리개 하며 시를 읊던, 저 하늘의 별이라도 따올 것만 같았던 시절의 꿈을 이룰 수 없다. 아, 얼마나 힘차게 날고 싶었던가. 얼마나 억센 나래를 활짝 펴고 싶었던가. 나는 당원의 영예를 지니고 앞가슴에 금빛 훈장을 번쩍이며 고향으로 가고 싶었다. 어머니 앞에, 동생들 앞에, 선생님 앞에, 보고 싶은 친구 형식이와 선철이 앞에 자랑스럽게 서고 싶었다.

나는 매일같이 과장선생을 졸랐다. 병원에서 제대 감정서를 인민무력부에 올리지 않으면 다시 군복무를 할 수 있었다.

"과장동지. 제발 감정서를 올리지 말아주십시오. 전 병이 다 완

쾌됐습니다. 이렇게 건강합니다. 다시 군복무를 잘할 수 있습니다.
전 내년에 정치대학에 꼭 가야 합니다."

그때마다 과장은 나를 안심시켰다.

"그래, 걱정 마. 감정서를 쓰지 않을 거야."

식사를 마친 저녁 시간에 환자들과 간호사들이 교양실에 모여
〈내 아들〉이라는 새로 나온 예술영화를 보고 있을 때였다. 그날따
라 어찌나 눈물이 쏟아지던지, 나는 흘러내리는 눈물을 몰래 훔치
며 어깨를 들먹이다 결국 자리에서 일어섰다.

나는 화장실에 가서 엉엉 소리 내어 울었다. 엄마와 동생들의
모습이 영화장면처럼 눈앞을 스쳤다. 내가 이렇게 날개가 꺾인 채
앓고 있는 것을 엄마가 알면 얼마나 걱정하실까. 그동안 고열에 온
몸이 불덩이 같을 때에도 참아왔던 그리움이, 쓰러지면서도 참아
왔던 서러움이 한꺼번에 밀려들었다. 철없는 나는 그날 밤 엄마에
게 처음으로 편지를 썼다.

'언제나 보고 싶은 어머니에게……'로 시작한 편지의 말미에 나
는 '뚜보찐'이라는 약을 구하면 병을 완전히 고칠 수 있고 다시 군
복무를 할 수 있다고 썼다. 기어이 완치하여 당원의 영예를 지녀야
하고 평양의 대학에도 가야 한다고도 썼다.

당시 '뚜보찐'이라는 독일제 신약은 결핵환자들의 유일한 희망
이었다. 그 약만 복용하면 낫는다고 알려졌었다. 그런데 나라에서
금을 주고 사온다는 그 약을 구한다는 건 거의 불가능했다. 같은

중환자실에는 자강도 당조직부장도 입원해 있었는데 그도 그 귀한 약을 구할 수 없었다. 내가 입원치료를 받고 있었던 군 결핵병동은 결핵치료로 전국에 알려져 있어 요직의 간부들도 찾는 병원이었다.

후에 안 일이지만 엄마는 내 편지를 받고 한달음에 시병원 원장선생을 찾아갔다. 시병원 원장선생은 아버지가 라진군 인민병원 당비서로 있을 때 앳된 총각이었다. 아버지는 그를 입당시키고 대학에도 보냈다. 입당보증인도 아버지였다. 그러니 그의 정치적 생명의 은인이 아버지였던 것이다. 원장실에 들어선 엄마는 내 편지를 내밀며 한없이 울었다. 그리하여 그 귀한 약을 구할 수 있었다.

'뚜보찐'은 빨간 캡슐로 된 알약이었는데 난 그때 처음으로 캡슐로 된 약을 보았다. 엄마가 눈물을 흘리며 어렵게 구해 보내온, 정확히 45알의 그 약을 그러나 나는 한 알도 복용하지 못하고 잃어버렸다. 약을 받아든 날이 하필 퇴원하는 날이었는데 나는 그 약봉지를 넣어둔 채 병원을 떠났던 것이다. 후에 허둥지둥 찾으러 되돌아갔으나 이미 약은 사라진 뒤였다.

6

6개월간의 입원치료가 끝나고 퇴원할 때는 6월의 어느 날이었다. 나는 황해북도 평산역에서 기차를 타고 개성역에 내린 다음 버스로 판문군까지 이동했다. 그다음부터는 내처 걸었다. 내가 구분대를 떠나 있는 사이 중대는 다른 부대와 교대해 휴전선 쪽으로 더 가까이 옮겨가 있었다.

중대에 도착하니 온 중대가 나를 반겨주는데 이전 중대 병영과는 달리 썰렁하고 생소하기만 했다. 그런데 남녘땅은 더 코앞이다. 식사부터 하라며 식당으로 안내하는데 병원 식사와는 달리 식탁에 차려진 밥이며 국, 반찬이 전부 꺼멓다.

하루 일과가 시작되는 상학검열시간이 되어 중대가 운동장에 집합하면 특무장은 나를 쉬게 했다. 생사고락을 나누며 눈이 오나 비가 오나 세찬 폭풍이 휘몰아쳐도 함께하던 대오였는데 나만이 그 거세찬 흐름에 합류할 수 없으니 너무나도 서운하고 울적했다.

내가 중대를 떠난 사이 분대장은 군사대학으로 떠났고, 명우는 특무장이 되어 있었다. 명우는 그동안 키도 더 크고 더 늠름해졌다.

"영진이. 감시소에 올라가 있어. 조용하구 아무도 없으니 마음대로 드러누울 수 있을 거야."

감시소로 올라가면 주변엔 아까시나무며 노간주나무, 개나리, 진달래 들이 어우러져 있어 머리가 한결 맑아졌다. 눈앞에 빤히 내려다보이는 남녘땅은 평화롭고 고요하기만 하다.

"몇 차례 영진이의 편지를 받고 많이 노력해 봤어. 그런데 최고사령관동지의 지시문이 내려졌거든. 입당을 제한하라는……. 그래서 입당문건을 올렸는데 보류되었지. 너무 섭섭하게 생각 말라구. 그리고 제대명령서가 곧 떨어질 것 같아. 건강이 첫째니까 고향에 가서 건강이 회복되면 다시 새 출발을 할 수 있잖아. 다시 대학 공부도 하고……."

정치지도원의 이야기였다.

마침내 중대를 떠나는 날이 다가왔다.

하늘은 흐릿하고, 한 명 한 명 마지막 악수를 나누는 내 마음은 더 흐릿했다. 전우들의 표정도, 중대 병영도, 식당도, 눈앞에 보이는 것 모두가 흐릿했다. 그렇게 나는 중대를 떠났다.

그런데 30년이 지난 지금도 그 중대가 보인다. 처음에는 꿈속에서, 그다음은 마음속에서, 그다음은……

오늘도 나는 그 중대를 바라볼 수 있다. 애기봉에서, 도라전망대에서 그 중대가 보인다. 나는 손짓으로 그쪽을 가리킨다.

"저기가 내가 군복무하던 중대야. 저길 봐. 보이지? 그때 난 조국을 위하여, 당과 수령을 위하여 목숨을 바치겠다고 생각했어. 그것이 위훈이고 참된 길이라고 생각했어……"

이 별

1

기차는 느릿느릿 밤낮을 도와 달린다.

얼마 만인가. 이 기차를 타고 평양의 대학으로 떠났고, 이제 7년 만에 고향으로 돌아가는 것이다. 대학으로 떠나던 날, 근심 걱정으로 나를 배웅하던 엄마의 목소리가 귓가에 생생한데 지금 내 마음은 그 무슨 죄라도 지은 듯 답답하고 울적하다. 자랑스러운 모습으로, 떳떳한 모습으로, 활싹 웃으며 고향으로 돌아가고 싶었는데……. 그날을 눈앞에 그려보며 눈이 오나 비가 오나 모든 시련을 참고 견디며 뛰고 또 뛰었는데……. 이렇게 못난 모습으로 돌아간다고 생각하니 한없이 쓸쓸하고 착잡하다.

기차는 다음 날 정오쯤 청진역에 멈춰 섰다. 잔뜩 흐린 날씨다. 사람들로 붐비는 역 광장은 변한 게 없이 7년 전과 똑같다. 한쪽 어깨에 홀쭉한 배낭을 둘러메고 한참 동안 역 광장에 서 있는데 저편에 역전식당이라고 쓴 간판이 보였다. 나는 그곳으로 들어가 빵 몇 봉지를 사 배낭에 넣었다. 엄마에게, 동생들에게 줄 선물도, 북변땅에서는 먹어볼 수 없는 과일도, 색다른 간식거리도, 아무것도 없었기 때문이다.

무궤도 전차를 타고 종점에 내려 집으로 향하는 인도로 걷고 있는데 맞은편으로 두 남자애가 어깨를 걸고 마주 걸어오는 것이 보였다. 자세히 보니 그렇게도 보고 싶었던 두 동생이다. 그동안 키는 많이 컸으나 먹지 못해 목은 가느다랗고 머리카락은 쭈뼛 서고 입은 옷은 남루하기 그지없다.

우리는 거의 동시에 우뚝 멈춰 섰다. 나를 알아본 두 동생은 처음엔 놀란 눈빛으로, 그다음엔 자기들의 모양새가 부끄러워서인지 머리를 숙이고 몸 둘 바를 몰라 했다. 막내인 영철이는 히죽히죽 웃기만 한다. 7년 전 집을 떠날 때 영철이는 여섯 살이었다. 그동안 키가 많이 자랐다. 나는 나대로 무슨 말을 어떻게 해야 할지 몰라 머뭇거리는데 동생들이 갑자기 돌아서서 엄마가 다니는 공장 쪽으로 냅다 달리기 시작했다.

집 언덕을 올라 마당가에 들어서니 여전히 변한 게 없는 집 안팎인데, 집을 떠날 때 옮겨 심었던 산복숭아나무에 꽃이 피었다. 나는 문을 활짝 열어놓고 방 가운데에 앉았다.

조금 있으려니 멀리서부터 "누가 왔다니?" 하는 엄마의 목소리가 들렸다. 한달음에 언덕을 올라 마당으로 들어선 엄마는 작업복 차림 그대로 "왔구나, 왔어" 하며 나를 와락 부둥켜안았다. 엄마는 몇 번이고 "왔구나……"를 되뇌더니 급기야 엉엉 소리를 내어 울었다.

　나 역시 못나게도 걱정만 끼쳤다는 죄책감에, 그동안 쌓이고 쌓였던 그리움에 엄마의 두 손을 잡고 어깨를 들먹이며 흐느껴 울고 또 울었다. 어린 시절부터 엄마는 다른 자식들과는 달리 나한테 특별히 신경을 많이 썼었다. 나를 위해 닭을 잡았고 개엿을 달였으며 밥상머리에 둘러앉을 때도 내 밥그릇에만 알게 모르게 신경을 썼었다. 내가 다른 형제들과는 달리 유별나게 몸이 허약했기 때문이다. 난 마음까지도 약했던지, 그저 멍하니 앉아 창밖을 바라보며 깊은 생각에 잠기곤 했었다. 내 얼굴은 언제나 슬픔으로 가득 찼고 쩍하면 소리 없이 눈물을 떨구었다.

　엄마의 울음소리도, 내 흐느낌 소리도 길어지는데 삼순이 엄마를 비롯한 동네 아낙네들이 하나둘 문가에 모여들더니 한마디씩 거들었다.

　"에그. 이젠 그만하오. 왔으니 됐소."

　"아이유, 잘생기기두 해라. 어엿한 청년이 됐네. 그러구 보니 예전 엄마 젊었을 때 모습이구만."

2

결핵은 햇빛과 청결과 섭식이 중요하다.

다음 날부터 엄마는 벽지를 새로 바르고 장판도 갈았다. 점심시간이 되면 바삐 집 언덕을 올라와 부엌에 불을 지피고 찌개를 끓이고 맛있는 음식을 장만했다. 엄마는 급히 차린 밥상을 내 앞으로 가져다주며 말했다.

"천천히, 다 먹어야 한다. 먹어야 살아. 어떻게든 건강을 회복해야지."

그러고는 바삐 뛰어 공장으로 돌아갔다. 노동자들한테 주어진 점심시간은 1시간이었다.

저녁 시간이 되면 미열로 내 양 볼이 발그스레해지고 목구멍에선 간간이 기침도 새어 나왔다. 아무런 의욕도 없이 그저 온몸이 잦아드는 듯 나른하기만 했다. 그런 날은 그저 온종일 누워서 지냈다. 엄마는 퇴근해 집으로 들어서면 내 이마부터 짚어보곤 했는데 하루는 "미열이 있는 것 같구나" 하는 엄마의 손길을 피하며 짜증을 냈다. 엄마에게가 아니라 쥐며느리 한 마리가 스멀스멀 기어가는 것이 눈에 띄어서였다.

"에이, 이 벌레 좀 봐. 에이, 신경질 나."

나는 엄마를 등지고 벌렁 드러누웠다. 그렇게 드러누워 눈을 꼭 감고 있는데 엄마가 흐느끼는 소리가 들렸다. 건강이 좋지 않았던 아버지를 위해 긴긴 세월 온갖 시중과 노고를 다 받쳤는데 이젠 자식을 아버지처럼 두 손 떠받쳐가며 보살펴야 한다니 참았던 설움이 북받친 듯했다.

지금 생각해 보면 그땐 내가 왜 그리도 철이 없었을까.

다음 날 엄마는 기쁜 소식이라도 있는 듯 활짝 웃으며 집으로 들어섰다.

"영진아, 우리 이사 가자. 대서수라리로. 거긴 공기도 좋고 경치도 그림 같잖니. 그 마을엔 유명한 샘물도 있지 않아? 그 샘물을 떠 마시면 금방 병이 나을 거야. 오랫동안 결핵을 앓은 부기장 아바이 알지? 퇴직하고 그곳으로 이사 갔는데 얼마나 공기가 좋고 경치가 좋은지 모른단다. 불타산에서 흘러내리는 석개울 말이야. 마을 사람들이 그 물을 그냥 떠서 마신대. 그만큼 물이 맑고 물맛이 좋대. 이사 가면 염소도 키우자꾸나. 그러면 염소젖도 짜 먹을 수 있고…… 금방 병이 나을 거야. 마침 집을 바꾸자는 사람이 있어. 땔감이나 가구는 그대로 두고 간편하게 옷가지와 가재도구만 가져가는 걸로 하고. 당장 내일이라도 바꾸자고 하는구나. 혼자 사는 여자인데 시내로 나오겠대."

"그러면 엄만 어떻게 출퇴근을 하시려구요. 그 가파르고 험한 할딱고개를 넘으실 수 있겠어요?"

"이제 퇴직이 6개월 남았지 않니? 그 6개월을 못 다니겠어?"

엄마는 우리를 키우며 한 직종에서만 30년을 근무했다. 남자는 만 60세, 여자는 55세가 정년인데 이제 6개월만 더 다니면 퇴직연

금과 하루 600그램의 식량을 공급받을 수 있다. 하지만 엄마는 관절이 좋지 않았다. 그 고개를 넘나들며 출퇴근을 하기엔 무리라고 생각하는데 엄마는 짐짓 대수롭지 않은 일처럼 말했다.

"새벽 일찍 출발하면 돼. 좀 더 부지런하면 되는 거지."

며칠 후 우리는 똑딱선을 타고 그곳으로 이사를 했다. 과연 엄마가 말한 대로 마음에 쏙 드는 곳이었다. 집 안엔 햇볕이 따스하게 비쳐들고 앞뒤로 작은 텃밭도 있는 데다 집 앞으론 맑은 산골물이 졸졸 흘러내렸다. 그 개울물을 따라 조금 내려가면 푸른 바다가 나타났다. 금빛 모래가 햇빛에 반짝이는 백사장을 끼고 아름드리 소나무 숲이 펼쳐져 있고 그리 크지 않은 섬 하나가 바다 위로 솟아 있었다. 저 멀리로 높이 솟은 불타산이 보이고 맑은 석개울이 작은 마을을 감돌며 흘러내렸다.

마을은 정말 아름다웠다. 봄이면 집 앞 산기슭엔 연분홍 진달래가 꽃주단을 깔아놓은 것처럼 펼쳐지고, 가을이면 주변 산들이 온통 단풍으로 붉게 물들었다. 여름이 되면 임연수어 떼에 쫓긴 멸치들이 파도와 함께 백사장으로 내쳐졌다. 노을이 지는 속에 수많은 멸치들이 모래사장에서 파들거릴 때면 하얀 비늘에 노을빛이 물들어 붉게 보였다.

하루 일과가 끝나면 집집마다 문을 활짝 열어젖히고 마당에 풍롯불을 피워 저녁밥을 지었다. 하얀 연기가 피어오르고 고소한 냄새가 퍼져나갈 즈음 불타산 밑으로 펼쳐진 논밭에서는 파란 벼 포기들이 미풍에 흔들리고 개구리들의 합주가 요란했다.

마을 입구엔 아름드리 황철나무가 서 있고 그 아래로 맑은 샘물이 솟았다. 작은 고개를 넘고 다시 가파른 할딱고개를 넘어 아름다운 바닷가 마을을 찾는 길손들은 그 샘물부터 마셨다. 이 마을이 언제 적부터 형성되었는지는 모르나 처음 세 가구가 들어와 살땐 마을에까지 호랑이가 내려왔단다. 아름드리 해송이 우거진 할딱고개를 넘을 때면 혼자서는 못 넘어 어두워지기 전에 서둘러야 하는데 그만 어두워졌을 때 고개를 넘다 두 눈에 불을 켠 호랑이를 봤다는 사람도 있었다.

엄마는 나를 위해 그곳으로 이사를 했고, 호랑이가 나타났다는 할딱고개를 넘고 다시 작은 고개를 하나 더 넘어 출퇴근을 했다.

3

봄이 왔다. 그 봄과 함께 건강도 많이 회복됐다. 그리고 그렇게도 보고 싶던 선철이의 소식이 전해졌다.

선철이는 군복무를 마치고 평양영화연극대학에 가기로 되어 있었는데 제대를 앞두고 나처럼 폐결핵에 걸렸다. 평안남도 양덕의 59호병원에서 몇 개월간 입원치료를 받고 회복하였으나 감정제대되어 영화연극대학으로 가지는 못하고 함경북도 예술단 연극부 배우로 발령받았다. 나는 선철이의 소식을 듣고 그의 집으로 달려갔다. 그런데 그는 바로 전날 예술단 배우들과 성진제철소로 경제

선동공연을 떠난 뒤였다.

　나는 그날 저녁 성진행 기차를 탔다. 성진까지는 기차로 다섯 시간 조금 더 걸렸다. 자정 넘어 성진역에 내리니 비가 억수같이 쏟아지고 있었다. 역구내를 벗어나니 밤거리는 한 치 앞을 분간하기 힘들 만큼 캄캄하고 스산했다. 길을 물으려고 해도 사람 하나 마주치기 어려웠다. 간신히 얻어들은 정보로는 성진제철소까지 20리 길이며 해변을 따라 걷기가 수월치 않으리라는 것이었다. 하지만 달리 방도가 없지 않은가.

　나는 노면이 고르지 않은 비포장도로를 걷기 시작했다. 물웅덩이에 한 발이 푹 빠지기도 하고 얼굴에 흩뿌리는 빗물을 손등으로 씻어 내리기도 하며 밭길을 지나고 해변의 솔밭을 지났다. 그렇게 걸어걸어 제철소 정문에 도착했다. 정문을 지키는 수위가 놀란 눈으로 나를 쳐다보며 말했다.

　"예술단은 공연 마치고 엊저녁에 떠났는데……."

　"어디루요. 어데로 갔는지요?"

　"잠깐…… 전화 좀 해보고……."

　통화를 끝낸 수위가 다시 수위실 밖으로 목을 길게 내밀었다.

　"제강소로 갔다는데?"

　"제강소까지는 여기서 얼마나 걸리나요?"

　"지금은 갈 수 없어. 조금 있으면 날이 밝을 테니 여기 들어와 좀 쉬다가 훤해지면 출발하게."

　"지금 가야 합니다."

나는 수위의 친절한 만류에도 불구하고 돌아서서 다시 걸음을 재촉했다.

제강소에 도착할 때쯤 날이 완전히 밝았다. 제강소 정문을 통과해 회관 쪽으로 한참 걸어 극장 로비에 들어가 물으니 안내원 처녀가 내 아래위를 쓰윽 훑어보며 되물었다.

"예술단 배우입니까?"

"아닙니다. 청진에서 연극단 배우인 친구를 찾아왔습니다."

"공연 끝내고 함흥으로 떠났을 텐데요."

나는 맥이 풀려 곧 주저앉을 것만 같았다. 그때 안내원이 마침 로비를 지나가는 총각을 불러 세웠다.

"김 동무! 도 예술단 배우들 돌아갔지요?"

"예, 돌아갔어요. 그런데 저쪽 분장실에 몇 명이 아직 남아 있는 것 같던데요? 뭐 연극부 배우들이라나……?"

나는 총각의 뒤를 따라 분장실 앞에 섰다. 똑똑똑 문을 두드려도 잠잠하다. 다시 똑똑똑 두드려도 안에서는 아무런 기척이 없다.

"아직 자나?"

총각이 혼잣말로 중얼거리며 주먹으로 쾅쾅 문을 두드렸다. 그제야 문이 열리며 잠이 덜 깬 중년 남자가 얼굴을 내밀었다.

"연극부 선철이를 찾는데요."

"누구라고 할까요?"

"친구입니다."

조금 후 선철이가 놀란 얼굴을 하고 나타났다. 우린 둘 다 그 자

리에 굳은 듯 멈춰 서서 서로를 바라보았다. 그런 다음 누가 먼저
랄 것 없이 씩 웃으며 서로를 부둥켜안았다.

저 멀리 수평선이 파란 하늘과 맞닿아 있고, 머리 위로는 깨룩
깨룩 흰 갈매기들이 날아옜다.
"자, 들어."
나는 술잔을 들어 선철이에게 권했다.
"그런데 이 도시락, 어머니가 싸주신 거야?"
"응. 먹어봐, 맛있어. 비를 맞으며 온밤 걷는데 이 도시락이 젖을
까 봐 얼마나 걱정했는데……."
한 잔, 두 잔, 세 잔……. 선철이의 얼굴이 붉어져갔다. 그동안
얼마나 할 이야기가 많았던가? 해가 지고, 고요한 바다도 하늘도
갈매기들도 선철이의 얼굴도 석양빛에 붉게 타오를 때까지 우리
는 밀린 이야기를 나누었다.
날이 완전히 어두워진 다음 우리는 한자리에 나란히 누웠다. 선
철이는 피곤했던지 드릉드릉, 하고 금세 코를 골았다. 그러나 나
는 쉬 잠들지 못했다. 밤이 깊어갈수록 이런저런 생각도 깊어만
갔다.

중학교 졸업을 앞둔 봄이었다. 형식이가 먼저 국가보위부에 뽑
혀 가고 선철이와 나만 남아 있었을 때였다. 그 봄에 우리는 봄철
농촌지원전투에 동원돼 두만강 기슭 온성군 장대협동농장이라는

곳으로 기차를 타고 떠났다.

그곳 농장원들은 전부 계급토대가 좋지 않은 이주민들이었다. 1960년대 초 국가보위부에서 혁명의 적대계급을 멀리 북변땅으로 강제이주시켰는데, 신해방지구의 90퍼센트가 월남자 가족들이었다. 미국에 환상이 많은 불순분자, 월남자 가족으로 낙인찍힌 그들은 한 발자국을 옮겨도 감시가 뒤따랐고 이쪽 리에서 저쪽 리로 가려 해도 통행증을 떼야 했다. 미국인 목사에게 환상을 품다가 온 가족이 미국인에게 희생되는 내용인 〈최학신 일가〉라는 영화도 집체적으로 보여주었다. 집과 가재도구들을 그대로 남겨두고 홀몸으로 거친 북변땅으로 이주된 그들은 대부분 사근사근한 개성 말씨를 썼다.

학급 아이들은 그들과 함께 꼭두새벽부터 어둠이 내릴 때까지 끝이 보이지 않는 아득한 비탈밭 이랑에 강냉이 영양단지를 옮겨 심고 김을 맸다. 그때 우리 모두 얼마나 배가 고팠던지 밭이랑에 뿌려놓은 종자콩을 주워 날것으로 씹어 먹었고 봄과 함께 돋아나는 시큼한 풀들도 뜯어먹었다.

어느 날 선철이와 나는 배고픔을 참지 못하고 도둑기차를 타고 집으로 도망쳤다. 선철이 어머니는 우리에게 떡을 해주었다. 며칠을 그렇게 엄마가 해주는 밥을 먹다가 농장으로 돌아갔더니 단단히 화가 난 담임선생이 우리를 기다리고 있었다. 최영호 선생은 대열 앞에 선철이와 나를 불러낸 다음 커다란 몽둥이를 휘둘렀는데 배들배들한 나한테는 몽둥이질을 안 하고 선철이만 내리쳤다. 한

번 내리칠 때마다 선철이는 비틀거렸고 그럴 때면 나는 내가 맞은 것보다 더 아팠다.

"바른대로 말해. 무엇 때문에 도망쳤어?"

선철이가 매를 견디지 못하고 고꾸라지는 순간 나는 두 팔로 선생님의 다리를 꼭 껴안았다.

"선생님, 제발⋯⋯. 잘못했습니다. 선철이는 잘못이 없습니다. 제가 가자고 졸라댔습니다."

밤이 되어 선철이와 나는 한 요포를 덮고 나란히 누웠다. 나는 선철이의 가슴에 얼굴을 대고 매 맞은 부위를 손으로 어루만지거나 그의 배를 쓰다듬으며 물었다.

"많이 아파?"

"배고프지?"

우리는 그날 밤 서로를 꼭 껴안은 채 잠이 들었다.

나는 예전의 추억을 떠올리며 선철이 쪽으로 돌아누웠다. 희미한 빛이 곤하게 잠든 선철이의 얼굴 윤곽을 드러내주었다. 나는 살며시 그의 손을 잡았다. 그러고는 그의 가슴에 가만 손을 올려놓는데 내 가슴이 더 세차게 쿵쿵 뛰었다. 선철이의 코고는 소리가 문득 잠잠해지는가 싶더니 그가 내 쪽으로 돌아누우며 나를 와락, 끌어안았다.

선철이는 나보다 먼저 결혼을 했다. 그가 아내를 만난 건 59호 병원에서 입원치료를 받을 때였다.

선철이는 동료 환자들의 기분을 잘 맞춰주어 그들 사이에서도 인기가 좋았다. 간호장은 그런 선철이를 극진히 대했다. 주사 한 대라도 더 놔주고 맛있는 과일이나 색다른 음식이 생기면 몰래 여축해 두었다가 머리맡에 놓아두기도 하였다.

몇 개월간의 입원치료가 끝나고 선철이가 퇴원하는 날이었다. 기차를 타기 위해 승강장으로 들어선 선철이 앞에 작은 꾸러미를 손에 든 간호장이 나타났다. 간호장은 선철이의 두 손을 꼭 잡고 마음을 고백하며 눈물을 흘렸다. 선철이는 자신의 처지를 잘 알고 있었다.

"난 건강치 못한 사람입니다. 결핵은 다시 재발할 수 있다는 것 잘 알지 않습니까? 간호장동진 건강하고 더 좋은 사람을 만날 수 있습니다. 그리고 간호장동지는 고향이 평양이잖습니까? 수도 평양을 떠나 어떻게 나 같은 사람과 한평생 지방에서 살겠습니까?"

"난 진정한 행복을 바랍니다. 진정한 사랑이라면 더 바랄 것이 없어요."

그해 제대명령서를 받아든 간호장은 평양산원 간호사로 배치를 받았다. 평양산원이라면 지도자의 크나큰 사랑으로 지어진 궁전이라고 알려진 곳이다. 로비엔 인민을 위해서 아까울 것이 없다며 보석을 깔아주었다고 선전하는 궁전이다. 누구나 부러워하는 그런 궁전도 마다하고 간호장은 선철이를 위하여 함경북도 청진의 결핵병원 간호사로 자원했다. 그리하여 그해 가을 결혼식을 올리게 되었다.

선철이의 결혼식 날짜가 다가올수록 내 근심도 커져만 갔다. 형편은 둘째치고 어떤 선물이 좋을지 딱히 떠오른 게 없어서였다. 나는 선철이네로 갔다가 선철이 어머니의 하소연을 들었다.

"상차림도 그렇고……. 무엇보다 술이 문제야. 적어도 40리터는 있어야겠는데……."

시중에 술을 파는 데도 없거니와 명절 때나 세대별로 한두 병씩 공급해 주는 게 다였다. 암시장에서 장사꾼을 통해 살 수 있기는 하지만 단속에 걸리면 처벌감이었고 그나마도 한 병에 20원이나 했다. 노동자 한 달 급여로는 술 다섯 병을 사면 그만이었다.

그날 저녁 나는 엄마에게 만석이 삼촌한테 가겠다고 말했다. 엄마의 외사촌 오빠인 만석이 삼촌은 인민무력부 4군단 포병부 사령관이었다. 내가 군복무 중일 때 엄마는 동생을 데리고 멀리 해주에 있는 만석이 삼촌한테로 갔었다고 했다. 엄마는 군단 포병부 사령관 집에서 나한테 전화를 걸었었다. 내가 받지 못했지만.

"집에 군인들이 보초를 서더라. 승용차를 타고 다니는데, 집엔 천연색 텔레비전, 냉장고, 재봉기, 정말 없는 게 없더구나. 벽 한 면은 수령님과 함께 찍은 기념사진들로 꽉 찼고. 집엔 밥을 해주는 취사병도 있고. 딸은 해주의과대학에 다닌댔어. 돌아올 때 오빠가 입던 군복 한 벌을 내주더구나."

형은 그때 엄마가 해주에서 가지고 온 군복을 오래도록 아껴 입었다. 그 만석이 삼촌이 제대하여 황해북도 수안군 상업위원장으로 배치받은 것이다. 군 상업위원장이면 군내 인민들의 먹을거리와 입을 것을 책임지는 일꾼이다. 엄마는 그 먼 데를 어떻게 가느냐며 펄쩍 뛰었지만 나는 고집을 부려 수안으로 향했다.

나는 기차로 사리원역까지 간 다음 기차를 갈아타고 봉산역에서 내렸다. 봉산역에 내렸을 땐 어두워질 무렵이었는데 수안까지는 또 어떻게 가야 할지 난감했다.

나는 식당을 찾아 들어가 음식을 시키고 접대원에게 길을 물었다. 수안까지 170리 길이고, 버스는 아침저녁으로 하루에 두 번 다닌다고 했다. 그것도 며칠 전부터 미리 신청해 놓은 사람들이 많아 여관방에서 자고 아침이 되어도 표를 끊지 못하기가 다반사라는 것이다. 나는 걷기로 결심했다.

"그곳이 어디라고 걷겠다는 거요. 정신이 나갔지비. 170리요. 그것두 평탄한 길이 아니구 비포장도로인 데다 수안까지 거의 오르막길이란 말이요. 해방 전 일제기 수안까지 철로를 놓다가 끝내 완성하지 못하고 망했소."

나는 씩씩하게 밤길을 걷기 시작했다. 간혹 환하게 전조등 불빛을 밝힌 차가 지나가면 손을 쳐들고 세워달라고 소리쳤다. 그때마다 차들은 뽀얀 흙먼지를 날리며 씽 지나쳐갔다.

얼마나 부지런히 걸었던지 수안읍에 도착하니 오전 11시경이었다. 사방이 높다란 산들에 둘러싸인 자그마한 읍내인데 검은 기와를 얹은 새 건물에 국수집이라는 간판이 눈에 띄었다. 나는 국수집으로 들어갔다.

"여기 상업위원장동지 댁이 어딥니까?"

흰 앞치마를 두른 젊은 여자가 되물었다.

"우리 위원장동지와 어떻게 되십니까?"

"청진에서 왔는데요, 그분이 삼촌입니다."

그러자 여자의 말투가 확 달라졌다. 잠시 후 내 앞에는 푸짐한 메밀국수 그릇이 놓였다. 내가 나타난 사연을 들은 삼촌댁 아지미는 연신 혀를 찼다.

"아니, 여기가 어디라고……, 그래, 한 번도 차를 안 타고 걸었단 말이야? 세상에, 그까짓 술 때문에 이 한끝까지 고생하며 왔다니……. 거긴 술이 없나?"

삼촌 집에서 이틀을 쉬고 돌아설 때 삼촌은 20리터들이 플라스틱 통 세 개에 술을 채워 차에 실어주었을 뿐 아니라 감색 데트론 양복감도 끊어주었다. 그러면서 젊은 운전기사에게 꼭 차표를 끊어 태워 보내라고 신신당부했다.

선철이는 결혼식 날 그 감색 데트론 양복감으로 지은 양복을 입었다.

5

겨울이 왔다.

아궁이엔 갈탄불이 뻘겋게 달아오르고 가마솥에선 통강냉이죽이 부글부글 끓는 겨울 밤. 방 안에는 등잔불이 가물거리는데 밖에선 함박눈이 조용히 내리고 이따금 개 짖는 소리가 들려온다. 엄마는 뜨끈한 아랫목에 누워 쉼 없이 옛 이야기를 이어갔다.

"……해방 전 네 아버지는 서울에서 공부하셨어. 할머니는 아버지만은 어떻게든 공부를 시키신다면서 은장도를 팔아 서울로 보내셨지. 해방 되던 해 너의 아버진 일본인이 경영하던 회령제지공장에서 부기를 봤는데 그때 날 만났어."

엄마는 아버지를 만난 이야기에서 쌍둥이 형들을 가졌을 때로 건너뛰었다.

"네 형들을 가졌을 때야. 네 누나도 어린데 또 배가 불러오니 어찌나 고생스럽던지. 그래서 뱃속의 애를 떼려구 빨랫비누도 먹어보고 높은 계단에서 몇 번씩이나 데굴데굴 굴러도 보고…… 그랬는데도 안 떨어지는 거야. 진통이 시작되고 5분 간격으로 네 형들을 낳았어."

엄마가 갑자기 내 쪽으로 돌아누우며 말했다.

"그런데 이 말은 너한테 처음이다. 절대 형들한테 말하면 안 돼."

엄마의 이야기는 길어지는데 밖에선 여전히 함박눈이 고요히 내려앉고 또다시 개들이 컹컹 짖어댔다.

"네 누나와 두 쌍둥이를 데리고 부둣가에 옹기종기 모여 있는 작은 학고방 집에서 살았지. 전쟁이 끝난 때라 얼마나 살기가 힘들던지. 그래서 장사를 했지. 부두 쪽 시장 골목에 좌판을 펴놓고 고춧가루도 팔고 마늘도 팔고…… 사카린도 팔고…… 휘발유도 몰래 팔고……. 그땐 쏘련제 모직외투나 사카린 같은 게 엄청나게 비쌌어."

엄마의 이야기는 그렇게 계속 이어지고 있었다. 그러나 나는 점점 엄마의 목소리가 귀에 들어오지 않았다. 대신 선철이의 모습이 어른거리고 선철이의 다정한 목소리가 귓가에 맴돌았다.

그예 나는 벌떡 자리에서 일어나고 말았다. 그 서슬에 엄마의 이야기가 뚝 끊어졌다.

"왜?"

"선철이한테 갔다 올 거야."

나는 부랴부랴 옷을 껴입었다.

"아니, 네가 제정신이냐? 이 시간에 어딜 간다구 그러니. 이제 막 재미나게 신혼 생활을 시작한 집에……."

선철이가 세간난 집은 우리 집에서 그리 멀지 않았다. 해안가를 따라 걷다가 청벼랑 밑으로 해서 조그만 새나루 포구를 지나면 산기슭에 옹기종기 집들이 보였다.

나는 눈 내리는 밤길을 걸어 선철이네 집 앞에 섰다. 커튼 사이로 불빛이 새어 나왔다. 나는 살그머니 삽짝문을 열고 마당가로 들어섰다. 그다음 한 발짝 한 발짝 걸음을 옮겨 창가로 다가가 머리를 바싹 대고는 창문 틈새로 방 안을 들여다보았다.

신혼방은 아늑해 보였다. 알록달록한 이불과 두 개의 하얀 베개…… 선철이는 제 각시와 이불 속에 두 발을 밀어 넣고 어깨를 나란히 붙이고 앉아서 무슨 재미나는 이야기를 나누는지 환한 얼굴이었다.

나는 심장이 두근거리고 속이 울렁거렸다. 이유 없이 속이 상했다. 아니, 이유가 있었다. 내 안에서 뭔가가 요동을 쳤다. 가마솥에서 통강냉이가 부글부글 끓는 것처럼 마음속 깊은 곳에서 그 무엇인가가 부글부글 끓어오르고 있었다.

뭘까? 이 기분은, 이 마음은…….

삽짝문에서부터 불빛이 새어 나오는 작은 창문가까지 선명하게 찍힌 내 발자국 위에 눈꽃이 하늘하늘 내려앉았다. 내 어깨에도 하늘하늘 눈꽃이 내려앉았다.

나는 눈사람처럼 그 자리에 오래도록 서 있었다.

6

엄마는 내가 결혼하기를 원했다.

꽃도 한철, 필 때가 있고 질 때가 있고, 세월도 잠깐…… 어쩌고 하면서 싫다는 내게 엄마가 핀잔을 주었다.

"그럼 마다라스(매트리스)를 깔고 잘 테냐?"

엄마가 첫 번째로 점찍은 처녀는 당원이었다.

그녀는 남자들도 힘들다는 깊은 갱 속에 들어가 굴진공들과 함께 광석을 캐냈다. 그리하여 조선로동당원의 영예를 지니기 위하여 목숨까지도 바치는 청춘들처럼 마침내 당원이 되었다. 처녀의 몸으로 당원이 되기란 극히 드문 경우였고 그만큼 어려운 것이었다. 그런데 그녀 월옥이는 24세의 어린 나이에 위훈을 세워 당원의 영예를 지닌 것이다.

그녀는 나보다 모든 것이 컸다. 키도 조금 더 크고 어깨도 나보다 더 넓었으며 얼굴도 더 컸다. 뒷모습을 보고 총각들은 떡판이라고 놀려댔다. 떡판처럼 잔등이 넓었기 때문이다. 선을 보고 나서 싫다고 하자 엄마가 나를 나무랐다.

"너는 월옥이 같은 여자를 만나야 해. 네가 몸이 약하기 때문이야. 힘세고 일 잘하고, 건강하고, 옥수수밥도 꽝꽝 잘 먹고, 애기도 꽝꽝 잘 낳고, 나무도 잘해 오는 그런 여자 말이야. 인물을 뜯어먹고 살겠니? 여자는 애만 낳으면 다 똑같아. 아무리 고운 여자도 애 한둘 낳고 나면 거기서 거기란 말이다."

두 번째로 맞선을 본 처녀는 간호원이었다. 그런데 엉뚱하게도 시집간 여동생이 반대하는 바람에 없던 일이 되었다.

그러다 어느 날 뜻하지 않은 인연으로 아내를 만났다. 조금은 엉뚱하게 시작된 일이었다.

건강을 회복한 나는 상선(무역선)을 타고 싶었다. 저 하늘에 훨

휠 나래 펴는 갈매기처럼 자유로이 세계를 무대로 날고 싶었던 것이다.

저 수평선 너머엔 일본이라는 나라가 있겠지? 그 나라는 과연 어떨까? 그 나라 사람들은 어떻게 살아가고 있을까? 태평양 너머는…… 대서양 너머는…… 어떨까? 바다 너머 저 멀리 사는 사람들은 자유로울 거야. 상선을 타면 수평선 너머 다른 세계를 볼 수 있겠지.

상선에 오르려면 선원들을 교육하는 무역선원학교에 들어가야 했다. 무역선원학교는 2년제인데 청진에 있었다. 선원학교 교감 선생은 무전수가 필요하니 추천만 받아오라고 했다. 그런데 그 학교를 추천받기가 하늘의 별 따기였다. 간부 자녀들이 많았기 때문이다.

어느 날 친구인 명호네 집으로 놀러 갔다가 명호 아버지로부터 좋은 소식을 들었다.

"그 무역선원학교 말일세. 잘하면 추천받을 수 있을 것 같아. 같은 부서 친구 형님이 A학교 교장선생이신데 제자가 시 교육부 부장이라누만. 자네 이야기를 했더니 형님한테 편지를 써주겠다는 거야."

그리하여 나는 다음 날 아침 일찍 A학교로 향했다. A학교는 남청진에서 저 멀리 서쪽으로 높이 솟아 있는 관모봉을 마주보며 계곡을 따라 40여 리를 올라가야 했다. 버스가 다니지 않으니 걸을 수밖에 없었다. 정오쯤 학교에 도착하니 교장선생은 집으로 식사하러 가고 없었다.

나는 다시 교장선생의 집으로 찾아가 문을 두드렸다. 정중히 인사를 올리면서 용건을 밝혔다. 교장선생은 선선히 나를 집 안으로 들였다. 집 안 벽면은 책들로 꽉 차 있었다. 나는 명호 아버지를 통해 받아온 소개장을 내놓았다. 그런데 이런저런 이야기를 나누는 중에 교장선생이 문득 사진첩을 꺼내와 내 앞에 펼치는 것이었다.

"여긴 우리 맏아들. 어깨에 통별이 네 개, 평양에서 군복무 중이고…… 여긴 우리 큰딸. 강계에서 교편을 잡고 있는데 평양에서 열린 교육자대회에 토론 대표로 참가하여 수령님 명함시계를 선물로 받은 인민교원이고…… 여긴 우리 둘째 딸. 이웃학교 수학선생이요. 여긴 우리 셋째 딸. 나와 같은 학교에서 수학선생을 하고, 여기 우리 넷째 딸은 청진의과대학을 졸업하고 대학병원 의사로 있고…… 우리 다섯째 딸도 작년에 사범대를 졸업한 선생이고, 우리 여섯째 딸은 청진의과대학 재학 중이라오. 여기는 군사대학에 간 우리 막내아들……"

교장선생은 2남 6녀의 사진을 한 장 한 장 가리켰다. 나는 이 산골에서 자식들을 하나같이 훌륭히 키우셨구나 생각하며 무슨 마음에선지 사진첩에서 착하고 예쁘게 생긴 셋째 딸의 사진 한 장을 떼어내 슬그머니 안주머니에 집어넣었다. 그때 밖에서 기척이 들리더니 사모님이 들어오고 조금 후에는 셋째 딸이 들어왔다.

그리고 밥상이 차려졌는데 교장선생은 "이 산골에서는 아무리 귀한 손님이 와도 이런 나물밖에 없다오" 하며 같이 들기를 권했다. 밥상 한가운데 놓인 큰 그릇에 갓 쪄낸 찰옥수수가 담겨 있었던 걸로 보아 아마 초가을쯤이었던 것 같다.

교장선생 댁에서 밥까지 얻어먹고 집으로 돌아왔을 땐 어두운 밤이었다. 어둑어둑한 방 안에서 나를 기다리던 엄마는 내가 문을 열고 들어서자 벌떡 일어서며 물었다.

"왔구나. 그래, 어떻게 되었니? 갔던 일은 잘됐니?"

나는 씨물씨물 웃으며 몰래 가져온 사진을 내놓았다.

"웬 사진? 아이유. 곱기도 해라……."

나는 교장선생 댁에서 있었던 일을 처음부터 끝까지 하나하나 설명했다. 엄마는 그 모든 것이 흡족한 모양이었다.

"야, 난 마음에 쏙 든다. 너무 좋구나야. 그런 산골에서 하나같이 자식들을 잘 키웠구나. 보나마나 교장선생님은 훌륭하신 분일 거야. 사모님도 그렇고. 딸은 부모를 닮는다고 했어. 만약 성사되어 이곳으로 데려오면 여기 와서도 선생은 할 수 있지 않니?"

엄마는 사진을 들고 계속 한껏 들뜬 표정으로 곱다느니, 마음에 쏙 든다느니 감탄을 이어가는데 이상하게도 나는 별다른 감정이 들지 않았다. 그럴 걸, 사진은 왜 떼어왔을까, 싶었다.

다음 날 아침 엄마는 집을 나섰다.

"그 다리로 어디를 간다고 그러시우?"

아무리 말려도 막무가내로 집을 나선 엄마는 저녁 늦게 다리를 절룩거리며 돌아왔다.

"됐다, 됐어. 내친김에 약혼식 날짜까지 잡았어. 내달로."

나는 멍한 상태로 엄마의 이야기를 들었다. 엄마는 사근사근 이야기를 잘하는 편이다. 보나마나 있는 말 없는 말로 허풍을 쳤을 것이다. 그 집에서 무슨 나 같은 걸 마음에 든다고 딸을 주겠어, 하고 내심 생각하는데 엄마가 흥분해서 말했다.

"교장선생님도 그렇고 사모님도 그렇고 너를 꼭 마음에 들어하더구나. 교장선생님은 정말로 좋은 분이고 양반이시더라. 약혼식 올리고 질질 끌 것도 없이 결혼식 날짜를 잡자고 했어. 동생이 먼저 결혼했는데 나이도 찼고 또 한 해를 넘길 수 없다는 거야. 겨울 방학 때 교장선생님 환갑잔치가 있는데 그때 평양의 큰아들과 강계 큰딸, 큰사위, 손자, 손녀들까지 모두 모인다고 하더라. 먼 데서 시간을 내어 한번 모이기도 쉽지 않으니 환갑잔치 전후로 결혼식 날짜를 잡자더라."

"난 장가갈 생각이 없어. 무슨 결혼을 한다고 그래?"

"그럼 평생 혼자 살겠니? 예부터 집안에 들어오는 복은 배척하는 게 아니라고 했어. 그런 처녀를 마다하다니. 그런 처녀를 내놓고 어떤 상대를 찾겠어? 네 형을 보렴. 고르다 고르다 쥐를 고르지 않았니?"

엄마의 말은 일리가 있었다. 쌍둥이 큰형은 직물공장 청년대장이다. 아버지를 닮아 인물이 좋고 피부도 흰 편인 데다 키도 훤칠하게 컸다. 직물공장엔 처녀들만 3000명이 가까웠는데 그중 많은 처녀들이 청년대장인 형에게 예쁘게 보이려고 무진 애를 썼다. 아버지가 도당 간부인 어떤 처녀는 출세를 보장한다는 말로 형을 유혹했다. 실제로 어느 날 그 도당 간부가 까만 승용차를 타고 직물공장으로 형을 찾아왔다. 그는 형에게 자기 딸과 결혼하면 아파트를 배정해 주고 텔레비전, 냉장고, 재봉기를 놓아주며 공산대학에 추천해 주겠다고 했다.

직물공장 처녀들 중에는 엄마가 유독 마음에 들어하는 처녀도 있었다. 엄마는 형에게 매번 다짐을 놓았다.

"넌 그 처녀와 결혼해야 한다. 알겠니? 에미 말을 들어. 이 에미 말 들어 낭패 볼 일은 없을 거야……."

그때마다 형은 신경질을 부리며 손사래를 쳤었다. 나도 그 처녀를 본 적이 있었다. 내가 제대하여 집으로 돌아온 며칠 후 군복 차림 그대로 형이 일하는 공장에 찾아갔을 때였다. 공장 정문에서 수위에게 형의 이름을 대며 동생이 왔다고 전해 달라고 했다. 조금지나니 5층 건물의 창문이란 창문은 죄 열리고 수많은 처녀들이 얼굴을 내밀고는 우 소리 지르며 박수를 해댔다. 그날 나는 엄마가 큰며느릿감으로 점찍은 처녀를 잠깐 보았다. 첫인상이 밝고 활달하며 자신감이 넘쳐 보였다.

그러나 형은 엄마 말대로 그 많은 후보처녀들을 뒤로하고 그 형수를 골랐다. 남편이 출근할 때도 드러누워 밥조차 제대로 챙겨주지 않는 여자에게 남편 공대를 어찌 바라겠는가. 엄마 생신이 돌아오면 작은형수는 떡과 맛있는 음식을 해가지고 어김없이 찾아오지만 큰형수는 감감무소식이었다. 엄마는 날로 초췌해지는 큰아들이 안타까우면서도 아픈 데를 잘도 콕콕 찍어댔다.

"싸다 싸. 그 좋은 처녀들을 마다하더니. 고르다 고르다 쥐를 골랐어. 넌 바로, 영락없이 쥐를 고른 게야."

7

약혼식 날이 되었다.

나는 몸에 꼭 맞게 지은 까만 데트론 양복에 하얀 셔츠를 받쳐 입고 검은 바탕에 빨간 줄이 비껴간 넥타이를 맸다. 오랜만에 머릿기름도 조금 발랐다.

신부 집으로 향하는 엄마의 모습은 당사자인 나보다 훨씬 들떠 보였다. 큰형은 약혼선물이 든 트렁크를 들고, 작은형은 술병이 든 가방을 들고 걸었다. 이때만큼은 큰형수도 떡함지를 이고 함께 나섰다. 햇빛은 찬란하고 가을 국화는 피어 만발했는데 저 멀리 관모봉은 흰 눈을 이고 있었다.

계곡을 지나고 다리를 건너 어느덧 마을 입구에 이르렀다. 미루나무들이 높이 솟은 학교 운동장을 가로질러 집들이 줄지어선 골목길로 접어드니 개들이 짖어대기 시작했다. 그 소리에 맞춰 마을 사람들도 하나둘 삽짝문 위로 머리를 내밀었다.

우리 일행이 신부 집에 도착하자 이제나저제나 목을 빼고 기다리던 이웃과 친척들이 반갑게 맞아주었다.

우리가 준비해 간 술이 한 잔, 두 잔 돌고 조심스러우면서도 화기애애한 시간이 흐르자 그곳 교감선생이 취기가 오르는지 엄마를 붙들고 덕담인지 푸념인지를 늘어놓았다.

"야, 세 아드님 모두 정말 잘생겼네요. 맘에 꼭 들어요. 교장선생님도 이젠 한시름 놓게 되셨네요. 미라 선생을 시집보내게 되셨으니 말입니다. 우리 학교에선 정말 아까운 수재이지만 어쩌겠습니까? 할 수 없지요. 바늘 따라 실 가는 게 당연하지요. 아주머님은 정말 좋으시겠습니다. 저렇게 예쁜 며느리를 맞이하시니 말입니다. 어릴 때부터 수재였지요. 언제나 1등이었습니다. 국가정무원 시험 때 구역적으로 다섯 손가락 안에 들었으니까요. 똑똑하고, 예쁘고, 착하고, 자질이 높고…… . 여섯 딸 모두 공부를 잘했지만 그중에서도 미라 선생이 제일 총명했어요. 교장선생님은 셋째 딸을 제일 이뻐하셨지요. 맞지요, 교장선생님? 제 말이 틀립니까?"

장인이 될 교장선생은 못 들은 척 옆 사람에게 물었다.

"애는 왜 아직 안 들어오는 거냐?"

그 말에 누군가 대꾸했다.

"아직 수업이 안 끝났을 겁니다."

조금 있으려니 단징한 치림새를 한 신부가 고개를 살짝 숙인 채 집으로 들어섰다. 신부의 도착으로 약혼 절차를 제대로 밟아나가게 되었다. 다소 수선스럽던 술자리가 정리되고 난 뒤에야 큰형수가 약혼선물이 든 트렁크를 열었다.

언제부터인지 모르나 북변땅 청춘남녀들이 백년가약을 맺을 때면 남자 쪽에서 약혼선물을 준비하고 여자 쪽에서 이부자리와 가재도구들을 마련한다. 때문에 딸 셋을 시집보내면 빈털터리가 되고 집 안에 먼지밖에 안 남는다는 속설이 있다.

엄마는 딸이 여섯인 사돈집 형편을 생각하여 약혼선물에 이불깃과 요깃을 넣었다. 이불깃은 평양 옥주 이모에게 부탁하여 마련한 것으로 수박색 비단에 커다란 백두산 호랑이가 수놓아져 있었다. 그리고 함박꽃빛 바탕에 조금 더 선명한 함박꽃 무늬를 수놓은 비단으로 된 첫날 옷감, 예쁜 꽃무늬가 새겨진 빨간 주름치마에 여러 가지 알록달록한 블라우스와 옷감들을 넣었다. 또 비싼 화장품 세트도 특별히 넣었다.

예비 장모는 큰형수가 트렁크에서 한 겹 한 겹 꺼내놓는 약혼선물들을 쓰다듬고 또 쓰다듬으며 기쁨을 감추지 못했다.

"세상에, 곱기도 해라. 이걸 다 마련하느라 얼마나……."

결혼식은 그로부터 한 달 뒤였다.

전날 밤, 함흥의 외삼촌 내외와 외사촌들, 성진의 고모, 함흥으로 시집간 누이 부부, 쌍둥이 두 형네 식구들, 나보다 먼저 결혼한 가까이 사는 여동생 부부, 사촌형네 부부와 5촌들…… 모두가 한자리에 모였다. 어린 조카들은 손에 떡이며 사탕이며 과자를 들고 저들끼리 좁은 방을 뛰어다니며 웃고 떠드느라 야단법석이었다.

"참, 세월두 빠르다. 영진이가 벌써 장가를 가다니……."

외삼촌은 엄마를 기다리며 울다 지쳐 잠든 어린 조카를 등에 업고 누이가 일하는 공장으로 찾아가던 일이 생각나는 모양이었다.

한 밤만 자면 신부를 데리러, 큰상을 받으러 새각시 집으로 떠나야 하는데 함박눈이 쉼 없이 내렸다. 엄마가 창밖을 내다보며 말했다.

"무슨 눈이 이렇게 오냐?"

"잔칫날 눈 오면 잘산다질 않소?"

모두가 웃고 떠들어대는데 나는 하나도 즐겁지 않았다. 그저 창밖에 눈길을 둔 채 하얗게 춤추며 내리는 눈송이들을 묵묵히 바라볼 뿐이었다.

엄마와 식구들은 그런 나를 원래 그랬으니, 하고 대수롭지 않게 여겼다. 하긴 나는 어릴 때부터 그런 아이였다.

어른이 돼 만난 동창들이 오랜만에 모여앉아 이야기꽃을 피우다가 누군가 "장영진" 하고 내 이름을 대도 기억을 떠올리지 못하는 경우가 많았다. 하도 조용하게 지내 교실에 내가 있었는지 없었는지 기억이 나지 않는다고 했다. 선생들도 그랬다. 동물시간이었는데 만화를 잘 그리는 정수가 종이에 살찐 돼지 두 마리가 쌍붙는('홀레붙다'의 북한어) 그림을 그려 뒷자리로 넘겼다. 키득키득 웃음과 함께 손에서 손으로 넘겨지던 우스꽝스러운 그림이 마침내 내 손에 들렸을 때 교탁 앞에서 한참 쏘아보던 선생이 소리쳤다.

"거기, 일어서! 못 일어서겠니? 앞으로 나와. 그것도 들고."

마침 땡땡땡 하고 수업 끝나는 종이 울렸다. 나는 분과실로 끌려가 선생들이 빙 둘러앉은 한가운데에 머리를 깊이 숙이고 섰다. 쌍붙는 돼지 그림은 이 선생 손에서 저 선생 손으로 옮겨갔다. 그

때마다 선생들도 연신 웃음을 참지 못하고 키득키득했다. 물리선생이 날 쳐다보며 짓궂게 물었다.

"얘, 너 장가가고 싶니?"

그러자 폭소가 터졌다. 그런데 문득 구석자리에 앉아 있던 여선생이 고개를 갸웃거리는 것이었다.

"그런데, 쟤, 누구예요? 처음 보는데요?"

그 말에 다른 선생이 맞장구를 쳤다.

"정말! 처음 보는 애네요. 저 학생 이름이 뭐예요? 왜 난 본 기억이 없지?"

또 다른 선생은 한술 더 떴다.

"여자애처럼 곱상하게 생겼네요. 얘, 너도 돼지처럼 시집가고 싶니?"

또다시 선생들 사이에 폭소가 터졌다.

밤새 내리던 눈이 멎었다. 새신랑을 태운 차는 무릎까지 차오른 눈길에 몇 번씩이나 바퀴가 빠졌다. 그때마다 모두 내려 영차 영차 눈 속에서 차를 끄집어내느라 부산을 떨어야 했다. 신부 동네로 들어서자 눈밭에서 뛰놀던 한 무리의 아이들이 "온다, 온다. 할아버지, 할머니, 와요. 저기 차가 와요" 하고 소리치며 집 쪽으로 달려갔다.

신랑 쪽에서 준비한 꽃다발을 신부 쪽에 건네면 큰상을 받는다. 큰상 한가운데는 옷을 벗은 어미닭이 입에 마른 홍고추를 물고 앉아 있다. 사진사는 조명을 이리저리 돌려가며 사진을 찍었다. 활짝 열어둔 창문으로는 어른이며 아이 할 것 없이 머리를 들이밀고 구경에 열을 올렸다.

"야, 야, 새신랑이 영화배우처럼 생겼다."

나는 큰상에 높이 쌓아올린 사탕이며 과자를 한 움큼씩 집어 떠들어대는 아이들에게 건넸다.

드디어 큰상을 물린 뒤 기념촬영을 하는 시간이 되었다. 신랑 신부가 앞에 서고 장인 장모가 뒤에 서서 찰칵, 신랑 신부가 가운데 서고 온 가족이 다 함께 둘러서서 찰칵, 그리고 또 신랑 신부만 따로이 사진을 찍는데 교감선생이 큰 목소리로 외쳤다.

"야, 미라 선생 신랑 잘생겼다야. 그 있잖아, 〈조선의 별〉에 나오는 최창걸이……."

그러자 신부의 학급 아이들도 저들끼리 "선생님 새신랑이 정말 최창걸이처럼 생겼어" 하는 말을 주고받으며 히죽히죽 웃어댔다. 신부는 개구쟁이 학급 아이들도 불러 다 함께 사진을 찍었다.

그렇게 신부 집에서의 모든 행사가 끝나고 신랑 집으로 가는 시간이 왔다. 여느 신부 같으면 눈물 바람으로 친정과 이별할 텐데 미라는 의외로 씩씩했다.

"엄마, 들어가오. 어서 들어가라니까. 감기 걸리겠어요. 오빠, 언니, 3일 날 보기오. 야, 철이야. 잘 있어."

미라가 손을 흔들자 아이들도 떠나는 차를 따라오며 손을 흔들었다.

새신랑 새각시를 태운 차는 하얀 눈세계가 펼쳐진 계곡을 달려 남청진을 지나고 바닷가 해안도로를 지나 어스름이 내릴 무렵 신랑 동네 어귀에 들어섰다. 마당가에는 새색시를 보려고 기다리고 섰던 식구들과 마을 사람들로 북새통을 이루고 있었다.

신부가 먼저 큰상을 받고 그다음 신랑 신부가 나란히 큰상 앞에 앉았다.

"와 곱네. 그러구 보니 둘이 신통히두 닮았소. 오랍누이 같지비."

동네 처녀들과 아낙네들이 신랑 신부를 번갈아 쳐다보며 연신 재잘거렸다.

"이불을 세 채씩이나 해가지고 왔네. 곱기두 해라. 어머, 베개는 일곱 개야. 아이유, 아들딸 많이 낳아야겠구마. 장롱하고, 이불장 하고……. 세상에, 저 예쁜 그릇들을 좀 보지……."

밤이 깊었다. 길이 먼 하객들은 웬만큼 돌아가고 가까운 가족과 동창, 친구 몇 명만 남았다. 누군가는 우스꽝스런 몸짓과 손짓을 동원해 가며 일장연설을 늘어놓고, 누군가는 손풍금을, 또 누군가는 기타로 흥을 돋웠다.

"자, 이번엔 그렇게 기다리던 신랑 신부의 노래가 있겠습니다."

우 하고 박수가 터졌다. 미라와 나는 함께 이중창을 했다.

사랑의 씨앗은 어데서 움트고 꽃폈는가
배움의 글 소리 울리던 창가에 싹텄던가
…………

기쁠 때도 나의 사랑 슬퍼도 나의 큰 행복

한생을 끝까지 따르는 영원한 내 삶의 품

…………

모두가 물러가고 둘만의 밤이 깊었다. 은밀하고도 자연스러운 둘만의 시간, 둘만의 몸짓이 허용된 첫날밤이었다. 나는 불을 끄고 미라와 나란히 누웠다.

그런데 캄캄한 눈앞에 불쑥, 활짝 웃는 선철이의 모습이 떠올랐다. 아무리 지우려고 해도 점점 더 선명해지는 선철이의 얼굴…….

나는 결혼을 누구나 이의 없이 치르는 생의 공식이라고 생각했다. 남녀 공히 때가 되면 결혼을 하고 아들딸을 낳는 거라고 생각했다. 이를테면, 수학공식처럼 남자 더하기 여자는 아들과 딸……이라고 당연하게 여겼다. 하나 더하기 하나는 둘도 될 수 있고, 셋도 될 수 있고, 더러는 넷도 다섯도 될 수 있는 그런 것이라고, 그저 그렇게만 여겼다.

그렇기 때문에 엄마의 결혼 독촉이 썩 내키지 않으면서도 미라와 짝을 맺었던 것이다. 이 땅의 모든 젊은이들처럼 세상의 법을 받아들여 한 여자의 남편이 되었던 것이다. 결혼을 하지 않고 혼자 사는 남녀는 사방 둘러봐도 없는 세상이었으므로 피할 수 없는 일로 받아들였던 것이다.

그런데 이게 뭔가. 이제 막 혼례를 올리고 부부의 연을 맺은 나와 미라 사이에 선철이라니……. 나는 난감했다. 도저히 손끝 하나

까딱할 수 없었다.

8

사흘 후 나는 엄마가 준비해 준 음식을 가지고 미라와 함께 처가로 갔다. 미라는 자기 집에 남고 나 혼자 청진 집으로 돌아왔다. 새 학기가 시작되어 여름방학 때까지 서로 떨어져 지낼 수밖에 없었다. 여름방학이 끝나야 완전히 퇴거를 해서 남자 집으로 올 수 있기 때문이었다.

나는 떨어져 지내는 동안 거의 미라한테 가지 않았다.

"보고 싶지두 않니? 이번 주말엔 가보려무나. 기다릴 텐데……."

엄마가 그렇게 말을 해도 내 마음은 무덤덤했다. 이따금 주말이면 미라가 맛있는 음식을 싸가지고 내려왔다. 장인 장모는 사위가 바빠 못 오려니, 하는 모양이었다. 언젠가 집에 다니러 온 큰형수도 이상하다는 투로 물었다.

"삼촌은 이상하네. 색시가 보고 싶지두 않수?"

그러더니 엄마에게 공연한 소리를 덧붙이는 것이었다.

"그인 잠시라도 나와 떨어지면, 못 보면 안 되겠나 봐요. 제가 부엌으로 내려오면 따라 내려오고, 방으로 올라가면 졸졸 따라 올라오네요."

미라는 이듬해 봄부터 바닷가 마을 학교에서 다시 교편을 잡게 되었다. 내가 출근을 하고 나면 미라도 바삐 학교로 향했다.

북녘땅 사범대 졸업생들은 졸업과 동시에 파견장을 받는다. 평양에서 나서 자라고 평양의 사범대학을 마친 졸업생도 농촌학교로 파견장을 받으면 농촌학교로 가야 한다. 미라는 아버지가 교장으로 있는 모교로 파견장을 받아 아버지와 함께 교단에 섰었다. 그렇게 사범대 졸업생들이 졸업과 동시에 파견장을 받으니 여교사들은 시집을 가면 자리가 없어 대부분 집에서 쉬었다.

결혼 후 미라도 처음에는 집에서 엄마 일을 거들며 쉬고 있었다. 그런 어느 날 구역당 교육부로 찾아가 교육부장에게 다시 교단에 설 수 있게 해달라고 청했다. 담화를 나누는 과정에서 교육부장은 자질이 뛰어나기로 소문이 자자하던 미라를 알아보았다. 미라가 교단에 복직할 수 있었던 건 그래서였다.

봄이 가고 또다시 봄이 왔다.

어느 날 아침, 내가 출근한 뒤 엄마는 미라를 앉혀놓고 물었다.

"너희들 결혼 생활에 무슨 문제가 있냐? 솔직히 말해 봐. 왜 너두 그렇고 셋째도 그렇고 행복해 보이지 않는구나. 저 아랫집 며느리는 너보다 늦게 시집왔는데 벌써 애가 둘씩이나 되지 않니. 숨기지 말고 말해 보려무나. 너한테 문제가 있으면 네가 치료받고 내 새끼한테 문제가 있으면 내 새끼가 치료를 받아야 되지 않겠나."

미라는 머뭇거리다 간신히 말문을 열었다.

"저이는 제가 싫은가 봐요. 제가 손을 올리면 탁 쳐버려요."

그날 저녁, 엄마는 나를 앉혀놓고 물었다.

"넌 미라하고 잠자리하기 싫으냐? 싫지 않다면 왜 잠자리에서 미라가 올려놓은 손을 쳐내버리느냔 말이다."

엄마는 이 문제를 쌍둥이 큰형한테 이야기하였다. 며칠 후 이 중차대한 문제를 해명해 보려고 큰형이 집으로 왔다. 내 앞에 앉은 형의 표정이 사뭇 근엄했다.

"솔직히 말해 봐. 너희가 지금 정상적인 부부가 맞냐? 너한테 무슨 문제가 있는 게 아니야? 한 가지만 물어보자. 너 총각 때 말이야, 길을 걷는데 짧은 치마를 입은 처녀가 마주 걸어오면 네 몸에 무슨 반응이 생기지 않냐? 정상적인 젊은이라면 마주 걸어오는 처녀의 허벅지를 보는 순간 그것이 반응을 일으키거든. 그래서 바지 주머니에 손을 집어넣고 반응을 일으키는 그 물건을 꾹 억누르는 거야. 너 그런 적 있어? 없어?"

형이 따지듯 묻는 말에 나는 정직하게 대답했다.

"솔직히 말해, 그런 적이 없었어. 한 번두……."

"내 짐작이 틀림없네. 너한테 문제가 있구나. 네가 남자구실을 못하는 거야."

그렇게 선언한 다음 형이 다시 물었다.

"너희들이 잠자리에서 관계를 가지긴 가져? 가진다면 어떻게 하는지 순서대로 이야기해 보라. 숨기지 말고."

나는 그만 폭소를 터뜨리고 말았다. 그러자 형이 엄숙하게 말하는 것이었다.

"너희 둘 다 병원에 가서 검사를 받아보자."

다음 날 미라와 나는 시병원으로 끌려갔다. 검사 결과는 '남자 정상, 여자 발육 부족'이었다. 산부인과 과장선생은 나를 한참 쳐다보더니 상선을 타느냐고, 그래서 몇 개월에 한 번씩 아내를 보느냐고 물었다. 나는 고개를 저었다.

"정상적인 여자는 자궁이 계란만 해요. 근데 아내분 자궁은 밤송이만 하거든. 두 사람이 부지런히 노력하면 될 수 있어요."

의사는 배란일이 어떻고 하면서 한참 설명과 충고를 이어갔다.

그날 저녁 미라는 큰형 앞에 얌전히 앉아 말했다.

"세간나게 해주세요. 어머니가 저이를 다 차지하고 밥도 해주고 약도 달여주고 애기처럼 떠받드니 저이는 가정이라는 게 무엇인지, 아내가 얼마나 소중하고 귀중한지 전혀 몰라요. 세간나서 제가 밥도 해주고 빨래도 해주고 하면서 살림을 꾸려가다 보면 가정의 소중함도, 아내의 사랑도 알게 될 거예요. 지금은 비록 저한테 정이 없어도 그렇게 부딪치며 살아가다 보면 사랑도 알게 되고 조금씩 저를 좋아하게 될 거예요. 지금은 어머니가 곁에 계셔서 돌봐주시지만 먼 훗날 어머니가 안 계실 땐 어떻게 하겠어요? 저이 곁엔 제가 있어야 해요. 저만이 끝까지 사랑하고 함께할 수 있어요. 어머님보다도 제가 더 필요해요."

미라는 다소곳이 머리를 숙이고 눈물을 흘렸다.

형은 미라의 편을 들어주었다. 그리하여 엄마에게 말했다.

"당장 세간내우기오. 이제 영학이도 제대돼 올 것이고, 어차피 따로 나야 되지 않소. 언제까지 애기처럼 끼고 있을 거요."

엄마는 흥 하고 콧방귀를 꼈다.

"굶겨 죽이지 않으면 다행이다. 끼니나 제대로 끓여 먹일 것 같으냐?"

우여곡절 끝에 우리는 어렵게 집을 마련하여 둘만의 살림을 나게 되었다.

바닷가 마을 한가운데 자리 잡은, 햇빛도 잘 들고 작은 텃밭도 있고 삽짝문도 달린 작고 예쁜 독채였다. 엄마는 세간날 때 범표 재봉기와 하얀 강아지를 선물로 주었다. 그때가 가을이었는데 나는 집 앞에 내가 좋아하는 빨갛고 노랗고 하얀 국화를 심었다. 내가 퇴근할 때나 미라가 퇴근할 때면 포동포동한 강아지가 좋아라 깡충깡충 뛰어오르며 팔에 매달리곤 했다.

미라와 강아지를 남겨두고 그 집을 떠나온 지도 어언 20년이 되어간다. 나는 미라와 강아지와 더불어 그 집에서 살던 길지 않은 나날들을 잊을 수 없다.

9

꼬끼여 수탉이 새벽을 알릴 때면 부엌에선 딸그락딸그락 밥 짓는 소리가 들린다. 아침 해가 붉게 솟아올라 바닷가 마을과 학교를 비쳐올 때면 "어서 일어나세요" 하는 다정한 음성이 들리고 작은 밥상이 차려진다. 땡땡땡…… 학교 종소리가 들려오면 미라는 "문 꼭 잠그고 출근하세요" 하며 바삐 달려 나간다.

미라는 내 아침밥상을 차려주면서도 자신은 언제 한번 편하게 아침식사를 한 적이 없었다. 1교시 아니면 2교시가 끝나고 그 15분이라는 짧은 쉬는 시간에 집으로 달려와 "배가 고픈지, 배가 아픈지 모르겠네" 하면서 몇 술 뜨고는 다시 급히 달려 나가곤 했다. 엄마는 그런 미라를 신기해했다. "그렇게 먹지 않고 어떻게 하루 여섯 시간, 여덟 시간 수업을 해낼까?" 하면서.

미라가 퇴근해 돌아오는 소리가 들리면 나는 부엌에 나무를 들이고 아궁이에 불을 지폈다. 저녁밥 짓는 하얀 연기가 피어오르면 삽짝문이 열리며 미라네 반 아이들이 찾아왔다.

"선생님, 이거 어머니가 갔다 드리라고 해서요."

아이들이 내미는 바구니에는 농장 채소밭에서 금방 딴 싱싱한 오이나 가지, 풋고추가 한가득 들어 있었다. 어떤 아이는 새끼토끼도 품에 안고 왔다.

해마다 6월 6일은 소년단 창립기념일이다. 그날은 전국의 학생들이 학교 운동장에서 운동회를 여는 날이자, 미라의 생일이기도 했다. 운동회가 끝나고 땅거미가 질 때면 한 무리의 학급 아이들이 손에 손에 꾸러미를 들고 우리 집을 찾아왔다. 방 안에 모여 앉은 아이들은 자기들이 준비해 온 음식을 상에 펼쳐놓고 "선생님. 생신을 축하드립니다" 하면서 술잔을 따랐다. 그런 다음 축하 노래를 불렀다. 미라는 인생의 행복을 가정이 아니라 아이들 속에서 찾았으리라.

하루는 미라에게 최후통첩을 날렸다.

"우리 헤어져. 난 아무래도 정상적인 남자가 아닌 것 같아. 처음엔 다른 남자들도 다 나처럼 이렇겠지 했어. 그런데 아니야. 비정상적인 남자가 틀림없어. 네가 너무 불편하고 싫어. 이런 결혼 생활은 아무런 의미도 없고 서로에게 고통만 더해 줄 뿐이야. 넌 지금은 나와 함께 끝까지 하겠다지만 인생 말년엔 분명히 후회할 거야. 왜 평생 저런 사람하고 살았을까, 하고. 네가 언젠가 나한테 말했지. 선철이 아내는 얼마나 행복할까? 저런 남자하고 사는 여자는 말이야, 하고. 학교 때부터 다른 애들보다 공부도 잘했고 똑똑했고 예쁘단 소리만 들었는데 내 팔자는 왜 이럴까, 난 왜 이 사람을 만났을까, 하고 후회했었지? 맞아. 넌 분명히 후회할 거야. 인생은 단 한 번뿐이야. 무엇 때문에 한 번뿐인 인생을 이렇게 살겠어? 처음부터 다시 시작할 수 있어. 난 서른넷, 넌 서른셋…… 산 나이보다 살아가야 할 날이 훨씬 많아. 헤어지면 처음 얼마간은 마음 아프겠지만 세월이 흐르다 보면 잊히게 마련이야. 그리고 서로가 더 자유롭고 행복해질 수 있다구."

나는 집을 뛰쳐나왔다. 미라는 언덕길까지 따라나서며 나를 붙잡았다.

"난 당신한테 아무것두 바라는 게 없어요. 그저 당신이 곁에 있어주기만 하면 세상에서 제일 행복한 여자예요. 당신이 말한 것처럼 만약에 헤어진다면, 제가 행복해질 수 있을 것 같나요? 아니에요. 절대 행복해질 수 없어요. 내 인생은 원래가 이런걸요. 처음부터 당신 같은 사람을 만날 운명이었어요. 당신도 그래요. 나 같은 여자를 내놓고 평생 혼자 살겠어요? 지금은 어머니가 계시지만 어머니가 돌아가시면 어떻게 하겠어요? 형님들이, 함흥 누이가 당신을 돌봐줄 것 같나요? 아니에요. 내가 있어야 해요. 평생 나만이 당신을 지켜주고 함께할 수 있어요. 우리 두 사람은 운명이기 때문이에요."

미라는 어깨를 들먹이며 흐느꼈다.

무심한 날들이 흘렀다.

각자 퇴근해서는 저녁 식사를 마친 다음 텔레비전도 라디오도 없는 어둑어둑한 방에 나는 깊은 생각에 잠겨 누워 있고, 미라는 밥상을 펼쳐놓고 교수안이나 아이들의 시험지에 몰두하다 불을 끄고 잠자리에 드는 생활……

어느 날 함흥에서 교편을 잡고 있는 누나가 엄마 집에 왔다가 우리 집에도 잠깐 들렀을 때였다.

"앤, 지금까지도 이렇게 애기 같아서 어떻게 하나?"

미라가 그 말을 하소연으로 받았다.

"그러게 말이에요. 그러니 내가 얼마나 속상하겠어요. 난 이 사람과 평생 함께 살다간 벙어리가 되겠어요."

나는 집에 들어오면 거의 말이 없었다. 내가 그럴수록 미라는 더욱 학교와 아이들에게 온 열정을 쏟아부었다. 미라는 고등중학교에서 수학을 가르쳤다. 날이 어두워지고 개들이 컹컹 짖어댈 때면 "선생님" 하고 문을 두드릴 때가 많았다. 풀리지 않는 수학문제를 안고 아이들이 집으로 찾아오는 것이다. 미라는 찾아오는 아이를 내치는 법 없이 머리를 맞대고 시간을 보냈다.

모교에서 졸업시킨 제자들도 옛 스승인 미라를 찾아왔다. 어떤 제자들은 하룻밤씩 자고 가기도 했는데 난 그때가 오히려 즐겁고 좋았다. 그때만큼만은 집 안에 웃음꽃이 피고 어색하고 무거운 침묵 대신 화기애애한 분위기가 만들어지는 까닭이었다.

가끔은 학교 선생들과 교장선생이 놀러 올 때가 있었다. 교장선생은 집 옆을 지나가다 울바자 안에 곱게 핀 꽃들을 보며 감탄을 금치 못했다.

"야, 참 곱게도 피었네. 미라 선생 있소?"

나는 얼른 밖을 내다보곤 인사를 건넸다.

"교장선생님, 들어오십시오. 한잔 하구 가세요."

내가 장사꾼 할머니 집으로 가서 술을 두어 병 받아오면 미라는 급히 술상을 차려냈다. 어떤 날에는 친구인 병수가 한쪽 다리를 절룩거리며 찾아올 때도 있고, 어떤 날에는 한마을로 시집간 여동생 영순이 신랑이 찾아올 때도 있었다.

누가 찾아오든 나는 대체로 환영이었다. 미라와 둘만 집에 있기보다 그 편이 한결 마음 편했던 것이다.

10

나보다 조금 먼저 결혼한 선철이는 우광이, 서광이 두 아들을 두었다. 내가 선철이네 집에 가면 함께 저녁 식사를 한 다음 우광이 엄마는 선철이와 내 잠자리를 웃방에 펴주고 자신은 아이들과 함께 아랫방에서 잤다. 선철이와 내가 어렸을 때부터 한 이불을 덮고 잤다는 걸 알고 있기에 우광이 엄마도 선철이 어머니가 하던 대로 그렇게 잠자리를 펴주는 것이다. 그러면 난 선철이를 꼭 껴안고 잔다.

예전에도 나는 길을 걸을 때 선철이의 팔에 매달리다시피 하여 걷곤 했다. 평양에서 학교에 다니던 무렵에는 지하철에 올라 자리가 없을 땐 선철이 무릎에 앉아서 갔다. 그때마다 선철이는 두 팔을 깍지 끼어 나를 안았다. 그런 것을 보고 북녘땅 사람들은 하나도 이상하게 생각하지 않았다. 어릴 적 송아지 동무여서 그러려니 여기는 것이다.

그런데 이상했다. 한 이불을 덮고 꼭 껴안고 잘 때면 선철이는 편하게 코를 드릉드릉 골며 잘도 자는데 난 새벽까지 잠이 오지 않았다. 어떤 날은 꼭 껴안은 채 새벽이 영영 오지 말았으면, 하고 생각한 적도 있었다. 어릴 적에는 그렇게 껴안고 자다가 작은 창으로 보이는 밤하늘의 달을 바라보며 함께 저 멀리 아득한 사막에서 둘이서만 살았으면, 하고 생각한 적도 있었다. 선철이의 넓은 가슴에 귀를 대고 쿵쿵 뛰는 심장의 박동 소리도 들어보고 맥박도 세어보고 재깍거리는 손목시계의 초침 소리도 들어보곤 하는 밤이 그렇게 좋을 수 없었다.

　난 선철이가 우리 집을 찾아왔던 그날 밤을 잊을 수가 없다.

　미라도 선철이가 오는 걸 좋아했다. 선철이는 잘생기고 성격이 서글서글하고 이야기를 재미있게 했다. 미라는 선철이가 집에 오면 방 안이 환해진다고 했다. 연극배우인 선철이는 유머도 있어 미라를 웃게 만들었다. 그는 나와 미라의 행복하지 못한 따분한 결혼 생활을 알고 있었다.

　셋이서 술을 한잔씩 기울이며 식사를 마쳤을 땐 자정이 가까워질 무렵이었다. 초봄이라 윗방이 추워서 아랫방에다 자리를 폈다. 미라와 내가 평소처럼 한 이불을 덮고 누웠고, 조금 떨어진 벽 쪽에 선철이가 호랑이 수를 놓은 이불을 덮고 누웠다. 선철이는 불을 끄고 눕자마자 코를 골았다. 평소에도 술을 마시면 코를 더 크게 골았는데 피곤했던 모양이었다.

　벽시계가 자정을 알리고, 새벽 1시를 알리고, 다시 새벽 2시를 알리는데도 나는 잠이 오지 않았다. 고른 숨소리로 봐서 미라는 잠든 지 오랜 것 같았다. 작은 창으로 달빛이 비쳐들어 미라의 잠든 얼굴을 비추었다. 어린 시절 선철이와 함께 누웠을 때도 이렇게 작은 창으로 달빛이 비쳐들었다. 그때도 지금처럼 온밤 잠들 수 없었다. 아무도 없는, 한없이 고요하고 아득한 사막으로 도망쳐 둘만이 살고 싶었던 그날의 기억이 새삼 또렷해졌다.

　여전히 미라의 고른 숨소리가 들렸다. 나는 살그머니 미라의 이

불 속에서 빠져나왔다. 그러고는 선철이의 이불 속으로 들어갔다. 그런데 왜 이리도 심장이 터질 것같이 높뛰는 걸까? 나는 숨소리를 죽이며 선철이의 손을 살며시 잡았다. 그리고 어릴 적 달빛이 비쳐들던 그 밤처럼 그를 꼭 껴안았다. 그러자 쿵쿵 심장이 더욱 세차게 높뛰었다. 내가 왜 이러는지, 무엇 때문인지 갈피를 잡을 수 없었다.

선철이는 무심히 코만 골았다. 나는 그때 처음으로 이상한 기분이 들었다. 선철이가 야속하기도 하고 서운하기도 했다. 모든 꿈이, 모든 희망이 산산조각이 나버린 것만 같았다. 더 이상 이 땅에 아무런 희망도, 아무런 꿈도 남아 있지 않은 것만 같았다.

이렇게 사는 것은 죽음과 같은 것이다, 한 번밖에 없는 인생을, 청춘을, 이렇게 흘려보내야 하나…… 싶었다. 저 멀리 어디론가 끝없이 훨훨 날아가고 싶다는 생각이 들었다. 봄이면 북쪽으로, 가을이면 남쪽으로 떠나는 고향 하늘의 기러기들처럼 나도 밤하늘을 쉬지 않고 날아 멀리멀리 어딘가로 가고만 싶었다.

11

종철이는 재일동포 3세다. 나는 간혹 그와 술을 마시곤 했다. 술이 한두 잔 들어갈수록 내 입에서는 깊은 한숨과 불만이 새어나왔다.

"난 이 땅이 왜 점점 싫어질까? 모든 걸 벗어버리고 아무도 없는 곳으로 날아가고 싶어. 왜 자꾸 이런 생각이 드는지 모르겠어. 한 번밖에 없는 인생을 이렇게 살아야 한다고 생각하니 너무 억울한 것 같고 나 자신이 너무 비참해져. 이렇게 사는 길이 옳은 길일까?"

종철이는 나를 나무라며 말했다.

"무슨 그런 무서운 생각을 해? 남들은 너만 못해서 이렇게 살겠니? 우리 학교 남자 선생들을 보라구. 너보다 공부를 더 많이 하고 너보다 더 똑똑하다. 그런데도 이렇게 살고 있지 않아? 자기 한 몸만 생각한다면 무슨 짓인들 못 하겠어? 만약 네가 떠나면 나머지 가족들은 어떻게 되겠어? 그런 걸 한번 생각해 봤니?"

그날 밤 나는 꿈을 꾸었다.

—아득한 광야다. 나는 걷고 또 걷는다. 아득히 먼 지평선은 하늘과 닿아 있다. 저 지평선은 이 세상이 끝나는 곳이다. 저 지평선 끝까지 가야 한다. 걷고 또 걷는다. 처음 바라보던 지점에서 지평선 끝에까지 닿은 것 같은데 또다시 그곳에서부터 아득히 멀리 지평선이 물러나 있다. 나는 그만 그 자리에 풀썩 주저앉는다.

다음 날에는 다른 꿈을 꾸었다.

—여명이 밝아오는 새벽이다. 고요한 산허리로 안개가 감돌아 흐르고 숲속엔 한옥으로 지어진 아름다운 궁전이 있다. 그런데 그곳엔 나밖에 없어 한없이 외롭다. 그리고 그 아름다운 궁전엔 물이 없다. 물을 뜨려면 저 멀리 산 아래로 내려가야 한다. 나는 물을 뜨러 어떻게 저기까지 가나 전전긍긍하다 눈을 뜬다.

또 한 해가 지나고 봄이 왔다.

보다 못한 쌍둥이 큰형이 엄마에게 말했다.

"쟤네들 이혼시키기오. 여자가 싫은 건 살 수 있어도 남자가 싫으면 못 산다질 않소. 사랑 없는 결혼은 서로에게 고통만 줄 뿐이오. 미라를 놓아줍시다."

그리하여 함경북도 인민재판소에 이혼서류가 접수되었다. 담당 여판사는 냉돌바닥 같은 쌀쌀한 얼굴에 두 눈을 꼿꼿이 치켜뜨고 또박또박 말했다.

"이혼은 절대 못 합니다. 당에서는 이혼서류는 넣다 꺼내고, 넣다 꺼내고 이렇게 세 번을 검토하라고 했어요. 검사 결과 두 사람은 정상이에요. 아이가 없다는 건 이혼조건이 안 됩니다. 그리고 여자가 끝까지 함께 살겠다고 하는 이상 더욱이 안 됩니다. 그렇게 똑똑한 여자를 왜 버리겠다는 겁니까?"

장인이 먼 길을 걸어 찾아오고 평양의 큰처남이 청진으로 내려왔다.

"왜 미라가 싫은가? 다시 한 번 생각해 주길 바라네."

모두가 나서서 설득을 했지만 내 결심은 한결같았다.

그때 미라와 헤어졌더라면 지금 내 운명도 달라지지 않았을까.

또 하루가 지나고 밤이 깊었다. 실안개 흐르는 밤하늘로 기러기 떼들이 줄지어 날아가고 있었다. 나는 밤하늘 저 멀리로 눈길을 고정시킨 채 깊은 생각에 잠겼다.

'이렇게 더는 살고 싶지 않아. 이 땅에선 아무것도 이룬 게 없어. 아무런 꿈도 희망도 없어. 이 땅은 하나의 거대한 감옥, 철창 없는 감옥이야. 만약 내가 떠난다면…… 어쩌면 괜찮을 거야. 내가 군 복무하던 시절엔 남으로 나간 가족들은 정치범 수용소에 보냈지만 지금은 그렇게까지는 하지 않아. 그리고 우리 집안 출신성분으로는 어차피 크게 출세하지도 못해. 나 때문에 처벌받는다고 해도 노동자에서 노동자겠지. 어머니도 연세가 많으시니 얼마나 더 오래 사시겠어. 내가 떠나면 미라는 자동으로 이혼이 될 것이고, 그러면 다른 남자에게 시집가 더 행복해질 수 있지. 미라는 행복해져야 해. 형들은 나한테 배신감을 느끼겠지만 한 뱃속에서 나온 혈육일지라도 가는 길이 달라. 그들이 나의 운명을, 나의 인생을 책임져줄 수는 없어. 난 떠날 거야. 가다 가다 쓰러져 넋이 된다 해도 더 바랄 것 없어…….'

그렇게 생각하자 온몸에 친친 감겼던 쇠사슬이 풀리는 것만 같았다. 한없이 자유로워지며 저 밤하늘에 훨훨 날아예는 기러기처럼 떠날 수 있을 것만 같았다. 나는 마지막으로 미라 곁에 살며시 누웠다. 땡…… 땡…… 벽시계가 새벽 2시를 알리고 다시 3시를 가리켰다.

작은 창으로 달빛이 비쳐들어 미라의 작은 얼굴을 비추었다. 고른 숨소리가 들리고 심장 박동 소리도 들리는 듯했다. 나는 몸을 돌려 달빛에 드러난 미라의 얼굴을 찬찬히 들여다보았다.

9년이었다. 함께한 세월이……. 그동안 나 때문에 얼마나 많은 눈물을 흘렸던가. 문득 지나간 일이 가슴을 치고 지나갔다. 어느 날 먼저 퇴근한 내가 문을 활짝 열어놓고 부엌에서 작업복을 빨고 있었을 때였다. 마침 퇴근해 집으로 들어서면서 미라가 깜짝 놀라 문을 닫으며 말했었다. "아니, 당신, 이게 뭡니까? 누가 당신더러 작업복을 빨라고 했나요? 누가 보겠어요." 그러면서 쓸쓸히 덧붙였다. "당신은 평생 혼자 살 팔잔가 보지요." 그날 미라는 거울 앞에 앉아 두 눈을 찬찬히 들여다보며 혼자 중얼거렸다. "이렇게 나처럼 눈꺼풀 안에 까만 점이 박힌 여자는 평생 눈물이 많다는데……."

땡땡땡땡…… 벽시계가 새벽 4시를 알렸다. 그리고 깜빡 잠이 들었다.

—달빛이 하얀 밤이다. 이쪽엔 인민군초소. 높다란 철책이 가로막힌 저쪽엔 국군초소. 철책 넘어 국군초소 앞에 작은 헬기가 동음을 울리며 금방이라도 하늘로 날아오르려 한다. 나는 두 주먹을 쥐고 달린다. 저 인민군 보초병을 지나고 철책을 뛰어넘은 다음 헬기에 매달려야만 한다. 빠르게 달려 인민군 보초병 앞을 지나는데 웬일인지 보초병은 차려 자세로 한자리에 서 있을 뿐 그 앞을 지나는 나를 삼지 않는디. 나는 힘껏 철책을 뛰어넘어 헬기를 잡으려고 한다. 하지만 그 직전에 헬기가 부르릉 하고 하늘로 날아오른다.

벌떡 잠을 깼다. 온몸이 땀에 흠뻑 젖었다. 얼마나 생생하면서도 아쉬운 꿈이었는지 눈물이 주르르 흘러내렸다. 미라는 여전히 자고 있었다. 나는 다시 미라 곁에 몸을 뉘었다. 가물가물 정신이 오락가락하다가 문득 눈을 떠보니 그새 아침이었다. 머리맡에 밥상이 차려져 있었고 미라는 출근한 뒤였다.

나는 자리에서 일어나 앉았다.

가야 한다. 아니다, 가면 안 된다. 가야 한다. 아니다……

나는 마음을 가다듬고 자리에서 일어섰다. 옷장 문을 열고 내가 아끼던 옷들을 껴입었다. 막상 떠나려고 하니 주머니에 돈이 한 푼도 없었다. 집 안을 샅샅이 뒤져봐도 돈 같은 건 나오지 않았다. 나는 경대 서랍에서 손목시계를 꺼내들었다. 내가 제대했을 때 엄마가 양이며 염소를 팔아 사준 소련제 슬로바 시계였다. 나는 그 손목시계를 주머니에 넣었다. 가는 길에 시장에 들러 팔 참이었다.

나는 언제나와 마찬가지로 집 열쇠를 토끼장 안에 넣어두고 돌아섰다. 다른 때 같으면 꼬리를 살랑살랑 흔들며 따라나섰을 강아지가 그땐 양지쪽에 배를 깔고 누워 물끄러미 나를 쳐다볼 뿐이었다. 떠나는 마지막 길에 엄마 집에 들러 마지막 모습을 보고 싶었지만 마음만 아플 테지, 하고는 부지런히 걸었다. 그렇게 떠나는 내 앞길에 어떤 고난과 아픔과 시련이 있을지 그때는 알지 못했다.

나는 이따금 생각에 잠긴다. 그때 그렇게 떠나온 길이 옳았는가. 꼭 떠나야만 했는가. 만약 그때 떠나지 않았더라면 나는, 내 앞날은 어떻게 되었을까…….

또한 나는 간간이 생각에 잠긴다. 그렇게 떠나야 했던 것이 내 운명이었으리라. 누구에게나 거역할 수 없는 운명이란 것이 있으리라…….

사선을 넘어

1

역 광장과 대합실은 굶주림에 시달리며 식량을 구하러 어디론
가 가야만 하는 사람들로 발 디딜 틈이 없었다. 누렇게 뜬 얼굴은
부석부석 부어 있고 생기 없는 두 눈엔 시름과 근심이 가득하다.
추위에 떨며 웅크리고 있는 아낙네들, 먹을 것을 찾아 이리저리 헤
매는 아이들, 젊은이들, 늙은이들……. 그들 모두 며칠씩 기차를
기다리며 어딘가에서 먹을 것을 구해 올 수 있기를 간절히 바라지
만 현실은 녹록치 않다. 땅거미가 지고 날이 어두워지자 그렇게도
기다리던 기차가 플랫폼으로 들어선다.

누군가를 찾고 부르는 소리, 누군가를 향한 욕설과 고함 소리,

악다구니에 뒤섞인 울음소리……. 출발하는 기차에 매달리는 사람들과 오르지 못한 사람들의 외침은 전쟁 시절의 피난 풍경을 연상케 한다. 다행히도 나는 승강구에 매달려 서서히 움직이는 기차에 오를 수 있었다.

기차 칸마다 사람이 빼곡해서 오히려 다행이었다. 압록강이나 두만강 국경연선은 특별여행증을 떼야 하는데 이렇게 복잡하니 여행증 검열을 못 할 것이라는 생각이 들었던 것이다. 전등도 없는 열차 안은 암흑천지인 데다 사람들이 사방에서 밀착해 들어와 몸을 돌릴 수도 없었다.

기차는 밤새 힘겹게 달렸다. 동이 터오고 차창 밖으로 두만강이 보였다. 나는 가슴이 울렁거렸다. 저 두만강을 무사히 건너야 한다. 새벽하늘엔 흰 눈이 내리고 집채 같은 유빙이 쩡 쩡 소리를 내며 강물과 함께 흘러간다. 나는 그 차디찬 물속으로 첨벙 뛰어들었다. 내 몸은 허우적거리며 유빙 밑으로 가라앉았다가는 솟아오르고, 솟구쳐 올랐다간 또 빠져들었다. 거세찬 물결은 점점 빨라지고 얼어든 몸은 감각마저 없는 것 같았다. 그렇게 차디찬 물속에서 시간이 흘러가는데 나는 더럭 겁이 났다. 이러다 동상에라도 걸리면 강을 건넌들 무사할 수 있을까.

나중에 안 일이지만 그곳은 왕청에서 내려오는 지류와 합수 지점이어서 강폭도 넓고 물살도 몹시 빠른 곳이었다. 무사히 강을 건넜을 땐 자정이 가까워질 무렵이었다. 강둑에 올라서니 저 멀리 농가 불빛이 가물거렸다. 나는 그 불빛을 목표로 논둑길을 걸었다.

농가 주인은 어둠을 틈타 스며든 나를 보고 그다지 놀라는 것 같지 않았다. 흔히 있는 일인 듯, 내 몰골을 보고 모든 상황을 짐작하는 눈치였다. 나는 운이 좋게도 젖은 옷을 말릴 수 있었고 요기도 할 수 있었다. 그리고 그의 도움으로 연길 시내까지 나올 수 있었다. 연길에서 북경까지는 기차로 32시간이었다. 기차표를 살 돈은 없었다. 나는 어둠이 내리는 시장 모퉁이에 한참 서 있다가 배가 고파 시장 안으로 들어갔다.

나는 농가 주인이 쥐여 준 10원을 내밀며 식사를 시켰다. 한동안 내 모습을 지켜보던 아낙네가 조심스럽게 물어왔다.

"혹시 저쪽에서 강 건너 오지 않았나요?"

조선족 여인이었다. 여인이 이것저것 물어보더니 내 사정이 딱했던지 자신이 알고 있는 정보를 알려주었다.

"한국으로 가긴 어려울 거예요. 강을 건너오는 사람들이 많거든요. 첫째두 둘째두 돈이 있어야 해요. 돈이 있어야 움직일 수 있어요."

나는 그 고마운 조선족 여인의 도움으로 일자리를 찾을 수 있었다. 연길 시내에서 북쪽으로 60리쯤 걸어 올라가는 곳이었는데 전기도 들어오지 않는 산악지대였다. 키가 크고 창백한 얼굴에 가늘게 찢어진 눈을 한 중년 남자가 주인이었다. 그는 자신을 황 로반(사장)이라고 소개했다.

사방이 산으로 가로막힌 그 거칠고 낯선 곳에서 나는 꼭두새벽부터 어두워질 때까지 허리가 휘도록 일을 했다. 소똥을 쳐내고,

버섯 재배에 쓸 나무를 베고, 구덩이를 파고 말뚝을 박았다.

"여기 있으면 안전해. 공안에 잡혀가지 않아."

나는 북경으로 갈 여비를 마련해야겠다는 일념으로 모든 수모와 천대와 설움을 삼키며 묵묵히 일했다. 두 달쯤 지나 감자꽃이 필 무렵이었다.

"북경으로 떠나야겠어요. 그간 일한 돈을 주세요."

임금은커녕 황 로반은 오히려 험악하게 인상을 썼다.

"돈이 어디 있어. 먹여주고 재워준 것만으로도 대덕이지."

나는 한 푼도 받지 못하고 60리 길을 터벅터벅 걸어 연길 시내로 내려왔다.

북경행 열차는 저녁 8시에 있었다. 신분증도, 여행증도, 차표도 없는 나는 어두워진 틈을 타 담을 넘고 지하도를 건너고 플랫폼에서 있다가 출발하려는 열차에 뛰어올랐다. 나는 어둑어둑한 승강구 쪽 문틈에 기대섰다. 열차는 달리고 또 달렸다.

차창 밖으로 희끄무레하게 날이 밝아왔다. 야트막한 산들이 물러가고 끝없는 평야가 펼쳐진다. 꼬박 24시간을 달려 또다시 차창 밖에 어둠이 내리니 물 한 모금 마시지 못한 나는 허기와 갈증으로 쓰러질 것만 같은데 양쪽에서 신분증과 차표 검열이 점점 거리를 좁혀오고 있다.

이제 어떻게 할 것인가. 도저히 빠져나갈 틈이 없다. 드디어 내 앞에 중국 공안이 우뚝 멈춰 서더니 큰 소리로 뭐라고 말했다. 나는 꼼짝없이 단속에 걸리고 말았다. 공안은 작은 칸에 나를 집어넣었다. 집중 단속 기간이어서 영락없이 북한으로 돌려보낼 것만 같았다.

그러나 오르막 철로를 힘겹게 오르던 열차가 물을 채우기 위해 잠시 멈췄을 때 뜻하지 않은 일이 일어났다. 무슨 영문인지 공안이 사방 산으로 둘러싸인 그곳에다 나를 부려놓고 아무런 설명도 없이 떠나버린 것이었다.

여기가 어디일까? 불빛 한 점, 사람의 형체 하나 보이지 않았다. 주위를 두리번거리는데 저기 작은 생명체 같은 것이 꾸물거리는 게 아닌가. 가까이 다가갔다. 놀랍게도 대여섯 살 정도 돼 보이는 남자아이가 신문지를 깔고 웅크리고 앉아 나를 빤히 쳐다보고 있었다. 꼬마도 나처럼 차표가 없어 내려진 것 같은데 손을 내밀어 먹을 걸 구걸했다. 발가락이 삐져나온 신발에 너덜너덜한 홑옷, 초롱초롱한 눈빛, 추위에 떠는 작은 몸을 보자 왈칵 설움이 북받쳤다. 이 넓은 중국 대륙에서 저 작은 몸 하나 재워줄 품이, 먹여줄 품이 없단 말인가. 그리고 저 아이와 내 신세가 다를 게 무어란 말인가.

나는 고원의 철로변에서 오래도록 울었다.

2

나는 방향을 가늠하기 위해 산 정상을 향해 거꾸로 올라갔다. 아득히 먼 등성이 쪽에서 불빛이 깜빡였다. 나는 그 불빛을 목표로 다시 골짜기를 내려가기 시작했다. 얼마나 산길을 걸었을까. 저 멀리 희뿌연 안개 속에 사람의 형체가 보였다. 두 사람이었다. 나는 무조건 그들을 향해 외쳤다.

"저기요! 저기요!"

그들이 내 목소리를 듣고 돌아보았다. 그러고는 놀랍게도 우리 말을 건넸다. 난 너무 기뻐 그들의 손을 덥석 잡았다. 거친 이국의 광야에서 언어가 통하고 문화가 같은 동포를 만나다니……. 두 젊은이는 연변에서 하마(개구리)를 잡으려고 이곳에 왔다며 되레 깊은 산중에서 나를 만난 게 신기한 모양이었다.

"여기서 우리와 함께 며칠 쉬면서 하마를 잡아 돈을 조금 마련한 다음에 떠나는 게 좋을 듯합니다. 이곳에서 북경까지는 400리 남짓한 거리입니다."

나는 그들의 만류에도 당장 북경으로 가야 한다며 고집을 부렸다. 그러자 그들은 친절하게도 나를 역까지 배웅해 주었을 뿐 아니라 차표까지 끊어주었다.

"제 생각엔 한국대사관에 찾아간대도 어려울 듯하네요. 대사관으로 찾아가서 한국으로 보내달라고 조르는 사람들이 많은가 봅니다. 북경역에 내리면 9번 버스를 타세요. 그리고 종점에서 내리세요. 사람들에게 코모사다, 이렇게 물으세요. 그러면 가르쳐줄 겁니다. 40층 타워인데 거기에 각 나라 대사관들이 있어요. 대한민국 대사관은 4층입니다."

회전문 밖에도, 로비에도 공안들이 쌍으로 서서 대사관 건물로 출입하는 사람들을 예리한 눈초리로 살피고 있었다. 나는 한 무리의 외국인들 틈에 슬쩍 끼어 로비에 들어섰다. 그리고 재빠르게 엘리베이터를 타고 4층에서 내렸다. 대한민국 대사관이라고 쓰여 있다. 그러나 나는 거기서 문전박대를 당해야 했다.

　"돌아가세요. 그 누구도 만날 수 없습니다."

　나는 차갑게 쏘아붙이는 목소리에도 아랑곳하지 않고 땀을 뻘뻘 흘리며 그 자리에 서서 버텼다. 네 시간쯤 지났을까, 한 아가씨가 문을 열고 나왔다.

　"저쪽에 있을 때 뭘 하셨는데요? 대사님이 아니구요, 다른 분께서 만나주시겠다 합니다. 조금 있으면 나오실 겁니다."

　그러더니 다시 문을 쾅 닫고 안으로 들어갔다. 잠시 후 나는 작은 방으로 안내되었다.

　"왜 한국으로 가려고 해?"

　풍채 좋은 중년 남자가 종이를 내 앞으로 밀어놓으며 작성하라고 했다. 그러더니 카메라를 들이대고 찰칵, 찰칵, 사진을 찍어댔다. 그런 다음 냉정하게 말했다.

　"한국으로 갈 수 없어. 여기는 중국이야. 우리가 보내주고 싶어도 못 보내줘."

　그러더니 지갑에서 인민폐 300원을 꺼내 내 앞에 내밀었다.

　"받아. 이 돈을 가지고 도로 연길로 가든지, 어디 조용한 시골로 가든지 해. 숨어 살면서 때를 기다리는 거지 뭐."

나는 귀가 윙 하고 눈앞이 어질어질했다. 여기까지 어떻게 찾아왔는데, 이렇게 내쫓는단 말인가?

휘청거리며 밖으로 나오니 6월의 뜨거운 태양빛에 눈이 부셨다. 내가 처음 들어선 문으로 나온 게 아닌 것 같기도 하고 도통 어디가 어딘지 알 수 없었다. 어디로 가야 할지, 어느 방향으로 걸어야 할지, 앞으로 어떻게 해야 할지 통 갈피를 잡을 수 없었다. 사람들이며 거리들이며 건물들이며 차들이며…… 환영을 보고 있는 듯 실물감이 느껴지지 않았다. 양쪽 귀에선 웅 웅 무슨 환청이 들리는 것 같았다.

나는 정처 없이 걷고 또 걸었다. 뜨거운 열기에 질식할 것만 같은데 문득 기차역으로 가야 한다는 생각이 들었다.

3

북경에서 다시 기차를 타고 연길로 왔다. 그저 눈앞이 캄캄하고 막막하기만 했다. 어디로 갈 것인가. 아는 곳이라고는 황치골밖에 없었다. 그 지옥 같은 곳으로 다시 올라가야 한다고 생각하니 자존심이 상했다. 60리 길을 걸어 전기도 없는 골짜기로 올라가자 황로반은 숫제 삿대질이었다.

"여기가 뭐 여관방인 줄 알아? 내가 가지 말라고 할 땐 그렇게 고집을 피우더니. 너 같은 건 필요 없어. 다른 일꾼이 왔으니 돌아가."

나는 밤길을 되짚어 연길로 다시 내려왔다.

다음 날 나는 시장 조선족 여인의 소개로 천보산이 바라보이는 용정시 노투구진 용수촌이란 작은 부락으로 버스를 타고 갔다. 그 곳은 돌을 캐는 광산이었다. 암반에 정대로 발파 구멍을 뚫어 돌을 채취하는 곳이었다. 뜨거운 여름 햇살에 무거운 메질을 하는 얼굴 에선 땀이 비 오듯 흘러내리고 숨이 턱까지 차올랐다.

어느 날이었다. 발파 구멍에 폭약을 장진하고 "발파" 하는 소리 가 들리면 일꾼들은 모두 작은 언덕 너머로 몸을 숨겼다. 꽝 꽝 발 파가 시작됐는데 가무잡잡하고 땅딸막한 젊은 로반이 "하나, 둘, 셋, 넷……" 하고 발파 소리를 세더니 "이거 큰일 났네. 한 발이 안 터졌어. 열두 발인데 열한 발만 터졌다구" 했다. 그러더니 나에게 "노장, 가서 터지지 않은 한 발을 찾아내 폭약과 심지를 파내" 했 다. 넌 도망쳐 다니는 혼자 몸이니 죽어도 괜찮아, 하는 말처럼 들 렸다. 나는 금방이라도 꽝 하고 폭약이 터질 것만 같은데도 땀을 비 오듯 흘리며 그 일을 해냈다.

그렇게 그곳에서 4개월 정도 일했는데 거기서도 돈을 한 푼도 받지 못했다.

눈꽃이 날리는 겨울이 시작될 즈음 천보산 골짜기로 들어가 나 무를 찍어 내렸다. 깊은 산중, 허리까지 차는 눈 속에서 도끼로 나 무를 찍어 소에 메워 끌어내리면 로반이 지켜 서서 수첩에 적었다.

가을 추수가 끝나고 겨울이 시작될 무렵이면 멀리 산동성 젊은 이들은 이불짐을 둘러메고 동북땅으로 돈을 벌러 온다. 그들은 기운이 장사였다. 내가 겨우 한 달구지를 찍어 내릴 때 그들은 서너 달구지를 끌어내렸다.

강추위에 두 볼이 칼로 에이는 것만 같고 두 눈동자마저 얼어든 듯 깔깔하였다. 얼마나 강추위였던지 도끼질을 하다가 발등을 찍은 적이 있었는데 도끼날이 깊이 박혀 뼈가 허옇게 보이는데도 피가 나지 않았다. 함께 일하는 조선족 청년인 광춘이가 나를 트랙터에 태우고 산 밑 작은 마을 개인의사에게 데려다주었다.

그날 저녁 광춘이는 나를 자기 집으로 데리고 갔다. 산 밑에 옹기종기 모여 앉은 농가들과 멀리 떨어진 외딴집이었다. 광춘이의 늙은 어머니가 나를 위해 여러 가지 음식을 차려주었다. 그날 밤 광춘이 곁에 누웠는데 어찌나 통증이 심하던지 온밤을 뜬눈으로 새웠다.

남의 나라 산중에서 설날을 맞았다.

나는 산판 오두막에 혼자 남겨졌다. 깊은 산 골짜기엔 하얀 눈 세계가 펼쳐지고 아궁이엔 나무등걸이 뻘겋게 타오르고 있었다. 그런데 광춘이가 눈길을 걸어 나를 데리러 왔다. 서른이 넘은 노총각 광춘이는 홀어머니와 함께 농사를 지으며 근근이 살아가고 있었다.

광춘이는 장가들 돈이 없어 노총각 신세를 면치 못하고 있었다. 중국에선 여자를 데려오려면 여자 집에 최소한 인민폐 만 원은 줘야 했다. 그 큰돈이 있을 리 없는 산동성 총각들은 농번기가 끝나고 겨울이 오면 산이 많은 연변 쪽으로 이불짐을 둘러메고 돈을 벌러 오는 것이다. 추운 겨울 산속에서 나무를 찍어 내리면 5원이나 10원씩 일당을 받는데 그렇게 한 푼 두 푼 모아 만 원이 모이면 장가를 들었다. 돈이 있어도 장가들기는 쉽지 않았다. 시골에 젊은 여자가 없기 때문이었다. 어쩌다 시골로 시집을 온 여자들도 아이 한둘을 낳고 도시로 달아나기 일쑤였다.

새날이 푸름푸름 밝아올 때면 광춘이는 어김없이 소를 끌고 논두렁길로 나섰다. 그때면 나도 따라나섰다. 광춘이는 소를 끌며 노래를 불렀다.

산기슭에 곱게 피는 아름다운 진달래
강기슭에 피어나는 연분홍빛 살구꽃
꽃 사시오 꽃 사시오 이 꽃을 사시면
설움 많은 가슴에도 새봄빛이 안겨요.

"그 노래, 북조선 노래 아니야? 〈꽃 파는 처녀〉 주제가?"
"맞소. 아주 어릴 때였는데 그 영화를 본다며 80리 밤길을 마차 타고 달렸소."
어떤 날 광춘이는 처음 듣는 노래를 불렀다.

노란 샤쓰 입은 말 없는 그 사람이
어쩐지 나는 좋아 어쩐지 맘에 들어

"그 노래, 재미있네. 어느 나라 노래야?"

"한국 노래요."

"나도 가르쳐줘. 재미있어."

광춘이에게도 한 가지 소원이 있었다. 나처럼 한국에 가는 것이었다. 한국에 가서 돈을 많이 벌고 장가들어 행복하게 사는 게 꿈이었다. 광춘이는 이따금 내게 말하곤 했다.

"형님. 한국에 못 가면 우리 집에서 농사지으며 함께 살기오. 혹시 한국에 가게 되면 나도 좀 데려가주오."

설날 다음 날 아침이었다.

광춘이 어머니가 뜻밖의 말을 꺼냈다.

"애, 광춘아. 형님 모시고 안도에 가봐라. 그 용하고 유명하다는 점쟁이 할배 있지 않니? 한국에 갈 수 있나, 없나, 말이다."

나는 귀가 솔깃해서 광춘이를 졸랐다. 천보산 용수촌에서 안도까지는 거의 100리 길이었다. 광춘이와 나는 마차에 이불을 두툼히 깔고 말먹이로 마른 옥수숫단을 그득히 실은 다음 아침 일찍 길을 떠났다. 그날 날씨가 어찌나 추웠던지 광춘이는 마차를 몰고 나는 두툼한 이불을 깔고 뒤집어썼는데도 양 볼이 칼로 에이는 것처럼 짜릿짜릿했다.

우리는 해 지기 전에 안도에 도착했다. 안도는 어린 시절 엄마한테서 수도 없이 들었던 지명이다. 엄마가 나서 자란 고향이자 이

국땅이었다. 외할아버지는 안도에서 교편을 잡았었다.

점쟁이 집에 들어서니 백발백중 입소문답게 아랫방 구들에 여러 사람들이 옹기종기 앉아 순번을 기다리고 있었다. 웃방에서는 수염이 허연 점쟁이 할아버지가 책자를 펼쳐놓고 한 사람 한 사람 점을 봐주고 있었다. 신기한 것은 사람마다 형편 따라 복채를 받는다는 점이다.

어느덧 내 순번이 됐다. 나는 두 손을 모으고 공손히 인사를 올린 다음 노인 앞에 앉았다. 한참 책자를 뒤적거리던 점쟁이가 두어 번 헛기침을 하고 나서 말했다.

"평생 떠돌아다닐 팔자야. 영혼이 자유롭거든. 그러니 그 땅에선 못 살지. 가족을 떠나야 해."

그러더니 작은 단지에 담긴 까만 메밀을 내키는 대로 집으라는 주문이었다. 나는 노인이 시키는 대로 메밀을 집어 상에 뿌렸다. 흩어진 알갱이는 모두 열한 개였다.

"야, 좋아. 정말 좋아. 한국에 가겠어. 가구말구. 5월 초에 가게 될 거야. 그리고 남쪽에 나갈수록 좋아. 남쪽에 인연이 있어. 인덕이 참으로 많지. 자네 주위에서 열 사람이 당신을 도와. 그러려면 빨간 천으로 작은 주머니를 만들어서 요 씨앗 열한 알을 넣어가지구 한국에 갈 때까지 목에 차고 다녀."

노인은 심지어 내게 복채도 받지 않았다. 나보다 광춘이가 더 기뻐하며 활짝 웃었다. 나는 점이 맞고 안 맞고를 떠나 내 간절한 소망을 한마음으로 빌어주는 그들이 눈물 나게 고마웠다.

　두껍게 얼어붙은 산골짜기 얼음 밑으로 봄물이 녹아내리는 소리가 돌돌 들릴 때 로반이 그간 일한 돈을 주었다. 인민폐 400원이었다. 나는 그 돈을 손에 쥐고 다시 북경으로 떠났다.

　북경에 도착하여 한국대사관을 다시 찾아가니 그 무슨 개 쫓듯 하였다.

　"시끄러워. 말 들어볼 필요도 없어. 어서 가."

　그리하여 나는 그날 청도행 야간열차에 올랐다.

　하루 밤, 하루 낮을 달려 청도에 도착했다. 어렵게 길을 물어물어 영사관으로 찾아가니 그곳도 다르지 않았다.

　"어서 꺼져. 여기에 얼씬도 하지 마. 잡혀갈 수 있어. 여기가 뭐 여인숙인가?"

　나는 다시 상해로 떠났다. 상해영사관에서도 마찬가지 대답을 들었다.

　"돌아가세요. 영사님을 만날 수 없습니다."

　휴전선에서 군복무할 때 아침이면 병영 주변에 하얗게 삐라가 떨어졌다. '넘어오라. 넘어오면 다 받아준다…….' 삐라에는 먼저 귀순한 김만철 가족을 비롯한 다른 귀순자들의 행복해하는 모습들이 실려 있었다. 무전수였던 나는 매일 밤 수화기 너머로 귀순을 종용하는 대북방송을 들었다. "넘어오라. 넘어오면 부귀영화를 누릴 수 있어. 자유를 찾을 수 있어……."

　내 머릿속에는 그런 기억들만 남았기 때문에 귀순하면 무조건 받아주는 줄 알았다. 언젠가는 통일이 될 것이고 북녘 동포도 같은 민족이니 내치지 않을 것이라고 믿었다. 그래서 부모, 혈육을 다 버리고 목숨을 걸고 자유를 찾아 떠나왔는데 북경대사관에서, 청도와 상해 영사관에서 거지 취급을 당했을 때 나는 엄청난 충격을 받았다. 상실감과 배신감에 사로잡혔다.

　대사관이나 영사관 사람들이 처음에 물어오는 말은, 북한에 있을 때 뭘 했는가, 였다. 노동자였다고 하면 대번 거지 취급이었다. 인간은 똑같지 않은가. 당 간부나 노동자나 다를 게 무어란 말인가. 노동당비서는 비행기에 태워 데려가면서도 수많은 탈북 동포들은 나처럼 외면하고 냉대했다. 북한으로 다시 돌아갈 수 없는 그들에게 관심조차 가지지 않았다.

　중국 내 한국대사관을 통한 남한행이 거의 불가능하다는 걸 알게 되었어도 달리 방법이 없었다. 굶주림에, 정치적 압박에, 자유를 갈망하며 하나의 거대한 감옥 같은 공화국을 탈출한 수많은 동포들처럼 나도 내 고향으로 다시 돌아갈 수 없었다. 죽으나 사나 남한으로 가야만 했다. 가족을 다 버리고 중국 땅에서 이렇게 사는 것은 짐승이나 마찬가지라는 생각을 버릴 수 없었다.

　나는 상해역에서 다시 기차에 올랐다. 동남아 국경을 넘자고 생각했기 때문이다.

낮과 밤을 달려 우창이라는 도시로 들어섰다. 그곳에서 하룻밤을 지새운 다음 새벽에 운남성 곤명으로 가는 열차에 올랐다. 연길을 떠날 땐 눈이 내렸는데 이제는 차창 밖으로 바나나나무를 볼 수 있었다.

기차는 달리고 또 달렸다. 며칠을 그렇게 달리니 두 다리가 퉁퉁 부어오르고 허리가 끊어질 것처럼 아파왔다. 정오쯤 곤명역에 내렸다. 언어도 통하지 않으니 어떻게 해야 할지 갈피를 잡을 수 없었다. 나는 종이에 십자가가 세워진 교회 건물을 그린 다음 택시 기사에게 내밀었다. 택시는 작은 교회 앞에 나를 내려주었다. 천만다행으로 한국인 부부가 그 작은 교회에서 예배를 보고 있었다. 한국의 K 그룹에서 부사장으로 퇴직한 K 사장이었는데 개인사업차 중국 남방에 진출해 있던 터였다.

"아니! 여기까지 어떻게 찾아왔나요? 중국말 한마디도 모르면서. 여긴 소수민족들이 사는 곳이라 북경말씨하고도 달라요. 조선족들도 오기 힘들어하는 곳이에요."

그날 저녁 K 사장과 함께 식사를 했다. 그는 인민폐 1200원을 건네며 이런저런 충고를 들려주었다.

"동남아 국경을 넘긴 어려울 거예요. 곤명에서 국경까진 2000킬로미터예요. 그쪽으로 가는 2층버스가 있는데 수많은 검열초소를 거쳐야 해요. 여행증과 신분증을 깐깐히 검열하지요. 마약밀수 때문이에요. 국경까지 접근할 수도 없어요. 만약 미얀마 국경을 넘는다 해도 수도까지 가긴 힘들어요. 죽음을 각오해야 하니깐요. 대

정글이 펼쳐지는데 뱀이며, 전염병들이 많이 돌지요. 어느 전쟁에 선가 10만의 군대가 그 정글을 빠져나오지 못해 전멸했다는 곳이에요. 아예 시도도 하지 마세요."

그날 밤 나는 K 사장이 마련해 준 여관방에서 묵었다. 자리에 누우니 온몸이 땅속 깊이 잦아드는 것만 같고 잠도 오지 않았다. 근심과 걱정이 태산처럼 나를 짓눌렀다. 과연 한국으로 갈 수 없단 말인가. 그렇다면 앞으로 어떻게 해야 하나. 이제 어디로 간단 말인가.

가물가물 잠이 들었던지, 눈을 떠보니 작은 창으로 햇살이 비쳐 들고 있었다.

다음 날 광주(광저우)행 열차에 올랐다. 홍콩으로 가자고 결심했기 때문이다. 밤새 달린 기차는 다음 날 정오쯤 광주에 도착했다. 개찰구 밖으로 나서니 수많은 아낙네들이 손에 뭔가를 들고 나를 에워쌌다. 나는 그들을 뿌리치며 간신히 걸음을 옮겼다. 역 광장에는 수많은 사람들이 이불과 신문지를 깔고 앉아 있었다.

홍콩 쪽으로 가는 버스 정류소를 찾으려고 한참 헤맬 때 한 무리의 사람들이 줄을 지어 서 있는 곳이 보였다. 버스 정류소인 듯싶었다. 나는 그쪽으로 다가가 "홍콩! 홍콩!" 소리쳤다. 한 아낙네가 자기를 따라오라고 손짓했다. 그 남루한 차림의 아낙네를 한참 따라가니 홍콩 쪽으로 막 출발하려는 버스가 서 있었다. 운전기사가 빨리 오르라며 소리치는데 아낙네는 나를 붙들고 놓아주지 않왔다. 길을 알려줬으니 돈을 달라는 것이다.

버스는 한적한 고속도로를 달렸다. 건장한 두 젊은이가 앞좌석에서부터 요금을 받으며 내가 앉은 쪽으로 다가오는데 그 때문에 버스 안이 아주 소란스러웠다. 그들은 일부러 돈을 더 뜯어내려고 승객들에게 폭언과 욕설을 퍼붓는 듯했다. 요금은 20원인데 나는 100원짜리를 꺼내 그들에게 주었지만 거스름돈을 받지 못했다.

밤길을 달리던 버스가 중간쯤 멈춰 서자 내 곁에 앉은 중년 남자가 나를 툭툭 치더니 빨리 내리라고 했다. 나는 깊숙이 간직한 돈을 모두 잃을 것 같아 얼른 버스에서 내렸다. 버스가 출발한 뒤 그 자리에 우두커니 서 있으려니 이번에는 오토바이족들이 먹잇감을 발견한 듯 나를 에워쌌다. 나는 손을 휘휘 내저으며 다행히 그들을 따돌릴 수 있었으나 자정을 넘긴 캄캄한 밤이라 어디가 어디인지 통 알 수가 없었다. 길을 물으려고 해도 사람 그림자 하나 보이지 않았다.

나는 작은 아파트 공터에 몸을 뉘었다. 너무나도 힘들고 지쳐 금방이라도 쓰러질 것만 같았기 때문이다. 밤하늘엔 별들이 반짝이는데 차디찬 땅바닥으론 냉기가 올라왔다. 한기가 스며들어 도저히 잠들 수가 없었다.

다시 몸을 일으켜 캄캄한 밤길을 걷기 시작했다. 어둑어둑한 도로를 따라 걷고 또 걷는데 버스 정류소 표지판 같은 것이 보였다. 나는 그 표지판 아래 쪼그리고 앉았다. 그러다 깜빡 잠이 들었나 보았다. 어느새 내 앞에 멈춰 선 버스에서 운전기사가 손짓하며 뭐라고 소리를 지르는 바람에 퍼뜩 정신을 차렸다. 갈 테면 빨리 타라는 소리인 것 같았다.

나는 겨우 몸을 일으켜 버스에 올랐다. 얼마나 시간이 흘렀는지 다시금 운전기사가 고함을 질러대는 통에 눈을 떠보니 어쩐지 주위 풍경이 낯익었다. 그렇게 갖은 고생을 하고 돌고 돌아 도착한 곳이 광주역 광장이었던 것이다. 또다시 제자리였다.

기가 막혔다. 동남아를 경유한 한국행도, 홍콩으로 우회하는 한국행도 제대로 시도조차 해보지 못한 상태로 막을 내리고 말았다. 지독한 슬픔과 허무감이 나를 엄습했다. 더 이상 눈물조차 나지 않는 막막한 여정이었다.

5

잔뜩 흐린 날씨에 비까지 추적추적 내렸다. 나는 종일 기다린 끝에 북쪽으로 가는 기차에 몸을 실었다.

그렇게 며칠을 달려 다시 청도에 도착했지만 그때쯤 나는 완전한 무기력 상태에 빠지고 말았다. 처음에는 청도에 한국 기업이 많으니 어떻게 한 몸이라도 의탁할 수 있지 않을까, 하는 한 가닥 기대라도 품었지만 이제는 만사가 귀찮았다. 더는 살아갈 희망이 없었다. 한국으로 가야 한다는, 갈 수 있다는 유일한 희망은 아득히 먼 옛말 같았고, 고향으로 되돌아간다는 것은 죽음을 의미했다. 중국에서 하루하루 떠돌며 짐승보다 못한 삶을 구걸하느니 차라리 여기쯤에서 인생을 끝내는 편이 나을 듯싶었다.

'이제 막다른 길이야. 그만 살아야지. 어차피 언젠가는 끝나는 인생인데…….'

나는 바닷가 모래사장에 앉아 검게 출렁이는 밤바다를 바라보며 죽음을 생각했다. 그동안 너무나 많은 고통을 겪었다. 육체와 정신에 가해지는 모든 종류의 고통을 다 섭렵했다. 그랬으므로 죽음만큼은 조용히, 고통 없이 맞고 싶다는 마음이 불쑥 솟구쳤다.

다음 날 오전, 나는 비틀거리며 작은 약국 문을 밀고 들어갔다. 매장 안에는 하얀 가운을 입은 남녀 둘뿐이었다. 나는 남자 약사 앞으로 다가갔다.

"저, 잠이 안 와 그러는데 수면제 한 통 주세요."

남자는 나를 빤히 쳐다보면서 말했다.

"수면제 한 통은 200알인데요, 그렇게는 못 팔게 돼 있어요. 한 번에 다 먹으면 생명이 위험하거든요."

나는 억지로 웃음을 지어 보였다. 죽으려는 사람이 미소 따위를 짓겠는가, 하는 듯이.

"알아요. 한 통 주세요."

남녀 약사가 난감한 표정으로 서로를 쳐다보았다. 나는 그들을 안심시키려는 듯 또다시 부드럽고 편안한 미소를 지었다. 그러자 남자가 수면제 한 통을 꺼내 진열장 위에 올렸다.

"20원입니다."

수면제 한 통을 바지 주머니에 넣고 약국 문을 나섰다. 머리 위로 눈부신 햇살이 쏟아져 내렸다. 나는 고통 없이 단 한 번의 결행으로 세상과 작별하고 싶었다. 그래서 이번에는 시장으로 갔다.

시장은 사람들로 발 디딜 틈 없이 북적거렸다. 나는 한 노인에게 쥐약 파는 곳을 물었다. 노인은 나를 쳐다보지도 않은 채 손짓만으로 구석진 좌판을 가리켰다. 나는 좌판 앞에 가서 섰다.

"할머니, 쥐약 주세요."

할머니는 나를 물끄러미 올려다보더니 고개를 가볍게 흔들었다.

"요즘 쥐약은 쥐만 죽어. 사람은 안 죽어."

나는 주머니 속의 수면제를 만지작거리며 정오의 해변을 맥없이 걸었다. 그런데 모래사장 위쪽 인도에 사람들이 잔뜩 모여들어 무언가를 구경하고 있었다. 곧 죽으려는 사람에게도 호기심은 이는 법인지, 나는 자연스럽게 그쪽으로 다가가서 사람들 틈새로 머리를 들이밀었다.

길바닥에 하얀 종이가 펼쳐져 있고 벼루와 작은 동전 그릇이 놓여 있었다. 사람들의 시선을 끌어 모으고 있는 주인공은 스무 살 남짓한 청년이었다. 팔다리가 없는, 머리와 몸통뿐인 젊은이가 커다란 붓을 입에 물고 멋지게 글씨를 써 내려가고 있었다. 나는 내 처지도 잊은 채 그 청년을 신기하게 바라보았다. 저런 생명체가 어떻게 살아 있을까.

그리고 다시 생각했다.

'저 젊은이는 무엇 때문에 살까? 그렇지, 꿈이 있기 때문에 사는 걸 거야. 저렇게 해서라도 돈을 벌어 집을 마련하고 부모형제, 혈육들을 돌보는 걸 거야. 세상에 지지 않고, 편견에 지지 않고, 이 세상과 편견에 맞서는 걸 거야.'

다음 순간, 뭔가가 내 마음을 뒤흔들어놓았다. 나는 아직 젊고 팔다리가 다 성성하면서 왜 죽으려고 하지? 나야말로 비겁하고 한심한 인간이지 않은가. 나는 그 자리에서 생각했다.

'죽더라도 가다가 죽자. 한 발자국이라도, 휴전선을 넘어보는 거야. 아무리 철벽이라 해도, 아무리 요새라 해도 설마, 바늘 들어갈 틈 정도는 분명 있지 않겠어?'

그 순간 어떻게 휴전선을 넘을 생각이 들었는지는 모르겠다. 그러나 그런 결심이 서자 불현듯 온몸에 힘이 솟고 머리가 조금씩 가벼워졌다.

나는 방향을 바꾸어 모처럼 활기찬 발걸음을 내딛었다.

그리하여 그날 밤 나는 차로 북경을 지나고 천진을 지났다. 심양과 길림을 지나 연길에 다시 도착했다. 망설일 것 없었다. 나는 지체하지 않고 연길에서 버스를 갈아탔다. 버스는 비포장도로로 덜컹거리며 굽이굽이 강변을 에돌아 달렸다. 차창 밖으로 두만강이 유유히 흐르고 강 저편으로 북녘땅이 한눈에 들어왔다.

나는 창밖으로 시선을 고정시킨 채 적합한 장소가 나타나길 기다렸다. 마침 강폭이 좁아지며 물살이 세차게 흐르는 여울목이 보였다. 나는 얼른 버스에서 내렸다. 여울목 저편은 내가 나서 자란 북녘땅이었다.

난 그곳에서 35년을 살았다. 그리고 그곳을 탈출하여 중국에서 1년 1개월을 헤매었다. 이제 다시 그 땅을 밟아야 한다. 그 땅을 걷고 걸어 깃을 찾아 날아예는 철새들처럼 따뜻한 보금자리를 찾아가야 한다. 그 길에서 살아남아야만 하고, 그 어떤 모진 고난과 시련도 이겨내야만 한다.

나는 비포장도로를 벗어나 여울목이 한눈에 내려다보이는 나지막한 산기슭, 움푹 파인 양지쪽에 몸을 숨겼다. 밤이 깊어지기를 기다려야 한다. 맑고 차가운 봄바람을 맞으며 풀밭에 반듯이 몸을 뉘었다. 파란 하늘이 올려다보이고 햇빛에 눈이 부셨다. 밤이 깊어진 다음 세찬 여울목을 건널 생각을 하니 긴장감을 떨칠 수 없었다.

땅거미가 내리기 시작하니 강 건너편 비포장도로로 군용 지프 한 대가 흙먼지를 일으키며 저 멀리서부터 달려왔다. 지프는 총을 멘 군인들을 내려놓고 돌아갔다. 강변을 지키는 국경경비대인 것 같았다. 나는 강기슭 갈대밭에 납작 엎드려 시간이 지나가기만을 기다렸다. 밤하늘엔 이지러진 달이 걸려 있고 희뿌연 달빛에 사품치며 흘러내리는 강물이 반짝반짝 빛났다. 난 그 이지러진 달이 야속하기만 했다.

몇 시나 되었을까. 조급증은 금물이었다. 자정이 지난 다음 잠복 군인들이 끄덕끄덕 조는 틈을 이용해야 했다. 흘러가는 여울물 소리뿐, 강 이쪽도 저쪽도 고요하기만 한데 이따금 개 짖는 소리가 컹컹 들려왔다.

드디어 몸을 일으켜 물속에 발을 담갔다. 한 발짝, 한 발짝…… 얼음 조각이 떠내려오는 두만강 봄물은 뼛속까지 시렸다. 점점 깊은 곳으로 들어서니 강변에서 볼 때와는 또 달라 강폭이 아득히 넓어 보인다. 발바닥엔 미끌미끌한 둥근 돌들이 밟히고, 사품치며 흘러내리는 물살이 가슴을 쳤다. 어찌나 물살이 빠른지 한 발짝이라도 헛디디면 금방 떠내려갈 것만 같았다. 물소리가 요란하게 귀청을 때리는데, 강 언덕에서 총을 든 인민군 병사가 달빛 속에 강을 건너는 내 모습을 고스란히 지켜보고 있는 것만 같은 두려움이 가슴을 죄어왔다.

나는 바싹 자세를 낮추고 침착하게 한 걸음 한 걸음 내디딘 끝에 무사히 건너편 강 언덕에 올라섰다. 언덕으로 올라서자 비탈밭이 펼쳐졌다. 몇 걸음 걷지 않아 비탈밭 한가운데 갑자기 시커먼 잠복초소가 나타났다. 섬뜩한 가슴을 쓸어내리며 잠복용 웅덩이를 에돌아 산기슭으로 접어들었다.

그런데 어느 쪽이 남쪽인지 통 방향을 짐작할 수가 없었다. 그 지역은 두만강이 중국 쪽으로 돌출된 야산과 작은 마을을 감싸고 흐르는 지형이어서 깊은 밤중에 사방 어디를 둘러보아도 불빛 깜빡이는 중국 농가들뿐이었다.

 그날 밤 나는 두만강 지류에 세 번이나 발을 들여놓았다. 여울목을 건넌 다음 작은 야산을 넘으니 또 강이 앞을 막아섰다. 세 번째로 물을 만나 중간쯤 건너는데 아무래도 이상해 도로 물속에서 나와 작은 야산을 넘었다. 불빛이 가물거리는 농가가 보여 그쪽으로 방향을 잡았다. 불 꺼진 농가들이 옹기종기 들어앉은 골목길로 들어서서 모퉁이를 도는 순간 불쑥 시커먼 형체가 앞을 막아섰다. 그쪽도 어지간히 놀라는 눈치였다.

 "증명서 좀 봅시다."

 온몸이 물에 젖었으니 분명히 강을 건너온 수상한 사람이라고 생각했을 것이다. 나는 얼른 둘러댔다.

 "청진에서 친척집을 찾아왔습니다. 그런데 어느 집인지 찾을 수가 없네요."

 달빛에 상대방의 얼굴 윤곽이 희미하게 드러났다. 삐쩍 마른 중년 남자였다.

 "따라오세요."

 나는 짐짓 고분고분하게 그의 뒤를 따르면서 내심 재빠르게 머리를 굴렸다. 잡히면 끝장이야. 잡아넣고 개 패듯 잡아 팬 다음 정치범 수용소에 보내겠지. 생각만 해도 끔찍하고 소름이 돋았다. 침착해야 해. 절대로 덤비지 말고, 기회를 엿봐야지.

 오른쪽 모퉁이를 돌아드니 저 앞에 외딴집이 보였다. 울타리가 빙 둘러쳐져 있고 작은 대문이 있는 걸 보니 경비초소인 것 같았다. 국경연선은 주민들이 한 명씩 돌아가며 경비를 서는데 앞서 가는 남자가 오늘밤 당직을 서던 중 순찰을 돌다 나와 맞닥뜨린 성싶었다.

나는 남자의 뒤를 따라 삽짝문으로 들어서는 척하다가 그가 열쇠로 문을 여는 순간 홱 몸을 돌려 산 쪽을 향하여 냅다 달렸다. 순식간에 농가를 벗어나 산으로 올랐고, 한참 후 정상에서 바라보니 저 멀리로 전조등을 하얗게 밝히고 군용 지프가 마을로 달려오고 있었다.

빨리 그곳을 벗어나야 했다. 날이 밝으면 끝장이었다. 나는 달빛에 드러난 나뭇가지로 방향을 가늠해 보았다. 잔가지가 무성한 쪽이 남쪽일 거라고 생각했기 때문이다. 숲속을 헤치며 정신없이 걸으니 공동묘지가 나타났다. 비석이 세워진 묘지들 사이로 걷는데 오싹 소름이 돋았다. 공동묘지를 벗어나니 작은 배 과수원이 나타나고, 과수원을 지나니 경사진 비탈밭이 보이는데, 그때쯤 날이 푸름푸름 밝아오기 시작했다.

나는 비탈밭을 가로질러 아래쪽 골짜기로 내려섰다. 계곡 사이로 난 달구지 길로 들어서서 높은 영마루를 넘으니 부령이라는 곳이었다. 그제야 나는 안도의 한숨을 내쉬었다. 드디어 남쪽으로 향하는 길을 찾은 것이다.

부령에서 청진까지는 100리 남짓한 거리다. 내가 나고 자란 고향을 지나치는데 엄마와 동생들 모습이 눈에 밟혔다. 편지 한 장 남기지 않고 떠났으니 얼마나 걱정들을 할까. 모두 어떻게 지내고 있을까. 절구에 통강냉이를 팡팡 찧으며 "정신을 똑바로 차려야 해. 이러다간 다 굶어 죽어" 하던 엄마의 모습이 눈앞에 어른거렸다. 멀리서 잠깐 동안만이라도 보고 싶은 마음을 달래고 눈물을 삼키며 나는 남쪽으로 걷고 또 걸었다.

그렇게 며칠을 걸어 고원에 도착했다. 고원역 대합실엔 굶주림에 지쳐 쓰러진 사람들이 여기저기 널브러져 있었다.

"일 년간 배급이 전혀 없었어요. 먹을 것이 없어 집을 팔았어요. 그래서 한데에 나앉게 되었지요."

대합실 확성기에선 보천보전자악단 유명가수의 노래가 울려 퍼지는 중이었다.

하늘처럼 믿고 삽니다.
천년만년 흐른다 해도
김정일 장군님만을……

다음 날 그렇게도 기다리던 기차가 서서히 플랫폼으로 들어섰다. 사람들은 저마다 기차에 오르겠다고 아우성치며 매달리는데 발 디딜 틈이라곤 없었다. 입구까지 사람들이 꽉 들어찼기 때문이다. 열차의 창문들은 모두 깨져나갔고 열차 지붕에까지 사람들이 올라타 그야말로 피난열차를 방불케 했다.

느릿느릿 달리던 기차가 어느 작은 역에 멈춰 섰다. 한 아낙네가 플랫폼을 이리저리 뛰어다니며 사과를 사라고 외쳤다. 아기 주먹만 한 익지도 않은 사과 몇 알의 값이 무척 비쌌다. 나는 안주머니 깊숙한 곳에서 돈을 꺼내 사과 몇 꾸러미를 샀다. 그리고 아까 지나가던 군인에게 이유 없이 가슴을 차여 바닥으로 나동그라졌던 어린 소년에게 사과 몇 알을 건넸다. 그러자 그 불쌍한 남자애는 눈물이 가랑가랑한 눈빛으로 나를 쳐다보며 사과를 받아들더니 허겁지겁 채 익지도 않은 과육을 맛나게 베어 먹었다.

나는 나를 빤히 쳐다보는 다른 사람들에게도 사과를 몇 알씩 나눠주었다. 그리고 주머니에서 필터담배를 꺼내 주변 남자들에게 한 개비씩 나누어주고 불을 붙여주었다. 그런 담배는 암시장에서도 너무 비싸 구경하기 어려운 것이다.

나는 청진을 지나며 화교 마을에 들러 곤명에서 K 그룹 K 사장에게 받은 인민폐 1000원을 북한 돈으로 바꾸었다. 20대 1쯤 했는데 북한 돈으로는 큰 액수였다. 그래서 그 돈을 몸속 깊숙이 넣고 휴전선을 넘을 때 만약 잡힌다면 그 돈으로 모면해 보려고 생각했었다.

나는 원산역에 내렸다. 원산역 대합실에도 쓰러져가는 사람들로 넘쳐났다.

그날 저녁 무렵 나는 한 가정집 여관방을 찾아 들어갔다. 하룻밤 푹 자고 아침에 떠나려고 생각했기 때문이다. 하룻밤 재워주고 두 끼 먹여주는데 50원이었다. 불법이니 간판도 없이 가정집에서 몰래몰래 하는 영업이었다.

나는 차려주는 저녁을 먹고 자리에 누웠다. 그런데 깊숙이 감추어둔 돈이 걱정이었다. 궁여지책으로 돈이 든 상의를 차곡차곡 개켜 베고 누웠다. 그런데도 아침에 눈을 뜨니 돈이 통째로 없어졌다. 그 돈이 유일한 희망이었는데, 앞이 캄캄했다. 돈이 한 푼도 없으니 굶어야 할 뿐 아니라 잡혀도 손쓸 대책이 없는 것이다.

그날 저녁 원산에서 고성 쪽으로 가는 화물차에 오를 수 있었다. 통천을 지나 고성까지 나가면 금강산이고, 그 아래가 휴전선이었다. 화물차 적재함에 오르는 값은 50원이었다. 원산 고성 간 도로는 하나뿐인데 초소가 8개나 되었다. 8차 초소까지 통과해야 고성에 닿을 수 있다. 그중 4차 초소인 두포초소는 증명서와 특별통행증이 없이는 개미 한 마리도 얼씬 못 한다고 할 만큼 경비가 삼엄했다. 두포초소는 한쪽은 절벽이고 반대쪽은 바다였다. 화물차에 가득 오른 사람들 틈에 끼여 달리면서도 걱정이 태산 같았다. 가슴도 벌렁벌렁 쉽게 진정이 되지 않았다.

3차 초소까진 사람들 틈새를 요리조리 누비고 어둠 속에 몸을 숨기거나 차 적재함 밑으로 빠져나가고 하면서 무사히 통과했다. 문제는 4차 초소였다. 나는 마음을 가다듬으려 애를 썼다. '침착해야 해. 어떤 일이 있더라도 단속에 걸리면 안 돼. 걸리면 보위부로 넘길 거야……'

드디어 4차 초소. 호각 소리가 길게 울리고 완전 군장에 빨간 완장을 찬 군관이 붉은 깃발을 높이 쳐들어 화물차를 세웠다. 군관 옆에는 굳은 표정으로 주위를 경계하는 두 명의 병사가 더 있었다. 번득이는 탐조등 불빛이 화물차와 주변을 대낮같이 환히 밝힌 가운데 한 사람 한 사람 증명서 검열이 시작됐다.

사람들 무리에 섞여 기회만 엿보던 나는 한순간 적재함 밑으로 기어들었다. 그리고 뒷바퀴 밑으로 머리를 내밀고 살피다 순식간에 다리에서 뛰어내렸다. 나는 물살에 떠밀리면서도 무조건 바다 쪽으로 두 팔을 내저었다. 차디찬 바닷물에 온몸이 얼어붙는 것 같았으나 나중에는 긴장 탓인지 온몸이 화끈거리는 것처럼 느껴졌다.

난 가능한 한 바다 쪽으로 헤엄쳐 나가 되도록 초소를 멀리 두고 백사장으로 기어올랐다. 그다음 해변 철책을 넘어 빠르게 걸었다.

마지막 8차 초소는 고성 읍내에 있었다. 완장을 낀 군관이 차단봉 앞에 서서 지나가는 사람들을 하나하나 살피며 선택 검열을 했다. 난 태연한 척, 고성 주민인 것처럼 흥얼흥얼 콧노래를 부르며 보초소 검문소를 통과했다. 그런 다음 바닷가 쪽으로 꺾어들어 작은 언덕을 넘고 골짜기 오솔길을 내려가 또다시 산 하나를 넘으니 어두운 밤이었다.

밤하늘엔 별들이 반짝이고 저 멀리 별똥이 포물선을 그으며 떨어지는데 사방을 둘러보아도 어둠 속에 우뚝우뚝 솟은 산들뿐, 어디가 남쪽인지 도통 방향을 알 길이 없었다. 나는 정상을 향하여 산길을 뚫어 올랐다. 정상에 오르면 방향을 알 수 있을 것 같았다. 마침내 정상에 올라 바라보니 저 멀리로 남한 쪽 철책 불빛이 능선을 따라 가지런히 깜박이고 있었다. 나는 그 아득한 불빛을 향해 산을 내려가 골짜기를 건너고 다시 뚫어 오르고, 야트막한 야산을 넘고 다시 작은 내를 지났다.

이윽고 1차 철책이 보였다. 1차 철책을 바라보는데 가슴이 두근거렸다. 1차 철책 가까이로 접근하려면 산 하나를 더 넘어야 했다. 그 산을 오르며 지치고 허기졌던 나는 파랗게 돋아나는 풀이란 풀은 죄 뜯어 입에 넣고 우적우적 씹었다. 며칠을 굶었기 때문에 쓰건 달건 가릴 계제가 아니었다.

산 정상에 올라 다시 내리막길로 접어드는데 어둠이 내려 앞을 분간할 수 없었다. 나는 산 중턱 전호에 가랑잎을 깔고 잠을 청했다. 얼마나 잠들었을까? 햇빛이 얼굴에 와 닿는 기척을 느끼며 벌떡 몸을 일으키는데 온몸이 땀으로 흠뻑 젖어 있는 것이었다. 그 와중에도 깊은 잠에 빠져들 수 있다니 사람의 적응력이란 때로 놀랍구나, 싶었다.

그러나 몇 시나 되었을까, 하고 고개를 돌리는 순간 나는 소스라치게 놀랐다. 불과 3, 4미터 거리에 인민군 군관이 나를 발견하고 깜짝 놀란 낯빛으로 서 있는 게 아닌가. 눈앞이 희부옇게 흐려지는 것 같았다. 두 귀에서는 윙 소리가 들리고 그 무엇에 세차게 얼어맞은 것처럼 머리가 띵했다. 끝장이구나. 여기까지가 끝이구나. 이렇게 끝이 나다니……. 나는 세차게 방망이질 해대는 심장을 가까스로 추슬렀다.

마지막까지 침착하게……. 1차 철책을 마주한 최전연(적과 가장 가까운 곳에 위치한 전방의 맨 앞 진지)에서, 그것도 인민군초소가 가까이 있는 숲속에서 수상한 사람을 발견했으니 무조건 단속할 것이다. 반사적으로 주위를 살피는데 마른 삭정이 한 단이 내 눈에 들어왔다. 그것도 바로 내 곁에 얌전히 놓여 있는 게 아니겠는가. 나는 삭정이 한 가지를 집어 들고 딱 소리 나게 꺾었다. 그리고 여유를 가장하며 흥얼흥얼 콧노래를 불렀다. 하필 불후의 고전 〈꽃 파는 처녀〉의 주제가였다.

천 송인가 만 송인가 진달래꽃 송이송이
어머님께 바친 정성 꽃같이 피어났네

긴장한 눈빛으로 나를 바라보던 대위가 문득 입을 열었다.
"나무합니까?"
"예. 이 아래에 사는데 나무하러 올라왔습니다."
나는 아래에 부락이 있는지 없는지도 모르면서 시원스럽게 대답했다. 그러자 군관은 의심스런 눈빛으로 나를 한 번씩 뒤돌아보면서도 아래쪽으로 걸음을 옮겼다. 군관이 나한테서 멀어지자마자 나는 계곡으로 줄행랑을 놓았다.

고성 읍내에 있는 8차 초소를 지나서부터는 최전연이다. 그렇기 때문에 외부인은 얼씬할 수 없고 만일 단속에 걸리면 끝장인 것이다. 때문에 낮에도, 밤에도, 한 발짝 한 발짝 걸음을 옮길 땐 극히 조심하고 긴장해야 한다. 더욱이 밤에는 잠복초소 웅덩이와 보초소가 깔렸으니 바스락 소리 하나 내지 않고 살금살금 몸을 낮추어 걸어야 했다.

1차 철책이 가까워지면서 대남방송도 꽝꽝 들렸다.

—친애하는 지도자동지께서는 통일의 구성이시며······.

나는 1차 철책을 눈앞에 둔 전호가에서 날이 어두워지기만을 기다렸다. 그때가 1997년 4월 26일 오후 2시경이었다.

7

그날 밤에 운명이 결정되었다.

성공해도 내 운명이고 성공하지 못해도 내 운명이다.

군복무할 때였는데 그날 한 치 앞도 보이지 않게 봄 안개가 하얗게 끼었었다. 그 안개 낀 틈을 타 주둔농장 3대혁명소조원이 철책 밑으로 빠져나가 강화도를 마주한 한강 하류에 뛰어들었다. 한참을 헤엄쳐 기슭에 닿은 그는 옷을 벗어 흔들며 소리쳤다. "귀순병! 귀순병!" 그런데 그곳은 북한초소였다. 안개가 심하게 끼어 그는 강을 에돌아 다시 북한쪽 기슭으로 닿은 것이다.

그렇게 된 것이 그의 운명이었을까…….

난 그날 밤에 최선을 다해야겠다고 생각했다.

'지금 내가 가는 길이 옳은 길일까? 난 무엇 때문에 부모, 형제 다 버리고 목숨을 걸고 사선을 넘으려 하는가. 이 길은 죄짓는 길도 아니요, 가지 말아야 할 길도 아니다. 내가 가려고 하는 그 땅도 내 나라 강토다. 반세기가 넘도록 둘로 갈라져 있는 내 나라 내 강토다. 언젠가는 북녘 동포들도 나처럼 그 땅으로 가게 될 것이다. 나는 그들보다 앞서 가는 뿐이다.'

나는 언젠가 영화에서 본 기도하는 수녀를 떠올렸다. 나도 그 수녀처럼 하늘에 대고 기도를 올리고 싶었다. 살려달라고 매달리고 싶었다.

'하나님. 저는 오늘밤 무사히 철책을 넘어야 합니다. 만약에 지뢰를 밟거나 잡히면 내 목숨은 여기서 끝납니다. 오늘밤이 고비입니다. 오늘밤 함께해 주십시오. 저는 살고 싶습니다. 그 땅으로 가 못 이룬 나의 꿈을 마음껏 펴고 싶습니다. 저를 도와주십시오. 간절히, 간절히 기도드립니다.'

어둠이 짙게 내렸다. 나는 어둠을 보호막 삼아 한 치 한 치 산을 내려갔다. 비포장도로를 건넌 다음 허리까지 차는 강물을 건넜다. 그다음 맞은편 가파른 경사면으로 톺아 올랐다. 저편으로 인민군 병영이 어둠 속에 희미하게 보이고 대남방송이 귀청을 때렸다. 숨

소리를 죽이고 기어오르는데 발 앞에서 인민군 병사가 총을 내밀며 우뚝 나를 막아섰다. 심장이 멎는 것 같았다. 그러나 그것은 나무로 사람 형체를 깎아 세운 목신이었다.

나는 산 경사면을 내려가 계곡에 떨어지면 저 멀리 산능선으로부터 길게 이어지는 1차 철책이 있을 것이라고 생각했다. 산 경사면엔 수림이 빼곡하게 들어섰는데 달빛이 비쳐드는 가운데 어디에선가 쿵 쿵 하는 소리가 들렸다. 걸음을 멈추고 소리가 나는 곳을 두리번거렸다. 쿵, 쿵, 쿵…… 어이없게도 그 소리는 내 심장 박동이었다.

자세를 낮추고 조금 숨을 고른 다음 다시 한 걸음 한 걸음 경사면을 내려가니 작은 오솔길이 나타났다. 잠복 인원들이 다니는 길일 거라고 생각하며 오솔길을 넘어서서 한 걸음, 두 걸음, 세 걸음을 떼는데 으악 하고 철책에 감전되었다. 뿌지직 뿌지직 그물망처럼 생긴 철책에 파란 불꽃이 튀어 올랐다. 전류는 세찬 힘으로 나를 끌어당겼다. 정신은 또렷했다. 나는 경련을 일으키며 바닥에 쓰러졌다. 강을 건너느라 신발과 옷이 젖어 있었는데 숲에 가려진 철책을 미처 보지 못해 일어난 일이었다.

정신을 차리자 더럭 겁이 났다. 부지불식간 비명을 질렀던 것 같은데 잠복조 인원들이 듣지 않았을까? 불꽃이 튀었으니 초소에 신호가 가지 않았을까? 금방이라도 잠복 인원들이 달려올 것만 같았다. 서둘러야 했다.

높은 철책은 넘을 수도 뚫을 수도 없다. 한 가지 방도가 있다면 땅을 파는 것이다. 내가 군에 있을 때 같은 사단의 소대장과 부소대장, 간호원이 철책 밑을 파고 남쪽으로 넘어간 사건이 있었다. 온 사단이 발칵 뒤집혔고 그다음부터는 철책 밑을 파지 못하게 콘크리트를 쳐두었다.

나는 미리 준비해 두었던 쇠붙이로 금이 간 콘크리트 부분을 파내기 시작했다. 얼마간 파낸 다음 돌 두 개를 집어 들고 삐죽삐죽 밑으로 내려진 철사들을 구부렸다. 하나씩 구부릴 때마다 철책에서 빠지직 빠지직 하고 불꽃이 튀었다.

나는 몸을 납작 엎드려 1차 철책을 통과했다. 아래쪽으로 조심조심 내려가는데 내 예측이 맞아떨어졌다. 두 병사가 총을 내밀고 미리 앞쪽에서 매복해 있는 것이다. 그들은 그쪽으로 내려올 것을 예측하고 잠복 중이었다. 두 병사가 먼저 나를 발견한 것 같았다. 좀 더 가까이 접근하면 방아쇠를 당길 작정이었던 듯했다. 그날 밤은 대낮처럼 환했다. 달빛이 얼마나 밝았던지 두 병사가 내민 총구까지 다 보였다. 나는 그들을 발견한 순간 그 자리에 털썩 주저앉았다. 그들과의 거리는 불과 20미터 정도밖에 되지 않았다.

두 병사가 바싹 자세를 낮추고 한 걸음 한 걸음 앞으로 다가오고 있었다. 나는 재빠르게 전후좌우를 살폈다. 바로 뒤쪽에 몸 전체를 숨길 만한 큰 바위가 있었다. 나는 마음속으로 하나, 둘, 셋을 센 다음 순간적으로 몸을 날려 바위 뒤에 숨었다. 나는 그들이 사격하지 못하는 틈을 타 무성하게 우거진 떨기나무 숲속으로 들어가 아래쪽으로 내달렸다.

계곡에 내려서니 평평한 모래밭이 나타났다. 나는 모래밭에 납작 엎드려 두 손으로 모래를 파헤쳐 지뢰를 확인하며 빠르게 포복 전진하였다. 무엇보다 걱정되는 것은 군견이었다. 해변에서 잠복 근무를 서는 경비대원들은 군견을 데리고 밤을 새우는데 이곳 민경들도 그들처럼 개를 데리고 잠복을 서는 것 같았기 때문이다.

모래밭을 극복하니 눈앞에 강이 나타났다. 강변에는 갈대들이 높게 섰는데 그 갈대밭 한가운데 다락같이 높은 초소가 있었다. 나는 다락 초소를 살피며 갈대밭을 지나 강물로 들어섰다. 하얗게 내리비치는 달빛에 물밑 하얀 조약돌이 훤히 들여다보였다. 무사히 강을 건넌 나는 오솔길을 따라 토치카 식으로 지은 초소 앞에 섰다. 나는 거기서부터 국군초소인 줄 알았다. 그런데 기분이 묘했다. 서두르지 말자, 침착하자…… 생각하며 조금 더 걸으니 또다시 철책이 가로막혀 있다. 2차 철책인 것이다. 가슴이 철렁했다. 조금 전 토치카를 두드렸으면 영락없이 잡혔을 테니 말이다.

나는 1차 철책 때처럼 2차 철책도 콘크리트를 까내고 무사히 통과했다. 2차 철책을 지나니 또다시 3차 철책이 나타났다. 3차 철책을 넘으니 비무장지대였다.

비무장지대는 2킬로미터 정도 되었는데 불탄 나무들이 많았다. 나는 골짜기와 봉우리를 오르내리고 작은 계곡을 지났다. 자칫 지뢰를 밟을 수 있기 때문에 극히 조심해서 침착하게 걸었다.

어떤 곳에서는 납작 엎드려 포복전진하였고, 어떤 곳에서는 벌벌 기면서 경사면을 올랐다. 너무 긴장한 나머지 나뭇가지에 한쪽 눈을 깊이 찔렸는데 그때 나는 어쩌면 시력을 잃을지도 모른다는 생각을 했다.

경사면을 조심조심 내려가 물이 흐르는 습지 쪽으로 들어서는 데 갑자기 눈앞에서 푸드득 하고 커다란 새가 날아올랐다. 숲에서 잠자고 있던 커다란 짐승이 놀라 후다닥 앞으로 뛰쳐나갈 때면 나는 나대로 놀라 뒤로 벌렁 나자빠지곤 하였다.

8

드디어 작은 골짜기에 올라서서 소나무 숲이 우거진 밋밋한 능선을 넘으니 환하게 불빛이 비치는 국군 철책이 보였다. 발밑으로 졸졸 샘물이 흘렀다. 나는 엎드려 그 시원한 샘물을 맘껏 마셨다.

높게 둘러쳐진 철책 위에는 환한 조명등이 빛을 발하고 철책 가장자리를 따라 포장도로가 산언덕 쪽으로 나 있었다. 다 왔구나, 성공이구나…… 성공이라고 생각하니 오히려 온몸이 와들와들 떨리고 이가 딱딱 맞부딪쳤다. 차가운 봄바람이 바다 쪽으로부터 살랑살랑 불어오는데 어찌나 몸이 떨리던지, 다 와서 죽는 것이 아닐까, 하는 조급한 생각마저 들었다. 금방이라도 인민군 병사가 총을 들고 뒤쫓아올 것만 같았다. 나는 철책 안쪽을 향하여 소리쳤다.

"초소! 초소!"

그런데 국군초소 쪽에서는 아무런 반응이 없었다.

"초소! 초소!"

나는 더 크게 소리쳤다. 그래도 감감무소식이었다. 난 두 주먹을 부르쥐고 포장도로를 따라 꼭대기 쪽으로 달렸다. 200미터 정도 달려 올라가 철책 안쪽을 향하여 다시 소리쳤으나 그래도 반응이 없었다.

'남한은 사람이 보초를 서지 않고 감시카메라 같은 것만 있나?'

이번에는 아래쪽으로 달렸다. 한참 달려 내려가다 보니 철책 안쪽에 콘크리트 토치카가 보였다. 난 그 앞에 멈춰 서서 또다시 "초소! 초소!" 하고 소리쳤다. 그렇게 한참을 소리치자 깜짝 놀란 사병이 총을 내밀며 달려 나오는 것이었다.

"누구야! 섯!"

"귀순병! 귀순병!"

그때 또 다른 사병이 달려 나왔다.

"군인입니까? 민간인입니까?"

"민간인! 야, 죽을 것만 같아. 빨리 어떻게 좀 구해 줘. 죽을 것만 같단 말이야."

"꼼짝 말고 그 자리에 앉아!"

나는 국군 사병이 시키는 대로 엉거주춤 꿇어앉은 다음 또다시 소리쳤다.

"야! 죽을 것만 같아. 며칠을 굶었단 말이야."

그러자 다른 사병이 부드러운 목소리로 말했다.

"아저씨. 잘 오셨어요. 조금만 기다리세요. 우리 중대장님께서 금방 오실 거예요. 그러면 커피도 대접하고 라면도 드릴 거예요."

새벽 3시쯤 되었을까.

"어디야? 어디? 빨리, 빨리!"

젊은 중대장이 사병 하나와 함께 급하게 달려와 철책 한쪽 작은 문을 열쇠를 따고 나왔다. 나는 그들의 부축을 받으며 철책 안으로 들어가서 토치카 안으로 통하는 통로를 따라 불빛 환한 병실로 안내됐다. 넓은 방에는 테이블이 몇 개 놓여 있고 지도와 벽시계가 걸려 있었다. 병실 한쪽 벽면에 전신을 다 비추는 큰 거울이 달려 있었는데 거울 속에 비친 내 몰골이 가관이었다.

움푹 팬 양 볼에는 수염이 텁수룩하고 나뭇가지에 찔린 한쪽 눈은 검푸르게 피멍이 든 채 잔뜩 부어 있고 얼굴은 시커먼 숯검정 칠로 반질반질했다. 불탄 나무들을 헤치며 기어오르다 보니 두 손과 얼굴 할 것 없이 석탄 캐는 광부가 따로 없었다. 상의 단추는 모두 떨어져나간 데다 그마저도 갈가리 찢긴 누더기이고 꿰진 신발 앞코로는 발가락이 들락거렸다. 단정한 군복 차림으로 그런 내 모습을 카메라로 찍고 있는 젊은 사병들 보기가 너무 부끄러웠다. 화장실에 가 씻겠다고 하니 원래의 모습을 그대로 유지해야 한다며 연대장이 만류했다.

나는 연대장과 함께 지프에 올라 사단지휘부로 향했다. 동이 틀 무렵이었다. 가파른 경사면 산허리를 지프로 굽이굽이 에돌아 내려가는데 저 멀리로 바다가 보였다. 바다가 아득히 내려다보이는 걸로 봐서 내가 넘어온 위치가 상당히 높은 지대였던 것 같았다.

산을 내려간 지프는 나를 사단지휘부로 데려갔다. 사단장은 밖에까지 나와 나를 기다리고 있다가 환한 웃음으로 맞아주었다.

"잘생긴 친구가 왔다기에 궁금했지."

나는 건물 안으로 안내되어 음식이 한가득 차려진 둥그런 식탁에 사단장과 마주앉아서 식사를 했다. 연대장은 수시로 휴대전화를 귀에 대고 어딘가로 보고를 하는 듯했다.

"예. 지금 식사 중입니다. 이제 15분 정도면 마칠 것 같습니다."

"예. 지금 끝났습니다. 잠시 후 헬기에 탑승할 겁니다."

식사를 마치고 나는 건물 뒤편 낮은 둔덕에서 동음을 울리며 대기하고 있는 헬기로 다가갔다.

"헬기를 못 타봤지? 이제부터 태워줄 거야."

사단장의 말을 들으니 참으로 신기하기 그지없었다. 마지막으로 청진 집을 떠나던 그 밤, 생동한 꿈속에서 보았던 그 헬기와 똑같지 않은가. 대낮처럼 환하게 내리비치는 달빛 속에서도 분명히 식별할 수 있었던 헬기 몸통의 번호, 115. 꿈속의 그 밤도 달빛이 하얗게 내렸고 휴전선을 넘은 지난밤도 달빛이 하얬다. 꿈속에서는 막 날아오르려던 헬기를 놓쳤지만 지금은 현실로 같은 번호의 헬기를 타고 서울로 날아오르려는 중이다. 나는 다시 꿈을 꾸는 것만 같았다.

헬기에서 내다보는 창공은 더없이 맑고 푸르렀다. 봄 햇살이 밝게 비쳐 내리고 발밑으로 그렇게도 그리던 산과 들이 펼쳐져 있다.

"이제부터 설악산이야."

아름다운 봉우리들이 그림처럼 펼쳐져 있고, 빨간 지붕의 농가들도 보이고, 집 마당에 세워진 자동차들도 보인다. 나는 밝은 빛 속에 아스라이 펼쳐지는 강산에서 눈을 뗄 수 없었다.

"이제부터 서울 시내야."

어린 시절부터 헐벗고 굶주리는 남녘 동포들이라고 국어 교과서를 목청껏 읊었다. "아빠 엄마 지으신 흰쌀과 공장 누나 곱게 짠 비단을 '승리호' 자동차에 싣고 해 저물기 전에 서울까지 가야 한다"고 노래했는데, 그런 내가 꿈결처럼 서울에 온 것이다. 분명 현실인데도 믿어지지 않았다.

발아래로 넓고 시원한 고속도로가, 넓고 큰 한강이 유유히 흐르고 있었다.

피아노

1

드디어 대한민국 주민등록증을 받았다. 그리고 서울의 18평 영구임대아파트를 배정받았다. 나는 디자인과 색상까지 따져가며 마음에 꼭 드는 가전제품들과 예쁜 가구들을 들여놓았다. 커튼도 특별히 신경을 써서 내가 좋아하는 핑크색으로 맞추었다. 베란다에는 화분 몇 개를 들여놓았고, 예쁜 앵무새 한 쌍을 키웠다. 그리고 출퇴근을 위해 자동차도 뽑았다.

그럼에도 나는 온전한 행복감을 느낄 수 없었다. 두고 온 고향이, 떠나온 가족들이 무시로 눈에 밟혔다. 문득문득 아픈 기억들이 찾아들고, 추억이라고 할 수 없는 슬픈 나날들에 대한 회상이 가슴을 짓눌렀다.

　나는 그럴 때마다 베란다에 나가 창문을 활짝 열고 폐부 깊숙이 찬바람을 들이마셨다. 집집마다 환하던 불빛이 하나둘 꺼지고, 저 멀리 대로변의 불빛들도 희미해지는데 내 가슴은 불쑥불쑥 시리고 때 없이 아파왔다. 그래도 어떻게든 살아야 했다. 이 땅에서 새로 살아내야 했다.

　사람의 마음은 간사하다. 집이 있고, 배곯을 걱정 입을 걱정이 없고, 갖고 싶은 걸 다 갖고 하고 싶은 걸 다 하니 외로움이란 게 찾아온다. 퇴근해 불 꺼진 집으로 들어서기가 점점 싫어지고, 아침이면 아무도 없는 집이 쓸쓸하고 허전하다.

　장애인들과 두어 달 함께 지내며 봉사도 해보고, 교회에도 다녀보고 절에도 다녀보고 하지만 그러면 그럴수록 마음 한구석은 텅 빈 것만 같다. 가을바람이 휙 불어오고 가랑잎이 날리면 목구멍까지 설움이 차오른다.

　이듬해 봄이었다. 띠리링 전화벨이 울렸다.

　"여보세요. 장영진 씨지요? 세계화보 출판사입니다. 인터뷰 기사가 실린 잡지가 나왔으니까 양재동으로 오셔서 찾아가세요."

　『세계화보』1998년 4월호에 내 기사가 실린 것이다. 표지에 내 얼굴이 나오고 기사에는 "귀순한 장영진의 인생역전"이라는 제목이 달렸다. 나는 별 생각 없이 내 기사가 실린 잡지를 무심히 한 장

한 장 넘기는 중이었다.

"동성애, 또 다른 사랑."

책장을 넘기던 손길이 멈췄다. 제목 아래 '성 소수자들의 인권을 위한 서울대 학생들의 집회' 하고 설명이 붙은 사진과 커밍아웃을 한 두 대학생 커플이 키스하는 사진이 실려 있는 게 아닌가. 다시 한 장을 넘기니 두 남자가 벌거벗은 채 침대에서 사랑을 나누는 영화의 한 장면이 나오는데, 그 사진을 보는 내 가슴이 이상하게 설레면서 애잔한 것이, 어떻게 말로 표현할 수 없었다. 그런 사진을 평생 처음 본 데다 잡지에 버젓이 실려 있으니 가히 충격적이었다.

나는 다음 장으로 넘겼다.

……어느 과학자의 연구에 의하면 동성애는 정신적 질환이 아니라 어머니 뱃속에서부터 정해질 확률이 90퍼센트다…….

그 구절을 읽는 순간 나는 비로소 세상이 환해지는 느낌을 받았다.

'이거였구나. 내가 그렇구나. 그래서 어린 시절부터 선철이를 마음에 두고 그렇게 따랐고, 그 때문에 결혼 생활이 따분하고 불편해서 스트레스를 받았구나.'

나는 기뻤다. 평생 혼자서 어떻게 살아갈까, 하는 생각이 들 때마다 한없이 울적하고 막막했는데 세상엔 나 같은 사람들도 있다니, 나도 누군가와 함께할 수 있다니……. 새로운 희망이 생기는 것 같았다. 이성애나 동성애나 사람이 사람을 사랑하고 좋아하는 것은 다 같지 않은가 말이다.

　잡지에는 미국과 유럽의 여러 나라에서는 동성애가 합법이며 결혼도 할 수 있다는 내용이 있었다. 사진에 등장하는 결혼한 동성 커플들은 행복해 보였다. 이태원과 종로 쪽에 남자들만 가는 술집이 있다는 정보도 있었다. 나는 가슴이 울렁거렸다. 그곳으로 가면 나와 같은 세계를 가진 짝을 찾을 수 있을지도 모른다…….

2

　그로부터 5년이 지났다.

　햇볕이 쨍쨍 내리쬐는 어느 가을날이었다. 길을 걷고 있는 내 눈에 '피아노 전시장' 간판이 보였다. 피아노라니……. 불현듯 가슴이 두근거렸다. 나는 전시장 안으로 들어갔다. 그리고 반짝반짝 빛나는 피아노 건반을 조심스럽게 눌러보았다.

　땅, 땅, 땡, 똥…….

　나는 그때까지 살면서 피아노를 한 번도 만져보지 못했다. 북녘 땅에서 제일 큰 평양제1백화점에서도 피아노를 구경할 수 없었다. 피아노는 도 예술단이나 평양의 중앙예술단체에만 있는 귀한 악기였다. 그리고 지방예술학교에는 피아노 학부가 없고 평양음악무용대학에만 피아노 학부가 있었다. 그 피아노 학부에는 거의 당

간부 자녀들만 다녔다.

언젠가 북에서 조총련 출신 재일동포들이 일본에서 들여온 중고 피아노를 판다고 하는 말을 들은 적이 있었다. 그 당시 북한 돈으로 5만 원이라고 했던가. 5만 원은 3대가 벌어 모아도 마련할 수 없는 액수였다.

내가 피아노를 처음 본 건 어린 시절 보았던 영화 〈영원한 전사〉를 통해서였다. 〈영원한 전사〉는 항일혁명투사 마동희의 생애를 그린 영화인데, 내용 중에 피아노를 치는 장면이 있었던 것이다.

—사령부의 위치를 알아내려고 일제는 마동희에게 온갖 고문을 가한다. 그러던 중 고위 관리가 회유책으로 마동희를 차에 태워 자기 집으로 데리고 간다. 아늑한 방에 술상이 차려지고 관리가 말한다. "자, 한잔 들게나. 내 집처럼 편하게 생각하고." 여남은 살 돼보이는 관리의 아들이 피아노 앞에 앉아 아름다운 선율을 연주하고 있다. 옆에는 젊은 흑인 선생이 피아노를 짚고 서서 레슨 중이다. 취기가 오른 토벌대 관리는 담배를 태우며 아들의 연주를 감상하고 나서 마동희에게 말한다. "인생은 한 번뿐이지. 이렇게 사는 것이 인생이야. 행복이라는 게 무엇이겠어. 여기에 행복이 있는 거야. 왜 아까운 청춘을 그렇게 버리려고 해. 당신들이 말하는 신념이요, 지조요, 하는 게 무슨 의미가 있느냐 말이야. 사령부의 위치만 대면 비밀도 지켜줄 것이고 행복하게 살게 해줄 수 있어. 무엇 때문에 산에서 그 고생을 하며 싸운단 말인가." 영화의 마지막 장면에서 마동희는 잠결에 헛소리를 한다. 그러곤 혹시 잠결에 비밀

을 유설할까 두려워진 마동희는 스스로 혀를 깨문다.

어린 나이에도 그 영화를 보는 내내 나의 마음은 혼란스러웠다. 혁명적 신념을 위하여 스스로 혀를 끊는 마동희와 피아노를 치는 행복한 가정, 어느 것이 옳고 어느 것이 아닌지 통 분간이 되지 않았던 것이다. 그 혁명적 신념을 끝까지 지키면 행복해질 수 있을까? 혁명적 신념을 지키는 것도 결국은 인생의 행복을 위한 것이 아니겠는가?

그 영화를 보고 난 후 피아노를 치는 어린아이의 모습이 눈앞에서 지워지지 않았다. 그러면서 한없이 마음이 울적해졌다. 아마도 그때 그토록 마음이 울적해지면서 한동안 깊은 슬픔에 잠겼던 것은 나도 그 영화 속 아이처럼 피아노를 치고 싶었기 때문이 아니었을까. 또 한편으로는 피아노를 치고 싶어도 칠 수 없다는 자각 때문이 아니었을까.

출근을 해서도 머릿속엔 온통 피아노 생각뿐이었다.

'안 될 게 뭐람. 마음만 먹으면 피아노를 살 수도, 피아노 치는 법을 배울 수도 있는 세상에 와 있지 않은가.'

얼마 뒤 나는 기어이 신세계백화점으로 가서 피아노를 구입했다. 햇빛 비쳐드는 방 안에 피아노를 들여놓으니 꿈만 같았다. 아니, 꿈이 현실이 된 것이었다.

나는 그다음 날 당장 피아노 학원으로 달려갔다.

"아버님, 자녀분 등록시키려고 오셨어요?"

원장은 설마 내가 피아노를 배우러 왔으리라고는 짐작도 못 하는 눈치였다.

"아니요. 제가요. 제가 레슨을 받으려고 왔는데요."

원장은 거의 노골적으로 손사래를 쳤다.

"아니, 그 연세에 무슨 피아노를 배운다고 그러세요. 피아노는 어릴 때부터 해야 제대로 느는데, 그나마 아이들도 중간에 대부분 포기하는걸요. 무슨 사연이 있으세요?"

"사실은 이북에서 왔는데요, 너무나도 하고 싶거든요. 시작해 보고 싶습니다."

그리하여 나는 피아노를 배우게 되었다. 첫날 원장선생은 『바이엘』교본 1, 2, 3권을 내밀었다.

"이 세 권을 다 떼려면 얼마나 걸립니까?"

"빠르면 2년 정도……?"

작은 방에서 피아노 건반을 뚱땅뚱땅 두드릴 때면 어린 꼬마들이 문틈으로 들여다보며 저들끼리 소곤거리곤 했다.

"야, 야, 아저씨다, 아저씨."

꼬마들 눈에도 신기하게 비친 모양이었다. 나는 하루 여섯 시간, 일곱 시간씩 온갖 심혈을 기울여 피아노 연습을 했다. 얼마나 열심히 쳤던지 손가락이 부어오르고 손목도 시큰거릴 정도였다. 원장도 오로지 연습만을 강조했다.

"연습밖에 없어요. 안 되는 곡은 무조건 백 번씩 치는 거예요."

나는 횟수를 표시해 가며 건반을 두드리고 또 두드렸다.

'육십 초반까지 치면 꼬박 이십 년을 치게 돼. 그러면 답이 나올 거야. 회사를 퇴직하면 음대에 도전해야지. 통일이 되면 북한에서 아이들을 가르칠 거야. 어쩌면 난…… 피아노를 치려고 휴전선을 넘은 건지도 몰라. 이렇게 음악 공부를 하려고 말이지. 누가 알겠어. 나중에 내가 피아노를 얼마나 잘 치게 될지…….'

그렇게 마음을 달래가며 학원에 다닌 지 3개월이 되던 어느 날이었다. 원장선생이 처음 보는 곡을 내 앞에 펼쳐놓으며 연주해 보라고 했다. 그렇게 어려운 곡은 아니었다. 나는 악보에 집중하면서 최선을 다해 한 음 한 음 건반을 눌렀다.

"오, 대단해요. 정말 대단하세요. 음에 대한 감각이 아주 뛰어나세요. 대한민국에서 어렸을 때부터 피아노를 배웠으면 세계적인 피아니스트가 될 수도 있었겠어요."

모처럼 칭찬을 받으니 마음이 몹시 우쭐했다.

나는 2년쯤 걸리리라는 『바이엘』 3권을 6개월 만에 끝냈다. 그러나 피아노와의 인연은 거기까지였다. 300만 원 가깝게 주고 산 피아노를 잃어버리게 되는 일이 생겼던 것이다. 물론 내가 잃은 건 피아노만이 아니었다.

3

아파트 단지에 하얀 목련이 곱게 피었다. 나는 목련을 보면 이상하게 마음이 싱숭생숭했다. 슬픈 것 같기도 하고 마음이 따뜻해지는 것 같기도 하고 종잡을 수가 없었다. 흰 눈처럼 깨끗한 목련을 보고 있으면 걷잡을 수 없이 누군가가 그리워지는 것이었다.

뿌리 깊은 외로움만 아니라면, 남한 생활은 그럭저럭 순조로운 편이었다. 직장에도 잘 적응을 했다. 남자 동료가 치근거리는 것도 적당히 받아넘기게 되었다.

"야, 넌 여자로 태어났으면 남자들 꽤 꼬셨겠어."

그런 말도 한 귀로 듣고 한 귀로 흘려 넘겼다.

여자 동료들은 여자 같은 나를 더욱 잘 챙겨주었다.

"영진 씬 너무 순수하고 아기 같아. 남녀가 아무리 가까워도 남녀 간의 벽이라는 게 있는데 영진 씨랑 있으면 꼭 같은 여자끼리 있는 것 같아. 그래서 같이 일하는 게 얼마나 편하고 좋은지 몰라."

사장은 별 말썽을 부리지 않는 나를 각별하게 대해 주었다.

"난 너처럼 착하고 조용한 사람이 좋아."

언젠가 안산에 홀로 살고 있는 A 형은 나한테 이렇게 말했다.

"야, 이 팔자 센 북한년아. 넌 엄마 뱃속에서 날 때부터 여자였어. 그러니 네가 하는 모든 행동, 말 한 마디 한 마디가 하나도 어색하지 않고 아주 자연스럽고 예쁘지. 종로 바에 가서 끼 부리지 말고 얌전히 앉아 있으면 언젠간 너한테 목숨 거는 놈이 나타날 거야."

목련이 질 무렵이었다.

뻐꾹, 하고 휴대전화 문자 메시지 알림 벨이 울렸다.

한번 나와보세요.

중년 남자들만 오는 작은 술집 '적도'의 M 사장이었다. 한번
나와보라는 건, 좋은 사람이 나타났으니 오라는 소리다. 지난가
을 그는 내게 말했다.

"외로워하지 마. 나만 믿어. 어떻게든 네 짝을 찾아줄 테니."

그는 내게 정확히 15명의 남자들을 소개시켜 주었다. 그런데
한 명도 이루어지지 않았다. 그중에는 내가 100퍼센트 자기 이상
형이라며 적극적으로 대시하던 남자도 있었다. 그 남자가 내게 말
했다.

"회사를 정리하고 아파트와 차를 팔겠어요. 우리 함께 이민 갑
시다."

어떤 싱글인 남자는 목숨 걸고 사랑하겠다며 자기 집으로 가자
고 했다. 그때 M 사장은 진심으로 내게 충고를 아끼지 않았다.

"저 친구를 놓치면 바보야. 넌 저런 남자를 만나야 해. 사업간데,
돈도 많아."

나는 내 스타일이 아니면 손도 잡지 못하는 숙맥이다. M 사장이
소개시켜 준 15명의 남자들과 이루어지지 않았을 때 난 생각했다.

'이제부터 부처처럼 살자. 마음 비우고. 다 부질없는 짓이야. 돈
낭비, 시간 낭비일 뿐이야. 피아노 열심히 치고, 열심히 일하여 돈
을 모으고, 무엇보다 나를 사랑하는 거야.'

또다시 뻐꾹, 하고 휴대전화가 울렸다. M 사장의 메시지였다.

인연은 부딪치고 만들어가는 것입니다.

그리하여 나는 토요일 저녁 '적도'로 갔다.

짙은 노을빛과 무지갯빛 조명이 은은한 실내에 애수 띤 음악이 흐르고 있고, 맥주나 양주에 과일이나 마른안주 들을 놓고 외로움을 달래는 남자들이 쌍쌍이 또는 혼자서 술잔을 기울이고 있었다. 얼핏 여느 술집과 다를 바 없어 보이는 분위기지만 거기 모인 사람들이 전부 남자들이라는 사실이 '적도'의 주 고객층이 어떤 부류의 사람들인지를 잘 말해 주었다.

실내를 한 바퀴 둘러보는데 서른 중반쯤 돼 보이는 한 남자가 유독 눈에 띄었다. 하얀 얼굴에 안경을 낀 남자는 감색 재킷에 하얀 셔츠를 받쳐 입고 파랑과 하양이 비껴간 넥타이를 단정히 맸는데 사원증 같은 것을 목에 둘렀는지 목깃 사이로 빨간 줄이 살짝 보였다. 지성적이면서도 화려해 보이는 외모에 안경 너머 가는 눈이 매력적이었다. 그러나 첫인상이 썩 좋게 느껴지지는 않았다. 어딘가 차가우면서도 예민해 보였기 때문이었다.

'너무 완벽해. 내 스타일이 아니야.'

그는 양주와 맥주를 앞에 놓고 깊은 생각에 잠긴 눈길로 나를 하염없이 바라보았다. 나는 그를 의식하면서도 짐짓 무대 쪽에서 마이크를 잡고 노래를 부르고 있는 남자한테로 시선을 보냈다. 조금 지나니 M 사장이 맥주잔을 들고 내 앞에 섰다.

"선생님, 저 친구가 선생님한테 드리는 잔입니다. 받으시지요."

나는 맥주잔을 받아들고 건너편에 앉은 그에게 살짝 눈인사를 했다. 그리고 한 모금 들이켠 후 새 잔에 맥주를 채워 그쪽으로 보내며 가볍게 미소를 지었다. 그러자 M 사장이 다시 내게로 오더니 본격적으로 운을 뗐다.

"일본 항공사 소속 ○○○비행기 승무원입니다. 스즈키라고 합니다. 저 친구가 합석했으면 하는데요. 어떻습니까, 불편하지 않으시면 얘기라도 좀 나눠보시지요. 제가 오래전부터 잘 아는 후배인데요, 지금 롯데호텔에 짐을 풀고 있고 내일 새벽에 미주 노선을 타야 합니다."

'그래, 얘기라도 나눠보지 뭐. 다 외로운 사람들인데.'

나는 속으로 그렇게 생각하며 그의 옆으로 자리를 옮겼다. 그의 얼굴이 상기되더니 몸이 조금 굳는 것 같았다.

"반갑습니다. 장영진이라고 합니다. 드시죠."

내 소개와 함께 술을 따르자 그도 조심스럽게 두 손으로 내 잔에 술을 채웠다. 서로 몇 마디 오고 가고 한 끝에 그가 부끄러운 듯 고백을 해왔다.

"실은…… 선생님이 제 곁으로 안 오시면 어쩌나, 몹시 조마조마했습니다."

그러더니 내 손을 꼭 잡는데, 손바닥이 촉촉했다. 술잔을 주고받는 동안 시간은 어느새 자정을 넘겼고, 그도 나도 조금 취기가 올라 있었다.

"선생님. 전 선생님의 눈빛이 참 좋습니다. 사람마다 자기가 좋아하는 스타일과 이상형이 있겠지만 전 눈빛을 보거든요. 그런데 지금껏 선생님 같은 그런 눈빛을 만나지 못했습니다. 선생님을 놓치고 싶지 않습니다."

그는 속 깊은 이야기를 털어놓았다.

"제 한국 이름은 송상열입니다. 전 고아입니다. 다섯 살 때 부산에서 일본으로 입양됐구요, 지금은 신주쿠에서 양아버지와 함께 살고 있습니다. 양어머니는 작년에 교통사고로 돌아가셨어요. 이층집인데 아래층에선 제가 살고 양아버지는 위층에 사십니다. 전 94년도에 아시아나에서 시작해서 대한항공 승무원으로 있었구요, 지금은 일본 항공사 소속 ○○○비행기 승무원으로 있습니다. 북한에도 가본 적이 있어요. 저도 이제 마흔이 다 되어가니 더 이상 방황하고 싶지 않습니다. 제 짝을 만나 양아버지 모시고 함께 행복하게 사는 게 꿈입니다. 양아버지도 제가 이반이란 걸 아십니다."

송과 나는 2차로 옮기기로 하였다. M 사장이 주방 안쪽에서 승무원용 캐리어를 끌고 나왔다. 그의 것인 듯 밤색 바바리코트도 함께.

밖으로 나오자 송이 모범택시를 세웠다. 숙소인 롯데호텔에 잠간 들렀다 가자는 것이었다. 택시 안에서도 그는 내 손을 꼭 잡고 놓아주지 않았다. 택시가 호텔 입구에 멈춰 서자 송이 재빠르게 문을 열고 내리더니 운전기사에게 일렀다.

"5분만 기다려주십시오. 금방 나올 겁니다."

그러고는 택시 안에 남은 나를 향해서도 손을 흔들어보였다. 회전 유리문 안으로 사라진 송은 조금 후에 다시 모습을 나타냈다.

"죄송합니다. 우리 팀원들은 곤하게 잠들었네요."

그날 송과 나는 2차로 자리를 옮겨 시간을 보냈다.

다음 날 송에게서 몇 통의 문자가 연거푸 날아왔다.

선생님. 저녁 7시 30분에 인천공항을 출발합니다. 한 번 더 보고 싶습니다.

나는 퇴근길에 송을 만나 함께 식사를 했다. 다음을 기약하며 헤어질 때 그가 말했다.

"전화드리겠습니다. 비행기에 탑승하면 폰이 꺼져 있을 겁니다."

그로부터 보름 동안 그는 하루도 거르지 않고 문자를 보내왔다.

선생님. 여긴 싱가포르입니다. 저녁에 대만 노선을 타야 합니다.

선생님. 보고 싶습니다. 자카르타입니다.

……비엔나 노선에 오릅니다. 선생님, 사랑합니다.

미주 노선에 오릅니다. 선생님…….

어떤 땐 국제전화를 걸어오기도 했다. 국가번호를 포함해 가지런한 숫자들이 액정화면에 떴다. 그리고 때로는 발신자 제한 표시 글자가 뜨기도 했다. 나는 혼란스러우면서도 나도 모르게 점점 그의 문자나 전화를 기다리게 되었다.

4

보름이 지나 퇴근할 무렵 휴대전화가 울렸다. 송이었다.

"선생님. 인천공항에 방금 내렸습니다. 너무 보고 싶습니다. 저녁 7시 30분까지 그 커피숍에서 기다리겠습니다."

약속 장소로 들어서니 송이 먼저 와 있었다. 몇 마디 안부를 주고받은 뒤 그가 승무원 캐리어에서 작은 상자 두 개를 꺼내더니 탁자에 올려놓았다.

"이건 선생님이 갖고 싶다던 세이코 손목시계입니다. 우리 돈으로 65만 원 정도 합니다. 그리고 이건 속옷이구요……."

하얀 삼각팬티 하나에 3만 5000원이라는 가격표가 붙어 있었다. 나는 별로 달갑지 않았으나 내색하지는 않았다. 그는 계속해서 호들갑을 떨었다.

"시계요, 손목에 한번 차보세요. 줄이 길지 않을까요?"

그가 손수 시계를 꺼내들고 내 손목에 채워주었다. 나는 그 역시 별로 달갑지 않은 터라 무표정하게 그가 하는 대로 내버려두었다. 그는 내 반응이 미적지근한 것이 맘에 걸리는 모양이었다.

"마음에 안 드세요? 다른 걸루 바꿔올까요?"

내가 그럴 필요까지는 없겠다고 하자 송은 비로소 안심하는 눈치였다.

송과 나는 우리가 처음 만났던 '적도'로 가서 술을 마셨다. 이야기가 무르익어 자정이 가까워질 때쯤 그가 말했다.

"선생님. 오늘밤엔 선생님과 함께 지내고 싶습니다."

당연한 수순을 밟듯 그와 나는 함께 모텔로 들어갔다. 나 모르게 어느새 예약을 하고 부탁을 해두었는지 투숙한 객실 욕조에 더운물까지 찰랑찰랑 채워져 있었다. 섬세하다면 섬세하고, 용의주도하다면 용의주도하달 마음 씀씀이였다.

둘만의 공간이었다. 망설일 것도 서두를 것도 없었다. 그의 벗은 몸매는 완벽했다. 그는 다정다감했다. 내 기운이나 기분을 북돋는 말도 아끼지 않았다. '사랑'이니 '영원'이니 하는 단어도 자연스럽게 속삭였다. 나는 그런 그가 싫지 않았다. 아니, 좋았다. 그를 믿기로 했고, 믿었다. 나는 점점 그의 모든 면에 길들여지고 익숙해졌다.

송과 나는 커플폰을 구입했다. 한 달이 지난 후에는 커플링을 맞추었다. 나는 내가 고른, 내 마음에 꼭 드는 반지를 끼고 출근하며 그와 함께 그의 양아버지를 모시고 행복하게 사는 미래를 꿈꾸었다.

"자기야. 별일 없지? 너무나 보고 싶었어. 방금 공항에 내렸어."

송의 비행 스케줄 때문에 2개월 만에 다시 만난 어느 저녁이었다. 커피숍에 마주 앉고 보니 뭔가 석연찮은 기분이 들었다. 공항에서 출발했다는 사람이 모텔 방에서 방금 씻고 나온 사람처럼 허여멀쑥한 데다 빗어 넘긴 머리는 촉촉이 젖어 있기까지 한 것이 아닌가. 무겁게 끌고 온 승무원 캐리어엔 각 나라 국기들이 덕지덕지 붙어 있었다. 목깃으로 살짝 보이는, 항공사 승무원 신분증에 매달린 줄도 예전과 달리 더 넓고 색상이 화려했다.

송은 안경 너머 가느다란 눈으로 나를 응시하며 예의 바르게 굴긴 하는데 발음이 예전 같지 않게 부정확한 데다 조금씩 얼버무리곤 했다.

"자기야. 양아버지도 승낙하셨어. 우리 두 사람이 함께 사는 걸. 이제 우리가 집을 잡으면 한국으로 나오시겠대. 신주쿠 집을 팔고, 우리와 함께 사시려고."

그러더니 송이 불쑥 휴대전화를 꺼내 들었다. 일본의 양아버지와 통화를 하는지 유창한 일본어로 한참을 뭐라고 하고 나서 전화를 끊었다. 나는 그러려니 하면서 잠자코 옆에서 듣고만 있었다.

잠시 후에 우리는 그의 단골 음식집으로 저녁 식사를 하러 갔다.

"안녕하세요, 사장님. 접니다. 수고 많으시네요."

송이 인사와 함께 캐리어를 사장에게 맡겼다.

우리가 반주를 곁들인 식사를 마치고 음식점을 나올 때였다. 송이 제 캐리어를 식당주인에게서 넘겨받더니 맞은편 창고 안에 집어넣는 게 아닌가. 마치 제 물건을 제 집 창고에 집어넣듯, 원래부터 그 자리가 제자리인 듯 지극히 자연스러운 동작이었다. 나는 송의 태도가 뭔가 미심쩍고 엉뚱하다, 싶으면서도 더 의심하지 않았다.

다음 날이었다.

"자기 집에 가보고 싶어."

나는 내가 사는 아파트로 송을 데려갔다. 집에 들어서자 그는 집 안을 휘 둘러본 다음 고개를 갸웃거렸다.

"자기야. 우리가 함께 살기엔 이 집이 너무 작아. 양아버지 짐이 꽤 많아. 다 고급가구들이야. 우리 더 넓은 집을 마련하자. 나한테 있는 돈과 이 집 전세금, 그리고 자기한테 있는 돈을 합치면 좋은 집을 마련할 수 있을 거야. 물론 집 명의는 자기 앞으로 하고."

당시 나는 어차피 안산으로 이사를 가야 할 상황이기도 했다. 당산동에 있던 회사가 시화공단으로 이전하게 되었기 때문이다. 해서 나는 흔쾌하게 송의 제안에 동의했다.

"어차피 이 집에선 살 수 없어. 안산으로 회사가 옮겨가거든. 그러면 그쪽에다 집을 마련해야 돼."

며칠 후였다. 점심시간에 휴대전화가 울렸다.

"자기야, 나야. 집을 알아봤어. 안산 한양대 캠퍼스 교수로 있는 친구에게 부탁했더니 괜찮은 집이 있다네. 자기 일하느라 바쁘니깐 내가 알아볼게."

다음 날 퇴근시간 무렵에는 송이 느닷없이 강아지를 키우자는 문자를 보내왔다.

자기야. 우리 강아지 키우자. 자식처럼. 정서에도 좋대. 자기도 강아지 좋아하잖아. 나 지금 충무로 애견카펜데 엄청 예쁜 강아지가 있어. 하얀 몰티즈. 빨리 와서 봐. 자기 맘에 들어야 하니까. 기다리고 있을게.

나는 별로 내키지 않았지만 생각을 고쳐먹으며 충무로로 향했다.

'동성끼리 맞추며 산다는 게 그리 쉽겠는가. 얼마쯤은 양보하고 희생하는 수밖에. 서로가 자기주장만 세우다 보면 만날 싸우게 될 거야. 누구든 한 사람이 맞춰야지.'

애견카페에 들어서니 하얀 몰티즈를 놓고 송이 젊은 주인과 시끄럽게 다투고 있었다. 가격이 서로 맞지 않은 모양이었다. 송은 카페 주인과 말다툼을 하는 도중에도 희한한 허세를 부렸다.

"그까짓 돈 몇 푼 때문에 이러는 게 아닙니다. 전 항공사 승무원입니다. 사장님 또래인 제 후배들도 대학교 교수를 하구요."

주인이 의아한 눈빛으로 송과 나를 번갈아 쳐다보았다. 우여곡절 끝에 애견카페를 나올 땐 그래도 내 품에 몰티즈가 안겨 있었다.

"우리 이 강아지 이름을 니나라고 하는 게 어떨까? 내 딸 이름을 따서 말이야."

그때쯤 나는 송이 한 번 결혼을 했고 이혼을 했으며 딸과 아들도 한 명씩 있다는 사실을 알고 있었기에 강아지 이름 따위에 이의를 달지 않았다.

강아지를 집으로 안고 오긴 했지만 한번 송에 대한 의구심이 든 이후로는 점점 그의 행동에 이해가 가지 않는 점들이 하나씩하나씩 짚이기 시작했다. 결국 며칠 후 나는 그를 앞에 앉혀놓고 선언을 하기에 이르렀다.

"아무래도 난 너와 자신이 없어. 우리 처음부터 몰랐던 걸로 하자. 미안해."

그러자 그는 그 자리에서 눈물을 뚝뚝 흘리며 말했다.

"난 이제 더 이상 방황하고 싶지 않아. 양아버지한테도 자기에 대해 다 말했고, 양아버지도 우리와 함께 살겠다까지 했는데 이제 와서……."

송이 갑자기 일어서서 베란다로 나갔다.

"차라리 죽는 게 낫겠어."

나는 그가 나를 정말로 좋아하는구나, 끝까지 함께할 마음이구나, 그렇게 생각하며 그를 달래기에 급급했다. 그러면서도 가슴 저 한편에서는 알지 못할 불안감이 떨쳐지지 않았다.

다음 날 송은 나를 인사동으로 불러냈다. 이번에는 사주카페 앞에서 나를 기다리고 있었다.

"자기야. 좀 전에 점을 봤어. 요즘 우리가 자주 싸우잖아. 그래 답답해서……. 근데 말이야. 점쟁이가 우린 궁합이 딱 맞대. 자긴 물이고 나는 불이래. 자긴 물이기 때문에 외로움을 너무나도 많이 타고 톡 건드리면 눈처럼 사르르 녹아버릴 사람이래. 흰 눈처럼 깨끗하고 순결한 사람이라 상대방을 위해 모든 걸 바치고 사랑을 준대. 자기를 놓치면 내가 바보라는 거야."

그는 정말로 기분이 좋은 듯 어린애처럼 길거리에서 껑충껑충 뛰었다.

식사를 마치고 차를 마실 때 나는 그에게 시 한 편을 내밀었다. 낮에 그를 떠올리며 끼적거려본 시였다. 그는 내가 건넨 시를 읽어 내려가다가 안경을 벗고 한 손으로 눈가의 눈물을 찍어냈다. 그런데 뭐랄까, 그의 눈가는 물기 하나 없이 말끔했고 얼굴은 감격의 눈물과는 상관없이 무표정했다. 나는 참 이상하다, 하면서도 또 흘려 넘겼다.

"너무 늦었어. 집에 가자. 내일 출근해야지. 니나도 기다릴 텐데······."

그가 일반택시를 세우지 않고 그냥 보냈다. 나는 살짝 짜증이 났다.

"왜 비싼 모범택시를 탈려구 그래. 아무거나 타면 되지."

"나는 서비스업에 종사하는 비행기 승무원이야. 매너가 없고 서비스가 안 좋은 일반택시는 타고 싶지 않아. 일본 사람들도 한국에서는 되도록 모범택시를 타야 안전하다고 말해. 그래서 나도 한국에선 모범택시만 타는 거야."

나는 자신이 승무원임을 강조하는 송의 말투에 내심 진절머리가 나면서도 굳이 입 밖에 내어 표현하지는 않았다. 자신의 직업에 대한 자부심으로 이해했기 때문이었다.

5

불을 끄고 자리에 누워 잠들려고 하는데 그가 자꾸 몸을 뒤챘다. 아침에 일어나서도 감기 몸살인 것 같다며 끙끙거렸다. 다음 날도 몸이 안 좋다며 드러누웠는데 내가 퇴근해 올 때까지도 자리에 누워 있었다.

"누가 왔었어?"

냉장고 안에 잣죽이 든 종이 박스가 있었다.

"아니. 아무도 안 왔어."

"그럼 이 잣죽은 뭐야? 누가 병문안이라도 왔었나 본데?"

그제야 송이 떨떠름하게 인정을 했다.

"음…… 내가 아는 후배가 잠깐 들렀어."

나는 몹시 의심스럽고 불쾌했지만 아프다는 사람을 귀찮게 하는 것 같아 꾹 참았다.

나는 오래전부터 알고 지내던 은우에게 이 모든 사정을 털어놓기로 했다. 은우와는 의형제처럼 지내는 사이인데 부산이 고향인 그는 학교 교사로 봉천동에서 자취를 하고 있었다. 그렇게 해서 송과 나 그리고 은우 셋이서 함께 만났다. 송은 은우에게도 선물 공세를 했는데 순진한 은우는 송을 조금도 의심하지 않았다.

"사람 괜찮더라. 비행기 승무원 맞는 것 같고."

그제야 조금 안심이 되었다. '적도'의 M 사장도 그렇다 하고 은우도 그렇다 하니 공연한 의심을 했나 싶어 미안한 마음도 들었다.

그로부터 다시 며칠이 지난 뒤였다. 점심시간이 끝나고 오후 작업을 시작하려고 할 때 송에게서 전화가 왔다.

"집을 계약했어. 계약금도 줬고. 35평인데 자기가 봐도 마음에 들 거야. 이번 금요일에 이사하는 게 어때?"

드디어 금요일이었다. 송은 내가 보는 앞에서 일본의 양아버지와 한참 통화를 했다.

"자기야. 일본에서 화물로 오는 짐이 오후 4시경에 도착한대. 바로 안산 새집으로 넣어주겠대."

그길로 사다리차가 도착하고 포장이사가 시작됐다. 아파트 관리사무소에서는 오후 2시까지 통장으로 전세금을 넣어주겠으니 그때 바로 은행에 가서 찾으면 된다고 했다. 나는 강아지를 안은 채 사다리차로 내려지는 이삿짐을 물끄러미 쳐다보았다. 송은 머리에 포마드인지 헤어 무스인지를 잔뜩 바른 모습으로 포장이사를 감독했다. 짐이 다 내려지고 우리가 탄 차가 안산을 향해 달리고 있을 때 창밖을 내다보고 있던 송이 문득 내 쪽으로 고개를 돌렸다. 송의 눈에 눈물이 글썽글썽했다.

"난 다섯 살 때 일본으로 입양되었어. 엄마 얼굴이 어렴풋이 기억나. 엄마는 당시 중학교 체육선생님이었다고, 나중에 누군가 들려줬어. 그뿐이야. 그렇게 찾으려고 했지만……."

나는 내 손으로 그의 눈물을 닦아주었다. 그리고 그의 손을 꼭 잡았다.

이삿짐 트럭은 안산시청 앞 은행 건물에 멈춰 섰다. 나는 은행으로 들어가 통장으로 입금된 아파트 보증금 4900만 원을 수표로 손에 쥐었다. 정기적금과 예금도 해약했다. 합해서 4800만 원 정도였다. 내가 수표를 셀 때 송은 밤색 바바리코트에 두 손을 찔러넣은 채 내 옆에 바싹 붙어 서 있었다. 나는 손에 쥐고 있던 수표

뭉치를 그에게 내밀었다. 그러곤 그를 쳐다보며 씩 웃어주었다.

은행 바로 옆이 부동산 중개소였다. 그리고 그 옆, 새로 지은 B타운이 우리가 드는 새집이었다. 송은 잽싸게 부동산 사무실로 들어가며 내게 일렀다.

"빨리 차를 집 앞에다 대고 부동산으로 와. 자기 명의로 계약해야지."

나는 그의 말대로 이사 들어갈 아파트 주차장에 차를 댄 다음 부동산으로 달려갔다. 그러나 그는 보이지 않았다. 애초에 송은 자기 돈과 내 돈을 합쳐야 된다고 했다. 그래서 그에게 수표 뭉치를 건넸던 것이지, 그 짧은 시간에 그가 사라지리라곤 꿈에도 생각지 못한 일이었다. 나는 말끝마다 내 명의로 한다는 그의 말을 믿었었다.

그는 나타나지 않았다. 나타날 리가 없었다. 나는 어두워질 때까지 그 자리에 우두커니 서 있었다. 조금은 유별난 사람처럼 품에는 강아지를 안은 채. 몇 번이고 계속해서 송의 휴대전화로 전화를 걸었으나 연결이 되지 않았다.

나는 그렇게 그 밤을 보냈다. 매일같이 사랑한다고, 끝까지 함께하자고, 그렇게 보내오던 문자도 전화도 모두 지나간 옛일이었다. 나는 휴대전화를 손에 들고 시도 때도 없이 번호를 눌러보았지만 당연하게도 그는 종무소식이었다.

그는 내 모든 것과 함께 사라져버렸다. 안온한 남한 생활, 사랑

에 대한 환상, 일상적인 행복, 내가 그토록 아끼던 피아노……. 그
모두가 물거품이 되었다. 남은 것은 배신감과 치욕스러움, 그대로
땅속으로 꺼지고 싶은 절망감이었다.

시간이 지날수록 마음은 증오와 분노로 타들어가는 것만 같고
심장은 돌덩이처럼 딱딱하게 굳었다. 나는 잠들 수도 없고 숨을 쉴
수도 없었다. 어리석음의 대가라고 하기에는 너무나도 가혹한 형
벌이었다.

6

나는 강아지 니나를 안고 봉천동 은우의 옥탑방으로 갔다. 은우
가 당분간 부산으로 내려가는 바람에 비어 있는 방이었다. 나는 밤
새 와들와들 떨었다. 어찌나 떨리던지 이불을 뒤집어써도 소용이
없었다. 나는 회사에 출근하는 대신 동네 병원으로 갔다.

"열도 아주 높고, 뭔가 큰 이상이 있는 것 같아요. 빨리 큰 병원
으로 가보세요. 적혈구 수치도 비정상이고요. 몸에 염증이 있는 것
같아요."

동네 병원 여의사는 진료비도 받지 않았다. 그러나 대학병원에
서는 보호자가 없어서 입원이 안 된다고 했다.

"탈북자예요. 저한텐 가족이 아무도 없어요."

나는 똑같은 말을 수십 번도 더 했다. 그리하여 겨우 병동 4층에
입원할 수 있었다. 입원을 해서 검사와 응급처치를 받아도 고열은

내리지 않고 온몸이 못 견디게 떨려왔다. 다음 날 오전 장검사를 해야 했다. 그런데 이때도 보호자가 없어서 검사를 받을 수 없다고 거절을 당했다. 난감해하며 멀뚱히 침대에 걸터앉아 있는데 그런 내가 딱했던지 맞은편 병상의 간병인이 보호자가 돼주겠다고 했다. 그제야 검사실로 옮겨갈 수 있었다.

장검사를 하기 전 수면마취를 했는데 눈을 떠보니 검사가 끝나 있었다.

"직경 5센티 정도 크기의 혹을 떼어냈어요. 암인지 아닌지 하루 지나야 결과가 나와요."

다음 날 자정을 넘긴 밤이었다. 하얀 링거액이 한 방울, 한 방울 쉼 없이 떨어지며 팔의 혈관에 꽂은 바늘을 통해 몸속으로 흘러드는데 나는 도무지 잠을 이룰 수가 없었다. 고열로 몸이 불덩이 같았지만 육체보다는 마음이 더 아팠기 때문이다. 봉천동 옥탑방에 홀로 두고 온 강아지도 걱정이 되었다. 죽지 않았을까? 입원하던 날짜를 꼽아보니 한 주일이 다 되어왔다. 나는 벌떡 일어나 앉았다. 그러고는 링거 병을 오른손으로 높이 쳐들고 몰래 병원 문을 나와서 캄캄한 밤길을 걸었다.

한 시간 남짓 걸어 캄캄한 옥탑방 문을 여니 조용했다. 더럭 겁이 났다. 평소 같으면 발자국 소리만 듣고도 반가워 어쩔 줄 모르며 문에 매달렸을 텐데 불을 켜도 니나는 보이지 않았다. 니나는 화장실 뒤쪽에 구겨지듯 쓰러져 있었다. 이름을 불러도 제대로 머리를 들지도 못하는 것이 완전히 탈진한 듯했다. 나는 니나를 안고 울었다. 다행히 니나는 숨이 붙어 있었다.

한 달간의 치료가 끝나고 퇴원을 할 때에도 보호자가 문제가 되었다. 고맙게도 은우가 부산에서 올라와 입원치료비를 해결했다.

"형. 내가 송상열이를 알아봤어. 전문적인 사기꾼이더라. 신원조회를 해봤더니 신용불량자에, 직업이라곤 오래전에 여행사에서 3개월 근무했던 것이 전부야. 2년 전엔 경찰관 행세를 하다가 1년간 수감 생활도 했고. 주로 50대 남성들을 상대로 사기를 쳐왔는데 개한테 당한 사람들이 여럿이야. 심지어 개 때문에 가정파탄에 그 일이 회사까지 알려져 결국 자살하고 만 사람도 있대. 종로바에서 세 번이나 결혼식을 올렸는데, 그다음은 돈을 가지고 튀었지. 육군중령도 당했고 신부도 당했대. 서울 남자에게 사기 친 돈을 가지고 부산으로 튀고, 또 광주로, 다시 일본으로……. 일본에서도 사기행각을 벌인대. 도쿄에서 사기 치고 오사카로 달아나는 식이지."

은우는 송상열에 대해서 많은 사실을 알아왔다. 일본으로 달아나면 양아버지란 사람에게 가는데 그 늙은이는 송이 사기꾼이라는 사실을 알면서도 재워주고 용돈을 준다고 했다. 그 대신 송은 잠자리를 같이해 주었고. 결혼을 했던 여자도 송에게 속은 것을 알고 이혼 소송을 냈다는 것이었다. 은우는 『누구나 쉽게 따라하는 일본어 회화』라는 책을 보여주며 덧붙였다.

"이걸 좀 봐. 어느 교수가 펴낸 책인데 교묘하게 자기 사진으로 바꿔놓았어."

책 앞표지에는 활짝 웃는 송상열의 사진이 붙어 있고, 약력란에는 일본 ○○○대학 교수, 미국 하버드대 교수라고 박혀 있었다.

"형이 제대로 걸렸어. 어쩌겠나. 엎질러진 물이니. 송상열을 잡으려고 시간 낭비하지 말고 그냥 내버려둬. 걔는 언젠간 누군가에게 칼침을 맞을 거야. 그런 자식들은 하늘이 용서하지 않지."

나는 나대로 송상열에 대해서 몇 가지 새로운 사실을 알게 됐다. 내 집에 머물러 있을 때 송은 내가 출근하고 나면 외간 남자들을 집으로 끌어들였었다. 내가 선물한 값비싼 트레이닝복을 나 모르게 눈 맞은 술집 웨이터에게 안기는 짓도 서슴지 않았다는 사실도 새로 알게 됐다. 나란 위인은 그의 각본대로 잘도 움직여주는 바보 천치에 숙맥이었을 뿐이었다.

나는 송상열을 구속시키려고 경찰서에 수십 번도 넘게 드나들었다. 한 번은 조사계 계장인지 하는 나이 지긋해 보이는 형사 앞에서 눈물을 흘리며 호소해 보기도 하였다. 경찰은 그런 일 따위에 관심이 없었다.

"돈을 줬다는 영수증이라도 있어야 할 게 아니오?"

은우는 하루라도 빨리 잊으라고, 새 일을 찾으라고 충고했다. 한 달 동안 입원치료를 받을 때 회사 직원들은 봉고차를 타고 면회를 몇 번 왔었다. 퇴원을 한 다음 다시 출근해도 좋다고 했지만 나는 사직서를 내고 말았다. 회사 직원들을 웃으며 볼 자신이 없었기 때문이다.

나는 은우의 말대로 생활정보지를 통해 일자리를 알아보았지만 면접을 보러 가면 대부분 퇴짜를 놓았다.

"그 몸으로 일하시겠어요? 쓰러지겠네요."

한 달이 지나고 두 달이 지나도 금방 쓰러질 것만 같은 탈북자를 써주겠다는 데가 없었다.

사방이 캄캄한 어느 밤이었다. 어디선가 "영진아" 하고 부르는 소리가 들려왔다. 나는 흠칫 놀라 소리가 들리는 쪽으로 머리를 홱 돌렸다. 먹물 같은 어둠만이 도사리고 있을 뿐이었다. 무릎에 얼굴을 묻는데 또다시 애타는 목소리가 "영진아" 하고 부르는 것이었다.

엄마였다. 엄마 목소리였다. 아, 얼마나 듣고 싶던 목소리던가. 나는 너무나 생동한 나머지 부르르 온몸을 떨며 소리가 들리는 쪽으로 고개를 돌리고 또 돌렸다. 마침내 어둠 속에 엄마의 얼굴이 잡혔다. 내가 아직 청진에 있었을 때, 군복무 중 7년 만에 잠시잠깐 집에 들렀던 동생 영철이를 황망히 떠나보내고 망연히 서서 보이지 않는 막내아들의 뒷모습을 마음으로 좇던 그 얼굴, 그 표정이었다. 한과 분노와 설움과 슬픔으로 억장이 무너진 듯 가까스로 서 있던 엄마의 모습, 바로 그 얼굴이었다.

그날 양식 없는 집 마당에서 까치가 깍깍거렸다. 정오쯤 삽짝문이 벌컥 열리면서 호송군관을 뒤에 달고 영철이가 들어섰다. 엄마는 "아니 이게 누구야. 네가 어떻게, 영철이 네가 어떻게……" 하며 채 말을 잇지 못했다. 어엿한 군인의 모습으로 7년 만에 집에 들어선 막내아들을 부둥켜안고 놀라움과 기쁨과 반가움에 어쩔 줄 몰라 하던 엄마가 갑자기 밖으로 냅다 달렸다.

예부터 북변땅 풍습은 아무리 가난에 찌들더라도, 야밤삼경이라도 집에 손님이 찾아오면 꼭 부엌에 불을 지피고 밥을 한다. 하물며 7년 만에 집에 들어선 귀한 자식 아니던가. 엄마는 온 마을을 돌고 돌았지만 쌀 한 톨 구하지 못하고 집으로 되돌아왔고 그땐 이미 영철이도 떠난 뒤였다. 영철이는 호송군관까지 달고 집에 들어섰으니 엄마한테 걱정과 폐만 끼쳐드린다고 생각하고, "훈련 중에 잠깐 들렀어요. 금방 가야 해요" 하고는 그길로 떠나간 것이었다. 허둥대며 집에 들어선 엄마는 영철이 떠난 것을 알고 넋이 나간 눈길로 허공을 멍하니, 오래도록 바라보며 문간에 서 있었다. 따끈한 밥 한 끼 못 해 먹이고 돌려보내야만 했던 엄마의 심정을 세상 그 어떤 슬픔과 아픔에 비길 수 있으랴.

그날 그 엄마가 캄캄한 내 눈앞에 있었다.

7

야간 환경미화원. 오후 7시부터 새벽 5시까지. 월 150만 원……

그리하여 나는 대한민국에서 제일 밑바닥이라는 일을 직업으로 가지게 되었다. 직업소개소를 통해 일자리를 찾아왔다가 단 하루도 견디지 못하고 그만두는 인부가 속출하는 험하고 고단한 청소부 일이었다.

주식회사 강남환경은 석관동 개울가에 있었다. 세 명이 한 조가 되어 쓰레기를 치우는 일을 했다. 내가 골목골목 누비며 집 앞에 내놓은 쓰레기봉투와 음식물 찌꺼기를 차가 다닐 수 있는 좁은 길가에 내놓으면 화물차 기사는 그 쓰레기들을 실어 대로변까지 옮긴다. 그리고 다시 대로변에서 5톤 압축차에 밀어 넣는다. 그렇게 하룻밤에 트럭으로 여덟아홉 대씩 실어 나르면 날이 밝아온다. 부득이하게 나와 한 조가 된 장성기는 어리둥절하게 서 있는 나에게 늘 퉁박을 주곤 했다.

"아저씨. 뭘 하고 있어요? 빨리 리어카를 차에 싣지 않고."

나 혼자서 리어카를 적재함에 실으려니 감당이 안 되어 우물쭈물하면 또 득달같이 잔소리가 날아왔다.

"그것도 못 들어요? 그래갖고 어떻게 이 일을 한다고 그래요?"

개들이 요란하게 짖어대는 어두운 달동네 골목에 들어서서 무거운 쓰레기봉투를 양손에 하나씩 들고 걸을 때면 어디가 어딘지 통 방향을 알 수 없다. 내가 어느 쪽으로 들어왔는지, 어디로 나가야 길가 쪽인지, 처음 며칠 동안은 좁은 골목에서 빙빙 돌기도 여러 번이었다. 나이 지긋한 팀장이 나름대로 노하우랍시고 알려주었다.

"낮에 한번 가봐. 그러면 눈에 익을 거야."

쓰레기봉투를 쥐고 어두운 골목길을 한참 헤매노라면 장성기가 골목 어디선가 소리를 쳐댔다.

"아저씨! 아저씨!"

어느 어두운 대문 앞 음식물 쓰레기통을 열자 속에 구더기들이 꽉 들어차 있었다. 내가 난감하게 서 있자 어느새 장성기가 뒤에 와서 지청구를 늘어놓는다.

"아저씨. 뭐 해요? 쓰레기 치우는 사람들은 구더기를 밥알이라고 생각해야 해요."

겨울 초입, 골목골목을 돌고 오르내리며 쓰레기를 들어 나르는데 첫눈이 소리 없이 내렸다. 지치고 다리에 힘에 풀려 아무 데고 털썩 주저앉았다. 눈앞에 보이는 아득히 높은 계단을 도저히 올라갔다 내려올 자신이 없었다. 겨우 몸을 일으켜 한 계단씩 힘겹게 올라 양손에 두 개, 세 개씩 쓰레기봉투를 들고 내려왔다.

눈이 오니 마음이 급해진 장성기는 마치 자기 혼자서 일을 다 하는 것처럼 짜증을 부렸다.

"아저씨. 지금 어데 있어요? 아니, 아직두 다 못 끌어내리면 어떻게 해요. 지금 몇 신지 알아요?"

장성기가 밑에서 쓰레기봉투를 던져 올리면 나는 적재함에 올라서서 차곡차곡 쌓아올리는 작업을 했다. 눈은 하얗게 내리고, 적재함 뒤쪽에 불안정하게 쌓아올린 쓰레기 더미를 바로잡고 있을 때였다. 운전석에 오른 장성기가 출발 신호도 없이 갑자기 가속페달을 밟는 바람에 나는 그만 균형을 잃고 아래로 곤두박질쳤다. 잠깐 정신을 잃었을까, 다음 작업을 앞두고 운전석에서 내린 장성기가 내가 없다는 것을 그제야 알아채고는 길을 되짚어오며 나를 불러댔다. 장성기가 길 한가운데 쓰러져 있는 나를 흔들어 깨웠다. 내 얼굴에 조용히 내려앉은 하얀 눈송이들이 금세 물이 되어 목깃으로 흘러들었다.

"괜찮아요? 정말 괜찮겠어요? 어디 다친 덴 없어요. 큰일 날 뻔했네……."

그래도 걱정은 되는지 몇 번이고 되묻는 장성기에게 나는 바보같이 씩 웃고 말았다.

내가 맡은 구역인 종암2동에는 낡은 건물들이 죽 늘어선 골목이 있었다. 영세 봉제공장들이 대부분인데 자투리천이 가득 들어찬 100리터짜리 종량제 봉투를 거의 매일 200개, 300개씩 내다 놓았다. 그 100리터 봉투가 얼마나 무거웠던지 하나에 70~80킬로그램씩 무게가 나갔다. 나는 그 무거운 짐을 혼자서 어깨에 메고 차에 실었다. 정신없이 차에 싣고 나면 허리가 쑤시고 두 다리가 후들후들 떨렸다. 업주는 돌아가며 장성기에게 몇만 원씩을 집어주었지만 장성기는 매번 그렇게 받은 팁을 혼자서 꿀꺽했다.

장성기는 말끝마다 "장 형은 그렇게 비위가 없어가지곤 어떻게하겠어? 부잣집 대문이라도 한 번씩 두드려보란 말이에요" 하고 훈수를 두곤 했다. 부잣집 대문을 두드리고선 "사모님. 쓰레기 버릴 거 없나요?" 하면 쓰레기를 치워가게 하면서 돈 만 원이라도 팁을 준다는 것이었다. 비윗살 좋은 장성기는 그렇게 해서 부수입을 올리는 눈치였다.

"이번 추석 명절에 그렇게 해보라니깐. 왜 내 말을 안 들어요?"

장성기의 말대로 나도 추석 즈음 용기를 내어 그중 한 부잣집 대문을 두드렸다.

"사모님, 쓰레기 치울 거 없나요?"

그날 나는 연못가에 쌓아둔 나무판자들을 치워주고 작은 상자 하나를 받았다. 상자 안에는 무슨 기념 글귀가 박힌 수건 한 장이 달랑 들어 있었다.

8

밤새 쓰레기와 씨름을 하고 있던 어느 날 누군가 나를 찾아왔다. BBC방송 홍콩 주재 기자라고 하면서 통역을 대동하고 나타났는데 인터뷰를 하고 싶다는 것이었다.

"저를 어떻게 알고 오셨어요?"

통역의 말이 그 무슨 인권연대를 통해서라고 했다. 나는 송상열에게 사기를 당한 후에 종로 쪽에 작은 사무실을 두고 있는 성소수자 인권단체를 찾아간 적이 있었다. 나처럼 또 당하는 사람이 없게 하기 위해서라도 송상열의 신상과 사기 전력을 공개하는 게 좋을 것 같아서였다.

키가 큰 백인 영국 기자는 30대 중반쯤으로 보였는데 자신을 이반(동성애자)이라고 소개했다. 나는 인터뷰 요청을 거절했다. 그러자 그는 통역을 통해 나를 설득하려 애썼다.

"전 선생님을 진심으로 돕고 싶어서 찾아왔습니다. 우리 BBC방

송은 전 세계에 58개 지사를 두고 있습니다. 그 영향력은 이루 다 말할 수가 없지요. 원하지 않으신다면 인터뷰 내용을 한국 쪽에는 풀지 않겠습니다. 영문으로 나갈 텐데요, 우리 잡지는 전 세계로 배포됩니다. 그러면 선생님을 돕겠다는 사람들이 분명히 있을 겁니다."

그의 설명을 듣고 보니 그럴듯했다. 나는 다시 한 번 다짐을 받았다.

"진짜루 한국에 깔리는 건 아니지요? 영문으로 해외에만 나간다는 게 확실하지요?"

"그럼요. 믿으셔도 됩니다. 약속하지요."

나는 그들의 말을 믿고 인터뷰에 응했다. 사진도 찍었다.

"선생님 인생은 한 편의 드라마 같아요. 혹시 책을 펴낼 생각은 없으십니까? 영국에서 출판되도록 저희가 돕겠습니다."

그 제안은 아직 나로서는 받아들이기 어려운 것이었다. 나는 그럴 생각이 없다고 잘라 말했다.

그로부터 한 달인지 두 달인지 지난 이른 아침이었다. 인터뷰를 했다는 사실도 희미해져 있을 때쯤이었다. 쓰레기와 전투를 치른 뒤 지친 몸을 겨우 지탱하며 지하철을 기다리고 있었다. 여러 종류의 일간신문들이 차곡차곡 쌓인 지하철 가판대 앞에서 몇몇 사람들이 신문을 들고 열심히 들여다보고 있었다. 나도 별 생각 없이 신문 하나를 사서 무심히 뒤로 넘기며 읽었다. 그러다 한순간 두 눈이 휘둥그레지고 가슴이 쾅쾅 뛰면서 얼굴이 확 붉어지는 기사를 보았다. 쥐구멍이라도 있으면 기어들고 싶은 심정이었다.

신문에는 내 사진과 함께 "휴전선을 넘은 게이 탈북자"라는 제목을 단 기사가 실려 있었다. 사진 속 나는 피골이 상접한 모습인데다 주름살투성이 얼굴은 울상을 짓고 있는데, 한마디로 북한의 정치범 수용소 죄수를 연상케 할 정도로 초췌한 모습이었다. 울렁거리는 가슴을 진정시키며 또 다른 신문도 사서 펼쳐보았다. "아내와 헤어지기 위해 휴전선을 넘은 게이 탈북자"라는 제목으로 나에 관한 기사가 실려 있었다.

그날 「동아일보」를 비롯한 여러 일간지에는 마치 별난 뉴스거리라도 발견한 것처럼 나에 대한 기사가 실려 있었다. 일은 그쯤으로 끝나지 않았다. 저녁 9시 텔레비전 뉴스에서도 내 얘기를 다루었다.

"다음 소식입니다. 자신의 성 정체성 때문에 아내와 헤어지기 위하여 휴전선을 넘은 탈북자가 있습니다……."

미처 기사나 방송으로 '게이 탈북자'인 나를 다루지 못한 언론들은 그다음 날 문제의 기사를 적당히 편집해서 내보냈다. 나는 이제 탈북자들뿐만 아니라 온 나라 사람들이 다 아는, 어떤 사람들에게는 절대 이해되지 않는 희한한 사람이 되어버렸다. 내 의지와는 무관히 커밍아웃을 하게 된 셈이었다.

9

쓰레기와 함께한 혹독한 겨울이 끝나고 봄이 왔다. 달동네 오래된 주택 마당에도 하얀 목련이 피었다. 나는 등촉같이 탐스런 목련 꽃 그늘 아래 담벼락에 기대앉아 땀을 식히며 저 멀리 서울 시내를 내려다보곤 했다. 고향을 떠난 지도 어언 8년이었다.

엄마는 지금 살아 계실까? 동생들은? 나 때문에 고초를 당하지는 않았을까?

나는 일을 쉬고 중국으로 떠났다. 만약 엄마가 살아 계시다면 약 한 첩이라도 보내주고 싶었다. 그렇게라도 하지 않으면 두고두고 가슴을 칠 것만 같았다. 어쩌면 내 마음의 짐을 아주 조금쯤이라도 덜고 싶어서였을지도 몰랐다.

중국에는 엄마의 동생인 이모가 살고 있었다. 이모는 한족 남자에게 시집을 갔는데 세월이 흐르면서 소식이 끊겼다. 내가 중국에서 떠돌며 헤맬 때에도 이모를 찾으려고 무진 애를 썼지만 끝내 찾지 못했있다. 1960년 당시 연길시 공원가라는 데 살고 있었다는 사실밖에 아는 정보가 없었기 때문이다.

공항에 내린 나는 연길시 공안국으로 찾아들어갔다. 그렇게 피해 다녀야 했던 공안국에 내 발로 찾아드는 심정이 묘했다. 전산 시스템의 혜택을 보았다고나 할까. 그곳에서 나는 이모가 1935년생이라는 사실과 현재 연남가에 거주했다는 사실을 알아냈다.

이모와 이모부는 이미 돌아가신 뒤였다. 다행히 이모의 큰딸인 사촌누나가 그 집에 살고 있었다. 그날 밤 사촌인 순자 누나가 북한에 보내는 편지를 썼다. 60년 초 서로 소식이 끊긴 후로 30년 만이었다. 며칠이 지나서 청진 동생한테서 회신이 왔다. 엄마가 아직 살아 계시다고 했다.

순자 누나는 내 성화에 못 이겨 북한 세관까지만 짐을 가지고 당일로 갔다 올 수 있는 여권을 발급받았다. 그러고는 전보를 쳤다.

4월 25일. 순자. 회령세관에 도착. 만남 바람.

나는 서울을 출발할 때 있는 돈을 죄 달러로 환전했는데 중국에서 인민폐로 바꾸니 4만 얼만가가 되었다. 중국에서는 대단히 큰 돈이었다. 나는 연길 시내에 있는 인민은행으로 들어가 북조선으로 송금할 수 있는지를 물었으나 다른 나라는 다 송금할 수 있어도 조선에만은 할 수 없다는 대답이 돌아왔다.

나는 북에서 필요한 물품을 사서 보내기로 하고 연길 서시장으로 갔다. 하지만 서울에서 품질이 좋고 예쁜 상품들만 보던 내 눈에 중국제가 성에 찰 리 없었다. 나는 다시 연길 시내 한국인이 경영하는 큰 백화점으로 발길을 돌렸다.

제일 먼저 엄마 몫으로 실크 한복감, 속옷, 신발을 골랐다. 그다음 누나와 여동생 그리고 남동생 몫의 선물을 골랐다. 마지막으로 특별히 신경을 써서 아내 미라의 몫으로 고운 한복을 비롯하여 트렁크 하나가 차도록 선물을 마련했다. 그렇게라도 나로 인해 불행해진 미라에게 작으나마 위로와 사죄의 뜻을 전하고 싶었다.

그러고도 나는 거의 차 한 대분이 되는 물품을 더 사들였다. 엄마의 약과 옷감과 스카프, 먹을거리, 자전거, 냉장고 두 대, 텔레비전 석 대, 설탕, 기름……. 이것만 무사히 보내주면 한시름 놓을 것 같았고, 그쪽에서도 식량으로 바꾸어 한동안 지낼 수 있을 것 같았다.

드디어 4월 25일 아침이 밝았다. 나는 혹시나 하여 전보를 몇 차례 더 쳐두었다. 그래도 안심이 안 되어 당일까지도 밤잠을 설쳤다.

한족 운전기사가 화물차를 끌고 왔는데 세관까지 나갔다 오는 데 350원을 달란다. 나는 팁을 듬뿍 얹어주었다. 순자 누나는 엄마와 동생을 만나면 함께 나눠 먹을 식사 준비로 새벽 일찍 찰떡을 치고 김밥을 만들고 오이소박이를 무치느라 부산을 떨었다. 나는 북한 쪽 세관요원들에게 건네줄 뇌물을 정성껏 꾸며 쌌다. 고급담배 몇 보루, 고급술 몇 병, 과자, 사탕…….

나는 순자 누나에게 단단히 일렀다.

"누나. 내 말 꼭 명심해야 하오. 차가 다리를 건너자마자 그곳 요원들에게 이것부터 건네줘야 하오. 그래야 그들이 트집을 안 잡는단 말이요. 알겠소?"

날씨는 화창했다. 파란 하늘엔 밝은 태양이 두둥실 떴고 숲속에서는 새들이 그렇게도 보고 싶은 엄마와 동생을 만나러 가는 나를 축복이라도 하듯 재재거렸다. 화물차는 파릇파릇 새싹이 돋아나는 산기슭과 작은 마을을 끼고 유유히 흐르는 두만강변으로 달렸다. 순자 누나는 소풍이라도 나온 사람처럼 차창 밖으로 머리를 내밀고 연신 탄성을 질렀다.

"야, 곱네. 저것 봐, 여기 경치는 진짜 아름다워."

한껏 들뜬 순자 누나와는 달리 국경이 가까워질수록 나는 조금씩 불안해지기 시작했다.

'제발 무사히 전달돼야 하는데⋯⋯. 지금쯤 미리 와서 기다리고 있을까? 혹시 하루나 이틀 전에 도착했으면 어디서 지새웠을까? 엄마는 나오셨을까? 그 아픈 다리로 오실 수나 있었을까? 내가 보내는 짐이라는 걸 아니깐 어떻게라도 오실 거야⋯⋯.'

차는 강변으로 굽이굽이 달리더니 직선도로로 들어섰다. 그런데 치아가 다 빠지고 없는 운전기사가 갑자기 "어어어어" 소리를 지르더니 브레이크를 확 밟는 것이었다. 비포장도로를 종종종종 가로지르는 어미 꿩과 올망졸망한 아기 꿩들을 깔아뭉갠 사고였다. 차에서 내린 운전사가 용케 짓뭉개지지 않은 아기 꿩들을 들고 차로 돌아오면서 히죽히죽 웃는데 나는 이상하게도 마음이 좋지 않았다.

이윽고 우리가 탄 차가 중국 쪽 세관 앞에 멈춰 섰다. 내가 갈 수 있는 곳도 거기까지였다. 시계를 들여다보니 오전 11시쯤 되었다. 나는 목을 빼고 다리 너머 북한 세관 쪽을 바라보았다. 혹시라도 엄마와 동생의 모습이 보이지 않을까 싶어서였다.

건물 안으로 들어가 간단한 수속을 마치고 나온 순자 누나가 다시 운전석 옆에 올랐다. 부르릉 시동을 건 차가 진입할 수 있도록 다리 입구의 차단봉이 오르고 보초소 앞을 통과할 때까지 나는 차를 쫓아가며 소리쳤다.

"누나. 내 말 명심하오. 잊지 말고 세관요원들에게 그것부터 전해야 하오."

차는 어느새 다리 중간쯤을 천천히 달리고 있었다. 하늘은 맑고 햇살은 눈부신데 나는 그 시간이 한없이 길게 느껴졌다. 북한 세관 쪽으로 눈길을 둔 채 한 시간을 기다리고 두 시간이 지나도 누나는 돌아오지 않았다. 나는 좋은 징조로 받아들였다.

'만난 게구나. 혹시라도 전보를 받지 못해 엄마와 동생이 오지 못했다면 이렇게 시간이 오래 걸릴 리 없지. 지금쯤 반갑게 만나 식사도 함께하고 이야기를 나누고 있을 거야.'

저녁 무렵이 다 되도록 다리를 건너간 차는 돌아오지 않았다. 나는 속이 까맣게 타들어갔다.

'혹시 무슨 일이라도 생긴 게 아닐까?'

그때 저편 다리 중간쯤에 맥없이 걸어오는 순자 누나의 모습이 보였다. 나는 손을 흔들어 보였다. 그런데 나와 점점 가까워지는 순자 누나의 안색이 좋지 않은 듯했다. 연신 욕을 중얼거리는 것도 같았다.

"저 아새끼…… 저 아새끼……."

다리를 다 건너온 순자 누나는 대뜸 소리를 지르며 손에 쥐고 있던 작은 종이쪽지를 내밀었다.

"빨리 가자. 이것 봐라."

나는 누나가 건넨 노란 종이쪽지를 받아들었다.

남조선에서 보낸 물건이니 모두 회수한다.

아래에는 빨간 도장이 찍혀 있었다. 머리가 핑 돌았다. 나는 넋을 잃고 그 자리에 멍하니 서 있었다. 누나는 앞질러 걸으면서 나를 소리쳐 불렀다.

"뭘 하고 섰니? 빨리 가자니까. 여기서 빨리 벗어나야 해. 넌 오늘밤으로 당장 떠나. 여기서 얼쩡거리지 말고. 나까지 위험하단 말이야. 나한테까지 피해를 줄 셈이야? 심양에 가서 비행기를 타. 그게 안전할 거야."

머리가 어질어질하고 눈앞이 희뿌예지면서 무슨 말을 어떻게 해야 할지 막막했다.

나는 누나가 세운 택시에 올라탔다. 그제야 누나가 다리 건너에서 일어난 일을 상세히 풀어놓았다.

"이모가 나왔더구나. 영학이와 영학이 각시와 함께. 이틀 전에 도착해서 주변 농가에 들어가 묵으며 기다렸대. 허리가 다 꼬부라진 그 늙은 몸으로 어떻게 걸었는지 모르겠어. 청진에서부터 며칠 동안 몇백 리를 걸었다는 거야. 영학이 등에 업히고 하면서. 게다가 영학이 각시는 몸이 만삭이더라. 예정일이 당장이란다. 그런 몸으로 어떻게 걸었을까? 이모는 나를 붙들고 오랫동안 우셨어."

아, 엄마……. 이야기를 듣고 있는 내 눈에서도 눈물이 흘러내렸다. 누나는 쉬지 않고 말을 이어갔다.

"그렇게 한참 이야기를 나누는데 곁에서 맴돌며 우리를 감시하던 세관요원이 저 안으로 들어가 이야기를 하시죠, 하더라. 엄마와 나는 건물 안으로 따라 들어갔어. 그런데 여자요원이 굳은 표정으로 다가오더니 나만 따라오라고 하더라. 나를 작은방에 들이고는 잠깐 기다리라더니 한참 후에 다른 남자랑 들어서는 거야. 여자요원이 먼저 입을 여는데, 아주머니, 지금부터 제가 묻는 말에 솔직히 대답해야 합니다. 만약 그렇지 않다간 중국으로 돌아가지 못하고 구속될 수 있습니다, 그러면서 종잇장과 볼펜을 건네더구나. 여기다 아는 만큼 이모네 자식들을 적으시오, 하면서. 할 수 있니? 나는 겁이 나서 아는 대로 적었어. 그랬더니 여기 셋째 장영진, 지금 어데 있나요. 솔직히 대답하세요. 셋째 장영진이가 남조선에서 왔지요? 이 물건들은 장영진이가 보내는 거구. 장영진의 어머니와 동생이 지금 저쪽 방에서 조사를 받고 있는데 그들이 솔직하게 다 자백했어요…… 그러더라. 그래서 난 진짜 줄 알고 다 말해 버렸어. 그랬더니 그 물건들은 모두 몰수래. 영수증을 써주면서."

우려했던 일이 현실이 되었다. 이제 와서 어떻게 손을 쓸 방도가 있는 것도 아니었다. 나는 가슴을 싸쥐고서 울고 또 울었다.

"이모는 정신만은 또렷또렷하더라. 네 목소리만이라도 들어봤으면 한이 없겠다는 거야. 너를 보기 전에는 죽을 수 없다시며……

백 살까지 살겠다면서……. 네가 휴전선을 넘었다고 뉴스가 나온 그해 겨울 어느 날 자정이 지나서 보위부 차가 집 앞에 들이닥쳤대. 당신 아들이 남조선으로 도망가 공화국을 헐뜯고 있소, 하면서. 그 대로 차에 태워져 어디 깊은 산골로 끌려갔다더라. 함경북도 부령 군 최현리란 덴데 온통 돌밖에 없는 곳이더래. 그 추운 겨울 영학이 각시는 결핵에 걸렸고, 누나는 충격을 받아 뇌졸중으로 돌아가고……. 쌍둥이 큰형은 어랑군이란 곳으로 추방시키고 작은형은 화대군이란 곳으로 추방시켰는데 쌍둥이 큰형은 급성대장염으로 사망했대. 굶어 죽었겠지. 막내 영철이는 군복무 13년차에 갱도공사를 하다가 굴이 무너져 죽었다더라. 추방된 그해 겨울 영학이가 결핵에 먼저 걸렸고 나중에 영학이 각시가 걸렸는데 영학이 각시는 끝내 치료받지 못하고 죽었대. 지금 만삭인 각시는 후처구……. 추방된 그해 겨울 집도 없이 협동농장 소 외양간에서 지냈다누나. 얼마나 추웠을까? 온 가족이 얼어 죽지 않은 게 다행이지……."

10

연길역에서 기차에 오르는데 찬바람이 휙 가슴을 뚫고 지나갔다. 순자 누나는 바람에 날리는 머리를 쓸어 올리며 눈물을 흘렸다. 호각 소리가 울리고 기차가 서서히 미끄러져 나가는데 승강구에 서서 손을 흔드는 내 얼굴에도 눈물이 하염없이 흘러내렸다.
기차는 고른 동음을 울리며 달렸다. 차창 밖은 벌써 어두워졌다.

난 벌써 몇 시간째 멍한 시선을 한 곳에 고정시킨 채 앉아 있다가 벌떡 일어서고, 다시 앉았다가 벌떡 일어서곤 했다. 나는 내가 그러고 있다는 사실도 별로 의식하지 못하고 있었는데 저편에 앉은 한 족남자의 이상한 눈빛을 보고서야 뒤늦게 내 행동을 자각했다.

그러거나 말거나 내 눈앞엔 온통 엄마와 누나, 쌍둥이 형들, 동생들의 모습뿐이었다. 청진에서부터 온성까지 며칠을 줄곧 걸어 이틀씩이나 농가에 들어가 기다렸다니……. 해산 날짜가 임박한 제수씨가 배부른 몸으로 그 먼 길을 따라나섰다니……. 그들이 다시 먼 길을 돌아 청진으로 힘겹게 걷는 비참하고 불쌍한 모습이 내 눈앞에서 사라지지 않았다.

그 먼 길을 엄마를 등에 업고 걷는 영학이의 심정은 어떨까? 얼마나 지치고 힘들까? 불쌍한 영철이가 죽다니…… 누나가 죽다니…… 쌍둥이 형이, 결핵에 걸린 제수가 죽다니…….

나는 또다시 벌떡 자리에서 일어났다. 그리고 한참 후에 스르르 맥없이 주저앉았다.

'어쩌면 정치범 수용소로 보낼지도 몰라. 남조선으로 달아난 반역사와 편지를 주고받으며 내통했으니, 틀림없이 그리로 보낼 거야…….'

눈앞에 혹독한 조사를 받고 정치범 수용소로 끌려가는 엄마와 동생들의 모습이 어른거렸다.

나는 생각했다.

'가야 해. 엄마 곁으로 가야 해. 그들이 잡혀가기 전에 가야 해.

그러면 엄마가 얼마나 기뻐하고 반가워하실까? 목소리라도 들어
봤으면, 그러면 한이 없겠다고, 한 번만 봤으면 죽어도 한이 없겠
다고 하셨다는데……. 그래, 가야 해. 가서 나도 엄마를 단 한 번만
이라도 보고 죽으면 여한이 없겠어.'

나는 다시 자리에서 벌떡 일어났다. 이번에는 재빠르게 기차에
서 뛰어내려 개찰구 밖을 향해 달렸다. 사위는 캄캄할 뿐 기차가
얼마나 달려왔는지, 거기가 어디인지도 알 수 없었다.

나는 무작정 택시를 불러 세웠다.

"엔지!"

그러고는 되는 대로 돈을 꺼내 택시기사에게 쥐어 주었다.

8년 전 건넜던 유빙이 흘러내리는 두만강을, 그로부터 1년 1개
월 후 다시 휴전선을 넘으려고 건넜던 그 두만강을, 나는 엄마 품
으로 돌아가기 위해 다시 건너야 한다.

푸름푸름 여명이 밝아왔다. 검푸른 강물은 내 심정을 아는지 모
르는지 유유히 흐르고 있었다. 나는 강물로 첨벙 뛰어들었다. 그러
다가 우뚝 멈춰 섰다. 한참을 물속에 우두커니 서 있었다. 하염없
이 흐르는 강물처럼 눈물이 끝도 없이 쏟아져 내렸다. 문득 귓가에
누군가가 부른 노랫소리가 들려왔다.

이별의 술잔에 내 신상 고였나

지나온 인생길에 피눈물이 어렸구나

어이하랴 인생길은 두 번 다시 못 오니

이 한잔이 흐린 넋을 씻어줄 수 없을까.

나는 두 손바닥으로 흐르는 물결을 치며 세차게 울었다.

미안하단 한마디로 어떻게 다 씻을 수 있을까?

보고 싶단 한마디로 어떻게 다 달랠 수 있을까?

저 멀리 허공으로 새 한마리가 날아가고 있다.

저 새는 집으로 가는 것일까…….

에필로그

지난밤 꿈에 엄마를 보았다.
그러면 오늘이 엄마 생일이다.
지난밤 꿈에 동생을 보았다.
그러면 오늘이 동생 생일이다.

나는 살아오는 동안 생일이라는 건 거의 모르고 살았다. 어린 시절 내 앞에 하얀 쌀밥이 놓이면 웬일이냐 싶어 엄마를 쳐다봤었다. 그러면 엄마는 "오늘이 네 귀빠진 날이다" 하셨다.

한국에 와서는 15년이 지나도록 한 번도 생일을 쉬어본 적이 없다. 기억하고 싶지 않았다. 다 버리고 온 몸이 무슨 생일인가, 싶었다.

어느 날 은우한테서 전화가 온다.

"형, 오늘 형 생일이네. 밥이나 챙겨 먹었어? 또 안 먹었지? 뻔하지 뭐. 지금 뭐 하고 있어?"

"지금……."

나는 말끝을 잇지 못하고 얼버무린다.

"형, 또 울고 있는 거야?"

난 이 글을 쓰는 동안 많이 울었다.

이제 더는 울지 않으련다.

자유와 자존을 택한 두 세계의 이방인

_ 정길연(소설가)

I

국가인권위원회가 입주해 있는 건물에서 그를 처음 만났다. 그곳이 그의 일터였기 때문이다. 그는 어느 청소용역회사에 소속된 계약직 미화원이다. 그를 만나기 전 나는 그가 보내온 '묶음글'을 읽었다. 논픽션이라기엔 문학적 포인트를 짚을 줄 아는 감수성이 예사롭지 않고, 그렇다고 픽션이라기엔 날것의 핍진함이 하도 암팡져 가슴이 먹먹했다.

그가 궁금했다. '묶음글'을 통해 이해한 그는, 한 사람의 생애가 수용하기에는 너무나 많은, 너무나 깊은, 너무나 아픈 기억을 가진 사람, 섣불리 어루만질 수 없는 다중다각(多重多角)의 내상(內傷)을 가진 사람이었다. 북쪽에 고향을 둔 한반도형 디아스포라로서 자복하듯 풀어낸 글의 진정성과 문학에 대한 열정을 가늠하기 위해서라도 그를 만나야 했다.

짐작대로 그는 섬세하고 수줍음이 많은 사람이었다. 그러면서도 '쿨'했다. "내가 탈북자인 거, 사람들이 알아도 상관없어요. 어쨌든 탈북자 맞잖아요?" 그는 솔직했고 대체로 잇속에 무심했다. 내어줌으로써, 내려놓음으로써 그 공허가 평화로 채워진다는 문리를 터득한 듯했다. 어질고 선량한 눈빛과 조용조용한 말투가 자유분방한 기질과 뜨거운 성정을 완전히 가려주지는 못했다. 끝내 내려놓지 못한 무엇인가가 그의 내부에서 뭉근히 끓고 있었다. 나는 그것을 남북한 그 어떤 체제로도 구속할 수 없는 한 자유로운 영혼의 자존심이라고 보았다.

그는 남한에서 가장 놀랍고 부러운 것 중 하나가 대형서점의 서가에 빼곡히 꽂혀 있는 책들이었다고 했다. 그는 그 서가에서 자신의 오래된 꿈을 발굴했다. 그는 상기된 표정으로 자신이 좋아하는 작가들에 대해 이야기했고, 앞으로 쓰고 싶은 소설에 대한 구상을 펼쳐놓았다.

그런 그가 신기했다. 그 이전에 이미, 남한 사회에 정착하기 위한 방편으로든 들끓는 토설의 욕구에서든 북쪽에서의 삶과 그 부조리했던 시절을 부담스럽도록 리얼하게 고백하는 수기 한두 편을 발표한 뒤 소위 탈북작가라는 문학적 지위(?)를 획득한 부류들이 있어왔지 않은가. 우려와는 달리 그는 스스로를 그들과 명확히 차별화할 줄 아는 고결한(?) 문학애호가이자 전업소설가를 꿈꾸는 '문학청년'이었다. 한마디로 '마인드'와 '프라이드'만큼은 프로페셔널이었다.

나는 그와 꽤 여러 번 만났다. 업종의 특성상 그는 신새벽부터 현장에 투입됐고, 오후의 햇살이 아직 도심의 빌딩숲 사이를 배회할 시각에 일을 마쳤다. 지난해, 나는 그를 만나러 갈 때마다 노란 리본이 나부끼는 시청 광장을 가로질러야 했다. 그때마다 저 남쪽 어느 차가운 바다와 부도덕한 사회가 잠재운 꽃 같은 아이들이 떠올라 급히 고개를 숙이곤 했다.

그와 나는 국가인권위원회 건물 앞에서 만나 꼭 그래야 하는 것처럼 자연스레 술집으로 장소를 옮겼다. 청계천변의 맥줏집에서, 무교동의 막걸리집에서 술잔을 기울이며 나는 그의 고단한 인생을 경청했다. 어느 날은 광장시장 노점에서 다량의 기름을 흡수해 금세 속이 거북해지는 녹두전을 앞에 놓고 좌절과 상대적 박탈감으로 귀결되는 천민자본주의 사회의 독성에 대해 비분강개하기도 했다.

그 어느 때라도 그는 다짐처럼 덧붙이곤 했다. 새로운 페미니즘 소설을 구상하고 있다고. 언젠가는 궁벽한 산골 작은 집에 틀어박혀 글만 쓰며 살고 싶다고. 전업작가이자 생업작가인 나로서는 부추길 수도 뜯어말릴 수도 없는 확고부동한 미래 설계였다.

그는 '살풋이' 술기운이 오르면 북쪽에 두고 온 아내에 대해 언급하고곤 했다. 미라가 다행히 복직되었다고. 미라는 정말 훌륭한 교사였다고. 미라가 좋은 남자를 만났으면 좋겠다고. 그는 아내라는 보통명사 대신 꼭 "미라가……" 하고 그네의 이름을 불렀다.

아내의 옆자리가 불편해 아내를 '버리고' 온 남자가 아닌가. 그런데도 나는 그의 걱정 어린 말들이 전혀 이상하지 않았다. 그의 말이나 글을 통해서, 나는 그가 한때 자신의 아내였던 여자를, 비록 이성으로서는 아닐지언정 인간으로서는 진심으로 존중하고 사랑하고 있다고 느껴오던 터였다.

한 번은 그가 좋아하는 작가 위화의 소설이 원작인 영화를 보기 위해 종로의 어느 극장을 찾았을 때였다. 나는 혼자서 영화를 보는 버릇이 있는지라 그와 서너 자리 떨어져서 영화를 관람했다. 영화가 끝난 후 그와 나는 하던 대로 종로통의 해물요리 전문점으로 향했다. 술이 두어 순배 돌자 그가 잦아들듯 말했다. 간밤 꿈에 북의 가족을 보았다고. 새벽에 멍하니 앉아 어둠을 더듬다 보니 마침 그날이 미라와 결혼했던 날이더라고. 나는 할 말이 없었다. 안타깝고 마음이 아팠지만 그 어떤 위로의 말도 무용하리라는 생각이 들었다. 슬픔은 슬픔으로 넘어서야 하는 것이니까.

그러는 동안 그는 꾸준히 자신이 쓴 '묶음글'을 수정하고 덧붙이는 퇴고 작업에 공을 들였다. 육체노동자로서의 체력적 한계 이외에도 법정기준근로시간을 초과하는 업무 환경상 책상 앞에 앉을 수 있는 시간이 턱없이 부족했음에도 불구하고. 나는 그를 만날 때마다 글 선배로서 충고와 격려를 보냈다. 그가 심중에 품었으나 번번이 그를 배반했던 무수한 꿈들 중 하나쯤은 이 땅에서 이루어지기를 진실로 바랐다. 그리하여 마침내 한 권의 자전소설, 『붉은 넥타이』가 탄생했다.

Ⅱ

『붉은 넥타이』를 읽으면서 나는 〈브로크백 마운틴〉을 떠올렸다. 〈와호장룡〉의 이안 감독이 메가폰을 잡고 히스 레저와 제이크 질렌할이 주연을 맡았던 영화 〈브로크백 마운틴〉은 대초원의 수려한 풍광을 배경으로 한 일종의 퀴어 시네마다.

그러나 영화에 몰입할수록 나는 우정의 경계를 넘어선 '남'과 '남'의 사랑이라는 마케팅 문안에 동의할 수 없었다. 영화는 순수한 러브 스토리였다. 언젠가는 내게로 왔다 내게서 떠나갈 '사랑의 운명' 혹은 '운명적 사랑'에 관한 이야기였다. '게이 웨스턴'이니 어쩌니 하는 훼살꾼의 자극적이고 폭력적인 언사 따위를 말갛게 씻어내리듯 '잭'과 '에니스'의 사랑은 지상의 모든 사랑이 그러하듯 애틋하고 눈부시고 초조하고 속절없었다.

나는 『붉은 넥타이』의 '영진'과 '선철'에게서 '잭'과 '에니스'를 보았다. 마음의 과녁에 꽂힌 대상을 비껴갈 수 없는 맹목의 그리움을 보았다. 눈먼 그리움은 필연적으로 심연의 외로움에 이를 수밖에 없을진대, 『붉은 넥타이』의 '영진'으로 하여금 북을 떠나 중국

대륙을 떠돌게 만들었던 것도, 다시 두만강을 넘어 휴전선으로 남하하도록 몰아붙였던 것도, 이데올로기가 아니라 도저한 외로움이었으리라.

'개인의 비극은 타인에게는 드라마틱한 논픽션'이다. 맞는 말이다. 나는 그를 강타한 생의 희비극을 글로 읽으면서 '울컥'과 '욱'을 오갔다. 슬픔과 분노 때문이었다. 그를 만나러 가기 위해 노란 리본이 펄럭이는 시청 앞 광장을 가로지를 때처럼 슬픔 때문에 분노하고 분노 때문에 슬퍼했다. 글을 읽다 가슴을 꾹 누르며 울기도 여러 번이었다. 어떤 장면에서는 나도 모르게 부아가 치밀었다가 다음 순간 혼자 키득거리기도 하고 불현듯 숙연해져서 고개를 끄덕이기도 했다.

그렇듯 사람살이의 씨줄과 날줄을 촘촘히 엮는 재간이 있는 그가 살벌한 체제의 고발이 아니라 온기를 나누고 인정을 베푸는 북쪽 사람들을 그려준 것이 고맙고 미덥다. 그 어떤 참혹한 세상에서도 모정과 순정과 격정은 불멸의 본성일 테니. 나는 그가 조근조근 풀어놓은 서사에 설득당한 첫 번째 독자일 것이다.

아마도 그는 자신이 타고난 이야기꾼의 자질을 가지고 있다는 사실을 알고 있는 듯하다. 훈련으로서가 아니라 본능적으로 전개와 반전의 묘수를 안다는 점에서도. 몇 차례 의기투합을 통해 파악한 바에 따르면, 그는 정신세계가 분방한 예술가형 심미주의자이기도 하다. 그런 유형의 인물답게 풍부한 감수성과 세밀한 기억력과 다소 과한 상상력을 지녔다. 엉뚱하면서도 어린애 같은 상상력은 예측불허, 기상천외한 사건을 초래하기도 하는데, 그의 인생이 복잡하게 꼬이게 된 데 한몫했을 것이 틀림없다.

그런 그의 글에서 내가 읽어낸 것은 결코 우호적이지 않은 인생유전이 아니었다. 그에게 가해진 혹독한 불운의 세례에도 불구하고 조금도 훼손되지 않은 그의 자유로움, 시시때때 그를 급습하는 도저한 외로움에도 불구하고 놀라운 탄력으로 자존을 회복하는 그의 내강한 정신에 주목했다.

한 순수하고 자유로운 영혼에게는 얼마나 많은 시련이 필요한가.

그의 내면의 자유로움이 과연 그의 삶을 자유롭게 할 것인가.

물론 나는 그가 목숨을 걸고 찾아온 남쪽 땅에서 진정한 자유를 찾기를 원한다. 그 자신의 힘으로, 내면의 자유로움으로 존재를 증명할 수 있기를 바란다.

그의 글이 말하고 있지 않은가.

님한 사회의 이방인인 탈북자, 그리고 이성애 사회의 이방인인 성소수자…….

그것이 나의 정체성이었다. 이 사회가 나를 받아들이기 이전에, 내가 나를 받아들이고 사랑할 수 있을까? 두려움이 밀려왔다. 목숨을 걸고 휴전선을 넘을 때와는 다른 차원의 두려움이었다. 두렵지만, 살아야 했다. 이 세상에 나왔으니, 다시 달아날 곳이 없으니 어떻게든 살아야 했다. 그것이야말로 내가 살아야 하는 이유였다.

　『붉은 넥타이』의 출간을 축하하며 그의 진정한 '거듭남'을 기원
한다. 그리고 거의 불가항력적인 운명의 시련에 언제나 꿋꿋이 맞
서온 그의 내강한 정신에 경의를 표한다.